SV

Nina Bußmann

Der Mantel der Erde ist heiß und teilweise geschmolzen

Roman

Suhrkamp

Die Autorin dankt dem Herrenhaus Edenkoben, dem Deutschen Literaturfonds und dem Land Berlin, die die Arbeit an diesem Roman mit Stipendien unterstützt haben.

Erste Auflage 2017

Druck und Bindung: CPI – Ebner & Spiegel, Ulm
Printed in Germany
ISBN 978-3-518-42580-0

Der Mantel der Erde ist heiß
und teilweise geschmolzen

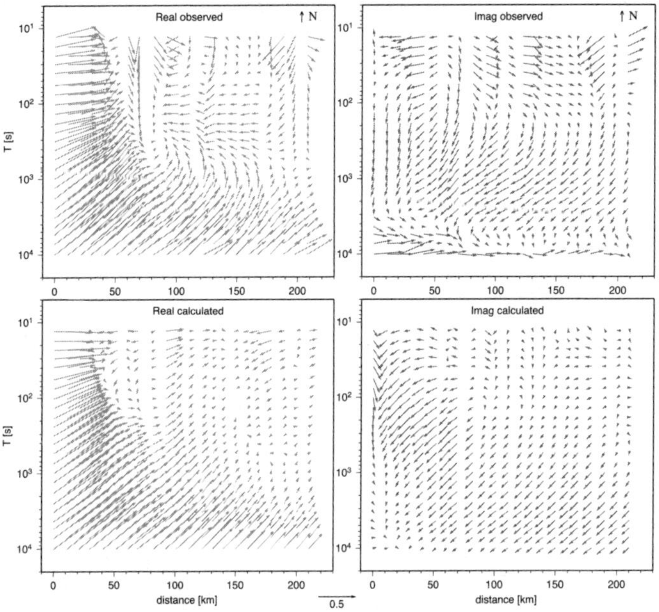
Real observed
↑ N
T [s]
10¹
10²
10³
10⁴
0
50
100
150
200
Imag observed
↑ N
Real calculated
Imag calculated
distance [km]
0.5

Hafen der Köpfe

In der Karibik verschwindet es sich leicht. Die Liste der Vorfälle ist lang, sie geht zurück bis zu den Aufzeichnungen der Spanier, und die Spanier führten gewissenhaft Buch, wenn sie von Panama, von Mexiko und Kolumbien zurück in die Alte Welt wollten. Immerhin hatten sie ihre Schatzgaleeren beladen mit Tonnen von Silber und Tonnen von Gold. Hölzerne Fregatten, von Orkanen zerdrückt oder in den Flauten der Rossbreiten gefangen wie im Packeis, die Menschen an Bord außerstande, sich frei zu rudern.

Kurz nach dem Ende der Sezessionskriege begannen die Berichte und Gerüchte sich zu häufen, Berichte von spurlos verschwundenen oder von Mann und Maus verlassenen Schiffen wie der französischen Rosalie: 1840, Ziel: Havanna. Sie wurde menschenleer geborgen, mit gesetzten Segeln, voller Ladung, kein totes oder lebendiges Wesen an Bord bis auf den Kanari in seinem Käfig.

1918 ging die USS Cyclops mit 309 Personen und einer Ladung Manganerz an Bord verloren. Nicht auszuschließen, dass sie auf einen Zerstörer getroffen war. Oder die Besatzung gemeutert hatte gegen den deutschstämmigen Kapitän, der in langer Unterwäsche und Zylinder auf der Kommandobrücke stand und Gedichte deklamierte.

1944 wurde bei Key Largo die Rubicon aus Kuba angetrieben, leer, bis auf einen halbverhungerten Hund, was ungewöhnlich ist. Keine Mannschaft verlässt ohne Maskottchen ihr Schiff.

Am 4. Januar 2008 startete eine Maschine mit vierzehn Passagieren an Bord von Caracas zum Atoll Los Roques und kam niemals an. Kein Fehler wurde gemeldet, kein Absturz beobachtet, nur die Leiche des Co-Piloten gefunden. Die Suche war schon aufgegeben, als die Tasche eines italienischen Touristen angeschwemmt wurde, Hunderte von Seemeilen nördlich der mutmaßlichen Absturzstelle. Marineoffiziere auf Landgang fischten sie heraus, eine große bunt bedruckte Sporttasche einer teuren Marke mit dem Anhänger der Fluggesellschaft, seinem Schnorchel und seiner Tauchermaske. Sonst fand sich nichts, kein Wrackteil, keine Sitzpolster oder Tragflächentrümmer, nicht in den Palmsümpfen des Küstenschwemmlands, nicht am Meeresgrund.

Exakt fünf Jahre später, am 3. Januar 2013 kommt auf derselben Strecke der Privatjet eines italienischen Modeschöpfers abhanden, auf dem Weg vom Tauchparadies in die Hauptstadt, fünf Insassen, keine Spur. Die Familie ist außer sich. Die staatlichen Behörden halten einen Absturz für wahrscheinlich. Aber das Wetter an dem Tag war ausgezeichnet, der Himmel klar. Der Bruder des Modeschöpfers reist zwischen Rom und Caracas hin und her, präsentiert seine Kollektionen in Europa, überwacht die Suche in Süd- und Mittelamerika, zu Wasser und zu Land. Ich werde nicht aufgeben, sagt der Sohn des Verschwundenen, ehe ich nicht den Körper meines Vaters finde. Die italienische Presse und der britische *Guardian* werfen die Frage nach einem Fluch über der Zone auf. In den Foren der Esoteriker, Verschwörungstheoretiker wurden die Möglichkeiten differenzierter besprochen: ein Zeitloch oder -wirbel, ein Bann über dem Gebiet, wie es mehrere auf der Erde geben soll, in berechenbaren Abständen über die Ozeane verteilt, das Bermudadreieck, die Sargassosee, das Teufelsmeer.

Solche Geschichten liebte Nelly, sie liebte Rätsel und Geheimnisse und die Welt, in der sie spielten. Privathelikopter und Modezaren, Freibeuter und das klare Wasser der Karibik. Ich habe sie nie nach den Gründen für ihre Begeisterung gefragt. Ich weiß aber noch, wie ungewöhnlich still sie wurde, wenn ich so etwas erzählte, eher nebenher erwähnte, was ich in einer im Zug gefundenen Zeitschrift, im Wartezimmer beim Arzt, beim Herumtrödeln im Netz gelesen hatte. Sie hörte genau zu und stellte Fragen zu Details, zu Dingen, auf die ich weder beim Lesen noch beim Erzählen geachtet hatte. Während ich solche Geschichten hinnahm, mich bei ihnen erholte, sie manchmal schon beim Lesen wieder vergaß, wollte Nelly ihnen auf den Grund gehen. Vagheiten und Zweideutigkeiten hielt sie überhaupt nicht aus, sie konnte wie ein Kind sein, alles wollte sie erklärt haben.

Hunde, Hitze, auffliegende Papierfetzen. Die Uniformen der trommelnden Kinder, in ihren scharf gebügelten Hosen aufgestellt vor dem flachbedachten Schulgebäude auf den Rissen und Wülsten des aufgeplatzten Asphalts, in Reih und Glied vor der Lehrerin mit dem Dirigentenstab. Jeden Tag, wenn Nelly an der Schulmauer mit dem aufgesetzten, von Bromeliennestern bewachsenen Maschendrahtzaun vorbeispazierte, übten die Kinder ihre Märsche. Gegenüber der Kathedrale und dem abgesperrten Parque Rubén Darío mit den schreienden Vögeln, der zuckerfarbenen Rotunde, den bis zur Brust eingehegten Märtyrerdenkmälern am Rand. Statt mit zum Himmel gereckter Faust vorwärts zu marschieren, standen die Statuen der Helden abwartend da. Einer hielt den Arm erhoben zum Locken oder zum Gruß; der andere, kleiner, breitstirnig, stand erstaunt oder erschöpft mit hängenden Armen in der schwarzblättrigen Vegetation, umstrickt von den hakenden Ranken der Krallentrompeten.

Von einem Hund hatte Nelly mir geschrieben in einem ihrer letzten Briefe, einer Hündin, um genau zu sein, einem schmalen wüstenfarbenen Tier mit ausgewrungenen dunklen Zitzen, das ihr tagelang gefolgt war bei ihren Gängen durch die Stadt. Es drückte sich wartend in den verwachsenen Straßengräben herum, wenn Nelly das Haus verließ, und wenn es einmal nicht lauerte, tauchte es spätestens nach wenigen Blocks auf, hatte Witterung aufgenommen oder ein Gerücht gehört und folgte ihr. Dicht entlang an den Fassaden der niedrigen Häuser, wohin selbst mittags ein kurzgekappter Streifen Schatten fiel. Die Zitzen baumelten von ihrem fast kahlen Bauch im Trab, der Blick wich aus, aber zu verscheuchen war die Hündin nicht. Nicht mit heftigen Gebärden und nicht mit einem Stein. Seit Tagen, schrieb Nelly, folgte sie ihr, seit Nelly einem Kind auf der Straße ein Stück Gebäck abgekauft hatte, mehr aus Interesse an dem kleinen Mädchen als an seiner Ware. Ein trockenes klebriges Ding mit Hagelzucker, das sie nach wenigen Bissen loswerden wollte, heimlich in einen Graben fallen ließ, wo die Hündin es fand und mitsamt der Plastikfolie hinunterschlang. Selbst wenn einer kam und Nelly auf dem Motorrad mitnahm bis ans Meer, versuchte sie zu folgen, blieb erst weitab der Stadt beleidigt bellend stehen auf einem der stumpfen Hügel am Weg zum Strand.

Vor allem aber immer wieder: das Wetter. Man ließ sie nicht ins Feld, leere lange Nachmittage verbrachte sie im Haus. An den Vormittagen, bevor der Regen einsetzte, stromerte sie in dem dösenden Städtchen herum, bis die unter dem Kalkhimmel gestockte Schwüle Risse bekam, ein vom Meer kommender Wind in die nackten Straßen fuhr, alles rannte sich retten vor der im nächsten Moment niedergehenden Flut. Im Fernsehen sah sie zusammen mit ihrer Vermieterin Berichte über verlorene Fischkutter, Aufnahmen des erodierten Geländes an den Ufern der Laguna von Tipitapa an. Kleinbäuerinnen zeigten ihre verdorrten Grundstücke, kaum vierzig Kilometer entfernt von den zu Sturzbächen geschwollenen Abwasserrinnsalen vor ihrer eigenen Haustür, milchteebraunen Flüssen, die alles, was sich an ihren Rändern angesammelt hatte, talwärts schwemmten. Gerippe ausgesaugter Orangen,

Maschinenteile, aufgeplatzte Basketbälle, die Plastiktüten in den Asthaken ausgerissenen Gestrüpps, auch Menschen waren schon ertrunken, die Fundamente ungünstig befestigter Häuser aus dem Boden gedrückt und weggespült worden. Unter den Dachvorsprüngen der stabileren Bauten hing die Wäsche für Tage, nahm, anstatt zu trocknen, den Geruch eines alten kranken Tiers an. Meteorologen mutmaßten, El Niño kündige sich an, eine Klimaanomalie, die alle zwei bis sieben Jahre die oberen Wasserschichten des Ostpazifiks, den kalten Humboldtstrom erwärmte, die Wettermuster auf drei Vierteln des Erdballs durcheinanderbrachte, aber das war es diesmal nicht. Die Regenfälle des tropischen Winters hatten zu früh eingesetzt und zu heftig, nichts weiter. Scherwinde strichen über den tropischen Atlantik und den Golf von Tehuantepec. Die Westküsten Amerikas wurden von Dürren, orkanartigen Stürmen, Überschwemmungen heimgesucht. Am Isthmus von Zentralamerika, im Süden Nicaraguas, wo Nelly mit ihrer Forschungsgruppe wochenlang festsaß, geschah alles nebeneinander.

Seit Jahren hatte Nellys Arbeit sie in die gottverlassensten Gegenden geführt, früher hatte sie die Sehnsucht und Langeweile mit ihren Kollegen vertrieben, gewürfelt, gewettet und Karten gespielt. Wenn überhaupt etwas, hatte sie von ihren Reisen Bilder geschickt. Wahllos und fahrig zusammengestellte Aufnahmen von Kraterseen, Pferdekarren, Stadtansichten, von Hotelfenstern aus fotografiert, aus den Geländewagen heraus, in denen man sie und ihre Kollegen ins Feld fuhr. Mit einer Ortsbezeichnung versehen stellte sie die Fotografien ins Netz, verschickte sie an lange offene Listen, mit gutgelaunten Grüßen und Bildunterschriften. Ich las sie in dem Büro, das ich damals mit zwei anderen Doktoranden teilte, im zwanzigsten Stock eines Punkthochhauses aus Stahlbeton, ein dünnwandiger Inkubator nah an der Sonne. Wir saßen mit den Rücken zueinander, in den Ohren schwitzendes Wachs. Ich betrachtete Nellys Bilder und zeigte sie herum. Mit einem Anflug schlechten Gewissens zeigte ich sie Boris, Felix, den Hilfskräften, der Sekretärin an unserem Institut. Palmen, Strände, Schluchten. Nelly. Vor Palmen, Stränden, Schluchten, inmitten einer barfüßigen Kinderschar. Arm in Arm mit einem Mann, beide ganz in Weiß, mit Sonnenbrille und Schirmmütze, auf dem Dach eines aus einer Dunstglocke herausragenden Hotels. An Bord eines Motorboots, das durch das blaue strudelnde Meer pflügte. Vor auffliegenden Pelikanen an einem von Wind und Salz gepeitschten Strand. Auf dem Rücksitz einer mit dem Logo und dem Slogan eines spanischen Mobilfunkanbieters bemalten Pferdekutsche. Das glattgescheuerte Fell der Kutschpferde, ihre Rippen unter den Strängen und Riemen des Geschirrs, die mit Kandare und Scheuklappen maskierten Gesichter, Schaum am Gebiss. Nelly und neben ihr ein Mann, der lächelte wie Belmondo in *Der Teufel mit der weißen Weste*, betrübt und spöttisch zugleich bei der Frage: Und wovor hast du Angst? Dass was nicht klappt, oder vor dem Leben mit mir? Die Pferde standen mit angelegten Ohren auf dem glühenden Asphalt.

Kurz vor dem Ende ihrer Nicaragua-Expedition fing sie an mit dem Verschicken von Pamphleten, Aufrufen und Manifesten, Informationen über Protestbewegungen, Essays zur Theologie der Befreiung, manchmal auch bloß einem esoterischen Spruch. Später erfuhr ich von einer ihrer ehemaligen Assistentinnen, dass sie nach kurzer Zeit aus dem Mitarbeiterverteiler entfernt worden war. Auch ich war bald genervt, wenn ich morgens drei oder mehr Nachrichten von ihr in meinem Posteingang fand. Ich konnte keine Empörung aufbringen damals, ich wollte mich nicht interessieren müssen. Bilder von Straßenblockaden, lose stehenden Protestgruppen gegenüber behelmten Polizisten hinter spiegelnden Plexiglasschildern. Demonstrierende mit ausladenden Sonnenschirmen über dem schön gekämmten Haar. Das Vaterland verkauft man nicht, las ich auf ihren Spruchbändern, vor brennenden Blockaden sah ich einen hinstürzenden Menschen, las dazu Nellys Äußerungen hellster Aufregung, als wäre so was noch nie geschehen. Sie hatte sich so was bislang einfach noch nicht angeschaut. Sie interessierte sich für die Ursache der Erscheinungen und ihre gegenseitige Verknüpfung. Die Zusammensetzung der Erdkruste, Vorgänge an der Plattengrenze, den Austausch von Fluiden in der Subduktionszone im Pazifik vor der Küste Mittelamerikas. Ihr letztes Projekt: die Suche nach Wasseradern im Innern der Krustenplatte, Beschaffung der Daten für ein möglichst genaues Abbild des Erdmagnetfelds in einem winzigen gewählten Ausschnitt. Ob sie damit jemandem half und wem, ob sie sich überhaupt fürs Helfen interessierte, wusste ich nicht, ich glaube nicht, dass sie sich über ihre Motive viele Gedanken gemacht hatte, sie wäre kaum dazu gekommen.

Fast alles, was ich über sie und ihre Arbeit weiß, habe ich mir anlesen oder von anderen erzählen lassen müssen. Untersuchungen an den Rockschößen der Vulkane, in schwammfeuchten Nebelwäldern, am Grund der Tiefsee:

So aufregend ist es nicht, wie es klingt, sagte sie, warum eigentlich willst du das so genau wissen? – Weil ich es mir vorstellen will. Sie zuckte mit den Schultern. Ich sah, wie unangenehm ihr das war.

Immer war sie, wenn sie über sich und ihre Arbeit sprach, um einen möglichst wurstigen Ton bemüht. Als wäre Ehrgeiz eine zu kaschierende Problemzone, als wäre ihre Forschung etwas, das sie neben allem möglichen anderen zufällig eben auch noch machte. Anders als in den Filmaufnahmen ihrer Vorträge, die ich mir nach ihrem Verschwinden angesehen habe, viele von ihnen mehrmals. In diesen Aufnahmen legt sie eine manische Begeisterung für ihren Gegenstand an den Tag. Sie steht im Licht eines Videoprojektors, der eine Karte mit den Anomalien der Erdkruste an die Leinwand wirft, bunt wie auf den Schnittbildern der Neurowissenschaftler: die glühenden Adern der Plattenbrüche, die Wundherde der Hotspots, ausblutend in gelbe Höfe, abkühlende Farben in passiven Zonen, Azur, Preußischblau, Kobalt, Indigo, wo es ruhig ist. Sie steckt im bleistiftfarbenen Hosenanzug, wohl in der Hoffnung, darin erwachsener zu wirken, und zeigt eine Folie nach der anderen, es ist zu sehen, wie sie sich zusammennimmt, sich nicht dauernd mit der Hand ins Gesicht zu fassen, nicht alles, was sie je gelernt und herausgefunden hat, unterbringen zu wollen in einem einzigen ohne Punkt und Komma heruntergeratterten Satz. Sympathisch, freundlich, sachlich zu bleiben auch auf ablenkende, schon häufig gestellte, man muss leider sagen dumme Fragen:

Prophezeien können Menschen und Maschinen bis heute nicht. Geophysiker können Prozesse in Bebenherden verfolgen, Wellenamplituden aufzeichnen, Risiken analysieren, Statistiken führen, aber den Zeitpunkt eines kommenden Bebens genau und verlässlich vorhersagen, das können sie nicht, wir betreiben Wissenschaft, keine Wahrsagerei.

Zu Beben kommt es, wenn sich eine im elastisch-spröden Bereich der Erdrinde aufgebaute Spannung plötzlich entlädt.

Ein Ereignis wird dann zur Katastrophe, wenn Mensch, Umwelt, Ressourcen derart geschädigt sind, dass die heimgesuchten Bezirke sich ohne äußere Hilfe nicht regenerieren können. Das Erdbeben von San Francisco 1989 oder die Stürme in Mitteleuropa 1990 gelten in diesem Sinn nicht als Katastrophen, das Beben von Managua 1972 mit seinen geschätzten sechs- bis elftausend Toten dagegen schon. Bis heute ist das Stadtzentrum nicht wieder aufgebaut, und das ist keine natürliche Katastrophe, das ist die Schuld des Menschen.

Beim Wort Katastrophe assoziieren wir stets Plötzliches, das uns aus heiterem Himmel trifft, eine in unvorstellbarer Geschwindigkeit heranbrausende Welle, eine Eruption, die auf einen Schlag alles niederreißt. Doch denken Sie an die Waldbrände im Norden Sibiriens, von ihnen wird wenig geredet, es lässt sich nicht sagen, wann sie angefangen haben, aufhören werden sie wohl nicht mehr, abgesehen davon gibt es nicht viel zu berichten. Sie schwelen vor sich hin und lassen sich nicht löschen, die Flächen sind zu groß.

Hurrikan Mitch, 1998 in Mittelamerika, Tausende Tote, Obdachlose, Vermisste. Ein Vulkankrater barst auseinander, ganze Stadtviertel brachen von den Hängen, es wurde geplündert, Epidemien brachen aus. Typhus und Denguefieber, Konjunktivitis, Cholera. Es handelte sich um einen

Tropensturm der Kategorie 5, er erreichte eine Zuggeschwindigkeit von fast dreihundert Kilometern pro Stunde, doch zu diesem Zeitpunkt befand er sich weit draußen über dem Meer. Die Schäden an Land wurden nicht nur von Windgeschwindigkeiten verursacht, die Niederschläge hätten völlig ausgereicht. Es hat einfach zehn Tage nicht aufgehört zu regnen.

In der Natur gibt es keine Katastrophen, nur Phänomene und Prozesse von unterschiedlicher Dauer, Ausdehnung und Intensität. Sie können den Menschen schaden, sie können sie vernichten, wenn sie ihre Städte in den falschen Gegenden bauen: in tief gelegenen Küstenarealen, an aktiven Kontinenträndern, Transformstörungen, auf instabilem Grund.

Ja. Auch die sieben Plagen: zyklisch auftretende Abläufe in einem sich selbst regulierenden System.

Nein. Was wir machen, ist Grundlagenforschung.

Ich habe nie ganz gewusst, weshalb sie mir nicht zu schreiben aufhörte, noch Jahre nachdem wir zusammengewohnt hatten. Was heißt zusammen. Einander zugewiesen worden waren wir in dem Studentenwohnheim, ehe ich zu Freunden in die Stadt zog und Nelly ein Stipendium in Kalifornien, gleich danach eines auf Island bekam. Sie studierte Geophysik im ersten Semester, ich Soziologie im dritten. Beide hatten wir es eilig, fortzukommen. Alle, die damals etwas Besseres bekommen konnten, machten, dass sie fortkamen aus dem Waschbetonquader am Stadtrand. Aus den oberen Stockwerken stürzten die Bewohner sich in die Tiefe. Nelly kehrte aus La Jolla, Kalifornien, freiwillig dorthin zurück, aus Reykjavík und von einer Schiffsexpedition zur Insel Tristan da Cunha, nach jedem ihrer

Auslandsaufenthalte bemühte sie sich wieder um ein Zimmer in diesem Selbstmordturm. Sie schien nicht zu leiden unter den beschmierten Fahrstühlen und innenliegenden Nasszellen, dem Foyer mit seinen Überwachungskameras über siebenhundert Briefschlitzen, nicht unter ihrem düsteren Zimmer im dritten Stock, das im Sommer ganz im Schatten des davor gepflanzten Wäldchens versank. In diesem Zwielicht lebte sie bis zu ihrer Promotion. Noch während die Sanierungsarbeiten begannen. Der Lärm der Sandstrahler störte sie nicht, sie fühlte sich inmitten von Reizen, die sie nichts angingen, sogar ganz wohl. Konzentriert auf Kurven und Graphen, die über den Monitor ihres ThinkPads wuchsen. Mit zweiundzwanzig wurde sie in Seismologie promoviert, gleich darauf von einem Unternehmen übernommen, das in Nordnorwegen nach Erdöl und -gas suchte, wenig später fing sie bei einem anderen an, das Tantal und Columbit abbauen wollte in der Demokratischen Republik Kongo. Ich muss doch Geld verdienen, sagte sie später dazu nur, das muss doch jeder. Aber zum Geldverdienen muss man nicht ins Herz der Finsternis. Was es war, das sie immer wieder nach Afrika zog, nach Süd- und Zentralamerika und immer nur in möglichst fragile Staaten, eine Sucht, hatte sie es selbst genannt, und ich fragte lieber nicht nach. Sie wollte nicht in irgendwelche Touri-Länder, sie wollte –

Sie hatte sich vieles, wenn nicht alles selbst erarbeiten müssen, sie hatte keine Zeit gehabt, neben sich zu treten und zu ergründen, ob all dies Erarbeiten wirklich ihrem Wesenskern entsprungen oder ihr nur suggeriert worden war, von etwas Machtvollem, das sie nicht verstand. Ob man selbst nicht nur die Figur war, die ein anderer sich gerade ausdachte oder erträumte, all diese Pubertätsfragen, die sie in ihren letzten Briefen aus Nicaragua an mich stellte. Ich konnte Studien zitieren, Experimente und Theorien des Ich und des Selbst, was ihr alles nicht half, gar nicht, schrieb sie. Ein- oder zweimal habe ich versucht, ihr zu antworten. Dabei war ich nie sicher, ob es ihr überhaupt um eine Antwort zu tun war, ein Gespräch, einen Widerstand; ob da nicht einfach dringend etwas aus ihr herausmusste.

Wahrscheinlich bin ich alles schon zu oft durchgegangen. Die Tonbänder mit den Gesprächen, die ich noch kurz vor ihrer Abreise für meine Studie mit ihr geführt habe. Die Textdokumente auf ihrem Computer hier in San Dionisio. Die Schnipsel und handschriftlichen Notizen in den mit Comicfiguren bedruckten Schulheften, die wir hier gestapelt gefunden haben, Monate nach ihrem Verschwinden, in diesem Zimmer mit dem Pferdeposter über dem Tisch und dem Landschaftsgemälde an der Badezimmertür. In den Regalen dicke Romane mit braungewellten Seiten, künstliche Blumen, ein Elefant aus Plüsch und ein Adventskalender. Das Motiv zeigt zwei weißhaarige Kinder mit weit geöffneten Augen, auf einem Pferdeschlitten jagen sie durch die Nacht. Keine Schokoladenreste in den ausgestanzten Goldhöhlen hinter den Türchen, ich habe nachgesehen, gleich am ersten Nachmittag. Esperanza muss sie ausgeputzt und die Türen wieder verschlossen haben, um das Ganze als Dekoration zu verwenden.

Ich bin damals nicht lange in diesem Zimmer geblieben. Jakob wollte es nicht einmal betreten. Er stand auf dem Wendeltreppenabsatz und schaute zu, wie ich mit dem Finger über die Schreibtischplatte fuhr, den Koffer unter dem Bett hervor- und ihr altes Notebook heraushote. Nur wegen dieses Koffers und Nellys altem Computer darin hatte ich ihn überreden können, mich zu begleiten. Für solche Dinge interessieren sich die Leute immer. Textdokumente, in denen sich die Lösung des Rätsels verbirgt oder wenigstens eine Spur. Selbstzeugnisse einer Verschollenen. Ohne Passwort, sagte er, wirst du nicht viel damit anfangen können, das wird das kleinste Problem sein, erklärte ich ein bisschen großspurig, legte das Notebook ins Regal zurück, zwischen die Stöße von Papier, Notizblöcken und Schulheften, die Nelly vollgeschrieben und hier angehäuft hatte in den Monaten vor ihrem Verschwinden, zurückgelassen hatte, als legte sie es gerade darauf an, dass jemand sie fand.

Ich spürte, wie sie ungeduldig wurden. Marta mit dem welken Auge und der Lesebrille an einer langen Kette, die mich an meine alte Klavierlehrerin erinnerte, sie schaute an den Fugen der Fliesen entlang, als läse sie, und umschloss den Schlüsselbund mit beiden Fäusten. Jakob stand neben ihr, von der Hitze im Innenhof mit hereingedrängt. Wäre es nach ihm gegangen, hätten wir nicht einmal einen Abstecher hierher gemacht. San Dionisio. Eine dösende Kleinstadt zwischen Kaffeeplantagen und erodierenden Hügeln, in keinem unserer Reisehandbücher verzeichnet. Auf einer Anhöhe zwischen Hauptstadt und Küste, im toten Winkel eines Abzweigs von einem Abzweig der Panamericana gelegen, wo ich jetzt in Nellys Zimmer stand und die Dinge betrachtete, zwischen denen sie sich aufgehalten hatte in den letzten Monaten vor ihrem Verschwinden, fast ein halbes Jahr.

Die Fliesen glänzten, es roch schwach nach Chlor. Täglich wischte Marta die Böden, hielt Ordnung für einen jederzeit zurückerwarteten Gast. Und wirklich hatte Nelly sich ja bloß zu einem kleinen Ausflug aufgemacht, war nachmittags aus dem Haus gegangen, ohne sich groß zu verabschieden, ohne Gepäck außer der Korbtasche über ihrer Schulter. Am Abend schrieb sie, es sei zu spät geworden für den Bus, sie würde in der Stadt übernachten. Danach hörten sie nichts mehr von ihr, bis die Nachricht von dem Unfall in den Medien verbreitet wurde, es lag inzwischen über ein Jahr zurück.

Wer verschwindet, will gesucht werden. Das war das Erste, was mir in den Sinn kam, als Jakob mich aus Managua anrief und sagte, seit Tagen werde Nelly nun vermisst. Abhandengekommen, sagte er mir, bei einer Spritztour in einem Leichtflugzeug. In der Privatmaschine eines Bekannten, bei einem Ausflug über die nördlichen und südlichen Atlantikregionen Nicaraguas, zu den Maisinseln, die sie noch so dringend hatte sehen wollen. Bei herrlichem Wetter, windlos und klar, hoher Vormittag, als Nelly mit dem Ingenieur in die Cessna stieg. Getankt hatte er für drei Stunden, nach einer halben Stunde gab er das letzte Funkzeichen. Nach weiteren zehn Minuten verschwand die Propellermaschine von den Radaren.

Zuerst hatte Jakob die Sache für einen Witz gehalten, als er am Abend vom Swimmingpool an die Hotelrezeption gerufen wurde und dort zwei Polizisten warten sah, mit breiten gelangweilten Gesichtern, Knüppeln an den Gürteln, Handschellen und Gewehren. Zwei Bauernjungen mit blauen Baseballmützen, gedrungen wie der Fremde, mit dem Jakob eben noch um die Wette geschwommen war. Sie hatten ihn aus dem Wasser ziehen müssen, weil Jakob, wenn er kraulte, nichts hörte, auch beim Wenden nicht, er drehte sich unter Wasser mit einer Rolle kopfüber, stieß sich tauchend ab, gewann an Strecke, war eben dabei gewesen, den anderen zu besiegen. Mit tropfendem Haar, in einem nass am Körper klebenden T-Shirt stand er vor den Polizisten, der Rezeptionist übersetzte. Ein Junge mit gegeltem Haar, der zu viele Polizeiserien gesehen hatte. Jakob hörte zu, schlug nach Insekten auf seiner Haut. Er wollte gehen.

Er hatte sich den ganzen Tag nicht von der Hotelterrasse wegbewegt, die Stunden verdöst mit wirren Träumen in einem Schaukelstuhl. Mit Wachs in den Ohren gegen das Geschrei und Geschnatter der im Käfig gehaltenen Grünpapageien und gegen die aus den Boxen schallenden Ranchero-Lieder über das Licht des Mondes, das Kreuz des Vergessens, die Verlassenheit und die vergebliche Liebe zu einer Frau. Er hatte sich gefreut, das sagte er am Telefon zu mir, einmal ein paar Stunden allein verbringen zu können, er hatte seit Tagen nicht geschlafen, seit Tagen nicht seine Ruhe gehabt, von Anfang an hatte er sich nicht besonders für diesen Rundflug interessiert, er war erleichtert gewesen, als ihm an dem Morgen ein wenig schlecht war und Nelly nicht auf sein Mitkommen bestand. Er hatte gut gefrühstückt, es war heiß, er schlief beinahe sofort ein, schreckte zwei Mal nur hoch, ein Mal wegen Truppenflugübungen gleich über der Stadt, das zweite Mal wegen der kreischenden Papageien.

Es war später Vormittag oder schon früher Nachmittag, als er mich anrief, wenige Tage nach Weihnachten oder schon nach Neujahr, Tage, während deren mir oft das Zeitgefühl verlorengeht. Ich goss damals die Blumen in Nellys und Jakobs Wohnung und sah nach ihrer Katze, während er sie in Nicaragua besuchte. Ziemlich kurzfristig hatte sie mich darum gebeten, was heißt gebeten, es geht nicht anders, hatte sie am Telefon zu mir gesagt, er will mich eben überraschen, eine spontane Idee, ein wenig herumreisen, es wäre großartig, wenn du usw., du könntest solange bei uns wohnen. Hat diese Freundin keine Nachbarn, fragten andere, die es gut mit mir meinten, aber mir kam es gelegen, die Tage dort zu verbringen, in einer Wohnung, wie ich sie nie kaufen oder einrichten würde, in einer neutralen Umgebung. Sie waren erst vor kurzem eingezogen, das Viertel noch in Fertigstellung begriffen, tatsächlich gab es kaum Nachbarn dort und auch in ihrem ziemlich großen Bekanntenkreis anscheinend keine Person, auf die sie sich verlassen konnte, außer mir.

Ich stand also in ihrer Küche, während Jakob mir das alles erzählte, neben dem Kühlschrank mit den Haftnotizzetteln und Einladungen, dem Kalender für das nächste Jahr, dem Kursplan des Fitnessstudios und der Tabelle mit der Einteilung in gute und böse Lebensmittel, in der Wohnung, die Nelly im vergangenen Sommer kurz vor ihrer Abreise gekauft hatte und jetzt allmählich abbezahlte. Es war ganz still. Ich schaute hinaus auf die Straße, die eingefriedeten Birkensetzlinge, die Fassade des Hauses gegenüber, schaute einer jungen Mutter zu, wie sie sich über ihr Kind beugte und ihm einen Helm aufsetzte. Ich schaute zu, wie es versuchte, den Kopf wegzudrehen, und mit den Beinen strampelte. Wahrscheinlich schrie es auch. Durch die sehr gut isolierten Fenster drang kein Laut. Ich hörte auf Jakobs Worte, »Bekannter« und »Leichtflugzeug« und »Spritztour«, umständlich aus einer Fremdsprache übersetzte Postkartenworte, und blaustichig wie in den alten Fotobüchern meines Vaters aus der Reihe *Motor und Technik* sah ich das Flugzeug vor mir, die viersitzige Cessna, ein kleiner frecher Drachen beim Anlauf auf einer rissigen Militärpiste, taumelnd im Steigflug, über Lagunen, den stumpfen Feuerkegeln schlafender Vulkane, der zerfledderten Stadt. Ich sagte, was man in solchen Gesprächen sagt, wenn einem nichts einfällt, du hast nichts falsch gemacht, jetzt ist es passiert, sofort erschrak ich, aber ich hatte es nun einmal schon gesagt, mach dir keine Vorwürfe, sagte ich, ich weiß nicht, ob er mir überhaupt zuhörte, ob er von mir nichts Besseres erwartet hatte. Ich hörte den Wind, das Klopfen seiner Schritte. Während unseres ganzen Gesprächs, während ich in seiner Küche neben der fressenden Katze stand, lief er, unordentliche Avenidas hinauf und hinunter, über Stadtbrachen Managuas, an stehengelassenen Ruinen, umzäunten Wohnparks vorbei. Sirenen im Hintergrund, die längst schon wegen was anderem heulten. Wer verschwindet, will gesucht werden. Ich wollte es nicht laut sagen. Aber so war es. Die Suchtrupps, das Heer und das Rote Kreuz, zu Wasser und zu Land. Taucher und U-Boote, Aufruhr und austreibende Gerüchte. Eine Entführung?

Ich lachte, wie ich vor kurzem auch gelacht hatte, als mein Hausarzt meinte, so gehe es nicht weiter, und mir einen Aufenthalt in einer Klinik vorschlug; wie ich gelacht hatte, als mein Freund mir bei einem Sonntagsfrühstück in einer Kette logisch aufeinanderfolgender Gründe erklärte, warum er für uns beide keine Zukunft sah. Ich schaute zu, wie er redete, die Schale von einem der Eier pellte, die er uns eben noch gekocht und abgeschreckt hatte, er schälte und redete, ich hörte zu, und als er geendet hatte, lachte ich, wie man eben lacht, wenn man schon weiß, dass es ernst ist und nichts sich mehr ändern lässt.

Diese Sache jedoch hielt ich tatsächlich für einen Witz oder Traum. Ich dachte an Paarprobleme, den Überdruss, die Stimmungsumschläge, die Nelly kurz vor der Heimkehr nach Europa immer befielen, wenn es ans Kofferpacken ging, ich konnte es vor mir sehen, ein Tag vor der

Abreise, ihre Kleider und Ohrstöpsel und Wattestäbchen in dem Hotelzimmer verteilt, von den Zimmermädchen zu kleinen ordentlichen Inseln zusammengeschoben.

Ich dachte an die Wohnung, den Kredit, das Kind, das sie an sich nehmen wollte. Noch wenige Tage zuvor hatten sie eine E-Mail an alle Freunde versandt: heiraten würden sie im Juni. Noch tags zuvor hatte Jakob ihren gemeinsamen, in Wirklichkeit nur von ihm gepflegten Reiseblog mit Fotografien von Mahlzeiten, Märkten und Stränden bestückt, später von einer Wanderung im Nebel des Hochwalds berichtet, angeführt von einem höchstens vierzehn Jahre alten Jungen, der in kurzen Hosen und Gummistiefeln vor ihnen herlief und ihnen mit der Machete den Weg freischnitt. Über Viehweiden und Kaffeeplantagen, durch eine Schlucht im braunen Fels und wieder durch Waldstücke führte er sie zu einem Aussichtspunkt, im Vorbeigehen auf Pflanzen deutend nannte er ihnen dazu Namen, Geschichten, Mythen, die er vielleicht von seiner Großmutter wusste, vielleicht sich eben erst ausgedacht hatte, eilig sagte er sie auf, auf Nachfragen brach er in Lachen aus, fuhr mit der Klinge ins Dickicht, bis sie am Ende eines rutschigen Wegs vor einem Abgrund standen und das Kind angeblich selbst nicht mehr wusste, wo es weitergehen sollte.

An eine ähnliche Inszenierung glaubte ich auch jetzt. An eine Geschichte nach ihrem Geschmack, wie in den Zeitschriften, die Nelly früher nächtelang durchgeblättert hatte. Nur dass dort nichts stand vom Warten in Polizeistuben, von den Formularen und Befragungen, Beamten und Vorzimmerdamen, die ihren Freund in die Vorzimmer wieder anderer Beamter beorderten, verlangten, dass er sich auswies, seine Herkunft erklärte, erklärte, warum er ein Anrecht hatte zu erfahren, was geschehen war. Wenn man hier keinen Druck macht, sagte Jakob am Telefon zu mir, geschieht gar nichts, und, aber: Man darf die Hoffnung nicht aufgeben. Trotz und Verwirrung in seiner Stimme über diesen für Journalisten eingeübten oder von ihnen übernommenen Satz. Druck machen, wiederholte ich. Er sprach nicht einmal Spanisch. Er hatte gerade eine Woche in dem Land verbracht, ein deutscher Architekt auf Besuch bei seiner Verlobten.

Ein Flugzeug, sagte ich, verschwindet doch nicht einfach, ich lachte wieder, kurz und etwas schrill, nur wieder eins ihrer Spiele, sagte ich, jetzt war er es, der auflachte und fragte, was ist denn eigentlich los mit dir? Zum ersten Mal, seit wir uns kannten, richtete er sich direkt an mich mit einer Frage. Seit Tagen versuche ich dich zu erreichen, was ist eigentlich los?

Ich könnte kommen, sagte ich, es war mir ernst. Ich sah uns fahren durch schrannige Schluchten, über Hochebenen, Geröll, über Inseln aus Tuffgestein, in einem Zug, so langsam, dass man sich weit aus der offenen Tür lehnen, zuschauen konnte, wie er den Staub vom Gesträuch atmete. Durch Dörfer gehen und Nellys Bild zeigen. Wenigstens sprach ich etwas Spanisch. Andere hätten sich, ohne groß zu fragen, in ein Flugzeug nach Managua gesetzt. Und was sollst du hier?, fragte Jakob nur. Du musst doch jetzt wirklich nicht alles stehen und liegen lassen. Und ich riss mich zusammen und nickte. Es fuhren keine Züge in Nicaragua. Ich hatte zu viele Filme gesehen. Er selbst würde in wenigen Tagen heimfliegen, zum vorgesehenen Termin am Ferienende, eine Umbuchung hätte mehrere hundert Dollar gekostet, Geld, das er nicht hatte, sonntags käme er an und bräuchte von mir den Schlüssel zu seiner

Wohnung, gegen drei Uhr nachmittags wäre er da, würde sich das einrichten lassen?

Ich bot an, in Nellys Institut anzurufen, bei ihrem Sportkurs, ihm etwas abzunehmen, du brauchst wirklich keine Umstände machen, sagte er nur wieder. Ich strich mit den Fingern über eine klebrige Stelle auf dem Couchtisch, Nektar von Schnittblumen oder der Saft einer Orange, die ich dort gegessen hatte. Kaum sichtbare Flecken auf der dunklen Maserung des Holzes, auf den Einbänden der Kunstkataloge und Zeitschriften, dem Cover mit der Fotografie einer vermutlich noch jungen Frau vor einer schwarzen Wand. Gehüllt in buntes Webwerk, in übereinandergeworfene, in großzügigen Falten fallende Schals, gesäumt mit Fransen, geschmückt mit Stickereien in den Farben von Vögeln im Balzkleid. Mit einer Hand hielt sie die Tücher gerafft vor der Brust, mit einem heilen Auge schaute sie geradeaus in die Kamera, das andere Lid schien verrutscht, der Augapfel nach innen gedrückt, das Unterlid nach außen geklappt. Tagelang hatte diese wahrscheinlich teure Zeitschrift zuoberst auf dem Stapel neben dem Blumenstrauß gelegen, ich kannte das Bild in- und auswendig, jetzt schaute ich zum ersten Mal richtig hin. Der furcht- oder vielleicht auch nur ausdruckslose Blick dieser Frau oder dieses Mädchens, ich schaute es mir ganz genau an, dieses von chemischen Verbindungen zerstörte, schön fotografierte Gesicht unter dem mattweißlichen Widerschein auf dem Papier.

Ich stellte das Telefon zurück in seine Ladestation und spülte den Katzennapf, öffnete die Fenster, fing an, angebrochene, abgelaufene Lebensmittel aus dem Kühlschrank, leere Flaschen aus der Wohnung zu räumen. Ich rückte zurecht, was ich angesehen hatte, die Gottheiten in der Schrankwand, das steinerne Obst in der Schale auf dem Tisch. Ich wischte die Fliesen und schrubbte die Badewanne, ich putzte den ganzen Nachmittag und verabredete mich für den Abend. Mit aufgequollenen Händen verließ ich die Wohnung, zum ersten Mal nach Tagen, und fuhr zu einem Kurzfilmfestival, das Freunde von Freunden in den Räumen einer ehemaligen Drogeriefiliale veranstalteten, saß am Rand, in eine staubige Cordsamtcouch gedrückt, kratzte das Goldröckchen vom Bierflaschenhals und versuchte, mich auf das zu konzentrieren, was gezeigt wurde.

Später rechnete ich mir aus, dass es, während wir gesprochen hatten, bei Jakob in Managua tiefe Nacht oder früher Morgen gewesen sein musste, die Straßen noch dunkel, schon befahren, die Stimmfetzen so nah, als ginge er inmitten einer Gruppe, Frauen mit von den Schultern baumelnden Handtaschen, mit in stundenlanger Arbeit aufgetürmten Frisuren, er, verklebt und verstaubt, aus Versehen in ihre Mitte geraten.

Erst noch später fielen mir die Fragen ein. Weshalb war Nelly in das Flugzeug gestiegen mit einem Mann, den sie angeblich kaum kannte, wohin hatte sie gewollt, weshalb wolltest du nicht mit, war noch jemand mit ihnen im Flugzeug, wer saß am Steuer? Damals kamen mir solche Fragen nicht in den Sinn, ich war zu der Zeit ohnehin ziemlich zerstreut und nach diesem Telefonat erst recht. Aber Jakob hätte es sowieso nicht gut erzählen können. Er war viel zu verstrickt, um auch nur einen Abriss zu geben. Er hatte nur noch reagieren können oder zu reagieren versucht auf die Dinge, die ihm widerfuhren, und nicht mehr viel gesehen, kein großes Ganzes und auch keine Details. Vieles habe ich mir also aus anderen Quellen zusammensuchen oder zusammenreimen müssen. Fast alle, mit denen ich sprach, hatten mit Erinnerungslücken und Erzählbarrieren zu kämpfen. Daran bin ich gewöhnt, auch bei meinen Forschungsinterviews bin ich immer wieder auf solche Widerstände gestoßen, es lag an Scham- und Schuldgefühlen der Befragten, meiner vielleicht manchmal ungeschickten Fragetechnik oder an beidem. Jedenfalls entwickelte ich schnell Übung darin, in Ausblendungen und Ausweichmanövern und abgebrochenen Sequenzen die Stümpfe aufgeschichteter Erfahrung zu erkennen und zu ergänzen. Wenn man die Hintergründe ein bisschen kennt und auch nur etwas Empathie mitbringt, ist das nicht besonders schwer.

Schon vorher hatte man sich Sorgen machen müssen, schon als sie anfing, ihren Aufenthalt mehrmals zu verlängern, zuerst erklärte, sie käme nicht voran wie geplant, und dann, sie müsse einen klaren Kopf bekommen und brauche Abstand. Eine Männergeschichte, auf eine andere Idee war ich zuerst nicht gekommen. Nellys ganzes Leben ließe sich ja erzählen als eine einzige Abfolge von Liebesgeschichten, in vielen unserer über den Atlantik hinweg geführten Gespräche haben wir uns kaum über etwas anderes ausgetauscht als über die Liebe, sie wollte wissen, ob ich jemanden kennengelernt hatte, schickte mir ein Bild von einem, der ihr schöne Augen machte, berichtete, dass sie und Jakob kurz vor der Trennung stünden oder es eigentlich schon aus sei, dass sie nur etwas Zeit bräuchten oder mehr Raum, die genaue Reihenfolge kann ich nicht mehr rekonstruieren.

Ich glaube nicht, dass wir keine anderen Themen hatten. Manchmal denke ich, es war genau umgekehrt und falsch zu sagen, wir hatten dieses Liebes-Thema. Wir hatten es eben nicht, wir versuchten, es zu benutzen, einem Skript zu folgen. Ich verliebe mich leicht, sagte Nelly, oft hat sie mir das beschrieben, wie schnell sie Feuer und Flamme war und immer schon wusste, eines Morgens würde sie aufwachen, und alles wäre wieder vorbei.

Die eng beschriebenen Schulhefte, die Kleider auf der Stange, unsere Tonbandaufnahmen, die Grußkarten, die sie mir, seit wir zwanzig waren, geschickt hat. Die seltsamen Lügen, die sie mir damals über ihre Herkunft erzählt hat, von Schlägen in den Ecken und Geflügelzüchtervereinsbanketts in der Pension ihrer Eltern, mit zehn wollte sie angefangen haben, nicht ganz aufgerauchte Zigaretten aus Aschenbechern zu stehlen und Reste aus den Gläsern zu trinken in der Nacht.

Die niedlichen Dekorationen in ihrer ansonsten von glatten Flächen und Weißtönen beherrschten Wohnung. Etc. Jedes dumme Detail bekommt Gewicht im Zusammenhang mit ihrem Verschwinden. Die Witze, die sie und ihre Freundinnen rissen an ihrem Abschiedsabend, nur die *Mädels* und mich hatte sie eingeladen zur Happy Hour in eine Cocktailbar in der Innenstadt. Ich frage mich, woher Nelly sie kannte, zerbrechliche Figuren mit kleinen goldenen Uhren, sie rauchten dünnschaftige Zigaretten und drängten sich schutzsuchend unter den Strahlen des Heizpilzes. Wir unterhielten uns über die Hitze, das Getier und die Männer Südamerikas. Zentralamerika, sagte ich, Nicaragua liegt in Zentralamerika, worauf die anderen Freundinnen mich kurz ansahen, unschlüssig, ob ich einen Witz hatte machen wollen.

So oder so sollten wir uns keine Sorgen machen, meinte Nelly, ich werde meinen Verlobungsring tragen und lange Wallekleider, ich lasse mir das Achselhaar stehen und erzähle allen, ich sei eine verheiratete Frau. Wirst du nicht, sagte die hübscheste ihrer Freundinnen, ich kenne dich doch, alle lachten, auch ich.

Wo war Jakob an diesem Abend? Verreist, antwortete sie, als ich sie später, allein mit ihr im Auto, doch noch danach fragte, sie stieß die Korksandalen von den Füßen und kaute Kirschkaugummi, steuerte die Parkhausserpentinen abwärts, verstimmt, weil sie uns nicht dazu hatte bringen können, mit ihr tanzen zu gehen. Wir sollten jetzt kein Drama machen, sagte sie und umarmte mich, in ein paar Wochen wäre sie ja wieder zurück. Sie war bester Dinge. Sie hatte eben ihre Juniorprofessur angetreten und den Kopf voller Projekte. Daran erinnere ich mich und an mein unscharfes Gefühl von Niedergeschlagenheit, das noch eine Weile an mir klebte nach diesem Abend, dem letzten, den wir zusammen verbracht haben. Ein tagelanger Kater. Ich konnte mich auf nichts konzentrieren.

Erst kurz vor ihrem Verschwinden war Nelly überhaupt wieder in meinem Leben aufgetaucht. Zufällig hatte sie mich gefunden nach einem jahrelangen Auslandsaufenthalt, sich gemeldet auf eine Annonce, die ich ins Internet gestellt hatte auf der Suche nach Interviewpartnerinnen für meine Forschungsarbeit. Wahrscheinlich waren wir beide damals noch unsicher, ob es sich lohnte, aufzuwärmen, was wir vielleicht einmal miteinander gehabt hatten. Ich hatte keinen Grund, sie zu vermissen, als sie sich für eine sechswöchige Expedition verabschiedete, kein Anrecht.

Warum ich meine eigenen Angelegenheiten mehr und mehr vernachlässigte und mich stattdessen in ihre hineinwühlte, auch in die nebensächlichsten Details, alles las, was ich in die Hände bekommen konnte zu den ungeklärten Umständen des Unfalls, zu ihrer Forschung über die Plattenbewegungen an Konvergenzrändern und die Umwandlungen von Gesteinen der Erdkruste. Froh über jede Gelegenheit, mich in fremde Gegenstände zu verbeißen, um nicht immerzu über uns nachdenken zu müssen.

Würde diese Nelly das Gleiche für dich tun? Warum willst du diese Geschichte nicht vergessen? Wart ihr euch denn so nah? Waren wir nicht. Erst seit sie weg ist, habe ich sie richtig kennenlernen können. Das ist ja immer so.

Ich weiß nicht, ob sie überhaupt jemandem nahestand. Zumindest in Deutschland haben alle, die ich nach ihr fragte, höchstens eine Art pflichtbewusste Betroffenheit aufgebracht. Ihre Freundinnen mit den goldenen Uhren, ihre Assistenten und Doktorandinnen und früheren Mitarbeiter, niemand zeigte Interesse, den Dingen auf den Grund zu gehen. Die bereit waren, etwas mehr preiszugeben, erzählten mir von ihrem Ehrgeiz, ihren Launen und Manien; zeichneten das Bild einer schizoiden Persönlichkeit. Sie hat schon immer, schon als Kind, so lauteten typische Satzanfänge. Andere konzentrierten sich auf all die Dinge, die sie erreicht hatte im Leben, eine lichtdurchflutete Wohnung mit Terrasse und Eichenparkett, einen attraktiven Mann und eine Stelle als Juniorprofessorin an der Universität. Sie war hübsch und auch immer sehr witzig, sie war einer der witzigsten Menschen, die ich kannte, sie hatte doch alles, was man sich so wünscht, eigentlich habe ich sie kaum gekannt usw.

Nelly hatte ziemlich viele Bekannte, in anderen Sprachen würde man auch Freunde dazu sagen, eine große Zahl schwacher Bindungen, was kein Nachteil sein muss, solange alles in Ordnung ist, verlangen sie einem nichts Kompliziertes ab und können nützliche Kontakte vermitteln.

Selbst bei Jakob und auch bei Nellys Mutter bin ich mir zuletzt nicht mehr sicher gewesen. Ob sie trauerten, hofften, fürchteten, leugneten oder sich einfach nur verkeilt hatten in den Unaufgeräumtheiten, den Löchern und Flecken der Vergangenheit. Unter anderem deshalb bin ich ihr, sobald ich eben die Möglichkeit hatte, nachgereist nach Nicaragua, ins Tal von Pantasma, in die Hochwälder von Miraflor und das Provinzstädtchen San Dionisio, und unter anderem deshalb bin ich immer noch hier. Wegen der unbeantworteten Fragen. Ich habe nicht den Eindruck, dass jemand anders sich kümmern kann.

Bald muss ich abreisen, wenn ich nicht in Schwierigkeiten kommen will. Gestern habe ich mein Ein- und Ausreiseformular gesucht, ohne dieses Dokument werde ich Nicaragua nicht verlassen können, ein dünnes knittriges Durchschlagpapier, ausgefüllt in einer krakeligen Schrift, die ich kaum noch erkenne, mit einem Hotelnamen und einem erfundenen Beruf, wie es der Beamte an der Einreisekontrolle verlangt hatte, weil er mich mit Lücken im Formular nicht ins Land lassen durfte. Ein höchstens achtzehn Jahre alter Junge in Uniform, er sah nicht unfreundlich aus, als er mir das erklärte, trotzdem wurde ich nervös, immer werde ich nervös an Grenzkontrollen, obwohl ich noch nie in Schwierigkeiten geraten bin, und das hier sah nicht einmal wie eine Grenzkontrolle aus. Eine niedrige, mattgelb ausgeleuchtete Halle, ein Stand mit Broschüren, die Kontrollschalter inselhafte Sockel, mit Plakaten von Bergen und Stränden beklebt. Na gut, lachte er, dann sagen wir eben, Sie sind Lehrerin, und was ist der Zweck Ihrer Reise, arbeiten oder Zeitvertreib? Zeitvertreib, sagte ich schnell, und er nickte, befriedigt wie alle, denen ich seither diese Antwort gegeben habe. Die Zeit vertreiben. Auf Deutsch traf es die Sache besser, als mir lieb war. Passen Sie auf sich auf. Er lächelte und stellte mir eine Aufenthaltsgenehmigung für neunzig Tage aus. Es kam mir wie eine Ewigkeit vor, achtzig Tage davon sind inzwischen vergangen. Drei Monate, das ist viel länger, als ich zu bleiben vorhatte. Wobei ich nicht gut sagen kann, was ich überhaupt vorhatte, als ich meinen Flug buchte, spätabends, meine Eingaben machte, nachdem ich die Nachricht vom

Fund des Wrackteils gelesen hatte: an einem Flusslauf, in einem wenig erschlossenen Waldgebiet im Herzen des Landes. Rostzerfressen, wie ich es mir vorstellte, besiedelt von Bromelien und nistenden Tieren, von Luftwurzeln umschlungen und in den Waldboden gedrückt. Von der restlichen Maschine, von den Körpern und dem Gepäck der Insassen fehlte weiter jede Spur.

Anderthalb Jahre war es her, dass das Flugzeug mit Nelly und dem Ingenieur von den Radarschirmen verschwunden war. Als ich nach Nellys Namen suchte, fand ich noch immer all ihre Profile, den Eintrag auf der Mitarbeiterliste des Sonderforschungsbereichs an der Technischen Universität mit einer E-Mail-Adresse, einer Liste ihrer Veröffentlichungen und Präsentationen, ihrer abgeschlossenen und unabgeschlossenen Projekte, ein Bild, auf dem sie lächelte und wie immer viel jünger aussah, als sie war. Ich suchte nach dem Dorf, in dessen Nähe der abgebrochene Flügel sich befinden sollte, nicht weit vom Tal von Pantasma, digitale Kartendienste zeigten in grünes Nichts zitternde Straßen im zentralen Bergland, wo keine Busse mehr fuhren, wo es nur noch mit dem Schiff weiterging, mit Pick-ups und zu Pferd.

Schon zu behaupten, ich buchte, kommt mir falsch vor. Als hätte ich einen Beschluss gefasst und gehandelt, wenn ich doch in Wahrheit nur die auf mein Suchverhalten abgestimmten Bilder und Meldungen betrachtet und auf diese Meldungen reagiert, Masken mit meinen Daten gefüllt und Bedingungen akzeptiert hatte. Weil ich zu Geld gekommen war (Verwandte hatten es mir geschenkt, damit ich davon den Druck meiner Doktorarbeit bezahlte), weil es gerade günstige Flüge gab zu Beginn des tropischen Winters. Weil ich schon viel zu lange gewartet hatte. Weil es einen Punkt gibt, an dem man losgehen muss und sich keine Fragen mehr stellen darf. Aber all diese Sätze habe ich mir erst später zurechtgelegt. Es sieht mir nicht ähnlich, doch diese Reise habe ich mir nicht gut überlegt.

Ich speicherte die E-Mail mit dem Buchungscode, fing an, mich über Impfungen zu informieren, dringend empfohlen: Gelbfieber und Hepatitis, Keuchhusten und Tollwut, dafür war es ohnehin zu spät, der Organismus braucht schon ein paar Monate, um sich ordentlich zu immunisieren. Ich schrieb Esperanza von meinem Kommen und fragte, ob ihre Einladung noch galt, versuchte, Jakob zu erreichen, und begann, meinen Rucksack vollzustopfen mit den Dingen, die man einpackt, wenn man nicht genau weiß, warum man reist, wie lange man bleiben wird und wovor man sich fürchten soll. In meinem Kopf undeutliche Bilder von immerfeuchten Wäldern, Amöben und Hitze und tagelangen Regenstürzen, und Nellys geschürzten Lippen: Es gibt Sachen, vor denen kannst du dich nicht schützen, hörte ich sie sagen, und übrigens verlässt du nicht die Zivilisation, trotzdem legte ich eine zweite Regenhaut in meinen Rucksack, Tabletten zum Desinfizieren von Wasser, zur Prophylaxe gegen Malaria und gegen die Angst vor dem Fliegen. Und ganz zuoberst den Stoß Taschenbücher, den Ulrich mir in die Hand gedrückt hatte, als ich ihn zum Abschied besuchte in der Hoffnung, er könnte mir Adressen zum Übernachten nennen, aber seine letzte Brigadenreise lag über dreißig Jahre zurück. Wenn du nach Nicaragua fliegst, lies das, hatte er angeordnet und angefangen, die Bände aus seinen Holzregalen zu ziehen, bestimmt auch für deine Freundin interessant, bestimmt, log ich, das heißt, vielleicht log ich auch nicht. *Die trotzigen Mühen um die Freiheit. Sandinismus und Arbeiterinteressen, Gewerkschaften und Kleinbauernverband in Nicaragua. Die Buchstaben der Revolution. Befreiung findet hier und jetzt statt* usw. Ich würde diese Bücher nicht lesen. Trotz machte sich breit in mir, eine Mischung aus Kraftlosigkeit und Sentimentalität beim Anblick der Titel, Schwarzweißfotografien lachender junger Menschen auf Traktoren, vor bemalten Mauern, beim Verrichten von Landarbeiten, mit baumelnden Beinen von Panzern winkend unter roten und schwarzen Versalien. Vorwärts, für immer, zum Sieg. In Klarsichtfolie eingeschlagene Präparate, Ulrich hatte die abgestoßenen Einbände geflickt für mich. Ein ehemaliger Kollege, der es gut mit mir meinte, der Einzige bei der Schülerhilfe, zu dem ich eine Art Zuneigung gefasst hatte.

Außer Ulrich und Jakob weiß niemand, dass ich hier bin. Für eine Zeitlang zu meinen Eltern, sagte ich den Freunden, in deren Gästezimmer ich damals wohnte, zu einer Freundin, sagte ich meiner Mutter am Telefon, allen anderen sagte ich nichts. Meine Freunde hätten mir abgeraten oder Fragen gestellt, warum Südamerika, warum jetzt, ist das nicht eine schrecklich sexistische Gesellschaft dort, ist das nicht eine Flucht, bist du überhaupt gesund genug für eine solche Reise? Auf keine dieser Fragen hätte ich eine Antwort gehabt, höchstens, dass ich nach Zentral- und nicht nach Südamerika reiste und man doch mit dem Wort Flucht ein bisschen vorsichtiger sein sollte.

Ich habe mir auf der Landkarte die Orte markiert, durch die Nelly gekommen war. Den Verlauf ihrer letzten Expedition vom Hafen von Corinto auf einer geraden Linie nach Südosten, immer tiefer ins Landesinnere hinein, wo sie ihre Messgeräte aufgestellt hatten, bis sie an einer der vorletzten Stationen abbrechen mussten. Das Städtchen San Dionisio, in dem Nelly anschließend mehrere Monate verbrachte, unterbrochen von kurzen konfusen Reisen in die verlassensten Winkel des Landes. San Miguelito an der Mündung des Río San Juan. Das Tal von Pantasma im Bergland des Nordens. Wohin sie eben mitgenommen oder eingeladen wurde, wenn es sich ergab.

Ich wollte die Orte aufsuchen, an denen sie sich aufgehalten hatte. Fetzchen zusammensuchen. Viel mehr erhoffte ich mir nicht. Mir war klar, dass ständig etwas dazwischenkommen würde, dass ich nur mit großer Langsamkeit und Unbeholfenheit vorwärtskommen würde. Aber eine langsame und unbeholfene Bewegung ist immer noch besser als gar keine Bewegung.

Und willst du Detektiv spielen?, fragte Ulrich mich an dem Abend auf seinem umwucherten Balkon, als ich ihm doch noch die ganze Geschichte erzählt hatte, von meiner unter ungeklärten Umständen verschwundenen Freundin, vom Fund des Flugzeugteils im Tal von Pantasma, selbst von den halbseidensten Gerüchten: von einer Person, die ungefähr um die Zeit des Unfalls aufgetaucht sein sollte in dem Dorf El Ventarrón, nahe dem Tal von Pantasma, eine Frau in Nellys Alter, blond, ungewaschen, in zerfetzten Kleidern, leicht verletzt, verwirrt, aber ansprechbar, ob ihr Erscheinen etwas mit dem Flugzeugabsturz zu tun hatte, wusste keiner. In den Kommentarspalten wurde weiter über die Möglichkeiten einer Entführung, eines Attentats diskutiert. Und, fragte Ulrich, was also hast du dort vor?

Detektiv, ich lachte und schenkte mir von seinem Wein nach, auf gar keinen Fall, ich wäre die Letzte, die sich eignet, unfähig, selbst den einfachsten Krimihandlungen zu folgen, viel zu leicht verlor ich mich in nebensächlichen Details, ich interessierte mich für dunkle Taten, aber nicht für die Aufklärung ihrer Motive, ich glaubte ja nicht einmal an Motive, die zwingend und eindeutig zu einer ganz bestimmten Handlung führten.

Ulrich musterte mich, wie er mich auch bei der Arbeit manchmal beobachtet hatte, abschätzig, ein wenig besorgt oder vielleicht nur nachdenklich. Ich kann dir nicht helfen, fürchte ich, sagte er, kauf dir einen Lonely Planet, es gibt Hostels in Nicaragua und Geldautomaten und Coca-Cola, es ist jetzt ein Drittweltstaat wie andere auch. Dafür, dass er seit dem Kriegsende nicht mehr dort gewesen war, wusste er ziemlich gut Bescheid. Es heißt nicht mehr Dritte Welt, sagte ich, na dann, sagte er, und was hat deine Freundin da eigentlich gemacht, Straßenkindern geholfen? Meine Freundin war Seismologin, sie betrieb Grundlagenforschung, sagte ich, für Mitleidstourismus hat sie sich noch nie interessiert, behauptete ich, im Übrigen war sie dafür auch schon etwas alt. Ich gab mich abgeklärt, er ging auf meinen Ton nicht ein. Warum alt?, fragte er, Anfang dreißig, das ist doch ein super Alter für Frauen, die helfen wollen.

Zum Abschied wünschte er mir Glück und nahm mir das Versprechen ab, ihm eine Karte zu schicken. Ich habe es noch nicht eingelöst. Man kriegt hier nicht an jeder Ecke Ansichtskarten. Und ich weiß immer noch nicht, was ich Ulrich schreiben sollte, wie ihm beschreiben, was ich hier sehe, was hier los ist, ohne als bürgerliche Naive zu gelten. Gelegentlich schreibt er mir Nachrichten, schreibt, wie schön er die Nacht mit mir fand, erkundigt sich, wie es mir ergeht, und ich habe keine Antwort auf diese einfachste aller Fragen. Wie zum Ausgleich blättere ich noch manchmal in den Büchern, die er mir mitgegeben hat, Berichte von Brigadisten, die nachts von Gewehrsalven geweckt wurden, sich vorwagten in umkämpfte Gebiete und ganz genau wussten, was sie dort zu suchen hatten.

»Mike erwartet mich im Laboratorium, wo ein Kollege von ihm gerade die Panzer von gefangenen Käfern beschriftet. Es sind nicht etwa tote Tiere für die Sammlung, sondern lebende, die wieder in die Freiheit entlassen werden. Wie bei beringten Vögeln, hofft man darauf, sie eines Tages in dem unergründlichen Labyrinth des Waldes wiederzufinden und somit etwas über ihre Lebensgewohnheiten zu erfahren. Ich staune über diesen Optimismus.«

Uwe George, *Die Tricks der Spezialisten*

Estática milagrosa

Seit ich hier bin, achte ich auf Hunde, junge und abgewetzte, verstümmelte und trächtige, gelbe und anhängliche, noch immer weiß ich nicht, ob ich Mitleid mit ihnen oder Angst vor ihnen haben soll. Selbst im Hotel in Managua habe ich sie nachts heulen gehört, ungebundene Schemen über die Rasenstreifen vor den bewachten Häusern schnüren sehen. Hier in San Dionisio traben sie durch die Straßen wie auf der Suche nach dringenden Erledigungen, geben sich geschäftig, als gehörten sie schon irgendwohin; liegen im Schatten und warten auf den Abend wie die großen grauen Schäferhundmischlinge in Esperanzas Innenhof. Angekettet an entgegengesetzten Enden des Grundstücks. Einer bewacht den von einer durchbrochenen Mauer abgetrennten Teil mit der Werkstatt, mit den Schleifmaschinen und Lackeimern, den ordentlich an den Wänden aufgehängten Werkzeugen, Zangen, Schraubenschlüsseln, Reifenhebern, dem in der Mitte geparkten, mit aufgesperrten Klappen und Türen ausgeweidet wartenden Mercedes Benz. Der andere, jüngere Hund liegt in dem Winkel neben dem Waschtisch aus Beton, gegenüber meinem Fenster, ich kann sehen, wie seine Flanken sich heben und senken, wie seine ins Licht gereckten Läufe zucken, wenn er jagt im Schlaf.

Jeden Abend schaue ich zu, wie Esperanza das Hoftor der Garage und das schmiedeeiserne Gittertor vor ihrem Wohnzimmer mit einem System aus Ketten-, Bügel- und Vorhängeschlössern sichert, bevor sie je einen der Hunde aus seinem Zwinger lässt. Sie kommen nicht miteinander aus. Solange einer von beiden an der Kette liegt, ignorieren sie einander, halten sich anscheinend an eine Art Burgfrieden. Allzu genau habe ich aber noch nicht zugeschaut. Ich kann ja nicht in die Nähe. Ich wohne jetzt seit fast drei Monaten hier, aber gewöhnt haben sie sich noch nicht an mich, vor allem nicht der jüngere. Wahrscheinlich wird er es auch nicht mehr lernen. Obwohl ich nicht über die meterhohe, mit Drähten und Glasscherben bewehrte Mauer geklettert komme, sondern aus dem im ersten Stock gelegenen Zimmer im Anbau im Hinterhof. Wenn ich mich auf den Treppenabsatz stelle, schlägt er an, und wenn ich mich ihm näherte, ginge er mir wohl an die Kehle. Ich muss warten, bis jemand kommt und ihn wegsperrt. Natürlich frage ich mich, was sein wird, wenn nachts ein Feuer ausbricht oder ein schweres Beben oder beides und wir auf der Stelle das Gebäude verlassen müssen. Tiere spüren die Anzeichen der Katastrophe lange vor uns, sie würden unruhig werden und uns mit ihrer Unruhe wecken, unter anderem dazu sind sie schließlich da. Die Menschen hier scheinen sich jedenfalls vor Angriffen auf ihr Eigentum, vor Jugendlichen *ohne Perspektive* mehr zu fürchten als vor den tektonischen Spannungen unter unseren Füßen.

Wenige Wochen bevor Nelly mit ihrer Arbeitsgruppe im Containerhafen von Corinto anlegte, waren in den Gebieten der Vulkane Telica und Momotombo verstärkte seismische Aktivitäten aufgezeichnet worden. Eine Serie von Schwarmbeben, zitternde Steigerung der ständig rauschenden Bodenunruhe. Sie wanderten südwärts zum Schildvulkankomplex des Apoyeque auf der Halbinsel Chiltepe im Managuasee und von dort weiter auf die Hauptstadt zu. Die Wellen verliefen tief unter dem Erdboden und richteten an der Oberfläche kaum Schaden an, nur von der Fassade der Kirche San Juán Bautista in León bröckelten Fassadenstücke, auskragende Ornamente ohne tragende Funktion. Man muss aber davon ausgehen, dass die tektonischen Störungen im dicht besiedelten Süden des Landes aktiviert wurden, Verwerfungen sich geöffnet haben wie im Januar 1972 in Nagarote, elf Monate vor dem großen Beben von Managua, das in der Nacht des 23. Dezember desselben Jahres die Stadt *in Schutt und Asche legen* sollte.

Ereignisse wie dieses kehren in regelmäßigen Abständen wieder. Die letzten verheerenden Beben in der Gegend ereigneten sich 1931 und 1972. Nach allem, was ich in Interviews mit Forschern des Instituto Nicaragüense de Estudios Territoriales und in den Reisewarnungen des Deutschen Auswärtigen Amtes gelesen habe, muss jederzeit wieder mit einem großen Knall gerechnet werden. Und es sieht, vorsichtig gesagt, nicht so aus, als wären sie hier heute auf eine solche Katastrophe sehr viel besser vorbereitet als vor vierzig Jahren.

Warnungen wie jene des Auswärtigen Amtes, Prognosen von Wissenschaftlern, präventive Maßnahmen der Regierung zum Schutz der Bevölkerung nahm Nelly grundsätzlich nicht ernst. Wenn ich sie danach fragte, erklärte sie mir die Unbrauchbarkeit der Statistiken, unbekümmert wie es eine nur sein kann, wenn sie vertieft ist in ein spezielles Grundlagenproblem. Wenn ich mich schon sorgen wollte, gebe es Dringenderes, die Veränderung des Klimas, nur als Beispiel, oder die Wahnideen mancher Menschen.

Vorläuferaktivitäten: Im Herdgebiet verstärkt sich der Zug an den Platten, es öffnen sich Mikrorisse im Gestein. Sie dehnen sich, bevor es zum Bruch kommt, es ändern sich weitere physikalische Parameter, mit empfindlichen Apparaten sind sie messbar: elektrische Leitfähigkeit, magnetische Eigenschaften, Geschwindigkeit der Wellenausbreitung im Platteninnern. Es kann zu Änderungen des Grundwasserspiegels kommen, verschobener Neigung der Erdoberfläche und zu Vorbeben, genauso gut aber auch zu einer Verringerung der Bebenaktivität. In manchen Gebieten verzeichnete man im Vorfeld der gewaltigsten Erschütterungen wochen- oder monatelang seismische Ruhe. Ob es sich bei diesen Änderungen wirklich um Vorzeichen kommender Beben handelt, ist ungewiss, nicht als zuverlässig anerkannt, so wenig wie die oft ins Feld geführte Unruhe der Tiere.

Wenn ich Esperanza darauf anspreche, lacht sie bestenfalls, oft wird sie regelrecht unleidlich und meint, es gebe wahrhaft drängendere Gefahren, mit jenen der Natur könne man sich noch am ehesten arrangieren, die Regierung kümmere sich.

Nicaragua soll noch das sicherste Land Zentralamerikas sein. Und wir wohnen in einem besseren Viertel, soweit ich das beurteilen kann, mit gepflasterten Straßen und getünchten Einfamilienhäusern und Apotheke an der Ecke. Erst vor kurzem sollen bei Martas Nachbarin nachts alle Laken von der Leine gestohlen worden sein. In einer nicht ganz so guten Gegend, aber aufpassen muss man auch hier, sagt Esperanza, ganz abgesehen davon, dass sie an den Sicherheitsbegriff der Statistiker nicht glaubt, für uns Frauen, meint sie, sieht sowieso alles anders aus.

Hier im Haus gehen fast nur Frauen ein und aus, die Werkstattjungen und Milton ausgenommen: Esperanza und Marta, Gloria Lourdes mit den hellen Strähnen und dem gefährlich geschwungenen Lidstrich und Marvely. Ein Mädchen in Faltenrock und Kniestrümpfen, das ganze Nachmittage im Schaukelstuhl sitzen und sich mit vollgeschriebenen Karteikarten beschäftigen kann, Bilder für Esperanzas Kühlschranktür malt, im Hinterhof steht und mit der Stimme eines krähenden Hahns lange Gespräche mit unsichtbaren Freunden führt, telefoniert oder so tut, als telefonierte es, und mir Geschichten von einem gewissen Julio erzählt, der es bald zu sich holen oder mit ihm fortgehen wird.

Nach Mayami, sagt Marvely, Julio und ich gehen fort nach Mayami. Die Stadt, die ich auf der Durchreise aus den braungedörrten Sümpfen wachsen gesehen habe. Durch das grünliche Glas des Flughafengebäudes, aus der Ferne sahen die Hochhäuser aus wie Kristalle auf trockengelegtem Schwemmland. Vorstädte mit gewässerten Rabatten und gechlorten Pools, an deren Rand sich dieses Kind sonnen will. Vor kurzem malte sie ein Bild von sich im goldenen Bikini und Julio im Baseballdress, eine Gestalt aus Bogen und Schnörkeln und eine aus Geraden und rechten Winkeln, mit dick gestricheltem schwarzen Schopf, Hand in Hand vor dem Swimmingpool, bald soll er sie zu sich holen in die Vereinigten Staaten. Ich habe mir die Geschichte von Julio jetzt ein paarmal erzählen, die Zeichnungen zeigen lassen und nicht viel dazu gesagt, auch wenn ich Esperanzas missbilligende Blicke auf uns spürte, es schmeichelte mir, dass die Kleine mit mir über Gefühle sprechen wollte, und du, fragte sie mich, warum hast du denn eigentlich keinen Freund?

Anfangs glaubte ich, sie alle wären wenigstens entfernt miteinander verwandt und wohnten zusammen hier, in einem halbwegs intakten Großfamilienverband, wie wir es uns erwarten in einem heißen Land, wie in Nellys Beschreibungen eines Sonntagsausflugs zu den warmen Quellen von Tipitapa. Ein stundenlanges Picknick mit der ganzen Familie an einem Betontisch unter einem Bastschirm. Zum Essen angehalten, saß Nelly neben einer Tante oder Großtante, die mit einer zum Fächer gefalteten Serviette die Fliegen verscheuchte, Smirnoff aus einer eisgekühlten Dose trank, mit achtlos sicheren Griffen nach vorbeiflitzenden Kindern fasste und aus dem Mundwinkel Kommandos und Liebkosungen verteilte. Ein Vetter oder Schwager Esperanzas stellte Nelly Fragen zur Heimat, die sie beantwortete, ohne den Blick von den Badenden in den algenberandeten Becken zu lassen, den dorrenden Hügeln hinter der Badeanlage unter dem rasch eindunkelnden Nachthimmel, zwischen unkonzentrierten Gesprächen, den Balladen von Bryan Adams und Rod Stewart aus den Boxen, den Gaumen klebrig von mitgebrachter Limonade aus Plastikbechern, zwischen ungefähr zwanzig um den Tisch versammelten Menschen, Neffen und Nichten, Schwägern und Cousinen und Geschwistern, jemand setzte ihr die Verwandtschaftsverhältnisse auseinander oder versuchte es und lachte sie freundlich aus, weil sie sich nichts merken konnte, doch selbst die Kinder schienen nicht mehr recht zu wissen, zu wem sie gehörten. Lange, schrieb sie mir, habe ich mich nicht so wohl gefühlt wie in diesem Durcheinander. Du nimmst Platz und niemand kümmert sich, alle tun, als ob du nicht da wärst. Es klingt vielleicht seltsam. Aber es ist ein schönes Gefühl.

Platz für eine Großfamilie wäre in Esperanzas Haus jedenfalls genug. Von der Straße aus wirkt es zwar klein und niedrig wie die anderen in der Nachbarschaft, tuffgelb und mit einer vergitterten Veranda, die gerade Platz bietet für eine Kübelpflanze und Esperanzas Motorrad. Aber nach innen ist es verschachtelt und verzweigt, vom Wohnzimmer gehen mehrere Fluchten ab, zu Zimmern mit verschlossenen Türen, zur Küche und zum Innenhof mit den verschiedenen An- und Ausbauten, die offensichtlich nach und nach, immer bei Bedarf mit dem, was gerade zur Hand war, für eine schnell wachsende Familie angefügt wurden und jetzt fast alle leer stehen. Nur Esperanza und Gloria wohnen noch hier. Vor kurzem erzählte mir Esperanza, wie Gloria als Dreizehnjährige vor der Tür stand und fragte, darf ich bei dir einziehen? Jetzt ist sie Anfang zwanzig, die beiden leben in einer Art Zweck-WG. Sie machen nicht den Eindruck, hierherzugehören, zwischen all diese Dinge, Häkeldeckchen und Schaukelstühle und Fotografien rund um den großen Spiegel im Wohnzimmer, vor dem Gloria ihren Lidstrich zieht, den Sitz ihrer Jeans kontrolliert, bevor sie morgens, immer in Eile, das Haus verlässt.

Auch Esperanza sieht aus, als wäre sie mit ihrem Motorrad, ihrem Rucksack, ihrem Laptop und ihren Büchern zu Besuch gekommen, um nach ihren Eltern zu sehen, um jemanden oder etwas in der Stadt zu vergessen und schließlich das Wiederweggehen zu vergessen, zu bleiben aus Nachlässigkeit oder mangels besserer Möglichkeiten, während das Haus mitsamt seinen Anbauten und der langen Tafel sich allmählich oder rasch leerte. Tatsächlich hat sie bis auf je ein in Mexiko und Kalifornien verbrachtes

Forschungssemester nie woanders gelebt und kann und will es sich auch nicht vorstellen, nicht für eine Million, sagt sie, erst werde ich hier versuchen, alle Möglichkeiten auszuschöpfen, auspressen muss man alle Möglichkeiten, bevor man die Heimat verlässt, sagte sie zu mir an einem unserer ersten gemeinsam verbrachten Abende, inzwischen scheint sie ihre Haltung etwas gelockert zu haben, oft spricht sie davon, wie schön es ist, den Aufenthaltsort frei wählen zu können, spricht davon im bedauernden Ton einer viel älteren Frau, für die es zu spät ist.

Die meisten der geschnitzten Heiligenfigürchen, Masken und Amulette und Andenken in den Regalen und an den Wänden hat sie selbst angeschafft und angeordnet, als sie noch die Zeit und das Geld hatte, zu verreisen. Die Sepiafotografie eines jungen Menschen mit Schiebermütze und Halstuch zeigt ihre im Krieg gefallene Mutter, die Werkstatt gehört ihrem Vater, der im Krankenhaus liegt, und das Zimmer, in dem zuerst Nelly gewohnt hat und jetzt ich wohne, muss das ihrer Tochter gewesen sein: die Pferdeposter, die geklöppelten Vorhänge. Im Wohnzimmer hängt das Bild eines gut genährten Kleinkinds. Sie hält sich in den Staaten auf, besucht haben sie einander seit Jahren nicht, sagte sie kürzlich zu mir, das erste Mal, dass sie überhaupt dieses inzwischen vermutlich zwanzigjährige Kind erwähnte, vom Vater war noch nie die Rede.

Gestern habe ich gesehen, wie Esperanza eine Zeichnung Marvelys zerrissen und weggeworfen hat, das Bildnis dieses Julio mit dem dichten schwarzen Haar. Er ist ihr Vater, sagte sie, in Florida ist er ganz bestimmt nicht, wo immer er ist, es ist gut, dass er weg ist. Beide schauten wir dem

Mädchen zu, wie es am Boden saß und Zahlen in einen Taschenrechner tippte, eine Elfjährige mit Affenschaukeln, so verliebt in ihre Schuluniform, dass sie sie auch nachmittags nicht ausziehen will, das ist das Gute, sagte Esperanza, sie begeistert sich für das Lernen, als Einzige aus ihrer Klasse hat sie keinen Tag gefehlt. Ich hörte zu, an den Durchbruch zur Küche gelehnt, abwesend studierte ich den Körper des Kindes, seine runden Arme, die Sitzhaltung.

Marschieren mit den Besten ihres Jahrgangs. Ich versuchte, irgendetwas Bewunderndes zu äußern. Draußen auf der Straße wartete Milton auf mich, damit wir einen Ausflug machten. Mit einem dicken Motorrad stand er vor der Tür, mit laufendem Motor, in einem dünnen Hemd und mit Baseballmütze. Ein scharfer Schatten in seinem Gesicht. Das Stottern des Motors drang durch die Glaslamellen zu uns ins Zimmer. Warum bist du nicht hereingekommen?, fragte ich ihn, es macht mir nichts aus, zu warten, behauptete er, und jetzt komm und steig auf, ich zeige dir etwas Besseres.

Mir ist bewusst, dass ich Namen anhäufe, aber die Beziehungen und Zusammenhänge waren auch mir nicht gleich klar. Vieles durchschaue ich natürlich immer noch nicht, die wenigsten reden deutlich mit mir, vor allem Esperanza ist in ihren Erklärungen ziemlich selektiv. Es fängt bei den kleinsten Dingen an. Zum Beispiel weiß ich immer noch nicht, ob ich etwas für dieses Zimmer bezahlen soll, ich denke, ich sollte, ich kann mir ja ausrechnen, dass sie mit ihrer Arbeit für eine Nichtregierungsorganisation nicht viel verdient, mit dem Schreiben von

Anträgen verdient man nirgends auf der Welt ein Vermögen. Projekte zur Diversifizierung der Landwirtschaft, zum Schutz der Meeresschildkröten. Ausgleichsflächen gegen das Voranschreiten der Wüste. Ich habe schon mitbekommen, wie sie und Gloria über Geld sprechen, dass es am Monatsende gerade noch für Bohnen, Zigaretten, Bananen reicht und für Martas Gehalt. Auf Marta zu verzichten, scheint allerdings undenkbar zu sein.

Sooft ich das Thema Miete anspreche, schaut sie weg, übergeht meine Frage, als hätte ich einen Witz zu machen versucht in einer Sprache, die ich nicht gut genug beherrsche, oder ihr Geschenke aufdrängen wollen wie neulich, als ich Obst auf dem Markt kaufte, die buntesten Früchte, die ich bekommen konnte, auch weil ich die ewigen Bananen nicht mehr sehen kann: Drachenfrüchte und Guaven und Mangos, kinderfaustgroß, so reif, dass es unter der gelben Haut pulste. Sie hat sie mit einem Handtuch bedeckt und die Fliegen verscheucht, sobald sie heimkam, Marta angewiesen, schnell einen Saft daraus zu machen, zu mir sagte sie nichts, ich weiß nicht, ob ich mir etwas Verdorbenes habe andrehen lassen.

Manchmal macht sie schon mittags Feierabend und will nichts, als mit ihrer Migräne allein zu sein, an anderen Tagen kennt sie nichts Besseres, als bis in die Nacht mit mir vor dem Fernseher zu sitzen, auf den Schaukelstühlen zwischen dem Nippes in ihrem Wohnzimmer und manchmal auch auf ihrem Bett, und mir die Verwicklungen ihrer liebsten Novela zu erklären. Auch wenn das ziemlich hoffnungslos ist. Die Serie handelt von den Machenschaften eines zwischen Istanbul und Río de Janeiro operierenden Menschenhändlerrings. Sie läuft seit über einem Jahr, das

Durchschauen von Komplotten und Intrigen war noch nie meine Stärke. Die Protagonistin, und das ist schon ungefähr alles, was ich verstehe, ist ein Mädchen aus armen Verhältnissen, tapfer und schön, hochschwanger mit ihrem zweiten Kind. Gerade hält sie sich in einer Tuffsteinhöhle in Kappadokien versteckt und wartet auf ihre Niederkunft. Auf diese Serie soll Nelly ganz versessen gewesen sein, jedenfalls behauptete das Esperanza, eins der wenigen Male, die sie von sich aus auf Nelly zu sprechen gekommen ist.

Alle anderen hier erinnern sich bei meinem Anblick von allein an sie und fangen zu erzählen an. Das Kind, dem ich abends auf der Straße beim Park Zigaretten abkaufe, und Marvely, das Mädchen von nebenan, das uns bei unserer Ankunft im Laden seiner Mutter warten ließ. Die Alte, der ich auf der Straße ein Paar Laufschuhe schenkte, die ich nicht mehr brauchen konnte. Milton. Allen ist früher oder später wenigstens eine Anekdote eingefallen, eine Beobachtung, ein Gerücht. Sie erzählen mir von langen erratischen Spaziergängen, von den großen Schritten, mit denen Nelly durch die Straßen stiefelte, oft in zweifelhafter Begleitung. In diesen Überlieferungen führt sie das Leben einer Jugendlichen, einer Irren, einer Heiligen. Im Naturkundemuseum hielt sie in ihrem rudimentären Spanisch Vorträge über Plattentektonik und den Wasserkreislauf, über das Voranschreiten der Wüste und den richtigen Umgang mit Abfall, sie sprach vor Dorfschulklassen und Kleinbauern, sie verlangte kein Geld. Sie schlief bis in den Mittag, traf sich mit verschiedenen Männern, verbrachte Abende in Bars, sie spielte Karten und trank gern. Abgesehen von diesen Vorträgen hatte sie scheinbar nichts zu tun. Es konnte geschehen, dass sie sich tagelang in ihrem Zimmer einschloss, zum Schlafen oder für die Arbeit an einem Projekt, das wusste keiner.

Die wildesten Geschichten wollen, sie habe hier, in María Esperanzas Innenhof, illegale Abtreibungen vorgenommen. Zuletzt hat sie wohl kaum noch etwas zu sich genommen, die Nahrung verweigert unter Verweis auf das Elend der Bevölkerung in den Dörfern und den Armenvierteln der Stadt. Wenn ich die Übertreibungen und Phantasien und Ausschmückungen von gelangweilten Kleinstädterinnen abziehe, sind die meisten Schilderungen so allgemein, dass sie von fast jeder Fremden handeln könnten, einer etwas desorientierten Person aus einem reichen Land, ausgestattet offenbar mit aller Zeit der Welt, auf der Suche nach einer Erfahrung, einem Abenteuer, etwas Sinnvollem, das sie tun konnte, solche hatte es hier schon öfter gegeben.

Mir gefällt der Klatsch nicht, sagt Esperanza, wenn ich sie darauf anspreche, in einem Ton, dass ich weiß, mehr wird sie mir dazu nicht sagen. Wenn ich versuche, die Rede mit einer freundlichen und neutralen Bemerkung direkt auf Nelly zu bringen, erwidert sie etwas ebenso Freundliches und Neutrales. Sie hat sich hier sehr wohl gefühlt, probierte ich es kürzlich, das hat sie, nickte Esperanza und wechselte das Thema, als wollte oder könnte sie sich an nichts erinnern im Zusammenhang mit Nellys monatelangem Aufenthalt hier in ihrem Haus, mit ihrem plötzlichen Aufbruch und Verschwinden. Vermutlich hat sie genug andere Sorgen, hat sich, sofern sich so etwas überhaupt sagen lässt, an das Kommen und Gehen von Menschen zu sehr gewöhnt, um jedes Mal aus der Fassung zu geraten.

Im Übrigen wissen wir, was mit Nelly und dem Ingenieur geschehen ist. Sie sind mit dem Flugzeug abgestürzt und gestorben. Zuvor hat Nelly einige Monate hier ausgeharrt, eine Zeitlang überzeugt, ihr Leben ändern zu müssen, und dann doch wieder nicht. Ein bisschen verwirrt von nicht gleich sortierbaren Eindrücken, von einem Ausmaß an *sozialen Verwerfungen*, mit dem sie nicht gerechnet hatte, oder mit dem sie zwar gerechnet hatte, doch ohne gefasst zu sein auf das, was es mit ihr machen würde. Armut gibt es auch zu Hause? Schon, aber. Wir wissen nicht, wie viel die Straßenbahn kostet, schreibt Camus über die Verwirrung des Touristen, und so ergeht es uns in allem, steht in *Liebe zum Leben*. Hier fährt keine Straßenbahn. Zuletzt war sie erleichtert gewesen, bald heimzukehren in ein kühles sauberes Land.

Drei, vier Tage lang erschienen in unseren Lieblingsklatschmagazinen und auf den *Sucesos-* und Panoramaseiten der Tageszeitungen Berichte über den Stand der Ermittlungen, die Suche in den schwer zugänglichen Atlantikregionen, dem undurchdringlichen Dickicht der Feuchtwälder im Osten Nicaraguas. Mutmaßungen, die Maschine könnte absichtlich oder unabsichtlich den honduranischen Luftraum passiert haben, für einen Rauschgiftkurier gehalten und abgeschossen worden sein. Ein Fischer wollte vom Delta des Río Escondido aus gesehen haben, wie ein brennender Flugkörper über dem Atlantik niederging, allerdings soll er erst Tage nach dem Vorfall bei der Polizeiwache von Bluefields vorgesprochen haben, nachdem er von der ganzen Sache gehört hatte, weil er sich eine Belohnung versprach. Das Flugzeug war plötzlich verschwunden, bei unauffälligem Wetter. In Foren für Esoterik und Paranormalitätsforschung wurde diskutiert über Clear Air Turbulences, die Koordinaten des Bermudadreiecks. Zeitwirbel. Blaue Löcher, die den Kontinentalsockel im westlichen Atlantik durchziehen, Höhlen und Gänge im unterirdischen Kalkgebiet, so weiträumig und kompliziert verzweigt, dass sich nicht einmal die Fische darin zurechtfinden. *Es positivo la desaparición*, wurde eine zuständige Kommissarin zitiert. Selbst in den Kommentarspalten ließ der Eifer nach einigen ritualhaften Äußerungen über den von vielen verfassungswidrig genannten Präsidenten, über den Leichtsinn reicher Touristen und die Untätigkeit der Polizei nach wenigen Tagen nach.

Illustriert wurde der letzte Bericht von einer aus einem Helikopter aufgenommenen Fotografie, aus der offenen bodentiefen Tür: der leere Himmel, das kahle flache Meer.

Geschichten über verschwundene Flugzeuge hatte man inzwischen schon öfter gehört. Und hier konnte, im Unterschied zu diesen anderen Geschichten, nicht von einer Katastrophe die Rede sein. Zwei privilegierte Menschen, die nicht aufgepasst hatten, auf einer Spritztour in die Karibik, ein Luxusabenteuer, das sie sich hätten sparen können. Ein privates Schicksal.

Der Ingenieur hinterließ zwölfjährige Zwillinge, eine Frau, die als Gynäkologin arbeitete, eine selten erwähnte Tochter aus einer vergangenen Ehe, eine mit ökologischen und sozialen Projekten befasste Nichtregierungsorganisation, mehrere Grundstücke und Immobilien in Managua und auf der Insel Ometepe im Nicaraguasee und ein aus nicht ganz geklärten Quellen geschöpftes Vermögen.

Ein abtrünniges Mitglied der Befreiungsfront, inzwischen parteilos. Ein schöner Mensch mit melancholisch dreinblickenden grünen Augen, mit dunkelgrauem geschorenem Haar und dem sehnigen Körper eines Läufers, den Nelly einige Male fotografiert hatte. Ich erinnerte mich wieder an die Bilder und auch an Geschichten über diesen Bekannten, der ihr bei ihrer Forschungsfahrt sehr geholfen hat und sie an den Wochenenden zu abenteuerlichen Spritztouren einlud. Selten nannte sie ihn beim Namen, er hatte mehrere, Ernesto, Tito, Lacayo, El Gato, der grünen Augen wegen. Meist schrieb sie mir von *dem Ingenieur*. Ein technischer Begriff, den sie zwischen sich und jeden Verdacht von Intimität schob. Eine Rollenbezeichnung, eine Respektsbekundung, eine unbeholfene und ironische Zärtlichkeit, ich stellte mir vor, dass sie sich lange Zeit siezten, was mir komisch vorkam, aber auch gefiel. Deshalb habe ich diese Bezeichnung übernommen. Wahrscheinlich war er einer, der schnell das Du anbot. Wahrscheinlich. Ich werde es nicht erfahren, ich kenne ihn nicht.

Du bist jemand, der mit beiden Beinen auf dem Boden steht, diesen Satz habe ich schon ein paarmal gehört, auch Jakob hat etwas in dieser Art zu mir gesagt, in den Wochen nach dem Unglück, als ich für ihn da zu sein versuchte. Ich habe die Wohnung aufgeräumt und ihn vom Flughafen abgeholt. Sein und ihr Gepäck baumelte von seinen Schultern, Trekkingrucksäcke in Partnerfarben, mit siebzig und mehr Litern Volumen. An ihm sahen sie aus wie Engerlinge ohne Gewicht, Warnfarben zwischen den dunkel gekleideten Reisenden. Nicht bloß aus zweifelhaften modischen, auch aus Sicherheitsgründen empfehlen Händler Funktionskleidung in Schreckbunt. In Gletscherspalten und auf Geröllhalden gestürzte Touristen werden von den Rettungsmannschaften leichter aufgefunden, wenn ihre Ausrüstung sich abhebt von Eis und Moos und Fels und Stein. Er ging mit friedlichen Schritten, den Blick gesenkt, zu dünn angezogen für diesen verwaschenen Stadtwinter, durch die temperaturlosen Gänge des Terminals. Ich musste ihn am Arm fassen, weil er mich, auch als ich rief, nicht hörte, ich weiß noch, wie ratlos wir voreinander standen. Die Sonnenblockerschlieren an seinen Kinnbacken, die angespannten Muskeln seines Kiefers. Unter dem Ohr blühte ein Ausschlag, eine allergische Reaktion, es heilte aber wohl schon ab und tat nicht weh. Ich zog ihn an mich, bevor er die Hand ausstrecken konnte, und legte meine Wange an den Kragen seiner Funktionsjacke, roch Hautcreme, Schweiß und Ruß. Er strich über meinen Arm, ich griff nach Nellys Rucksack, schmal und purpurn, die Träger schnitten mir in die Schultern, das Gewicht löste ein erschrockenes Lachen bei mir aus. Was hatte sie bloß darin herumgeschleppt?

Still stand er neben mir im S-Bahn-Abteil, breitbeinig und mit hochgeschlagenem Kragen, schaute zu, wie wir aus dem Tunnel krochen, an Höhe gewannen, an stehengelassenen Rangierloks, dreckigen Güterhallen, dem Himmel vorbei. Ich bin mit ihm aus- und in die Straßenbahn umgestiegen und bis zur vorletzten Haltestelle gefahren. Nebeneinander gingen wir durch den Nieselregen, Quarzsand knirschte unter unseren Füßen. Er grüßte eine junge Mutter, die ein Kind an uns vorbeizerrte, er folgte mir über die Rollstuhlrampe in den Hausflur, schaute zu, wie ich den Briefkasten kontrollierte, die Wohnungstür aufschloss, er blieb stehen im schattigen Flur, mit dem Gepäck auf dem Rücken wie jemand, der die übliche Reihenfolge vergessen hat. Er ging die Post durch, die ich auf dem Schlüsselbrett abgelegt hatte, Rechnungen, Werbebriefe, Modekataloge, Aktionsflyer von Jacques' Wein-Depot. Er schnallte sich die Sandalen von den Füßen, nahm mir den Rucksack aus der Hand, stieß vorsichtig, als wüsste er nicht, wer sich darin befand, die Tür zum Schlafzimmer auf, riss dem Rucksack die Halsöffnung auf und kippte kopfüber alles aus, Kleider und Kosmetik, eine Puderdose, eine Flasche Kochsalzlösung, ein Ladekabel rollte auf die Fliesen, die Katze schnellte hin, streckte die Tatzen nach dem Stecker, spielte ihn vor sich her, wir konnten nicht aufhören zu lachen über dieses kleine Bündel Lebendigkeit.

Er griff nach ihr, hielt sie fest, so dass sie nicht wegspringen konnte, streichelte ihr den Kopf, immer wieder mit der flachen Hand über den Kopf, ich füllte den Wasserkocher, er fing zu reden an. Den Flug umzubuchen hätte einige hundert Dollar gekostet. Die Versicherungen deckten einen Fall wie diesen: mysteriöses Verschwinden eines geliebten volljährigen Menschen, nicht ab. Man muss schon ein Bein oder einen Arm einbüßen, erklärte er mir, was er sich in einem Hotelzimmer in Managua am Telefon hatte erklären lassen von einer Stimme aus Mumbai, die er kaum verstand, Dinge, die er im Grunde längst wissen sollte, längst wusste. Er hatte in Nicaragua nichts mehr verloren, er hatte von Anfang an hier nichts verloren gehabt.

Dabei waren es schöne Ferien gewesen. Sie hatten nicht gestritten, bis zuletzt. Sie hatten sich von dem Ingenieur Berge und Strände und Inseln zeigen lassen und bis in die Morgenstunden Gespräche geführt. Sie hatten beschlossen, ein Kind zu adoptieren, sie hatten schon Schritte unternommen, das heißt, Nelly hatte schon alles Mögliche in Bewegung gesetzt, sagte er und lächelte mich an über seinem erkaltenden Tee, im Stehen in seiner Küche an diesem lau verwaschenen Tag, ein regelrechter Redeschwall, der da aus ihm herausbrach wie etwas, das nicht zu ihm gehörte, etwas, das von außen kam und durch ihn hindurch redete, während er dastand und nicht aufhörte, der Katze über den Kopf zu streichen.

Ich habe ihm zugehört und ihn nicht unterbrochen. Früher hatten wir krampfhaft nach Dingen gesucht, die wir einander sagen konnten, wenn wir zu zweit waren, jetzt redete er auf mich ein. Ein- oder zweimal bin ich ihm wohl doch ins Wort gefallen mit einer idiotischen Floskel. Kann ich mir vorstellen. Kannst du nicht.

Haken schlagende Taxen, die Flure einer Polizeistation mit den Porträts der Beamten und der festgepinnten blau-weißen Flagge, die Fernsehnachrichten auf dem Flachbildschirm über der Hotelbar, das tage- und nächtelange Gehen; weil er genug vom Kutschiertwerden hatte, verlegte er sich aufs Laufen, stundenlang, meilenweit durch diese Stadt. Eine Anhäufung von Siedlungen, zwischen Autostraßen gescharrt, ein paar funkelnde Verkaufsfilialen im Zentrum, Schnellrestaurants und Pfingstkirchen und Casinos an den Straßenrändern, dann wieder handbemalte Werkstätten, Wohnhäuschen mit bunten Fassaden, aus denen es Tag und Nacht brutzelte und rauchte. Selbst zum Haus des Ingenieurs war er zu Fuß gelaufen, in das entrückt in nasser und beinahe kühler Höhenluft gelegene Viertel, wohin sie mehrmals eingeladen worden waren. Er erinnerte sich nicht, wie er dieses Haus, auch nur das Viertel wiedergefunden hatte, vorher hatte man sie ja immer nur in einem dunkel verglasten Tuareg durch die Gegend gefahren, es gab keine lesbaren Stadtpläne, zu wenig Schilder, das Kartenprogramm seines Tablets nützte nichts, er holte es nicht einmal heraus, er rannte einfach durch die Straßen, als wäre er so jemand, der darauf vertraut, am Ende schon irgendwo anzukommen. Vor dem Torpfosten beim Grundstückseingang stand er mit seinem verbrannten Gesicht und versuchte zu reden mit dem Wächter auf seinem Klappstuhl, verlangte in drei Sprachen, Fatima zu sprechen, zeigte auf das auf Bungalowstelzen in einem Wäldchen versteckte Haus. Noch vorgestern Abend hatte er dort gesessen, aufgewärmte Hackbällchen geknabbert und sich von Fatima Bilder ihrer Söhne zeigen lassen, Zwölfjährige im Baseballdress, er hatte freundlich gelächelt, jetzt stand er vor ihrem Tor und brüllte, um wenigstens eine Reaktion zu bewirken, wenigstens, dass dieser uniformierte *Indio* sich von seinem Platz hinter dem Sonnenschirm erhob, an die Eisenstäbe trat und ihm mit der Polizei drohte. Polizei! Da bekam ich einen Lachanfall, sagte er zu mir. Im Garten der deutschen Botschaft, an einem vom Neujahrsempfang übriggebliebenen Stehtisch ließ er sich anbetteln von einer Backpackerin mit im Nacken geknoteten Bikiniträgern unter dem Sommerkleid. Ihr Freund, dünn wie sie, aber merkwürdig blass, wartete zigarettendrehend, mit tief ins Gesicht gezogener Strickmütze unter einer Girlande, während das Mädchen Jakob die Geschichte erzählte. Am Strand waren sie ausgeraubt worden, im Schlaf, jetzt mussten sie über die Grenze nach San José, um ihren Rückflug zu bekommen, sie wussten nicht weiter, sie brauchten Geld. Warum ruft ihr nicht eure Eltern an? Mit zuckenden Lidern schaute sie zu, wie er den Brustbeutel unter dem tagelang nicht gewaschenen T-Shirt hervorholte, plötzlich verunsichert betrachtete sie die Scheine, was ist jetzt, fragte er, braucht ihr Geld oder nicht? Hinter ihr dehnte der Freund das Spielbein und blies Rauch in die Luft.

Am Abend sah Jakob im Fernsehen den Bericht einer Zeugin an, einer der vielen, die hinter dem Maschendrahtzaun um das Rollfeld stehen geblieben waren, um dem Start der Jason zuzuschauen. Zu Wort kam die Straßenhändlerin Julia Gaitán, die in der nahegelegenen Zona Franca Las Mercedes Maiskuchen an die Arbeiterinnen und die anderen Straßenhändler verkaufte. Der Weg von ihrem Haus im Barrio Jorge Dimitrov zur Produktionszone dauerte beinahe eine Stunde, zuvor hatte sie bereits mehrere Stunden in der Küche verbracht, um ihre Ware zuzubereiten und ein Frühstück für ihre Kinder, später stand sie mehrere Stunden vor den Fabriktoren. Sie musste beim

Heimweg um neun Uhr morgens erschöpft gewesen sein, außerdem abgelenkt von den Gedanken an die Erledigungen des noch vor ihr liegenden Tages, hatte also nicht viel Muße, den kleinen Flugzeugen beim Starten zuzusehen, beim Landen, beim Üben von Kunststücken in der Luft. Manche zogen flatternde Banner mit Botschaften hinter sich her, andere zeichneten mit den Kondensstreifen Figuren in den Himmel, Achten, Schleifen und Schnörkel aller Art, Worte und ganze Sätze, wieder andere drehten sich um die eigene Achse, stürzten senkrecht zur Erde und fingen sich scheinbar im letzten Augenblick. Und manche ließen die Kunststückchen ganz sein, entfernten sich geradeaus über den Saum der Vulkankette, nach Süden in Richtung der Grenze, nach Osten in die Autonomen Regionen wie eben das Flugzeug mit Nelly und dem Ingenieur.

Der Chauffeur des Ingenieurs hatte seine Aussage mindestens einmal revidiert. Zuletzt hatte er angegeben: Nicht der Ingenieur habe am Steuer gesessen, sondern Nelly, la muñeca, die weiße Puppe selbst. So genau habe er aber nicht hingeschaut. Nicht einmal ausschließen wollte er, dass es sich bei der Person mit Kopfschal und Sonnenbrille um eine ganz andere Fremde gehandelt haben konnte als um jene, deren Fotos man ihm auf dem Polizeirevier zeigte, während er mit den Fingern auf dem Tisch herumtrommelte und zum Fenster sah. Der Ingenieur, deutete er an, hatte viele Bekannte, auch aus dem Ausland, Kolleginnen, die er auf Erkundungsflüge in schwer zugängliche Gegenden mitnahm oder eben auf Ausflüge zum Zeitvertreib. Er als Angestellter mische sich da nicht ein.

Jakob hatte sich das stur abgewandte Gesicht des Bediensteten angeschaut und versucht, sich zu erinnern, ob und wo er ihn gesehen hatte auf dem Anwesen des Ingenieurs. Ob das etwas änderte. Er hatte immer denselben Gedanken, sagte er zu mir, nämlich dass nichts passiert wäre, wenn er an jenem Tag mit ins Flugzeug gestiegen wäre, wenn er Nelly daran gehindert hätte, in das Flugzeug zu steigen, mit diesem Ingenieur, wenn er entschiedener darauf bestanden hätte, etwas anderes zu unternehmen, auf der Erde zu bleiben. Er hätte sie zurückhalten sollen, fern von diesem Tito. Er hatte von Anfang an kein gutes Gefühl gehabt bei ihm. Hätte er auf dieses Gefühl gehört, dann wäre nichts passiert. Wäre er nicht eingeschlafen, während sie am Himmel kreisten, wäre nichts passiert. Wäre er wach geblieben.

Ich habe mir das alles angehört und etwas Aufmunterndes zu sagen versucht. Ich habe den Schlüssel für die Wohnung behalten und Jakob mit verschiedenen Besorgungen ausgeholfen, ich habe ihn jeden Abend besucht und ihm bis spät in die Nacht Gesellschaft geleistet. Ich sage: versucht. In Wahrheit hatte ich selbst keine Ahnung, wie ich mich im Gewirr meiner Gedanken zurechtfinden sollte. Wenn ich dann allein auf dem Balkon zwischen seinem Werkzeug und den zum Trocknen ausgelegten Bohlen und in Winterisolierung verpackten Kübelpflanzen stand, auf die Autobahnschlaufen hinter den Kränen des angefangenen Viertels schaute oder durch das Fenster ins Schlafzimmer hinein auf das stets gemachte Bett, rauschten auch mir immer wieder dieselben Bilder durch den Kopf. Das Flugzeug, aufgelaufen an einem einsamen Strand, mit gebrochener Tragfläche, verdreht aus den Angeln baumelnden Türen, dem Propeller, der sich wie irr weiterdrehte, während der Rumpf in Flammen aufging.

Nelly, wie sie mit ihrem schlenkernden Gang die Lobby eines teuren Hotels durchquerte, die gläserne Drehtür aufstieß, in die Parkplatzluft hinaustrat, in großen Schritten über den schon schwitzenden Asphalt lief, an staubgepuderten Eukalyptusbäumen vorbei zur Straße, zielstrebig geradeaus am Rand des vorwärtsruckelnden Verkehrs, mit ausgestrecktem Arm ein Taxi heranwinkte, das bei der nächsten Möglichkeit abbog, in einem schütteren Straßengewirr verschwand. Neben Fremden saß sie auf dem Rücksitz, nannte dem Fahrer eine Adresse, ihre große Strohtasche auf dem Schoß, darin kein elektronisches Gerät, nichts, das helfen könnte, sie zu orten. Hinter den Fenstern Straßen ohne Namen, buntes Geflatter. In so einer Gegend verschwindet es sich leicht.

Wenn Esperanza daheim arbeitet und ich vor ihr aus dem Haus gehe, was allerdings nicht oft vorkommt, schiebt sie ihre Hornbrille ins Haar und schaut skeptisch auf meinen offenen Beutel: Jeder kann hineingreifen, einmal machte sie es mir auch vor, fasste tief hinunter bis zum Taschenboden, ich trage nichts Wertvolles bei mir, ich passe schon auf, protestierte ich anfangs noch, sie tätschelte mir die Schulter, stopfte mir den Beutel fest unter den Arm, wie einem Kind, und wie einem Kind schaute sie mir auf die Beine, ganz zerstochen, in Espadrilles, die mir beim Gehen von den Füßen schlappten. Keine Schuhe für dieses Regenwetter. Inzwischen diskutiere ich nicht mehr. Sie fühlt sich eben verantwortlich. Auch wenn sie höchstens zehn Jahre älter ist als ich. Nicht die Matrone, die ich mir aus Nellys Briefen zusammenphantasiert habe, Erzählungen über eine alleinstehende Frau, die die Zimmer ihres leergewordenen Hauses an Touristen, Naturforscherinnen, reisende Mönche vermietet: Eine abgetakelte Kolonialvilla stellte ich mir vor, eines dieser Gebäude, das sich wider alle Prognosen und alle Regeln der Statik aufrecht hält, mit Volieren und Springbrunnen im Innenhof, überwuchert von regellosem Dekor, mit trägen Schaukelstühlen vor einem rund um die Uhr laufenden Fernseher. Nelly hat diese Bilder sicher nicht in meinen Kopf gepflanzt. Nie hat sie mir Körper beschrieben, Lebensläufe, die Häuser, in denen sie lebte. Dass Esperanza in ihrem Haus Zugelaufene durchfüttert und mit ihrem Gewicht kämpft, erwähnte Nelly, die morgendlichen Gymnastikübungen im Innenhof kommen mir also vertraut vor und die Unmengen an Süßstoff, die sie in ihren Milchkaffee rührt, wenn sie im Karohemd an ihrem Esstisch sitzt, das aufgeklappte Notebook auf dem Platzdeckchen, vor Projektberichten und Evaluationstabellen. Sie tippt mit zwei Fingern, das könnte ich schneller, sie gibt Zahlen ein, von denen ich nichts verstehe. Wohin gehst du, will sie wissen, bevor ich verschwinde, wie lange wirst du unterwegs sein, wenn du verloren gehst, ruf an.

Wenn ich daran denke, wie wir hier angekommen sind, Jakob und ich, ohne Plan und Ankündigung, und wie ich kurz nach meiner Ankunft erst einmal krank wurde und tagelang im Bett lag, nicht in der Lage, mich zu bewegen, dann verstehe ich ihre Sorge um mich. Parasiten, meinte sie damals, ich hätte etwas Falsches gegessen, ich sollte eine Laboruntersuchung machen und mir Tabletten verschreiben lassen, ich weiß, dass das Unsinn ist, schon vor meiner Reise bin ich nicht gesund gewesen, aber dieses Fass mache ich lieber nicht auf.

Manchmal denke ich, dass Jakob recht hatte. Nie hätten wir oder besser gesagt ich Esperanzas Einladung annehmen dürfen. Spätestens als sie uns fragte, ob wir hungrig seien, hätte ich verneinen und weiter an dem dünnen Pulverkaffee nippen sollen, den Marvely uns aufgebrüht hatte, mich wortreich bedanken für ihr aus reiner Höflichkeit geäußertes Angebot. Man weiß doch, wie das ist in solchen Ländern, sagte er zu mir, als sie uns schon an ihren Tisch gesetzt hatte. Durch den Durchbruch in die Küche konnten wir zuschauen, wie sie vom Grund einer Milchpulverdose einen braunen abgeschrabbelten Geldschein kramte und das Kind losschickte, damit es aus dem Laden nebenan sauren Rahm holte und purifiziertes

Wasser für uns. Sie sollte nicht solche Umstände machen, versuchte ich ihr zu sagen. Nicht mit dem purifizierten Wasser und schon gar nicht mit dem Rahm, Milchprodukte aßen wir sowieso nicht, aber da hörte sie mir schon gar nicht mehr zu. Ich mache keine Umstände, unterbrach sie mich und ließ ihren Blick kurz auf mir ruhen. Und jetzt esst.

Vieles verschwimmt in meiner Erinnerung, was die ersten Tage hier angeht, aber diese Szene habe ich noch genau vor Augen. Am Kopfende des langgezogenen Esstischs, der auch als Schreibtisch dient oder umgekehrt, mit unseren Platzdeckchen am einen und den Aktenordnern am anderen Ende, ihre hochgerollten Blusenärmel, ihre kräftigen Arme. Ich konnte nicht aufhören, sie zu betrachten. Die nachlässige Präzision ihrer Bewegungen. Die aufmerksame Art, in der sie mich musterte, ohne ansonsten großes Interesse an meiner Person zu zeigen, Fragen stellte sie mir wenig, schon in ihren Briefen hatte sie keine gestellt.

Von Anfang an habe ich eine Art Anziehung gespürt zwischen uns, aber auch Momente der Abstoßung. Mit einem Glas Eiswasser in der Hand saß sie mir gegenüber, den Kopf in die Hand gestützt, an den Tisch geschmiegt, die große schwarze Brille über den Scheitel geschoben, und schaute zu, wie wir aßen. Sie haben einen guten Appetit, sagte sie zu mir. Kein Vorwurf in ihrer Stimme, aber auch keine besondere Liebenswürdigkeit.

Kurz nach Nellys Verschwinden hatte ich ihre Adresse herausgefunden und ihr geschrieben. Eine Freundin sei ich und in Sorge. Eine Freundin, ich dachte über den Begriff nach, *amiga, compañera*, Freundin, Genossin, Kameradin, auch auf Deutsch hätte ich keine gute Bezeichnung gehabt für das, was wir vielleicht einmal voneinander gewollt hatten. Der Brief geriet kurz und konfus, Esperanza antwortete sofort.

Es ist richtig, dass Ihre Freundin einige Zeit hier verbracht hat. Wir alle sind schockiert über den Unfall. Allerdings wohnt sie seit Wochen nicht mehr bei uns. Einen Monat vor dem Unglück hat sie San Dionisio verlassen. Seitdem haben wir nichts von ihr gehört. Was wir wissen, wissen wir aus Zeitungen und sozialen Netzwerken.

Sie zitierte aus den Berichten, die ich kannte, die Aussagen des Chauffeurs und die öffentliche Stellungnahme der Witwe oder Ehefrau des Ingenieurs, ihr Mann sei bei bester seelischer Gesundheit gewesen. Sie schloss einen Selbstmord aus, legte nahe, die Maschine sei manipuliert worden. Wenige Tage nach dem Verschwinden des Flugzeugs hatte sie diese Erklärung abgegeben, seitdem hatte man nichts mehr von ihr gehört.

Es folgte eine längere, mit vielen Beispielen gespickte Abhandlung über die politischen Verhältnisse in Nicaragua, über die Straflosigkeit und die Intransparenz und die Machenschaften einer in Esperanzas Augen verfassungswidrigen Regierung, ich kann hier nicht alles im Einzelnen wiedergeben. Jedenfalls hat sie ein großes Mitteilungsbedürfnis, was diese Dinge angeht, es gibt hier wohl sonst nicht mehr viele, mit denen sie sich austauschen kann. Vielleicht ist das wirklich schon alles, was sie sich von mir wünscht, weshalb sie mich am Ende ihres ersten langen Briefs einlud, sie zu besuchen, wenn Sie sich entschließen sollten zu kommen, schrieb sie, in unserem Haus ist Platz.

Die beiden hatten einander auf einem Forschungsschiff kennengelernt, das hatte Nelly damals erwähnt, und offenbar schnell Freundschaft geschlossen. Zwei Wochen lang hatten sie eine zehn Quadratmeter große Kabine geteilt. Wenn Nelly nichts zu tun hatte, klopfte sie an die Tür des Kühllabors, wo Esperanza geochemische Proben bearbeitete. Für diese Tätigkeit hatte Esperanza, ich vermute aus Geldgründen, ihre eigenen Forschungen über die Wanderungen der Meeresschildkröten unterbrochen. Täglich verbrachte sie zehn Stunden und mehr in dem Labor unter Deck und presste Wasser aus Karbonatblöcken, die der Tauchroboter aus dem Boden gerissen hatte. Bodenproben aus den Küstengewässern am Kontinentalhang, vom Grund der offenen, tiefen See. Siebenhundert Meter unter dem Meeresspiegel befand sich ein ausgedehntes Feld aus toten Muscheln, langen Rissen, tellerförmigen Senken und Abbruchkanten. Aus den Rissen und Senken stiegen Schwefelwasserstoff und Methan. Folgen eines kurz zurückliegenden Erdbebens oder menschengemachte Verödung, man wusste es nicht. Im Kühllabor roch es jedenfalls deutlich nach den Gasen aus der Unterwelt, es herrschten wenige Grad über null. Esperanza schabte die weichen oberen Schichten der Sedimentkerne ab, befüllte die Porenwasserpresse, verschloss Proben für das geochemische Archiv. Mit um den Brustkorb geschlungenen Armen stand Nelly dabei, zog sich einen Espresso aus dem Automaten, wie es fast alle gern machten, aber anders als den anderen machte ihr die Kälte nichts aus, sie blieb stundenlang bei Esperanza in dem neonbeleuchteten Container im Schiffsbauch. Beim Landgang umarmten sie sich und tauschten Adressen aus, Nelly versprach, sich zu melden, wenn der zweite Teil ihrer Expedition durch Esperanzas Region führen würde, wie man das eben so verspricht, kündigte an, bei ihr zu übernachten. Als sie dann drei Wochen später tatsächlich vor der Tür stand mit ihrem Rucksack und einer Strohtasche über der Schulter, waren doch alle etwas überrascht.

Willkommen in unserem kleinen Macondo, hatte Esperanza mir geschrieben, wo das Wirkliche sich mit dem Magischen kreuzt, ich weiß noch, wie mir diese Formulierung aufstieß, der aus ihren ansonsten nüchternen Beschreibungen herausstakende Kitsch. Als wollte sie sich mit einem Schuss Exotik meine Aufmerksamkeit sichern. Sollten Sie sich entscheiden, uns zu besuchen, in meinem Haus ist Platz. Umarmungen, Esperanza. Sie hatte ihre Adresse angefügt: ein gelbes Haus schräg gegenüber der franziskanischen Gemeinde, vom ehemaligen Kino Fenix anderthalb Blöcke nach Süden. Danach hörte ich für Monate nichts von ihr.

Marvely war es gewesen, die uns hereingelassen hatte. Mit aufgestützten Armen hatte sie aus dem Ladenfenster nebenan zugeschaut, wie ich mich in den Schattenstreifen vor Esperanzas Haus drückte und mit dem Vorhängeschloss gegen die Gitterstäbe der Veranda schlug, während Jakob mir aus mehreren Schritten Entfernung zuschaute: Und woher weißt du, dass wir hier richtig sind? Ich wusste es nicht. Esperanza konnte umgezogen sein oder tot, sie konnte ihre Meinung geändert oder in ihrem Brief bloß eine höfliche Floskel ausgesprochen haben.

Normalerweise mache ich mir ständig solche Gedanken. Aber seit wir am Stadtplatz von San Dionisio vor dem stillgelegten Kino aus dem Microbus gestiegen waren, hatte ich aufgehört, mir den Kopf zu zerbrechen. Es kann mit der Luft zu tun haben, dem vom Meer kommenden Wind, der in Stößen durch die Straßen und mir unter die Kleider fuhr, an den Planen der Marktbuden riss, uns Tränen in die Augen trieb, es ließ sich jedenfalls leichter atmen als in der in ihrem Kessel brütenden Hauptstadt.

Und ich war nicht in meinem normalen Zustand, nach Tagen ohne Schlaf, durcheinander von der Zeitumstellung und dem Rum, zu dem ich mich am Abend im Hotel hatte überreden lassen, obwohl ich wusste, dass es wahrscheinlich nicht die beste Idee war, all das erklärt vielleicht, warum ich so benommen war. Benommen und zugleich euphorisch. Ich ging immer schneller, und Jakobs Zögerlichkeit reizte mich nur, seine störrische Duldsamkeit, als er in Esperanzas Wohnzimmer neben mir saß, ihr Essen auf die Gabel schob, mich von der Seite anschaute, während ich gestikulierte und zu übersetzen versuchte. Die beiden interessierten sich nicht füreinander. Du hast dich ja blendend unterhalten, meinte er später, noch nie habe ich dich so essen sehen. Und er schaute mich wieder an, wie er mich schon bei unseren ersten Begegnungen angeschaut hatte, wie etwas, das sich nicht einordnen lässt. Wenn ich mir das alles wieder vor Augen rufe, bin ich froh, dass er weg ist. Wir wären uns nicht einig geworden. Damals war ich froh, dass er da war, dass er sich im Bus immerzu an seinen unter dem Hemd versteckten Brustbeutel fasste und mit zusammengezogener Stirn zum Fenster hinausschaute. Ich rechne ja selbst immer mit dem Schlimmsten. Aber wenn ich jemanden hinter mir herziehen muss, stelle ich mir keine Fragen mehr.

An diesem Nachmittag bei Esperanza sprachen wir nicht über Nelly. Sie fing nicht davon an und ich erst recht nicht. Hauptsächlich erzählte sie von ihrer Arbeit. Die Forschung hatte sie aufgegeben für eine Stelle bei einer kleinen NGO, befasst mit Programmen zur Wiederaufforstung, gegen die Ausdehnung landwirtschaftlicher Nutzflächen, für nachhaltigen Tourismus und Kampagnen zum Schutz bedrohter Arten. Sie sprach darüber in diesem sanften Ton, den ich damals noch nicht einschätzen konnte, von dem ich erst später merkte, dass darin alles Mögliche mitschwingen kann, Klage, Ärger, Erleichterung, Resignation über die Unmöglichkeit, eine bezahlte Stelle an der Universität zu finden und ihre Studie über den Magnetsinn der Meeresschildkröten zu Ende zu bringen, Frustration also und gleichzeitig die Sicherheit, jetzt etwas Dringlicheres zu tun.

Sie zeigte uns Bilder der Meeresschildkröten, fragte, wie lange wir blieben, bedauerte, dass wir die Eiablage der Tiere verpassen würden. Jedes Jahr fuhr sie mit ihrer Aktionsgruppe an den Strand von Chacocente, um die Ankunft der Tiere zu beobachten, sie zu schützen vor ihren Fressfeinden, menschlichen Küstenbewohnern, die kamen, um die Eier auszugraben. Im Gestrüpp der Böschungskante schlugen die Aktivistinnen ihre Zelte auf und erwarteten die Ankunft der Tiere.

Zwölf Zentner schwere Ungeheuer in einer Sackgasse der Evolution. *An ihren Gewohnheiten*, schreibt Graf Lacépède, *halten sie ebenso fest, als ihr Schild hart ist. Sie leiden mehr, als sie handeln, und ihre Begierden sind nie sehr heftig.* An Land schwerfällig, gleichen sie beim Schwimmen fliegenden Raubvögeln, die Vorderflossen ausgebreiteten Schwingen. Täglich legen sie Strecken von mehreren hundert Seemeilen zurück. Sobald die Jungen das Tageslicht erblickt haben, wandern sie zum Wasser. Nur um ihre Eier abzusetzen, suchen sie das Land auf, kehren an den Strand zurück, an dem sie selbst geschlüpft sind. Sie orientierten sich an Geruch und Gehör, erklärte Esperanza, sie merkten sich, wie das Seegras dort roch, sie folgten den Höhenkämmen der unterseeischen Gebirgsketten und vor allem ihrem Magnetsinn. Sie spürten die Feldlinien des Erdmagnetfelds und passten ihre Routen an. Eine Art innerer Kompass? Menschen haben nicht begriffen, wie dieser Sinn funktioniert. Wir sind ja die Einzigen, die ihn nicht haben und spüren. Selbst an Hauspferden, Rindern und Mollusken ist er nachgewiesen worden.

Auch Nelly hatte sich mit dem Magnetfeld der Erde beschäftigt. Sie hatte es auszumessen versucht, um auf diese Art etwas herauszufinden über die stoffliche Zusammensetzung der abtauchenden Krustenplatte. Ständig waren die Platten der Subduktionszone in Bewegung, verschoben sich dadurch nicht die Feldlinien und mit ihnen das Koordinatensystem der Tiere? – Fische und Reptilien spüren eine Art Druck, wenn sie von der Nordausrichtung abweichen, sagte Esperanza. Sie schaute mich an, prüfend, ob ich ihr noch folgte, und presste die flache Hand an die Schläfe.

Oberhalb der Flutmarken der Dünen gruben die Weibchen ihre Nistlöcher. Bis zu hundert Eier legten sie ab, dann verscharrten sie die Gruben und pressten mit den Hinterläufen den Sand wieder fest an, um ihre Spuren zu verwischen. Als wüssten sie Bescheid über das Verschwinden ihrer Art, über die in den Dünen lauernden Kinder und anderes Gesindel, gierig auf die paar Pesos, die sie am Straßenrand für die geraubte Brut verlangen konnten, *mala gente*, waren Esperanzas Worte. Schlechte Leute. Ich wurde unruhig. – Doch wohl vor allem arme Leute, protestierte ich, so arm ist niemand, dass er seinen Kopf nicht mehr benutzen kann, sagte Esperanza, ich könnte dir zeigen, was sie für Handys besitzen.

Sie hatte angefangen, mich zu duzen. Aus Ärger oder nachlässiger Zuneigung. Ich konnte ihren Blick nicht deuten, als wir uns verabschiedeten, wir sollten uns beeilen, meinte sie noch, fragte, ob wir wirklich noch in die Stadt wollten, und drückte mich an sich, als ob wir uns schon lange kannten.

Tanz der toten Seelen. *Road under const., travel at your own risk*, warnt ein Schild am Rand der Straße, auf der Candace Hilligoss als Mary Henry und ihre Freundinnen sich von drei Männern zum Autorennen fordern lassen. Ich werde euch zeigen, wie man fährt, sagt die Frau am Steuer, Zigarette im Mundwinkel, tritt aufs Gas, holt auf. Geradeaus brettern sie durch die borstige Graslandschaft. Auf einer unfertigen Brücke bricht der Wagen seitlich aus, reißt ein Geländer nieder, schlägt mit dem Dach aufs Wasser auf. Über der glitzernden Oberfläche wird der Vorspann des Films eingeblendet. An den Stahlverstrebungen der Brücke lehnen Bauarbeiter, Kleinstadtbewohner, Menschen, die ihre Autos stehengelassen haben, und schauen in das braune Wasser, kommentieren das Stochern der Schutzmänner im Trüben mit immer den gleichen Sätzen: Bei dem Hochwasser und dem Schlamm, den der Fluss mitführt, werden sie den auf den Grund gesunkenen Wagen nicht finden. Sicher, dass ihr den Wagen nicht abgedrängt habt?, fragt der Reporter den Fahrer des anderen Autos, es war nicht unsere Schuld, sagt der Mann mit dem runden Jungengesicht, er zieht die Vokale in die Länge und schaut zum Reporter auf.

Die Bewegung auf der Brücke ist von unten zu sehen, eine Menschengruppe, die rennt, um zu sehen, wie eine Frau über eine sich fischrückenartig aus dem Fluss wölbende Sandzunge aus dem Wasser klettert, es ist Candace Hilligoss, die mit seitlich weggestreckten Armen vorwärtsbalanciert, Lehm an Armen und Beinen, an ihrem Kleid, an den nackten, Halt suchenden Füßen. Im Gesicht konzentriertes Entsetzen. Eine Gruppe von Männern geht ihr entgegen, der Sheriff legt eine Decke um ihren Körper. Was ist mit den anderen Mädchen?, fragt er, sie behauptet: Ich kann mich an nichts erinnern. In der nächsten Einstellung ist sie allein auf der Brücke. Sie trägt trockene Kleidung, hohe Schuhe, sie wirkt unversehrt. Kurz bleibt sie am Geländer stehen und schaut hinab zum Wasser, wie um sich etwas in Erinnerung zu rufen. Zurück zum Wagen. Sie setzt sich ans Steuer und fährt nach Salt Lake City, um ihre Stelle als Kirchenmusikerin anzutreten. Wir sehen die Tasten der Orgel, die Hebel für die Register. Sie beginnt zu spielen.

Der Staat Nicaragua bedeckt eine Fläche von knapp hundertdreißigtausend Quadratkilometern. Unzugängliche Waldflächen gehen zurück, doch es gibt noch genug, um sich versteckt zu halten. Solange Nelly nicht gefunden wurde, bestand diese Möglichkeit. Genauso gut konnte ihre Leiche am Waldboden liegen, unkenntlich, nicht auffindbar, Zersetzungsprozesse laufen schnell ab in diesen Breiten.

Kirsten B. aus Madison, Wisconsin, Freiwillige in einer Missionsstation in Río Blanco, Matagalpa, ging verloren bei einem Wochenendausflug zum Seebad von Pochomil. Nach dem Abendessen mit anderen Freiwilligen auf der Veranda des Hotelrestaurants war sie allein vom Tisch aufgestanden, um den nächtlichen Ozean zu fotografieren. Die anderen konnten noch sehen, wie sie am Fuß der Betontreppe die Sandalen auszog und stehen ließ, mit schwingendem Rock aus dem Lichtschein hinauslief, den die Neonröhren des Restaurants auf den Sand warfen, sich in die Dunkelheit entfernte. Ein dünner Schatten vor der heranbrandenden Gischt.

Kirsten B. war sechsunddreißig Jahre alt und 170 cm groß. Von mittlerer Statur, das Haar brünett, schulterlang. Sie trug einen knielangen Rock mit blauen und weißen Streifen und eine dunkelblaue Bluse und hatte eine Spiegelreflexkamera der Marke Nikon bei sich. Auf der Missionsstation in Río Blanco gab sie Englischunterricht für Kinder, daheim in Wisconsin hatte sie auf einer Wolfsfarm gearbeitet. Fotografien zeigten sie auf den Wiesen ihrer Heimat beim Balgen mit einem der Tiere, mit offenen Lefzen, auf die Seite gerollt lag es im kurzen Gras, unterwarf sich, bot ihr die Kehle dar.

Keiner der Jugendlichen am Strand wollte sie vorbeilaufen gesehen haben, sie hatte mit keinem gesprochen, sie verstand nur Englisch und quatschte von sich aus niemanden an. Das bestätigten alle, die sie gekannt hatten. Sie war nicht dumm, sagten ihre Freunde daheim, sie kannte sich aus in der Wildnis und würde sich zu verteidigen wissen, sie war keine unbedarfte Touristin und nicht zum ersten Mal in einer solchen Gegend.

Wir bearbeiten den Fall, sagte eine Sprecherin der Polizei, man arbeite zusammen mit Freiwilligen, der Feuerwehr und dem Roten Kreuz. Gesichert sei nur die Tatsache ihres Verschwindens.

Im Juni 2014 fand eine Kleinbäuerin auf ihrem Ackerland in der Nähe des Wanderpfads El Pianista in dem Naturschutzgebiet Bocas del Toro, Panama, einen Rucksack, darin ein Mobiltelefon, eine Sonnenbrille, Unterwäsche, Kleidung, eine Kamera und insgesamt dreiundachtzig Dollar in bar. Sie brachte den gesamten Fund zur örtlichen Polizeistation. Seit zwei Monaten waren dort zwei junge Frauen aus den Niederlanden als vermisst gemeldet. Sie hatten eine mehrtägige Wanderung durch das Reservat vorgehabt, eine feucht bewaldete Gebirgsgegend, in der es unter anderem Raubkatzen gab. An einem späten Nachmittag hatte sie die beiden Touristinnen vorbeigehen sehen, erinnerte sich eine andere Dorfbewohnerin: Zwei Mädchen allein, in kurzen Hosen, die Kälte und das Gestrüpp würden ihnen zu schaffen machen, hatte sie damals gedacht, erklärte sie in einem Zeitungsartikel, eine der letzten Zeuginnen, die die beiden lebend zu Gesicht bekommen hatte.

Nicht nur die Eltern sorgten sich um ihren Verbleib. Auch die niederländische Fußballmannschaft der Herren twitterte Aufrufe, die Suche zu unterstützen. Es wurden Spürhunde aus den Niederlanden nach Panama geflogen, sie hatten keinen Erfolg. Erst nach dem zufälligen Fund der Habseligkeiten wurde die Suche erneut aufgenommen, Polizei und zur Hilfe angehaltene Ortsbewohner fanden Schuhe sowie Knochenreste im fortgeschrittenen Stadium des Zerfalls.

Auf dem Chip der Kamera befanden sich Hunderte von Fotografien. Neunzig davon waren in der Nacht nach dem Verschwinden der Mädchen aufgenommen worden, zwischen ein Uhr und halb fünf am Morgen. Felsen im Blitzlicht, umgeben von niedrigem Gesträuch, die Böschung der Schlucht, ein Stück des sandigen, fast ausgetrockneten Flussbetts. Auf den meisten Bildern waren aber höchstens verwischte Schemen zu sehen, schwarze Nacht. Die letzten Aufnahmen vom Tag zuvor zeigten erwartbare Motive. Zwei junge Frauen posierten am Aussichtspunkt, in Shorts, Tank Tops und Wanderstiefeln am Höhenkamm des Bergs, hinter ihnen der Himmel und die Landschaft, man hatte von dort wohl einen Blick bis zur Grenze von Panama. Eine Hand an die Hüfte gestützt, die andere heroisch ausgestreckt. Ich konnte die Verspannung in ihren Schultermuskeln sehen. Sie trugen das Haar lang und offen. Hinter ihnen, um sie herum und bis zum Horizont keine Spuren von Menschen, nur das grün bebuschte Gebirge des ökologischen Reservats.

More U.S. Citizens have died from suicides than homicides in Nicaragua and Costa Rica over the past decade, las ich auf der Seite eines Expats, der anderen Expats und vor allem ihren daheimgebliebenen Angehörigen Ratschläge erteilte, etwas abrupt und zusammenhanglos stand diese Feststellung am Ende einer Aufzählung geklärter und ungeklärter Gewaltverbrechen.

Die DNA-Proben der Gerichtsmedizin in Panama City ergaben, dass es sich bei den Funden um die Habseligkeiten und sterblichen Überreste der Vermissten handelte. Für eine Erforschung der Todesursache, erklärte die zuständige Forensikerin, sei es fast schon zu spät. Im Labor hatte sie Entzündungsanzeichen der Knochenhaut gefunden, sonst verbreitet bei Hochleistungssportlern, wenn sie es mit dem Training übertreiben. Die Frauen konnten nicht, wie Behörden behaupteten, von der Strömung des Flusses mitgerissen worden und ertrunken sein. Sie hatten ihre Wanderung Anfang April unternommen, auf der Höhe der Trockenzeit, der Río Culubre war zu einem dünnen Rinnsal versiegt. Die Eltern der Mädchen hielten an der Möglichkeit einer Entführung, eines Verbrechens fest. Die panamaischen Ermittler schlossen diese Möglichkeit nicht aus, sahen aber auch wenige Indizien dafür. Noch ein Jahr später lagen Behörden und Angehörige im Streit, eine Aufklärung des Falls schien nicht wahrscheinlich.

Diana Maribel Rivera, 38 Jahre alt, aus einer kleinen Gemeinde bei Chinandega, entschloss sich im Mai 2003, ihre drei Kinder bei ihrer Schwester zu lassen und in die USA auszuwandern. In Guatemala ging ihr das Geld aus, außerdem kannte sie sich auf den Migrationsrouten nicht gut genug aus. In einer Provinzstadt fand sie Arbeit als Hausangestellte. Einen Teil ihres Lohns überwies sie durch Western Union nach Nicaragua, einen Teil versuchte sie zu sparen für die Reise nach Norden, regelmäßig rief sie ihre Kinder und ihre Schwester aus einem Cybercafé an. Nach drei Jahren kehrte sie nach Hause zurück, um den Muttertag mit ihrer Familie zu verbringen. Mehrmals wurde sie von einem Mann angerufen, er schien auf etwas zu beharren, sie brach erneut auf. Diesmal wollte sie es über den Landweg in die Vereinigten Staaten schaffen, durch Guatemala und Mexiko bis zum Grenzübergang von Ciudad Juárez. Ein Freund ihrer Nachbarin in Guatemala hatte ihr angeboten, sie zu begleiten auf der ziemlich riskanten Reise: Fußwege durch die Wüste, mehrere Tage auf dem Dach des La Bestia genannten Zugs von Tamaulipas nach Veracruz, jeder wusste von den Kojoten, Kartellen, Wegelagerern, Entführungen, vom Handel mit Menschen. Ich werde nicht allein unterwegs sein, versicherte Diana ihrer Familie, auf ihren Begleiter könne man sich verlassen, seither hatten sie nichts mehr von ihr gehört.

In der Nacht vom 26. auf den 27. September 2014 wurde ein Bus mit achtzig Lehramtsstudenten aus dem Dorf Ayotzinapa in Südmexiko auf dem Weg zu einer Kundgebung von Uniformierten angehalten und beschossen. Sechs Menschen, darunter drei Passanten, starben. Dreiundvierzig wurden in Polizeifahrzeugen abtransportiert und gelten seither als verschwunden. *Es war der Staat,* stand auf den Transparenten der Protestbewegung, die kurz darauf das Land überzog, *wir sind alle Ayotzinapa*. Der Leichnam eines getöteten Studenten tauchte wenige Tage nach dem Vorfall am Tatort wieder auf. Jemand hatte sich die Zeit genommen, ihm die Augen herauszuschneiden, die Haut vom Gesicht zu reißen, ihn zurück zum Ort des Massakers zu schaffen, dort lag er mitten auf der Straße, ein blutiger Schädel mit tiefen Höhlen über einem roten hochgerutschten T-Shirt, eine Hand auf dem geschwollenen Bauch. Diese Bilder hat Esperanza sich oft und genau angeschaut, morgens an ihrem Laptop, nach den Tai-Chi-Übungen, zwischen E-Mails und Kaffee. Es kam vor, dass sie eine Kerze anzündete, manchmal betete sie auch zum Herrgott, benutzte Reste eines eigentlich abgelegten Glaubens als Techniken, um die eigene Niedergeschlagenheit in Schach zu halten und die Wut, die sie überkam, wenn sie gezwungen war, diese Bilder und Meldungen zu betrachten und zu wissen, wie riesig das alles war, wie sie später einmal zu mir sagte, so riesig, dass eine allein oder auch viele es nicht bearbeiten konnten, dass sich niemand fand, der oder die etwas tat.

Ich habe versucht, mit Jakob darüber zu sprechen. Nicht so ausführlich, wie ich das hier gerade tue. Auf dem Weg von Esperanzas Haus zur Bushaltestelle habe ich davon angefangen, um nicht schweigend nebeneinander herzutrotten und um Esperanza besser zu verstehen, das merkwürdige Desinteresse, mit dem sie auf Nellys Dinge in dem Zimmer gezeigt hatte, die Sachlichkeit, mit der sie über die ganze Geschichte sprach, kann es nicht sein, fragte ich laut, dass sie sich an das Kommen und Gehen von Menschen schon zu sehr gewöhnt hat, um noch große Rücksicht auf Gefühle zu nehmen?

Ich wollte mit ihm über die Ungewissheit sprechen, warum wir sie so schlecht aushalten, schlechter als alles andere, warum es besser sein kann, jemanden tot im Wald liegen zu wissen, als überhaupt nichts zu wissen über den Verbleib von Leib und Seele, über die letzten Minuten und die letzten Wochen und Monate und Jahre im Leben eines Menschen. Das war es, was mich mehr beschäftigte als der Unfall, die verschwundenen Körper, der fremde Mann, mit dem sie ins Flugzeug gestiegen war, die Gerüchte von einer im Gebiet des Río Escondido aufgetauchten Wiedergängerin.

Ich wollte, dass wir miteinander sprachen. Ich hätte es geschickter anstellen können. Aber wenn mir etwas wichtig ist, kann ich nicht immer geschickt sein. Ich kam also ins Reden, während wir nebeneinander her durch die zimmerwarmen Straßen von San Dionisio liefen, und weil er nicht antwortete, nur geradeaus ging, versuchte ich es immer weiter, stocherte nach dem Punkt, an dem ich etwas berührte, damit er aufsah und antwortete. Er lief nur noch etwas schneller, den Blick vor sich auf das Pflaster gerichtet wie jemand, der aufmerksam zuhört oder aber überhaupt nicht. Nur einmal griff er nach mir, damit ich nicht blindlings über die Kreuzung rannte, noch nachdem das Motorrad mit dem kieksenden Pärchen sich staubend entfernt hatte, hielt er mich fest, beide Hände an meinem Arm, wie man ein Kind über die Straße führt oder eine Blinde.

Nie war ich in dieser ganzen Geschichte mein schlechtes Gewissen losgeworden. Ich schämte mich, weil ich mich nicht rechtzeitig um Nelly gekümmert hatte, und ich schämte mich, weil ich mich jetzt um nichts anderes als dieses Schicksal kümmerte. Täglich verschwinden Hunderte Frauen auf den Migrationsrouten von Zentralamerika in die Vereinigten Staaten; wir vertiefen uns in das Unglück einer Europäerin, die auch hätte daheim bleiben können, sagte ich und wand mich aus seinem Griff. Wenn du so ein schlechtes Gewissen hast, fragte er nur. Warum hilfst du dann nicht diesen Frauen? Was willst du eigentlich hier?

Ohne mich weiter anzusehen, fing er an, auf dem Platz zwischen den mit Planen verhängten Buden auf und ab zu laufen auf der Suche nach einem Gefährt, das uns jetzt noch nach Managua bringen würde. Ich stolperte ihm hinterher, schaute zu, wie er mit der flachen Hand gegen die Fahrertür eines mit aufgeklebten Adlerflügeln und Psalmenpassagen geschmückten ausrangierten amerikanischen Schulbusses schlug und dem Mann am Steuer etwas zurief, einem mageren Menschen im schwarzen Hemd, der längst die Einnahmen des Tages zählte, zu Jakobs Gesten hinter der Scheibe sah er kaum auf.

Se acabó, murmelte die Alte neben mir: Das war es jetzt, und mit seltsam zufriedenem Gesicht fuhr sie fort, ein Paar Maiskolben auf dem Rost über einem ausglimmenden Holzfeuer hin und her zu schieben, in Erwartung unwahrscheinlicher Kundschaft. Es ist vorbei, sagte sie und musterte mich aufmerksam, sagen Sie Ihrem Mann, dass es für heute vorbei ist. Wind kam auf, Kohlesplitter kratzten an der Hornhaut meiner Augen. Nicht mein

Mann, sagte ich, lehnte mich an die hölzerne Budenwand, damit der Qualm an mir vorbeizog, und schob mir die Sonnenbrille vor das Gesicht. Ich spürte, wie sie mich von der Seite beobachtete. Amerikaner, fragte sie oder stellte es fest, sind Sie traurig, ist es der Staub, der Ihnen schadet, die Trockenheit, es ist eine Barbarei, sagte sie und fächelte der Glut mit einem Stück Zeitung Luft zu, um noch mehr aufzuwirbeln. In meinem Schädel klopfte es gegen die Schläfen. Inzwischen war mir ganz gleich, ob Esperanza uns das Übernachten nur aus Höflichkeit angeboten hatte, ich wollte nur noch eins, mir eine Decke über den Kopf ziehen und mich in den Schlaf flüchten.

Ich stolperte ihm trotzdem hinterher, in eine beinahe menschenleere Bar und in ein gut gefülltes Fitnessstudio, schaute zu, wie er sich zwischen aufeinanderschlagendem Metall und rasselnden Ketten zur Tür hinauswinken ließ, folgte ihm, schneller werdend, weil er am Ende der Straße etwas leuchten sah, das er für eine Tankstelle hielt. In der schwarzen Nacht durch eine unbekannte Gegend laufen, ein Taxi finden, es war doch offensichtlich, dass nichts mehr fuhr, wir könnten bei Esperanza bleiben, sie hat es angeboten, ein Taxi würde ein Vermögen kosten, sagte ich, da blieb er stehen und bat mich, das Geld seine Sorge sein zu lassen. Morgen war er mit Alicia verabredet, sie wollten endlich drehen, in zehn Tagen ginge sein Rückflug, das zu verschieben, wäre in der Tat teuer. Er konnte es sich nicht leisten, so in den Tag hineinzutappen, Dinge auf sich wirken zu lassen und abzuwarten, was sich ergab. Du kannst gern bleiben, sagte er zu mir, bei Esperanza bleiben und in aller Ruhe nachdenken oder mit mir kommen, eins von beidem. Er sprach ruhig, er atmete tief, wie er es wahrscheinlich gelernt hatte in der kognitiven Verhaltenstherapie, *kein Ereignis hat irgendeine Macht über mich außer der, die ich ihm in meinen Gedanken gebe*, die Situation kannst du nicht ändern, also bewerte sie anders, monatelang hatte er das geübt.

Beim Eislaufen gestürzt, hatte er behauptet, als ich ihn mit dem Arm in der Schlinge antraf, wie er Nellys Hinterlassenschaften in Schachteln packte. Ich hatte so getan, als glaubte ich ihm. Narkoleptiker können plötzlich die Kontrolle über ihren Körper verlieren, es weicht alle Spannung aus ihren Muskeln und sie fallen, einen solchen katatonischen Anfall stellte ich mir vor oder doch eine Schlägerei. Dass er angegriffen worden war auf einer Baustelle, am Rand eines seiner Sanierungsprojekte, von einem von Zwangsräumung bedrohten zornigen Mieter, von Vermummten oder von gelangweilten Jugendlichen.

Später erzählte Nellys Mutter mir, wie Jakob sich die Verletzung zugezogen hatte, nach ihrem letzten Treffen. Zwei Stunden war sie mit dem Regionalzug in die Stadt gefahren, um mit ihm im Café zu sitzen, ein neues Café in der Nähe der neuen Wohnung, ein frischer Bau aus Holz und Glas mit Blick auf Aufwurf und Kräne. Ziemlich schnell kamen sie nach ein paar Höflichkeiten zu der Frage, wie es weitergehen sollte. Mit Nellys Konten und Verträgen, der Katze, der Wohnung. Immer wieder mussten sie den Platz wechseln und nach draußen gehen, damit Nellys Mutter rauchen konnte. Ich sehe sie vor mir, wie sie in eine rote Sanatoriumsdecke gehüllt auf der schon sonnenbeschienenen Terrasse sitzt, den Rauch in die Ferne bläst. Sie erklärte Jakob, um die Katze könne sie sich gern kümmern, vorausgesetzt, diese verstünde sich mit dem Hund, den

Nelly vor einigen Jahren schon bei ihr abgeladen hatte. Abgesehen davon wies sie Jakob auf die rechtliche Lage hin, darauf, dass sie die nächste Verwandte war, und erinnerte ihn daran, dass sein und Nellys Verhältnis auch vor ihrem Unfall nicht geklärt gewesen war. Er schätzte ihre Direktheit. Er sagte ihr das, übernahm die Rechnung und bot an, sie zum Bahnhof zu begleiten, ich finde den Weg auch allein, sagte sie lächelnd, und seit ich später selbst dieses Lächeln gesehen habe, verstehe ich gut, was sie mir von seiner Reaktion erzählte: Wie er sich von ihr entfernt hatte, in wiegenden Schritten über die Planken der Terrasse, und im Vorbeigehen mit der Faust gegen die Außenwand der nachgebauten Almhütte schlug, so fest, dass der Unterarmknochen mindestens einmal brach, etwas gebremst und noch aufrechter ging er weiter und zog mit der heilen Hand den Arm an die Brust.

Und dein Mann, fragte Esperanza als Erstes, als ich an dem Abend allein wieder vor ihrer Tür stand. Ich habe versucht, ihr zu sagen, dass sie sich keine Sorgen machen sollte, dass er reich war und sich ein Taxi nehmen konnte, dass wir nicht verheiratet waren, uns nicht einmal besonders gut kannten. Wahrscheinlich redete ich nur kaum verständliches Zeug, mit meinem fieberbrühenden Kopf und der trockenen Zunge und meinem Spanisch aus dem Konversationskurs. Aber auch später gelang es mir nicht, begreiflich zu machen, wie wir zueinander stehen. Eine komische Beziehung, war alles, was Gloria dazu einfiel, wenn ich mit meinen Sätzen strandete.

Was soll ich sagen. Geliebter meiner Freundin. Warum sollten wir ein einfaches Verhältnis haben? Ich weiß noch, wie wir uns zum ersten Mal sahen. In seiner fleckigen Schürze trat Jakob aus den Dampfschwaden hinter der Kochinsel hervor, die Flasche Löschwein am Hals gepackt, und nickte mir zu. Ich kann dir nicht die Hand geben, er zeigte mir seine blutigen, fettigen Finger, das macht doch nichts, lachte ich ein wenig zu laut und schlang die Arme um den Körper.

Eines der ersten Dinge, die sie mir von ihm geschrieben hatte: Wie hässlich er sei. Um ihn interessanter zu machen. Aber er war nicht einmal hässlich, er war blond und gradkantig, eine sichere Partie offenbar, mit seinen frischen Wangen und dem hellen Haar, er hatte vor seinem Architekturstudium Tischler gelernt, all die verschiebbaren Regalwände, die Einbauküche mit den Kirschholzblenden, der Kochinsel und der Bar, die Sitzlandschaft mit den rollbaren Kastenelementen, alles hatte er entworfen, gesägt und gebaut, allein, sagte Nelly. An der Fensterfront nach Südwesten stand sein aufgebockter Tapeziertisch, er kann nicht anders, sagte sie, manchmal zeichnet er die ganze Nacht. Später am Abend gerieten wir aneinander, ich weiß nicht mehr, worüber, beide waren wir betrunken und gereizt, während Nelly still zwischen uns hin und her sah, Krume aus herumliegendem Brot zupfte und ein Glas Wasser nach dem anderen trank. Mach dir keinen Kopf, sagte sie noch später beim Abwasch, hielt seine Kupferpfannen unter einen dünnen Wasserstrahl und meinte, es ging doch nur um Worte, es ist doch gar nichts passiert.

Seitdem hatte ich mich bemüht, liebenswürdiger zu ihm zu sein. Wir beide hatten uns Mühe gegeben, und wenn ich mit Nelly allein war und sie mir erklärte, wie gut es ihr tat, mit ihm zusammen zu sein, hielt ich meinen Mund und nickte. Früher oder später würde sie genug von ihm haben. Zumindest war das damals einer meiner ersten Gedanken, und er hielt sich ziemlich lange, während ich zuschaute, wie sie ihre Reise plante und aufbrach, ihre Rückkehr immer wieder hinausschob, während er daheim die Küchenkräuter wässerte. Die Katze fütterte, die Nelly unbedingt aus Asien hatte retten wollen. An der Einrichtung herumzimmerte. Tatsächlich war es nicht so einfach, die Bedürftigkeit nicht so klar aufgeteilt. Aber das habe ich erst nach und nach begriffen, wie ich überhaupt erst nach Nellys Verschwinden angefangen habe, sie kennenzulernen, meine Freundin und die Menschen um sie herum.

Natürlich spielte auch Eifersucht eine Rolle. Aber nur eine leichte, ohne Krallen und Klauen, ein Unbehagen, das ich in manchen Momenten aufkommen spürte und schnell wieder vergaß.

Zwei, höchstens drei Tage lag ich in dem schattigen Zimmer mit dem Pferdeposter unter dem Mückennetz, bei Kamillensud und gedämpften Stimmen am Bettrand, stand auf, wenn die Laken gewechselt wurden, hörte Frauen, die über Schweiß sprachen und über Parasiten, Schwäche und Delirium. Zustände, die ich genoss. Abwesenheit jeder Leidenschaft.

Vor meinen Augen Bilder: das eines hohen, dichten Waldes. Der Boden mit Laub bedeckt wie in jedem Wald. Nur dass die toten Blätter hier anders waren. Jedes so groß wie die Fläche eines kleinen Zimmers, fünf, sechs Quadratmeter. Manche standen aufrecht, braune Wände, aneinandergelehnt zu zeltartigen Gebilden, die Kanten der Blattränder durch Spinnweben miteinander verbunden. Das bestimmende Geräusch aber war eines von unbelebter, starrer Materie. Ein Scheppern wie von einem Wellblechdach, wenn sich die Blätter aneinander rieben.

Eine Lichtung, von einem umgestürzten Baumriesen in den Wald geschlagen. Am Totholz lehnte ein rostendes Tragflächenteil, überzogen von Moosen und Pilzen. Im Schatten des Wurzeltellers hatten sich Frösche versammelt. Die kleinen Körper hoben sich wie bunter Plastikmüll von der aufgeworfenen schwarzen Erde ab. Weithin leuchtendes Orange, sie warnten vor sich selbst. Das Scheppern der Blätter, das Krächzen der Frösche. Das waren die Dinge, die ich sah und hörte, wenn ich an das verschwundene Flugzeug dachte und die nicht auffindbaren Körper der Insassen. Bilder, die ich als Kind in Naturfilmen gesehen haben musste oder die mein Gehirn aus Naturfilmbildern und Naturbeschreibungen zusammensuchte. Menschen fehlten, sie fehlten völlig. Grüne Echsen, Geckos und Käfer jagten an den Blattstielen, am Boden auf und ab. Und unter dem gefallenen Laub Bakterien, Einzeller und Pilze, Mikroben und Würmer, die auch Kadaver großer Warmblüter binnen Wochen zersetzen, sich von ihnen nähren, so dass schnell nicht mehr viel von ihnen zu erkennen ist.

Amelia Earhart ging verloren beim Versuch, einmal um die Erde zu fliegen. Sie hatte eine Reihe Rekorde gebrochen und wollte die Welt aufmerken lassen, solange sie noch konnte. Es wenigstens versuchen! In einer Propellermaschine namens Electra, entlang dem Äquator. Auf dieser Strecke hatte es noch keiner versucht. Sie startete in Oakland Richtung Osten, flog an der südamerikanischen Küste entlang, über den Atlantik, Afrika und den Nahen Osten hinweg nach Indien, über Kalkutta und Bangkok und Singapur zu den Darwin-Inseln im Indischen Ozean. In Neuguinea warf sie allen Ballast von Bord. Allein mit ihrem Navigator Fred Noonan startete sie zu ihrer vorvorletzten Etappe, Ziel: die Insel Howland, ein 1,8 Quadratkilometer großes Eiland im Pazifik, so winzig, dass sie es einfach nicht finden konnten. Wir fliegen Schleifen, lautete ihr letzter Funkspruch, Suchschleifen nach Norden und Süden, wir können Sie nicht hören. Vielleicht waren sie und Noonan im Funken und Navigieren einfach nicht gut genug gewesen. Vielleicht war ihnen eingefallen, miteinander durchzubrennen. Die Öffentlichkeit zögerte, ihren Tod zu erklären. Und selbst nachdem man ihn erklärt hatte, wollten die meisten nicht daran glauben. Vor wenigen Jahren erst wurden auf dem unbewohnten Pazifikatoll Nikumaroro ein Damenschuh aus den dreißiger Jahren gefunden, Make-up-Reste, ein Navigationsgerät und eine Puderdose. Auf einem rissigen Felsen, von Salzwasser umtost, von Algen bewachsen, von Muscheln und Flechten.

Was sich bis heute nicht gefunden hat: auch nur ein

Wrackteil ihres Flugzeugs. Alle in der Gegend geborgenen Maschinenteile gehörten zu Jagdbombern, aber Amelia Earhart war ja nicht für den Krieg geflogen, sondern friedlich, für den wirtschaftlichen Aufschwung oder, wie sie behauptete, bloß so zum Spaß, kann man ihr das abnehmen? Woher die Skelettfunde auf Nikumaroro stammten, konnte niemand feststellen, nicht einmal, ob es sich nicht doch um Säugetierknochen handelte. Und es leben Palmendiebe auf diesen Inseln, große futterneidische Krebstiere, die ihre Beute in Höhlen schleppen, um in Ruhe fressen zu können. Sie haben die fraglichen Skelettfragmente in der Gegend verteilt, unmöglich, das noch einmal zusammenzusuchen.

Fallgeschichten. Selten enden sie eindeutig wie bei der Luftschifferin und kaiserlichen Aeronautin Sophie Blanchard. Sie entzündete bengalische Feuer, wenn sie nachts mit ihrem Ballon in die Lüfte stieg. Der feenhafte Anblick war überaus beliebt. Über den Gärten des Tivoli setzte sie mit ihren Feuerwerkskörpern den eigenen Ballon in Brand. Das Publikum glaubte an eine absichtlich herbeigeführte Sensation und applaudierte, bis das brennende Luftschiff, eine schwarze Wolke über sich, zwischen den Dächern von Kopenhagen niederging.

Und wenn es wirklich ein Unfall gewesen, das Flugzeug mit Nelly und dem Ingenieur in der Luft zerschellt sein sollte durch eine unerklärliche Turbulenz bei klarer Luft: Sie konnten auf dem Kronendach des Regenwalds weich gelandet und mit ein paar Brüchen und Quetschungen davongekommen sein. So etwas kommt nicht oft vor. Aber es geschieht.

Am Weihnachtsabend 1971 geriet eine Turboprop-Maschine der Fluggesellschaft LANSA auf dem Weg von Lima nach Pucallpa, Peru, über einem Höhenkamm der Anden in Turbulenzen und stürzte. Von den 91 Insassen überlebte nur die siebzehn Jahre alte Juliane Koepcke, die mit ihrer Mutter auf dem Weg zu einem Schulball gewesen war.

Warme Aufwinde können einen Menschen, wenn er sich an ein Tragflächentrümmerteil klammert, halten und tragen. Die Wälder sind noch ziemlich dicht in diesen Gegenden, weiche feuchte Schwämme, mehrschichtige Blattpolster. Juliane Koepckes Erinnerung wies kaum Lücken auf, sie wusste noch, wie es ausgesehen hatte, als sie abwärts trudelte und der Anblick der Bäume von oben sie an Broccoliköpfe denken ließ. Sie erinnerte sich, eine ihrer Sandalen verloren zu haben und ihre Brille, stattdessen fand sie eine herumliegende Handtasche, ein Bonbon, das sie auswickelte und lutschte. Sie wusste, dass sie einen Wasserlauf finden und ihm folgen musste, sich halten an die Mäander und Verzweigungen, um früher oder später zu einer menschlichen Ansiedlung zu gelangen. Auf einem Einbaum wurde sie in ein Krankenhaus gebracht. Die Menschen erschraken zu Tode beim Anblick ihrer Gestalt, in weiße Tücher gehüllt, bleich und mit blutunterlaufenen Augen, eine Überläuferin aus dem Totenreich. Sie überlebte.

Jakob wollte von diesen Dingen, die ich mir damals angelesen oder zusammenphantasiert oder mit meinen Phantasien zu etwas Drittem vermischt hatte, nichts wissen. Es war nicht einmal, dass er zornig wurde, wenn ich davon anfing. Er sah mich an, ließ mich reden, wartete, bis ich fertig war.

Wenn ich spätnachts mit dem Fahrrad nach Hause fuhr, legte ich mir in Gedanken Nachrichten an Nelly zurecht. Sie sollte wissen, wie wir zusammensaßen, bei Nerventee und manchmal einem Glas Wein. Ich schrieb ihr, dass das alles war. Dass er auf dem Balkon Bretter zurechtsägte, um eine Wiege zu zimmern; dass er die Wohnung in penibler Ordnung hielt, sich mit dem Trinken zurückhielt, zumindest, wenn ich dabei war. Ich schilderte ihr, wie er dicker wurde, aufging in einer erschreckenden Geschwindigkeit. Er sieht satt und zufrieden aus, schrieb ich ihr, aber einen guten Eindruck macht er mir nicht. Er hält mir Bretter unter die Nase, Kirsche, Buche, Teak, damit ich die Farben beurteile, ihm sage, welche am besten in eure Wohnung passt, welche dir am ehesten gefallen könnte. Wenn er nicht so vernünftig reden würde, würde ich sagen, such dir Hilfe. Stattdessen zeige ich auf die hellere Farbe.

So verging die Zeit, ziemlich schnell sogar, und es wäre stark übertrieben zu sagen, wir hätten sie in einem dauernden Ausnahmezustand verbracht, wie in den allerersten Tagen zusammen an der Küchenanrichte gestanden und darauf gewartet, aus einem Alptraum aufzuwachen. Im Großen und Ganzen machten wir weiter wie bisher, ich bereitete mich auf die Verteidigung meiner Doktorarbeit vor, schrieb Bewerbungen, traf Freunde, schaute Serien, ein müdes Gezappel, mit dem ich mich von Nellys möglichem Tod ablenken wollte, obwohl ich nicht weiß, ob ich mich nicht manchmal auch ganz gern mit dem Nachdenken über ihren Tod ablenkte von der Vergeblichkeit dieses Gezappels. Ich weiß, dass Jakob noch eine Weile von ihrem Geld lebte, Leihungen oder Schenkungen über einen Dauerauftrag, der vorerst weiterlief, aber eben nur vorerst. Ich weiß nicht, wie lange dieses Vorerst anhielt in seinem Fall. Ich war nicht dabei, wenn er mit ihrer Mutter über Konten, Kredite und Verträge sprach.

Es gibt in Deutschland ein Gesetz, das den Begriff der Verschollenheit bestimmt: *Wer bei einem Flug, insbesondere infolge Zerstörung des Luftfahrzeugs, verschollen ist, kann für tot erklärt werden, wenn seit der Zerstörung des Luftfahrzeugs oder dem sonstigen die Verschollenheit begründenden Ereignis oder, wenn diese Ereignisse nicht feststellbar sind, seit dem letzten Zeitpunkt, zu dem der Verschollene nach den vorhandenen Nachrichten noch gelebt hat, drei Monate verstrichen sind.*

Das eine Mal, dass Jakob und ich miteinander schliefen, am Tag meiner Verteidigung, war nichts als ein Versuch, den Ausnahmezustand wiederherzustellen. Nachdem ich in einem nach frischer Farbe riechenden Raum meinen Vortrag über die Müdigkeit abgelesen hatte, war ich zu ihm gefahren, seltsam aufgekratzt, den Geschmack von warmem Sekt im Mund und vor Augen die Gesten meiner Eltern am Rand des Raums. In ihren Winterjacken standen sie dicht beieinander und schossen Fotos, während ich mit meinen bisherigen Kollegen anstieß und versuchte, tapfer zu antworten auf deren Fragen, was ich als Nächstes vorhätte, ob ich denn zufrieden sei.

Und, fragte Jakob, was ist falsch an dieser Frage, bist du zufrieden oder bist du es nicht? In Jeans und ohne Hemd stand er zwischen offenen Kisten, seinen rechten Arm geschient und stillgestellt mit einer Schlinge am Hals, und schaute auf mich herunter, den Rock, in dem ich steckte, rot und hoch auf der Taille sitzend, die Bluse, über und über mit Herzkirschen bedruckt. Von ihr, erklärte ich, du musst sie sehr gern gehabt haben, sagte er, plötzlich tapsig geworden, und streckte den Arm nach mir aus.

Einen ganzen Stoß Kleider hatte Nelly mir überlassen, weil sie ihr zu groß geworden waren, weil sie dringend Geld brauchte, fand, dass es wieder Zeit sei für einen neuen Entwurf, auch Jakob gehörte schließlich zu einem solchen Entwurf. Architekt, aber nicht zu künstlerisch, hatte sie damals verkündet, als sie ihn kennengelernt hatte, in Asien angeblich, in einer chinesischen Industriestadt habe sie angefangen, sich an Hotelbars und in Restaurants mit ihm zu verabreden, zu harmlosen, aber ordentlich ausgeführten Flirts, was für sie damals gerade das Richtige war, sie konnte jetzt absolut nichts Ungesundes mehr brauchen. Diese Formulierung war mir nie aus dem Kopf gegangen. Nichts Ungesundes, lachte er, ein schönes freudiges Lachen, darauf sollten wir anstoßen, darauf und auf deinen Titel, eilig goss er mir ein von dem Schlehenschnaps, an dem er wohl schon den ganzen Tag genippt hatte, während er ihre Hinterlassenschaften in Schachteln sortiert und diese Schachteln in das für ein Kind gedachte kleine Zimmer mit den gelb gestrichenen Wänden geschoben hatte, mit einer kaputten und einer gesunden Hand. Ich bin viele Stunden bei ihm geblieben, auch wenn ich sicher keine große Hilfe war, verloren im Betrachten von Schuljahrbüchern, Urkunden, Fotografien, Kinderzeichnungen, die Nelly aufgehoben hatte, mit einer Sentimentalität, die ich ihr nicht zugetraut hätte, darunter auch Briefe und Bilder von mir. Ich fragte Jakob, ob er ausziehen wolle und wann, früher oder später würde er das doch müssen. Vorläufig nicht, sagte er nur.

Es hat gedauert, bis das Bedürfnis nachließ, ihr solche Dinge schreiben zu wollen. Ganz vergangen ist es nie, auch nicht damals, als ich Jakob zeitweise aus den Augen verlor; ich war mit einer Gehirnerschütterung ins Krankenhaus gekommen und brauchte ziemlich lange, um mich zu erholen. Und hier in San Dionisio ist es natürlich wieder viel stärker geworden. Hier ist sie die Erste, die mir einfällt, wenn ich jemandem etwas mitteilen will, loswerden muss, was ich beobachtet habe, was mir im Kopf herumgeht, wenn ich nicht schlafen kann, was ich ungesagt gelassen habe im Gespräch mit ihr, Dinge, für die nie genug Zeit ist am Telefon oder überhaupt im Gespräch mit einem ungeduldigen Menschen. Diese Dinge, für die es inzwischen zu spät ist, schreibe ich ihr, manchmal täglich schreibe ich ihr einen langen Brief und schicke ihn gleich ab. In digitaler Form, ich sage Brief, weil es besser passt. Es macht mir nichts aus, dass nichts zurückkommt. Keine Antwort, aber auch keine Fehlermeldung.

Bei meinem ersten Spaziergang aus der Stadt hinaus bin ich von zwei jungen Rüden gestellt worden, an einem Aussichtspunkt, zu dem Esperanza mich geschickt hatte, damit ich endlich einmal etwas sah. Dabei war ich auf Sehenswürdigkeiten nicht aus, nur um die Dinge nicht kompliziert zu machen, ließ ich sie in dem Missverständnis. Ich hatte gehofft, im Laufen meine innere Langsamkeit zu besiegen, ich dachte an Nellys im Morgendämmer unternommene Dauerläufe, im Halbdunkel war sie vor der Haustür los-, die ansteigende Straße bis zum Estadio Diriangén hinauf- und dort mehrere Runden auf der Aschenbahn um das Fußballfeld gelaufen, so hatte sie es mir geschrieben, um wenigstens einmal am Tag ihren Körper zu spüren. Im Gehen einen klaren Kopf zu bekommen, hatte ich gehofft, aber so funktioniert das hier nicht, hier flaniert man nicht, schon gar nicht als Frau, das ist eine Landschaft zum Freischneiden, zum Durchfahren, Mitgenommenwerden, und wenn du keine andere Möglichkeit hast, auch zum Gehen, wenn es gerade für ein Motorrad nicht reicht, einen SUV, ein Pferd oder wenigstens ein Fahrrad, dann gehst du zu Fuß. Nicht schnell. Aber auch nicht spazieren. Ich weiß noch, wie mein Denken am struppigen Rand der gerade gezogenen, von Transportern befahrenen Asphaltpiste unter dem tiefhängenden Himmel immer hektischer und enger wurde. Als könnte ich dem in absehbarer Zeit auf das ganze Land hinabstürzenden Wasser zu Fuß entkommen, lief ich schneller, auf steifen Beinen, vorbei an meterhohen Einfriedungen von Plantagen, waldigen

Senken, aus denen Verkaufsschilder ragten; massiven Mauern der Auto-Hotels, in Rosatönen getünchte Betonfestungen mit dem Versprechen eines romantischen Verstecks, mit den Namen *Himmel der Liebe, Winkel der Liebe*, an den Säumen mit Glasscheiben bewehrt, gefolgt von provisorischen, im Bau begriffenen oder schon verlassenen Siedlungen. In den Straßengräben grasten Pferde mit Stricken um den Hals. Wenn ein Bus oder Geländewagen unter Hupen an mir vorbeizog, sprang ich zur Seite, ich wurde immer froher, ein Ziel zu haben.

Die Hunde kamen aus dem Tal auf die Mauer der Aussichtsplattform gesprungen, dunkel und hungrig, mit hyänenfleckigem Fell; das im dürren Schatten ineinander gekauerte, sich selbst fotografierende Pärchen beachteten sie gar nicht und liefen geradewegs auf mich zu. Etwas an mir musste ihre Aufmerksamkeit erregt haben, die Größe, mein Gang oder wie ich stehen blieb und auf das Tal schaute, unwahrscheinliches Grün, das zwischen den Brocken des erstarrten Lavastroms herauswuchs. Wären die Hunde nicht gewesen, ich wäre über das Mäuerchen geklettert, durch das Gesträuch den Abhang hinunter zum liegengelassenen Auswurfmaterial des Vulkans, ein Meer aus schwarzen Trümmern, mit Pfaden und Winkeln und Ritzen zwischen den Brocken, breit genug, darin herumzugehen, ein Irrgarten, in dem mir zumindest niemand mehr hinterherschauen könnte, wenn ich mich darin verlor, mich durchschlug bis zum gegenüberliegenden Hang, ins Dickicht des Waldes, immer tiefer hinein. Aber sie standen auf der Mauer und beobachteten mich, mit geduckten Köpfen und angelegten Ohren, wenn ich mich bewegte, rückten sie vor und stellten die Nackenhaare auf.

Du darfst ihren Blick nicht erwidern, das sind keine Schoßtiere wie bei euch, erklärte mir Milton, als wir auf einer der Bänke vor dem abgesperrten Park saßen und ich eine gelbfellige Hündin mit abgeschabten Stellen an den Flanken wahrscheinlich etwas zu lange anschaute. Mit den Augen einer Touristin aus dem westeuropäischen Kuschelzoo, einer Deutschen, die einen Hund im Zweifel besser behandelt als ein Kind, darüber wusste Milton Bescheid: über Schulen und Modeboutiquen für Hunde, über Hundebesitzer und vor allem Hundebesitzerinnen, die mit ihren Haustieren zum Tierpsychologen gingen, Kuchen für sie buken, ihr Fell schamponierten und föhnten. Ist es nicht so, beharrte er, dabei hatte ich gar nichts gesagt. Hier arbeiten die Tiere. Bei euch schlafen die Menschen mit ihnen in einem Bett. Wie Paare. Eure Verrückten sperrt ihr ein, mit den Tieren schlaft ihr, wie Ehepaare, wiederholte er und sah mich von der Seite an. Er erzählte mir von dem Zirkus, der tags zuvor angekommen sein sollte, auf der Brache neben dem alten Stadion. Akrobaten und Löwen, Kunstreiterinnen und ein Dummer August. Elefanten und Tiger und eine Schlangenfrau, die Rumpf und Glieder in alle erdenklichen Winkel krümmen konnte. Der Direktor sei auf der Suche nach Frischfleisch für seine Raubtiere, er habe im Städtchen eine Belohnung von dreihundert Córdoba ausgesetzt für jeden ihm tot oder lebendig gebrachten Hund.

Milton warf den Becher über die blecherne Absperrwand hinter uns ins Gewirr des abgesperrten Parks, wippte mit den Fersen und schaute mich von der Seite an. Was ist mit dir, willst du nicht auch einmal ein Wort sagen? Langweilst du dich? Wann immer wir uns treffen, stellt er mir früher oder später diese Frage. Bist du nervös?, fragte ich zurück und deutete auf seine zappelnden Füße, er lachte, nein, wieso, du? Er zog mit der rechten Faust die Finger seiner Linken lang, dass sie knackten, einen nach dem anderen, alle paar Minuten wieder von vorn.

Natürlich war er unruhig. Auch wenn er erst einmal nicht diesen Eindruck machte, mit seinem gemütlichen Gang, seiner Art, mit mir zu sprechen, langsam und wie sonst keiner hier besorgt um Konsonanten und Details, immer wie jemand, der Klarheit in eine verworrene Angelegenheit bringen muss, auch wenn es um ganz einfache Sachen ging. Ich hörte ihm zu und beruhigte mich mit dem Gedanken, dass er diesen Aufwand nicht nur für mich betrieb, nicht nur oder gar nicht mich meinte, dass er für ein viel größeres Publikum übte.

Und was ist das für ein Baum?, fragte ich, dabei habe ich mir Pflanzennamen noch nie merken können, ich kann gerade mal Palmen und Mandelbäume auseinanderhalten, aber das tat jetzt nichts zur Sache. Man muss Geduld haben und abwarten. Darin habe ich Übung. Die Menschen mit Anteilnahme betrachten, als tränke ich ihre Worte, nachfragen nur, wenn sie stocken, damit es weitergeht, damit sie von allein auf etwas zu sprechen kommen, das mich wirklich interessiert. Viele entspannt es, wenn sie Dinge erklären können. Milton fiel nicht auf, wenn ich in Gedanken woanders war, er erklärte: Matapalo, Tötet den Baum, Würgefeige, ein Epiphyt. Im Kot von Vögeln und Affen werden die Samen abgesetzt in den Wipfeln des Wirtsstamms, sie wachsen wie grüne Härchen von alten Ästen, wurzeln in der Luft, harmlos, jung, grün, sie streben zur Erde. Wenn sie den Boden erreichen, umstricken sie den Wirtsstamm, ein dicht und dichter werdendes Geflecht, verholzt, verhärtet, bald stabil genug, allein zu stehen, während der Stamm im Innern abstirbt und zu Pulver zerfällt, erwürgt eben, schloss Milton und klopfte gegen die eng geflochtene Wand aus Trieben und Strängen, damit ich den hohlen Klang hörte.

Es hätte keinen Sinn gehabt, ihn einem Verhör zu unterziehen. Er sprach nur über Dinge, die ihn interessierten, nur solche, die er erklären konnte. Wenn ich nach Waldo fragte, antwortete er ausweichend. Seid ihr nicht Brüder?, fragte ich, Waldo und du, Cousins, korrigierte er, wir sind Cousins. Sie sollen, das habe ich erst heute von Marta gehört, zusammen aufgewachsen sein, Milton ist der jüngere, zwei Jahre Altersunterschied, aber Waldo war klein und schlecht genährt in der Kindheit. Ein dünnes Hühnchen, als er kam, waren Martas Worte.

Auf den Bildern, die ich kenne, die Nelly mir schickte, und denen, die ich mir im Internet angeschaut habe von seiner Verhaftung, hat Waldo nichts von einem Hühnchen. Er steckt in enger Kleidung, hält den Oberkörper in leichter Rückbeuge wie jemand, der viel Zeit im Fitnessstudio verbracht hat, auf Baustellen oder beides. Diese Haltung habe ich an Milton sofort erkannt, als ich ihn von meinem Zimmer aus zum ersten Mal im Innenhof auf Esperanza warten sah. Die Hunde lagen an der Kette, Marta machte die Wäsche. Ich hatte noch Sehstörungen und konnte nicht alles erkennen, seine Unruhe jedenfalls spürte ich. Er hatte sich in einen der für uns Gäste zurechtgerückten Korbstühle gesetzt, in einem gebügelten Hemd, das an der Knopfleiste etwas spannte, mit einer Dokumentenmappe auf dem Schoß, mit wippenden Füßen und geputzten Schuhen. Er legte den Knöchel über das Knie und sang leise ein Lied über die vergebliche Liebe. Kurz hat er einmal den Kopf gehoben und in meine Richtung gesehen, aber ich glaube nicht, dass unsere Blicke sich trafen. Leicht schwindlig lehnte ich im toten Winkel neben dem Fenster und schaute zu, wie er Esperanza mit Küssen begrüßte und seine Dokumentenmappe vor ihr aufflattern ließ. Mit bunten Drucken, goldenen Prägungen geschmücktes Papier, ein Sammelsurium aus Zertifikaten, Zeugnissen, Diplomen, soweit ich das erkennen konnte, schräg von oben, durch die geklöppelten Gardinen und das Insektenschutzgitter. Die Hände im Rücken ineinander gewunden, stand er neben ihr, während sie die Blätter durchging, mit ihm sprach in einem Ton, wie man ihn Kindern gegenüber anschlägt, wenn man ihnen Dinge erklärt, die man schon ein paarmal gesagt hat, die sie sich einfach nicht merken wollen.

Sie siezen einander, er spricht sie mit Tante an, dabei wirkt er wie ein ehemaliger Zögling oder Schüler, jemand, der in seinen besten Kleidern gekommen ist, um seine Dienste anzubieten oder um Hilfe zu bitten oder auch nur ein bisschen Gesellschaft zu finden. Aber als an einem Sonntag Esperanzas Schwester vorfuhr, in einem eigens gemieteten, von Kindern und Cousinen und Schwagern und Großtanten besetzten Kleinbus, damit wir einen Ausflug machten zum Meer, war er nicht mit dabei. Warum nicht? Weil sie mir nicht gefallen, diese Ausflüge, sagte er. Weil dieser Tag Gott gehört. Während Esperanza von Gott und den Kirchen nichts wissen will.

Gleich bei seinem ersten Besuch tauschte er die gebügelten Kleider gegen ein Paar Jeans und legte sich mit nacktem Oberkörper unter den gletscherblauen Mercedes-Benz im Werkstatthof, allein zwischen den dösenden Hunden. Am Abend saß er mit Esperanza am Esstisch, er an der

Stirnseite, sie steckten die Köpfe zusammen, er war es, der aufsah und sagte, kommen Sie doch herein, er gab sich, als ob ihm hier alles gehörte, in völligem Widerspruch zu seiner Haltung wenige Stunden zuvor. Sein Geruch füllte den Raum aus. Willkommen, sagte er zu mir, streckte mir die Hand hin, küsste meine Wange, stempelte mir seinen Rasierwasserduft ins Gesicht.

Schmeckt es Ihnen?, fragte er später und deutete auf die dicken schwarzen Scheiben auf meinem Teller, wir nennen sie morongas, sagte er und erklärte mir, woraus sie bestanden, aus Reis, aus Schweineblut und Schlachtabfällen und Schweinefett, und gespannt grinsend lehnte er sich zurück und wartete, dass ich mich ekelte.

Wollt ihr nicht eine Runde drehen, morgen, sagte Esperanza zu ihm, jetzt, wo es ihr besser geht, willst du ihr nicht den Mirador zeigen, ihr könnt ans Meer fahren, zum Vulkan, eine ganze Liste von Vorschlägen ratterte sie herunter. Sie wusste, alleine würde ich nicht herauskommen aus meiner Langsamkeit. Sie schüttelte sich das Haar aus der Stirn und sah zwischen uns hin und her. Er nickte zögerlich. Es ist immer besser, in Begleitung unterwegs zu sein, sagte er, vor allem für euch. – Uns? – Für alle Ausländerinnen. Alle, die sich nicht auskennen, Frauen, die allein unterwegs sind. – Ich bin schon viel allein unterwegs gewesen, ich finde mich zurecht. – Hier ist es etwas anderes.

Er schrieb mir zwei Nummern auf und seinen Namen, weißt du noch, wie ich heiße? Er verdeckte die Buchstaben mit der Hand, eine Mädchenschrift aus Gipfeln und Schlaufen. Als wäre das so schwer zu merken. Milton, Waldo. Warum habt ihr eigentlich solche Namen? Was denkst du denn, fragte er zurück, was meinst du, warum wir weiße Namen haben?

Tags darauf stand er im Innenhof und schaute mir zu, wie ich Milchkaffee trank und meine Haare trocknen ließ. Am nächsten Tag wieder und am darauffolgenden auch. Ich habe die Sache laufen lassen. Um ihn und vor allem Esperanza nicht vor den Kopf zu stoßen, und weil ich nicht sicher bin, ob er nicht recht hat, wenn er mir ins Gesicht schaut und feststellt, es ist nicht gut für dich, allein unterwegs zu sein. Gar nicht gut.

Ihr seht euch ähnlich, habe ich einmal zu ihm gesagt beim Versuch, die Führung des Gesprächs zu übernehmen. Darauf lachte Milton bloß still: Ihr euch auch, Nelly und du. – Sehen wir nicht. Ich habe mir ein Kleid von ihr geliehen, das ist alles. – Aber ja, das Lächeln, die Haare und diese bestimmte Art, sich zu bewegen, und er ahmte eine Geste nach, strich sich mit der flachen Hand das Haar aus dem Gesicht und lachte, ihr könntet Schwestern sein.

In einem solchen Geplänkel endeten bisher alle meine Vorstöße, herauszufinden, was aus Waldo geworden ist. Der letzte Mensch, der meine Freundin Nelly lebend gesehen hat, zuschaute, wie sie mit dem Ingenieur in das Flugzeug stieg. Ich bin Angestellter, in die Angelegenheiten meiner Arbeitgeber mische ich mich nicht ein. Förmlich vorgebrachte Sätze, die ich wieder und wieder gelesen, aufgerufen, auswendig gelernt hatte, als könnten die Zeichen einen neuen Sinn ergeben, wenn ich sie nur lange genug anstarrte.

Es gab keinen Grund, Waldo nicht zu glauben. Es war ein heißer Tag gewesen, er wollte nichts, als den SUV an einer halbwegs schattigen Stelle hinter dem Hangar der Escuela de Aviación Golden Wings zu parken und seinen Gedanken nachhängen, solange die beiden in der Luft kreisten, in Richtung Karibik. Einmal die Maisinseln von oben und wieder zurück. Es war niemand am Kontrollturm gewesen an dem Tag, niemand außer ein paar Schaulustigen und eben Waldo hatten gesehen, wie die Cessna mit der Schwerkraft kämpfte, holpernd am Boden zu kleben schien, abhob und davonschoss.

Seit dem Sommer nach Nellys Verschwinden waren Jakob und ich einander nur mehr zufällig begegnet. Bei einem meiner ziellosen Spaziergänge nach einem Arzttermin am Stadtrand sah ich ihn eine Baustelle begehen, sich an einen Schuttcontainer lehnen und mit großen Bissen zwei Croissants nacheinander essen. In der Kassenschlange eines überfüllten Programmkinos, wir beide in Begleitung, eine Kollegin, stellte er sie mir vor und sagte einen Namen, den ich nicht richtig verstand. Sie trug spitze Schuhe unter weiten Hosen und drückte meine Hand auf eine feste und biegsame Art zugleich. Sie nahmen auf zwei Randsitzen Platz und verließen den Saal während des Abspanns. Wer war das?, fragte Ulrich, ein Bekannter, behauptete ich.

An der Bande des Eisschnelllaufrings sah ich ihn trainieren, während ich mit einer Gruppe unterzuckerter Kinder auf der Tribüne saß. Wir begrüßten einander und sprachen das Nötigste, wie geht es dir, was hast du so gemacht in letzter Zeit? Hausaufgabenbetreuung, er betrachtete die Mädchen, wie sie versuchten, über die Bande zu klettern, und sagte, was fast alle zu meiner neuen Arbeit sagten, nachdem sie sich kurz zusammengerissen hatten: Das ist sicher sehr sinnvoll. Eine schwarze Schlauchmütze umschloss seinen Kopf, Hals und Genick. Er erinnerte an einen Taucher, nur dass die Sauerstoffflaschen fehlten und der Bleigürtel. Was er so gemacht hatte?

Was man eben so macht, um nicht durchzudrehen, sagte er. In diesem heiseren gleichgültigen Ton, den er immer anschlägt, wenn er versucht, so zu tun, als ginge ihn sein eigenes Leben nichts an. Sport, sagte er, seit drei Monaten trinke ich nicht mehr und mache viel Sport.

Über Nelly haben wir nicht mehr gesprochen, bei keiner dieser Begegnungen. Was hätte es auch für einen Sinn haben sollen? Auch am ersten Abend in Managua auf der Dachterrasse des *Estrella Distante* fiel ihr Name nicht.

Jakob hatte die letzten zwei Monate in Mexiko verbracht. Um in der Nähe zu sein, vermutete ich dumm, um Geld zu verdienen, sagte er. Ein Auftrag, er brachte ihn nicht in ihre Nähe, da wollte er auch nicht hin, er war nirgends weiter von ihr entfernt als dort: ein Hotelzimmer mit dunkelblauem Teppich und dicken Fenstern, Blick über eine vierspurige Autobahn, ein fensterloses Bad mit automatischer Lüftung, wenig Begegnungen mit Menschen, ein neutraler Ort, sagte er zu mir.

Er hatte eine Wahrsagerin gefragt, ob Nelly zu ihm zurückkommen würde, in Mexiko?, fragte ich, er schüttelte den Kopf: Im Allgäu. Eine Blinde, die auf einem Gehöft bei Kempten lebte, nur über Bekannte ihre Telefonnummer weitergeben ließ und sich, was die Zukunft anging, niemals irrte. Ich äußerte einen vorsichtig zustimmenden Laut, ein bisschen erstaunt, dass Jakobs Freunde einander eine Seherin weiterempfahlen.

Was er allerdings von der Blinden erzählte und seinem Gespräch mit ihr, klang nicht nur esoterisch, es klang auch ziemlich professionell. Sie hatte sich seine Geschichte angehört, an ihren Nachfragen merkte er, sie kannte schon alle Details, sie kannte mehr Details als er. Warum sie ihn trotzdem zu erzählen aufforderte? Woher weißt du, dass sie wirklich blind ist?, fragte ich, worauf er mich nur ansah, und ich merkte, dass ich jetzt besser still war. Die Seherin hatte mich zu interessieren begonnen. Sie hat mir nicht die geringste Hoffnung gemacht, sagte er.

Ich verstand erst nach und nach, dass er nicht von der Zeit nach dem Flugzeugabsturz sprach. Schon vorher hatte er Nelly ja so gut wie verschwunden geglaubt. Es war nicht leicht, bei den verschiedenen Zeitebenen nicht durcheinanderzukommen. Selbst wenn jemand so knapp und deutlich erzählte wie er.

Was ihn überhaupt in diese Pension gebracht hatte, hätte ich gern gewusst, eine Unterkunft für Rucksackreisende mit Stockbetten und dünnen Wänden und auf der Dachterrasse aufgespannter Bettwäsche. Hängende Segel, sie rochen nach Chlor. Es war seltsam, ihn dort auf einem Schaukelstuhl sitzen zu sehen, mit abstehenden Haaren, in kurzen Hosen und Zehensandalen, dicht an der Terrassenbrüstung, mit einer Plastikflasche Wasser in der Hand, einem halben Liter Agua purificada, ein Puppenspielzeug in seinen Händen, er fasste es vorsichtig an. In einem verwaschenen T-Shirt, wie ich es noch nie an ihm gesehen hatte.

Das Hotel war fast leer, einen einzigen Namen hatte ich noch unter dem heutigen Datum im Melderegister gesehen, und auf dem Weg zu meinem Zimmer offene Türen, gemachte Betten, nur in Jakobs Zimmer Gepäck. Insektenspray und am Kopfende des Bettes ein Buch und zwei Superfoodriegel, ein Standventilator, der scheppernd die nach Schlaf und Talg riechende Luft verwirbelte.

Wir besprachen Reiserouten, Verkehrsmittel, Wetterlagen, Mobilfunkanbieter, die Straßensperren in der Stadt wegen der heute abgehaltenen Paraden. Ich hätte Glück gehabt, noch mit dem Taxi durchgekommen zu sein. Du hast überhaupt Glück gehabt, er sah mir zu, wie ich mit angezogenen Knien auf dem Schaukelstuhl saß und aus den Resten in meinem Tabakbeutel eine Zigarette drehte. Unter keinen Umständen sollte man am Flughafen in das erstbeste Taxi steigen, wie ich das getan hatte. Die Fahrer der autorisierten Flughafentaxis tragen alle rote Hemden, die Fahrzeuge Nummern an den Seitentüren, eine Plakette an der Windschutzscheibe mit Passbild des Fahrers, man soll sich vergewissern, dass das Gesicht auf der Plakette auch das des Fahrers ist, auf keinen Fall das Gefährt mit Fremden teilen, die Banden schicken ein nettes Mädchen als Lockvogel, als Nächstes wirst du mit blutigem Gesicht in einen Graben gestoßen, wegen ein paar Dollars, wegen eines Mobiltelefons. Ich kannte diese Geschichten, doch es war wie früher, wenn ich zu einem Betrunkenen ins Auto gestiegen war oder zu jemandem, den ich nicht kannte, Elternwarnungen im Hinterkopf, es war mir nie ums Trotzen gegangen. Ich kurbelte das Fenster hinunter, es roch nach Benzin und etwas Verkokeltem, nach Tabak und erhitztem Asphalt, nach Dreck, Ferien, Süden. Im Radio lief ein wahrscheinlich altes, trauriges Lied, *vete con el*, sang einer zur Hammondorgel, geh doch mit ihm. Irgendwohin würden wir schon fahren.

Die Paraden wurden nachts abgehalten, auf abgesperrten Straßen. Der Präsident vertrug die Sonne nicht. Eine Stoffwechselkrankheit, wenn ich alles richtig verstanden hatte, was die beiden Frauen im Taxi neben mir besprochen hatten. Sie verschliffen die Laute, weichten die Wörter auf, ließen sie ausfransen an den Enden, sie sprachen eine völlig andere Sprache als jene, die ich daheim im Konversationstandem geübt hatte. Ich konnte die Geschichte von der Lichtallergie des Staatsmannes heraushören, ansonsten nur die oft wiederholten Worte Hitze, Märsche, Barbarei, immer wieder fiel das Wort Barbarei, in einem schläfrig klagenden Ton, der mich beruhigte, zusammen mit den an mich gedrückten Leibern und dem Refrain des Lieds, eine kratzende Tonkonserve, die mir nicht aus dem Kopf gehen sollte:

Wenn du ihn so liebst
Geh besser mit ihm
Wenn du ihn wirklich liebst, meine Liebe
Geh besser mit ihm
Geh doch mit ihm

Warum hast du nicht angerufen?, fragte Jakob, es ist ja nichts passiert, sagte ich, du hättest umkommen können, erwiderte er. Ich legte meine bloßen Füße auf das Terrassengeländer. Jakob wollte ins Landesinnere, sehen, wo das Flugzeug durch das Kronendach des Urwalds gebrochen war. Einen Abschluss finden, sagte er zu mir, den Blick auf die Straße gerichtet, die von unserem Geländer quer über die Straße gespannten Banner. Ein Haushaltsgerätehersteller warb mit Prozentnachlässen auf Ratenkäufe, private Akademien für Abendkurse in Englisch und Mandarin, dazwischen flatterten Wimpel und Plakate zum Jahrestag der Befreiung. MIT ALLEN, FÜR ALLE, FÜR DAS VATERLAND, in bunten Buchstaben auf rosa Grund, Dekoration für ein Kinderfest, mit dem Bild des grüßenden Präsidenten, ein Mann mit Schnauzbart, der einem kleinen Mädchen zum Geburtstag gratulierte, weiter entfernt leuchtete ein Feuerwerk auf, wir hörten Detonationen.

Kaum hatte Jakob von dem Fund des Wrackteils gelesen, hatte er Urlaub genommen und einen Flug gebucht, inzwischen sogar die Anfragen Alicias, die ihn seit Monaten zu erreichen versuchte, beantwortet. Drehen würde sie ihren Film so oder so. Sie hatte bereits begonnen, Material zu sammeln, Gelder einzuwerben, ihm ein Exposé geschickt. Eine fiktionale Dokumentation oder dokumentarische Fiktion, Arbeitstitel *Estática milagrosa*. Keine aufregende Geschichte über das ungeklärte Verschwinden des Paares, die Möglichkeiten einer Entführung, eines Komplotts, eines plötzlichen Durchbrennens. Worauf das Ganze stattdessen hinauslaufen sollte, hatte Jakob beim Lesen nicht ausmachen können. Die Filmemacherin nannte theoretische Referenzen, umriss vier Erzählstränge, Nellys Geschichte war nur einer davon, mehr oder weniger zufällig in die Konzeption hineingeraten, als die Frauen sich in irgendeiner Provinzstadt begegneten, doch diese ganze Vorgeschichte interessierte Jakob überhaupt nicht. Alicia war entschlossen, jetzt in diesem Moment dabei, ein Fahrzeug zu organisieren, sie würde wissen, wie mit plötzlichen, willkürlichen oder auch fingierten Polizeikontrollen umzugehen wäre. Sie hatte in Havanna studiert und Toronto, sie hatte sich zuletzt mit einem Stipendium in Mexiko aufgehalten und schon in unzugänglicheren Gegenden gedreht. Er hielt seine Wasserflasche im Schoß und schaute in die Nacht hinaus, die unruhig funkelnde Stadt. Die Trauer mit realen Objekten verbinden, damit das Leben nicht in der Katastrophe steckenbleibt. Man macht sich doch sonst selbst etwas vor, sagte er zu mir.

Ich dachte an Bilder aus dem Fernsehen, an Aufnahmen aus den französischen Alpen, niedergelegte Kränze im bemoosten Hochgebirgsgeröll, die Betroffenheit ganzer Nationen nach einer einzigen unfasslichen Tat. Ich dachte an einen Beitrag zum Jahrestag der Flutkatastrophe in Südostasien, den ich mir während eines Krankenhausaufenthalts im Fernsehen angesehen hatte. Eine deutsche Touristin war am Strand von Khao Lak gefilmt worden, in flatterndem Kapuzenmantel unter kalkgrauem Himmel sagte sie genau diesen Satz vom Abschlussfinden auf, mit dem Rücken zur Kamera, Wellen umspülten ihre Füße, anderthalb Sekunden bis zum Schnitt zu einer zum Gebet versammelten Menge vor einer Moschee in Indonesien. Die Bilder erfüllten mich mit Wut. Mit meiner Bettnachbarin im Krankenhaus hatte ich zu diskutieren versucht, von Umsiedlungen und zerstörten Existenzen der dort lebenden Menschen gesprochen und davon, wie die eigentliche Katastrophe erst nach der Katastrophe begann. Ganze Landstriche und Inselgruppen im Indischen Ozean bis nach Ostafrika waren auf Jahrzehnte für jede Bewirtschaftung unbrauchbar geworden, salzverkrustete Gegenden, ödes Land. Von der Verwüstung verschonte Küstenabschnitte wurden zum Gefahrengebiet erklärt, um ihre Bewohner zwangsumzusiedeln und die Strände an Hotelgruppen zu verkaufen.

Jakob würde keinen Abschluss finden, das wusste ich. Er würde in den Wald reisen und an die Küste, er würde sich von Alicia dabei filmen lassen, wie er im Geschwirr des Urwalds vor einem rostzerfressenen Tragflächenteil stand. Er würde sich nur immer weiter Fragen stellen und keine Antwort finden. Aber ich sagte nichts. Wir sind immer sehr höflich zueinander gewesen.

Zumindest hatte er alles durchgeplant. Was sich von mir

nicht behaupten ließ. Ich erzählte ihm die Geschichte von dem Apachen, der sich in der Ankunftshalle des Flughafens von Toronto auf den Boden gesetzt haben soll, tagelang neben den Gepäckbändern ausharrte, erklärte, er warte auf seine Seele, sie könne so schnell nicht reisen. Ein Jugendfreizeitbetreuer mit einer Vorliebe für sinnschwangere Parabeln hatte sie uns erzählt, tatsächlich wollte er uns am Flughafen von Sydney zum Augenschließen und Innehalten bewegen, zehn Neuntklässlerinnen sollten auf ihre Seele warten, stellte er sich vor, erzählte ich Jakob lachend, trotzdem, jedes Mal, wenn ich fliege, muss ich daran denken. Wenn man es sich leisten kann, sagte er. Zu Ferienlagern in anderen Erdteilen war er jedenfalls nicht geschickt worden als Fünfzehnjähriger. Du wirst morgen vermutlich ausschlafen wollen, sagte er, er jedenfalls hätte Termine am nächsten Tag und musste früh ins Bett.

Natürlich denke ich oft, dass es auch für mich besser gewesen wäre, einen Plan zu haben. Vor allem für jemanden wie mich wäre das besser gewesen. Nicht so draufloszustolpern. Das ist ja immer mein Problem gewesen, viel zu viel Zeit in meinem Leben habe ich damit verbracht, abzuwarten und dann mitzumachen bei dem, was jemand mir vorschlug, was sich eben ergab, auch in den ersten Tagen in Managua konnte ich mich allein zu nichts entschließen. Ein Mal versuchte ich es mit Spazierengehen, schon nach einer halben Runde um den Block war ich halbtot vor Hitze, eine unausgeschlafene Dahergelaufene, ich fand mich nicht zurecht.

Eine Freundin besuchen, log ich auf die Frage des einzigen anderen Hotelgastes, der mich ansprach, als ich im Schatten der trocknenden Wäsche saß und darauf wartete, dass die Hitze nachließ. Ein Schwede mit dünnem grauen Pferdeschwanz, der zuvor lange mit einer jungen Frau am anderen Ende der Terrasse gesessen hatte, mir war aufgefallen, dass sie kaum miteinander gesprochen hatten. My guide, nannte er sie, erzählte, sie sollte ihm helfen, Ländereien im Norden zu kaufen, Ländereien und eine Herde Pferde, Criollos, die edelsten und zähesten Tiere der Welt. Ich dachte an die Techniken der spanischen Kavallerie, den Einsatz der Tiere beim Erobern des Kontinents. Plötzliches Beschleunigen, Überrumpeln der unberittenen Widersacher im Galopp. Ich ließ mir von dem braunen Rum, den er unter seinem Stuhl hervorholte, immer wieder nachschenken, auch wenn ich wusste, dass sich das mit den anderen Substanzen und Rückständen in meinem Blut wahrscheinlich nicht gut vertrug, Mitteln gegen die Schwermut, zur Vorbeugung von Malaria und gegen die Angst vor dem Fliegen. Dabei habe ich mich zumindest vor dem Fliegen noch nie gefürchtet. Auch diesmal nicht. In einem gelöteten Apparat aus Blech durch die Troposphäre jagen, angetrieben von verbrennenden Kohlenstoffen, angeschnallt und aufgereiht, mit aufgewärmten Mahlzeiten und Liebeskomödien über einem Weltmeer voll unverstandener Strömungen, über dem Inselgewirr der Karibik. Die Vorstellung blieb abstrakt wie das kleine Bilderbuchsymbol eines Flugzeugs, das sich auf dem Bildschirm vor mir über die Weltkarte vorwärtsarbeitete. Zahlen wurden eingeblendet, Flughöhe, Fluggeschwindigkeit, Geschwindigkeit über Grund und die Entfernung vom Zielort, eine beunruhigend schnell sinkende Anzahl von Kilometern. Wir trudelten in den Abend hinein, durch verwischte Wolken auf das Festland zu, über die Höhenkämme eines

Gebirgsmassivs, anscheinend kaum besiedelte oder nicht elektrifizierte Regionen, die ins Pastell des Gewitterhimmels staken. Die Flugbegleiterinnen hatten zu servieren aufgehört. Die Maschine sackte in Luftlöcher, fing sich wieder, der Longdrink meines Sitznachbarn schwappte in meinen Schoß, es mache mir nichts aus, sagte ich mehrmals. Was mir Sorgen machte, war das Ankommen.

Und wo wollt ihr hin, dein Freund und du? Der Rum hatte geholfen, die Kanten der Dinge abzuschleifen, auf seine Frage wurde ich nicht wie üblich hektisch gereizt, sondern nur noch etwas sentimentaler. Eine Freundin besuchen wir, mein Freund und ich.

In der Brusttasche des Schweden steckte ein Notizblock. Ein Dichter, dachte ich leicht nervös. Ich hatte angefangen, in der Vergangenheit von Nelly zu sprechen, ich hoffte nur, dass er es auf mein ungeübtes Englisch schob, schon vorher hatte er mehrmals nachfragen müssen, weil er meine Aussprache nicht verstand. Selten war ich so erleichtert, Jakob zu sehen, wie jetzt, als er nass gestriegelt aus seinem Zimmer trat, kurz zwischen mir und dem Mann mit der Rumflasche hin- und hersah und mich an unsere Verabredung mit Alicia erinnerte.

Es war nach acht Uhr. Der Rezeptionist und Nachtwächter, ein Junge mit schönen dichten Wimpern, der mir immer etwas zu jung vorkam für diese Arbeit, hatte sich schon mit seiner Matratze quer vor die verriegelte Außentür des Hotels gelegt, mit dem Rücken zu uns lag er wie jeden Abend, als hoffte er wirklich, mögliche Eindringlinge auf diese Art abwehren zu können, und wenigstens sein Schlaf schien sehr leicht zu sein, unsere Schatten auf seinem Lager reichten, damit er aufsprang und uns die Türen nach draußen aufschloss. Arbeitet eigentlich noch irgendjemand anders in diesem Hotel?, fragte ich Jakob, er zuckte mit den Schultern und winkte ein Taxi heran. Wir fuhren ziemlich lange, anscheinend lag der Treffpunkt am Stadtrand, andererseits sah es mir fast überall in der Stadt wie am Rand aus. Am Ende eines langgezogenen Schotterwegs zwischen Lagerhallen oder ehemaligen Lagerhallen stand, klein und verloren wirkend, Alicia.

Sie sah noch jünger aus als auf den Bildern, die ich von ihr gefunden hatte. Wie ein Mädchen oder auch ein Junge von vierzehn oder fünfzehn Jahren, mit Schnürstiefeln und Undercut, sie umarmte uns zur Begrüßung. Wir folgten ihr in eine Lücke zwischen zwei Schuppen, in einen von Brandmauern eingehegten, mit Lampions und gebrauchten Möbeln dekorierten Garten. Eine Leinwand war aufgespannt, bei einem aufgeklappten Garagentor wurde Bier verkauft, einige standen dort herum und schauten einer Person im Empirekleid zu, die barfuß im Gras tanzte, ich sage Person, obwohl es kein sehr schöner Begriff ist, doch ich konnte auch nach längerem Hinstarren nicht entscheiden, ob es ein Mann war oder eine Frau. Jakob und Alicia beugten sich schon über ihr Tablet und betrachteten das Material für ihren Film. Aufnahmen des Ingenieurs, das Gesicht, das ich vom Betrachten der Fotografien auswendig kannte, dermaßen eingeprägt hatte ich mir die Porträts, dass mir die bewegten Bilder wie eine unzulässige Manipulation vorkamen. Nelly schien darin wirklich nur eine Nebenfigur zu sein. Ein heller Fleck am Rand eines Protestmarsches, eine gestikulierende Gestalt vor einer mit einfachen Sätzen beschriebenen Schultafel. Sie sprach anders, als ich sie in Erinnerung hatte, sie bewegte sich anders, kurz hatte ich Zweifel, ob es sich um dieselbe Person handelte.

Es war ihre Art, sich zu bewegen, die Alicias Aufmerksamkeit auf sich gezogen hatte bei ihrer ersten zufälligen Begegnung, lange vor der Geschichte mit dem Flugzeug, sagte sie und klang auf eine abfällige Weise amüsiert bei den letzten Worten, erzählte uns, ziemlich ausführlich und auffallend selbstbewusst, wie ich fand, von ihrem Projekt. *Versuch Über Die Schuld* sollte es heißen, ein Filmessay aus ineinander geschnittenen Lebensläufen von Freiwilligen und Entwicklungshelferinnen und Revolutionärinnen. Am Anfang hatte es ein Film über ihren Vater werden sollen. Ihr Vater war der Ingenieur, verriet sie mir an diesem Abend, was in keinem der Berichte aufgetaucht war, aus ihrem Leben war er schon vor zwanzig Jahren verschwunden, seit zehn Jahren mindestens plante sie eine Arbeit über ihn, ich weiß schon, die ewige Suche nach dem Vater, noch in ihrer Entschuldigung klang sie von sich und ihrer Sache völlig überzeugt. Das ist sicher sehr persönlich, sagte ich vorsichtig, wenn es das nicht ist, erwiderte sie, braucht man gar nicht erst anzufangen.

Kurz schauten wir schweigend der tanzenden Gestalt zu, die sich mit ausgebreiteten Armen um die eigene Achse drehte, während um sie herum Stuhlreihen aufgebaut wurden, der Garten sich füllte mit Menschen. Die Lampions schaukelten leicht im Wind, man wartete darauf, dass irgendwann im Lauf des Abends ein Arthouse-Film aus Thailand gezeigt würde, aus einer anderen Ecke des Gartens kam gezupfte Musik. Ein leises Gehege in diesem lauten Land, die Idylle machte mich unruhig. Ich war froh, Alicia zuhören zu können, sie schien keine Antwort zu erwarten, wenn sie von den Schwierigkeiten bei der Finanzierung ihres Filmes sprach, ihren Versuchen, eine Kamera im Internet zu verkaufen, an ein Stipendium zu kommen, ich kann dir nichts geben, war ich drauf und dran zu sagen, doch sie erwartete offensichtlich nichts von mir, winkend begrüßte sie jemanden, der durch die Stuhlreihen auf uns zukam, notfalls, erklärte sie mir, verschulde ich mich. Noch in dieser Woche würden sie mit dem Auto nach Pantasma reisen. Sie und Jakob, außerdem ihre Freundin und Kamerafrau und ein Freund aus der Gegend, der sich auskannte. Vier Personen. In dem Wagen musste noch Platz sein. Aber sie dachten nicht daran, mich zu fragen, ob ich mitwollte. Ich hoffte darauf, doch noch von ihnen eingeladen zu werden, sagte aber nichts, ich versuchte, mich auf den Film zu konzentrieren, ein Militärkrankenhaus in den Tropen, belegt mit von der Schlafkrankheit befallenen Soldaten.

Im Winter war ich vor einem improvisierten Kino in einem ehemaligen Industriegebiet auf der Straße angegriffen und beschimpft worden. Ich erinnere mich, dass es kurz nach dem Absturz des Flugzeugs gewesen sein muss, am Tag nachdem ich Jakob vom Flughafen abgeholt hatte und zum ersten Mal, seit ich die Nachricht bekommen hatte, wieder unter Menschen gegangen war. Mit Bekannten hatte ich auf der schmalen verlassenen Straße gestanden. Ein Betrunkener, meinten später die anderen, ich sollte mir keine Gedanken machen, das nicht auf mich beziehen, und ich versuchte, mich trösten zu lassen, aber ich glaube ihnen bis heute nicht. Vielmehr dachte ich an mein Kommunikationstraining vom letzten Sommer, die Worte der Trainerin, die mir damals sowieso in allen möglichen Situationen in den Sinn kamen: egal wie verrückt dein Gegenüber, sagte sie, bleib bei dir, die anderen kannst du nicht erziehen, du kannst deine Wahrnehmung schärfen, aber denk daran, es ist immer auch etwas an dir, das die Reaktion der anderen auslöst.

Der Mann mit der Baskenmütze war geradeaus auf mich zugelaufen, hatte mir in die Augen gesehen und angefangen, über meinen Körper zu sprechen, über meine Geschlechtsteile, meinen Hintern, meinen Bauch, er verglich mich mit einer Walfischkuh und forderte mich auf, meine blasierte Miene abzulegen, Stolz ist der kleine Bruder der Hochmut. Betrunken wirkte er nicht. Er hatte klar gesprochen, schnell, witzig. Die Betrunkene war ich, in einem roten, nicht gut sitzenden Mantel aus fusseligem Wollgemisch, mit Bierflasche in der Hand, größer als er und breiter, es war, wie er sagte, ich hatte mir die Haare nicht gewaschen und schaute zu ihm hinab. Immer wenn ich an Jakobs Anruf denke, fällt mir auch wieder dieser Mann ein, ein kleines beschämtes Zucken, verhakt in die Erinnerung an diese Wochen, in denen ich so viel Zeit mit und bei Jakob verbracht hatte.

Wie ich mich gefreut hatte, ihn an der Hotelrezeption stehen zu sehen. Ein bekanntes Gesicht, natürlich freut man sich an so einem Ort über ein bekanntes Gesicht. Deshalb erzählte ich ihm von San Dionisio, von dem Koffer, der sich dort noch befinden sollte, fragte ihn, ob er mitwolle, überredete ihn sogar, obwohl ich schon merkte, dass das ein schwieriges Kapitel war, das langweilige Städtchen, er schien nichts darüber zu wissen und sich auch nicht besonders dafür zu interessieren. Während des halben Jahrs, das sie dort verbracht hatte, sagte er mir nur, hätten die beiden kaum Kontakt gehabt.

In ihrem letzten Projekt hatte Nelly tektonische Verwerfungen vor der Küste Mittelamerikas untersucht, an der Subduktionszone: der Bruchlinie des geborstenen Plattenrands, in Schaubildern eine glühende Spur entlang der Westküste des amerikanischen Kontinents, wo ozeanwärtige Krustenscherben sich unter die leichtere Kontinentalplatte schieben, absinken in aufgeschmolzene Schichten des Erdmantels. Unter steigendem Druck verwandelt sich das Gestein. Wasser wird aus den Poren und Klüften der Tonminerale gepresst, steigt mit flüchtigen Gasen in höhere Sedimentschichten, setzt eine Reihe komplizierter Prozesse in Gang. Seit bald zehn Jahren setzte sich der Sonderforschungsbereich *Weltmeer der Zukunft* mit diesen Vorgängen auseinander, untersuchte Stoffwechselprozesse im Innern der Kruste. Den Austritt leichtflüchtiger Substanzen, Gasverbindungen aus kalten Sickerstellen, aufgebrochenen Methanquellen am Meeresgrund. Man vermutete einen Zusammenhang zwischen diesen Volatilen, dem Vulkanismus und den Erdbeben der Region. Man vermutete unerschlossene Quellen von Energie.

Regelmäßig, im Schnitt alle vierzig Jahre ist die Hauptstadt Nicaraguas in der Vergangenheit von schweren Beben verwüstet worden, zuletzt am 23. Dezember 1972. Das Epizentrum lag unmittelbar unter dem alten Zentrum der Stadt, der Avenida Bolívar und der Avenida Roosevelt, zwischen dem Bergrücken von Tiscapa und der Uferpromenade des Lago Xolotlán. Die teuersten und modernsten Gebäude des Landes befanden sich in diesem Areal, an diesem Abend mit

Lichterketten und Girlanden geschmückt: Verkaufsfilialen von Volkswagen, von Hitachi und Benz. Das Allgemeine Krankenhaus, die Mädchenschule Colegio La Inmaculada, das alte Teatro Salazar, Lotterien, Boutiquen und Banken. Das Vergnügungsviertel Zona Rosa, der Regierungssitz und die Kathedrale der Unbefleckten Empfängnis.

Die Stöße setzten eine halbe Stunde nach Mitternacht ein. Über den aneinanderschrammenden Erdplatten bog sich und platzte der Asphalt, aus den Tanzlokalen stürzten die Gäste taumelnd über den wie Gelatine zitternden Boden, drängelten sich in ihre Autos, fuhren hinein in die aufgetanen Risse im Boden und versanken. Von den Gegenden abseits des Zentrums, auf Sand und Schlamm zusammengesuchten Vierteln, den auf nackter Erde gebauten wellblechbedachten Bretterbuden mit den kreuz und quer über die Straßen langenden Stromdrähten und Abwasserrinnsalen will ich gar nicht erst reden.

Minuten vor den ersten Erschütterungen hatte der Hobbyfunker Frank Mejía in seinem Häuschen am Stadtrand Kontakt aufgenommen mit einem Partner in Miami, Florida. Abbruch der Unterhaltung, dann panische Schreie. Die ganze Stadt ist wohl zerstört, verständigt alle, wir brauchen Hilfe, schickt Medikamente und Lebensmittel, vielleicht hat jemand im Zentrum der Stadt die Katastrophe überlebt, gab Mejía durch, bevor sein Haus zusammenstürzte und ihn und alle anderen Bewohner unter sich begrub.

Noch vor Morgengrauen lag die Stadt brennend in ihrem Lagunenkessel, Stromversorgung und Kanalisation waren vollständig zusammengebrochen. Geheimpolizisten und Nationalgardisten bekamen den Befehl, aus den eingestürzten Gefängnissen entflohene Häftlinge niederzuschießen. Fast zwei Tage lang bekam der Regierungschef Augusto Somoza Debayle allerdings nicht einmal eine Kompanie Soldaten zusammen. Sie verließen ihre Posten, um sich um ihre Familien zu kümmern, ihren Privatbesitz sicherzustellen oder unter Anführung ihrer Offiziere beschädigte Geschäfte zu plündern, Waren auf Lastwagen des Heeres abzutransportieren und auf dem Schwarzmarkt zu veräußern, ebenso wie die Tage später eingetroffenen internationalen Hilfsgüter, Milchpulver und Blutspenden.

Die Magnitude des Bebens von 1972 betrug 6,2 auf der Richterskala. Beben dieser Stärke ereignen sich mehrmals in der Woche, die meisten in von Menschen dünn oder gar nicht besiedelten Gebieten, ihre Herde liegen tief, ohne empfindliche Geräte wüssten wir nichts von der andauernden Unruhe. Aber hier hatte der Herd gleich unter der Stadt gelegen, und die war gebaut auf Vulkanasche und lockerem Schwemmland.

Zuletzt hatte Nelly Messungen durchgeführt, um das Netz aus Wasserwegen in der abtauchenden Platte zu kartieren. Kapillaren in einer Tiefe von hundert Kilometern und mehr. Die tiefste von Menschen unternommene geologische Bohrung drang etwas mehr als zwölftausend Meter ins Erdinnere vor. Um etwas über tiefer liegende Schichten herauszufinden, bleiben Modelle und Berechnungen, Gerüste aus Voranahmen und Schätzungen, die Verfahren sind indirekt und spekulativ.

Inversion: Das Modell wird so lange systematisch variiert, bis die Differenz zwischen den Werten der Messung und dem Modell eine vorgegebene Grenze unterschreitet. *Da mehrere Parameter unabhängig voneinander variiert werden können, sind Vorabinformationen nützlich und erleichtern die Auffindung einer stabilen Lösung. Es muß hier klar ausgesprochen werden, daß bei den natürlichen physikalischen Feldern der Erde mit räumlich verteilten Quellen prinzipiell eine Vielzahl von Quellverteilungen genau dasselbe Feld an der Erdoberfläche erzeugen kann und damit die Inversion keine eindeutige Lösung hat. In der Regel läßt sich jedoch aus geologischen Gründen die Zahl der mathematisch möglichen Lösungen auf wenige »wahrscheinliche« einschränken.*

Die Expedition war auf sechs Wochen angesetzt gewesen. Drei Wochen auf See, drei Wochen an Land. In Willemstad, Curaçao, waren sie ausgelaufen, durch den Panamakanal in den Pazifik, nordwärts an der Küstenlinie Zentralamerikas entlang. In Corinto, Nicaragua, waren sie an Land gegangen und nach Süden gefahren bis zu dem Küstenort La Boquita und von dort immer tiefer ins Landesinnere hinein. Entlang einer zuvor auf der Landkarte festgesetzten Linie hatte Nelly mit ihrer Assistentin und der Hilfe mehrerer Fahrer, zwei freiwilliger Übersetzer und des Ingenieurs ihre Magnetometer abgesetzt, schuhschachtelgroße Black Boxes, am Meeresgrund gehalten von Ankern aus Beton, an Land vergraben in Säcken aus Plastik. Ein Langzeitexperiment. Nach sechs Monaten sollten die Geräte geborgen, die gesammelten Datensätze an Computern in Deutschland ausgewertet werden. Darin bestand die eigentliche Arbeit: Aus unordentlichen Datenmassen ein farbiges Schaubild erstellen, ein zweidimensionales Modell.

Grundlagenforschung ist Beobachtung. Man muss Geduld haben und abwarten, es braucht eine manische Obsession für Details. Ich sage immer, wir haben einen Bürojob, erklärte mir die letzte von Nellys Doktorandinnen, die ich in ihrem ehemaligen Büro in der Technischen Universität antraf. Rebecca. Ein Mädchen mit langem schweren Zopf, in flachen Ballerinas und geblümter Bluse. Seit Monaten war sie damit beschäftigt, die Datensätze zu bereinigen, Fehler herauszurechnen, natürliche Störungen, an die vorher niemand gedacht hatte, Erschütterungen durch schwere See. Ein Vorzeichenfehler, und du kannst alles wegwerfen.

Geduld und Beharrlichkeit und eine manische Freude am Detail. Das waren nicht Nellys Stärken gewesen. Fast all ihre Handlungen hatten etwas Vages und Verworrenes. Ein abwesend blinzelndes großes Mädchen, das manchmal in ein übertrieben lebhaftes Lachen ausbricht, dann wieder wie in Trance zu sein scheint und sich zu oft mit der Hand ins Gesicht fährt. So habe ich sie in Erinnerung. Ich weiß, dass sie Ritalin nahm, um besser bei der Sache bleiben zu können. Ich weiß nicht, wie sehr und wie bewusst sie diesen Anstrich von Verwirrtheit pflegte und einsetzte, um sich bestimmte Lästigkeiten vom Leib zu halten. Denn wenn es darauf ankam, konnte sie ziemlich zäh und genau sein.

Sie hätte diese Reise nicht machen müssen. Sie hätte sich die Datensätze auch von anderen besorgen lassen können. Und schon gar nicht hätte sie sich monatelang hier in San Dionisio aufhalten müssen.

Mehrmals hatte sie ihre Rückkehr aufgeschoben, nie

hatten wir groß nachgefragt, ihre Begründungen klangen doch glaubhaft: im Zoll festgehaltene Messgeräte, kränkelnde Projektmitarbeiterinnen, zu spät oder gar nicht zum Dienst erscheinende Fahrer, schlecht oder gar nicht befahrbare Wege und Straßen, ruiniert vom Wetter, blockiert von Protestmärschen. Hitze und Unordnung, ineffektives Nebeneinander von Mangel und Maßlosigkeit, Hysterie und Lethargie, so war das eben in solchen Ländern.

Aus Langeweile und um mich von meinen eigenen Angelegenheiten abzulenken, habe ich damals angefangen, mir animierte Präsentationen ihres Sonderforschungsbereichs anzusehen, die *Prensa* zu lesen und den *Nuevo Diario*. Die von ihr beschriebenen Unwetter und Unruhen hatten stattgefunden, ihre Angaben stimmten bis ins Detail, alles war verbürgt, wie immer bei gut gemachten Lügen.

Schon vor ihrem Verschwinden hätte man sich Sorgen machen müssen. Hätte, dann. Ich habe genug von dieser Grammatikstruktur. Unmögliche Bedingung in der Vergangenheit. Es gibt kein Hätte. Sie konnte es nicht leiden, wenn man sich in ihr Leben einmischte. Die paar Male, die ich versuchte, meine Meinung zu ihren Entscheidungen zu äußern, wandte sie sich ab, ließ Wochen, Monate verstreichen, ehe sie sich wieder meldete, auf eine so selbstverständliche Art gutgelaunt, dass mir nicht einfiel, worüber wir gestritten hatten, und strenggenommen hatten wir das ja auch nicht, einen Streit, der die Bezeichnung verdient hätte, hatten wir nie gehabt.

Im Sommer nach ihrer Abreise schrieb sie, nachdem es eine ganze Weile still gewesen war, einen kurzen Brief an eine lange offene Empfängerliste. *Ihr Lieben*. Sie bat alle um

Entschuldigung, denen sie lange nicht geantwortet hatte, teilte mit, es hätte sich einiges verändert bei ihr, in einem für ihre Verhältnisse ziemlich pompösen Ton schrieb sie von einem durch den Abstand gewonnenen neuen Blick auf das Leben und was darin als wichtig gilt. Sie hätte angefangen, in einem Projekt für Umweltpädagogik zu hospitieren und in einer Schule für Taubstumme. Sie würde vorerst nicht zurückkehren, nicht nach Deutschland, nie wieder an ihre Stelle als Juniorprofessorin am Institut für Seismologie. Sie trug sich mit dem Gedanken, Lehrerin zu werden oder beim Entwicklungsdienst anzufangen, sie konnte sich vieles vorstellen, nur eines nicht, zurück: Ein Idyll aus Pappe, schrieb sie, war dieses Deutschland, aus der Ferne betrachtet. Aus trittschallisolierter wärmegedämmter Schuhschachtelpappe, mit Anschnallpflicht, Biosupermärkten aus Glas und Beton und geschlossenen Sparkassenfilialen in sterbenden Dörfern.

Ich habe diesen Brief nicht sonderlich ernst nehmen können. Gedanken einer Achtzehnjährigen, die mit dem Rucksack aufbricht, um etwas zu finden, was sie das *wahre Leben* nennt und irgendwo im Süden vermutet, bei knappem Wasser, Straßen aus gestampfter Erde und herumlaufenden Hühnern. Sie würde eine Enttäuschung erleben, dachte ich, wer solche Wunschvorstellungen auf die Welt projiziert, verdient, enttäuscht zu werden, sagte ich, wenn ich anderen Freunden davon erzählte, mich lustig machte über ihre Begeisterung. In Wirklichkeit war mir unbehaglich. Sie war nicht mehr achtzehn, und selbst bei einer Jugendlichen wäre mir eine solche Überzeugtheit nicht geheuer gewesen, die Beseeltheit einer Bekehrten. Du bist dabei, eine Riesendummheit zu machen, schrieb ich ihr.

Überleg es dir zumindest, lass es lieber sein, deutlicher habe ich ihr gegenüber nie ein Urteil geäußert, wenn ich jetzt diese Nachrichten wieder lese, frage ich mich selbst, was mich derart aufregte, eine Antwort erwartete ich sicher nicht.

Warum sie sich gerade mit der Entstehung von Katastrophen beschäftigt hatte? Eine Obsession stritt sie ab, lachend, glaubhaft: mit Psychologie hätte das alles nichts zu tun. Ich habe eben Glück gehabt, hatte sie früher gesagt über den Verlauf ihrer Karriere, dabei wusste sie selbst sehr gut, dass das nicht stimmte. Die Erde würde nicht verschwinden, war ein Spruch von ihr, als hätte sie sich allein aus diesem praktischen Grund für die Geophysik entschieden. Anstatt zum Beispiel Ärztin zu werden, wie man ihr vorgeschlagen hatte, aber vor Haut und Fleisch und Knochen graute ihr. Eine Liebeserklärung an ihren Gegenstand äußerte sie nie. Dafür berichtete sie von zwei Jungen, die hinter ihrem Rücken Wetten abschlossen, wer von den zwanzig Studierenden des Jahrgangs als Erster abbrechen würde. Sie saß vor ihnen in der *Einführung in die Chemie für Erdwissenschaftler*, nah genug, dass es sie im Nacken kitzelte, ihre Haare sich aufstellten, wenn sie hinter ihr mit den Händen wedelten, mit den Füßen unter dem Tisch scharrten, die ganze Sitzreihe vibrierte. Derweil es um die Eigenschaften unedler, doch seltener Metalle ging. Sie drückte das Kreuz durch. Yttrium, Germanium, Indium. In einem Schulheft mit Rechenkästchen notierte sie die Eigenschaften der Elemente:

Indium ist ein silbrig weißes Metall. Der Schmelzpunkt ist bei 156,5985 °C. Einen niedrigeren Schmelzpunkt besitzen unter den Metallen nur das Quecksilber und das Gallium und die meisten Alkalimetalle. Über einen sehr großen Bereich von fast 2000 °C ist das Metall flüssig. Flüssiges Indium hinterlässt auf Glas dauerhaft einen dünnen Film. Die gleiche Eigenschaft besitzt das ähnliche Gallium.

Das Metall besitzt eine sehr geringe Härte. Es lässt sich wie Natrium mit dem Messer schneiden. Es hinterlässt auf Papier einen sichtbaren Strich. Eine Besonderheit des Indiums, die es mit dem Zinn gemeinsam hat, sind die charakteristischen Geräusche, die beim Verbiegen von Indium zu hören sind (»Zinngeschrei«).

So unauffällig sie konnte, drehte sie sich am Ende der Übung nach ihnen um, sah sie aus den Sitzreihen heraus turnen, Jungen in gewaschenen Pullovern, neuen Basketballschuhen, bunt und teuer, mit dick gepolsterten Zungen. Sie sollte nie ein Wort mit ihnen wechseln. Aber die Wette vergaß sie nicht; wann immer der Gedanke ans Hinwerfen und Aufhören kam, dachte sie an diese Wette und dass sie sie gewinnen musste.

Vielleicht braucht es nicht mehr als diese Episode, um zu verstehen, wie Nelly funktionierte. Wie sie sich im Kino gelangweilt hatte. Auch wenn ich mich bemühte um Komödien und Dramen, deren Helden strahlend blaue Augen hatten und ein Abenteuer nach dem anderen bestanden. Es sei doch alles bloß erfunden, meinte sie nur. Unlustig zu erklären, ob sie sich unterfordert fühlte oder bevormundet, wenn man sie zu unterhalten versuchte mit mehr oder weniger geschickt konstruierten Geschichten. Es gab doch genug Leben, genug Wirklichkeit. Wichtiger, sich darüber zu informieren. Nelly interessierte sich für nahezu alles. *Gesteine und Mineralien. Unser Gedächtnis.*

Religionen der Welt. Die Vögel Mitteleuropas. Ich flog in Afrika für Nkrumahs Ghana. Das Schwarzbuch des Kommunismus. In blasige Klebefolie eingeschlagene Bände aus der Leihbücherei, die sich neben dem Kopfende ihrer durchgelegenen Matratze stapelten, neben ausgekratzten Plastikbechern: Fruchtjoghurt, Milchreis, Grießbrei, Kartoffelsalat. Immerzu hungrig, immerzu etwas aus einem Plastikbecher löffelnd, während sie lernte und las. Über Kybernetik, über die Ermordung Jitzchak Rabins und die Überfischung der südlichen Meere, über die Fragen, ob Gott eine mathematische Formel, ob Intelligenz erblich sei. Sie blätterte nicht bloß in diesen Büchern, sie las sie ganz und gründlich, oft in einem durch, ihre Nägel feilend, mit dem Handy herumspielend, wenn sie nachts von der Arbeit heimgekommen war, von einem Treffen, nicht schlafen konnte. Später erzählte sie mir: Oft hätte sie tagelang kein Auge zugemacht in dieser Zeit. Morgens fand ich Zeichnungen, die sie in jenen Nächten angefertigt haben musste, nach Vorlage des Kosmos-Bestimmungsbuches. Schwalbenschwänze, Trauerfliegenschnäpper, getreue Abbilder; einer auf einem Ast sitzend, der Nächste turnte einen Baumstamm hinab, kopfüber. Ich fand Zeitschriften, die meine Freundinnen und ich zum Spaß kauften, die Gala und die Bunte, aufgeschlagen bei der herzbewegenden Geschichte eines dem Suff verfallenen Schauspielerpaares, der Scheidung einer Fürstin, Geschichten, bei denen wir uns erholten, Nelly lebte in ihnen. Sie löste die Kreuzworträtsel und die Zahlenrätsel, sie riss das Bild eines aus dem Pool lächelnden Paares heraus, perlendes Chlorwasser auf ihren geölten Körpern, und hängte es zu den Klassen- und Hunde- und Handballmannschaftsfotos an ihre Pinnwand. Samstags packte sie ihre große billige

Sporttasche und fuhr über die Autobahn in ihre Heimat, sie sagte: Heimat, ein Dorf im Odenwald, ein Fachwerkidyll im hintersten Winkel eines langgezogenen Tals. Zu ihren Freunden, zu den Hunden, die sie zu Schutzhunden trainierte, vor allem von ihnen war die Rede gewesen, wenn wir rauchend auf unserem Balkonhorst standen, dazu habe ich jetzt noch bewegte Bilder vor Augen. Nelly in schwerer wattierter Kleidung, wie sie mit einem Trupp suchender Tiere die durchweichten Wiesen durchmisst und sie auf künstliche Fährten lockt, sie mit einer Attrappe belohnt, wenn kein vermisstes Kind aufzuspüren ist in der zusehends entvölkerten Gegend, wo es doch niemals Beben und immer weniger Menschen gibt, um mit den Hunden die Kommandos zu üben, um sie bereitzuhalten für den Ernstfall.

Graphen, Diagramme, Vektorenschwärme. Schnittbilder von Sedimentschichten. Wann immer ich mich auf meine eigene Arbeit nicht mehr konzentrieren konnte, schaute ich mir Zwischenberichte und Filmaufnahmen von Nellys letzter Expedition auf der *Tellus* an. Noch während der Expedition veröffentlichte, in Echtzeit übertragene Videomosaike von Bakterienmatten auf Karbonatblöcken am Tiefseegrund. Die ständige Bewegung am Meeresboden nahe einer kalten Quelle, wo unter der Erdkruste gespeichertes Wasser austrat. Fotografien von Menschen an Deck eines Forschungsschiffs, Besatzung und Wissenschaftler im Gruppenbild. Frauen und Männer beim Anlegen der Rettungswesten für das Sicherheitstraining. Beim Begutachten ihrer Funde: Mit feucht an den Schläfen klebendem Haar und skeptischen Gesichtern standen sie um einen Sedimentkern, einen halben Kubikmeter Karbonat, den der Tauchroboter für sie aus dem Meeresboden gehoben hatte. *Was geschieht in diesen entlegenen Abgründen? Welche Wesen sind in der Lage, zwölf oder fünfzehn Meilen unter der Wasseroberfläche zu leben?*

Fast zehn Minuten lang folgte die Kamera des Tauchroboters einer Chimäre durch die Tiefsee, dem angestrahlten Königsblau des Tierleibs durch das schweigende Schwarz des Raums, bis der Fisch die Schwanzflosse aufstellte, ruckartig wendete, auf die Scheinwerfer zu schwamm. Der weiße Lichtkegel am stumpfen Kopf, der Nachhall des künstlichen Weiß in den hellen, irislosen Augen des vermutlich blinden Tiers. Es musste die Wärme des Tauchroboters gespürt haben, vom Leuchten aufgestört worden sein. In solcher Tiefe, schrieb eine an der Expedition beteiligte Meeresbiologin, wurde nicht gejagt. Das Leben spielte sich ab im Umkreis unterseeischer Schlammvulkane und Schwarzer Raucher, dunkle Emissionen absondernde Schlote unterirdischer magmatischer Kammern. Die Tiere lebten von Schwefelbakterien, mit ihrer Hilfe wandelten sie die Stoffe aus dem Erdinnern energetisch um. Höhere Wesen, Fische, Fabelwesen, Dämonen lockten Beute mit lumineszierendem Schmuck; warteten auf Nahrung in Form absinkender Schwebepartikel, reduzierten ihre Bewegung und harrten aus. Männliche Tiefsee-Anglerfische saugten sich an den Weibchen fest und blieben für den Rest ihres Lebens in der Symbiose, selbst den Blutkreislauf teilten sie, angeheftet an ein Monstrum mit riesigem, rundum zähnebewehrtem Maul.

Ein Bürojob, hatte auch Nelly behauptet, als ich sie beim Interview genauer nach ihrer Arbeit gefragt hatte, wie ich es immer tat. Ich musste wissen, womit eine den Tag zubringt, ich möchte das immer wissen, Handgriffe, Zeiten, Bedingungen, worauf sie schulterzuckend von den Labors und Büros und Computern, von Evaluationen und Präsentationen, Modellen und vor Bildschirmen zugebrachten Stunden sprach. Dabei verwendete sie nie das Wort ich. Sie sprach von einem Man, in Passivkonstruktionen von einer übergeordneten Notwendigkeit, meistens aber von einem Wir, emphatisch und selbstverständlich, doch darauf angesprochen, zuckte sie mit den Schultern wie über ein dummes Versehen. Ihre Arbeit ließe sich gar nicht allein erledigen, schon der praktische Teil nicht; auch ihre Fachpublikationen verfassten sie im Rudel. Wen genau schließt dein Wir ein? Wen schließt es aus? Wie oft kommt es zu Anpassungsproblemen? Wer liefert zu, wer führt das Wort? Auf diese Fragen, auch wenn ich sie geschickter zu stellen versuchte, keine Antwort, jedenfalls keine brauchbare, sie brach mir, notierte ich, weg in Gemeinplätze: Natürlich gibt es mal Streit, Spannungen, aber warum fragst du danach immer als Erstes, warum denkst du so wenig daran, wie sehr wir von anderen profitieren können?

Was auf dem Schiff geschieht, bleibt auf dem Schiff. Eine alte Regel, auch die Doktorandinnen und Assistenten, die ich später traf, haben sie alle an irgendeinem Punkt ihrer Ausführungen zitiert. Als legten sie es geradezu darauf an, dass ich mir die wildesten Geschichten vorstellte.

Besuch mich, hatte Nelly mir vor ihrem Verschwinden mehrmals geschrieben, du kannst mit mir bei Esperanza wohnen, hier ist Platz, hier kostet das Leben nichts, du musst keine Angst haben. Ich habe keine Angst, antwortete ich, ich würde es mir überlegen, schrieb ich ihr, wenn ich erst mit meiner Arbeit – wirst du nicht, sagte sie, als wir sprachen an einem Nachmittag im euopäischen Herbst, im tropischen Winter, ich weiß doch, dass du nicht kommen wirst. Beschwichtigend, als wäre es ihr eigentlich völlig gleichgültig, als wollte sie vor allem mich beruhigen. Unbewegt hielt sie ihr Gesicht vor die Linse ihres Rechners, ich weiß noch, wie schlecht die Verbindung zwischen uns war, wie ihr Bild verschwamm, ihre Bewegungen stockten, in fahlen Farben, grob aufgelöst. Die Flecken in ihrem Gesicht, das gekräuselte Kinn vor den grüngetünchten Wänden in Esperanzas Innenhof, zwischen aus Milchtüten sprießenden Setzlingen und zur Dekoration aufgehängten Masken. Sie machte mir keine Vorwürfe. Ich sollte nur sehen, dass sie weinte. Und ich sah, dass sie begonnen hatte, klirrende glitzernde Armbänder zu tragen.

Ich verstand nicht, warum sie mich so dringend bei sich haben wollte. Was sollten wir denn anfangen, dachte ich damals, zu zweit in einer brütenden Kleinstadt am Rand der Welt, aber eben vor allen Dingen: zu zweit? Sie hat oft Dinge von mir verlangt, die ich ihr nicht geben konnte, und mir solche geschenkt, die ich nicht brauchen konnte. Immer wenn sie komplizierte Gespräche über dunkelste und innerste Gefühle führen wollte, wandte sie sich an mich. Das ist keine Beschwerde, ich habe solche Gespräche immer gern mit ihr geführt. Aber in jenem Herbst konnte ich mich nicht kümmern. Ich hatte damals selbst keine gute Zeit.

Im Moment des Aufpralls, vor dem Genickbruch, bevor die Wellen über ihnen zusammenschlagen, heißt es, zieht den Sterbenden ihr Leben vor den Augen vorbei. In aller Ruhe, wie ein Film. Das ganze echte Leben: auf einmal eine lückenlose Linie, alle Tage, nicht die Alpträume, nur die Tage, in schön kadrierten Bildern. Das ganze Flickwerk, sie hat es selbst so genannt, das Nellys Leben gewesen sein sollte, endlich in eine Reihenfolge gebracht.

Es gibt Berichte von Überlebenden, die das bezeugen. Ich habe ihnen nie ein Wort geglaubt. Nelly war da anders. Es klingt vielleicht seltsam, aber sie interessierte sich neben allem möglichen anderen auch für das Göttliche und Übernatürliche, für Esoterik und Spiritualität; und wenn jemand etwas bezeugen konnte, dann glaubte sie es auch. Mit Fatima zum Beispiel, der Frau oder Witwe des Ingenieurs, hat sie in ihrem Garten, auf der Veranda des Bungalows in den kühlen Höhen der Via Alta Fontana lange und angeregte Gespräche über eben diese Themenkreise geführt. Die beiden verstanden sich gut, erzählte sie mir, sie verstanden sich ausgezeichnet.

Ich hatte geglaubt, es würde schwierig oder unmöglich sein, mich mit Fatima zu verabreden, ich vermutete sie hinter Mauern, verspiegeltem Glas, bewacht von Bediensteten, nicht zu sprechen, doch meinen Anruf unter der Telefonnummer aus Nellys Adressbuch beantwortete sie sofort. Sollen wir uns treffen, unterbrach sie meine Erklärungen, wo soll ich Sie abholen? An der zentralen Bushaltestelle vor der Universidad Centroamericana fuhr sie vor, kein Chauffeur, mit laufendem Motor hielt sie am Straßenrand zwischen den kippelnd aus der Staubgrube balancierenden Kleinbussen und den wartenden Fahrgästen. Mit der Lichthupe dirigierte sie mich zu sich, es war nicht schwer gewesen, mich zu erkennen, sie begrüßte mich ohne Überraschung, fragte, ob ich mich schon an das Klima gewöhnt hätte und so fort, eine Konversation, wie ich sie inzwischen halbwegs beherrschte. Mir geht es sehr gut, ich bin gesund, ich wohne in San Dionisio bei Esperanza und Gloria Lourdes, es gefällt mir hervorragend in ihrem Haus, in diesem Land. Sie hörte sich meine Antworten an, eine Lehrerin, die sich innerlich Notizen macht, während sie sich einreihte in den schleppenden Verkehr, erkundigte sich nach Esperanza, wie geht es Ihrer Zimmerwirtin, hat sie über mich gesprochen?, und ohne eine Antwort abzuwarten erzählte sie mir von den Anrufen, mit denen Esperanza Fatima und mehr noch Tito eine Zeitlang behelligt habe, mit Bitten um Fördergelder, ein Stipendium, eine Stelle, ein paar Mal sei sie persönlich im Büro aufgekreuzt, manche Menschen, sagte Fatima, machen sich seltsame Vorstellungen, sie warf mir einen Seitenblick zu mit gehobenen Brauen, ich wusste nicht, wie ich Zustimmung bekunden konnte, ob es überhaupt Zustimmung war, was sie von mir erwartete.

Ihre Stimme klang hoch und leise beleidigt, schon am Telefon war mir das aufgefallen, etwas Kindliches lag darin, das nicht zum Resonanzraum ihres Körpers passte und zur Geschäftsmäßigkeit ihrer Sätze, ihrer Art zu fahren, den Blick auf den Verkehr gerichtet, die tief hängenden Haufenwolken und Schilder über der abfallenden Traversale, ohne sich zu scheren um die Kinder und Männer, die von den verstopften Rändern der Verkehrskreisel winkten, auf die Fahrbahn liefen, mit Bündeln von Lottoscheinen wedelten, mit Fähnchen, Trinkwasser in geknoteten Plastiksäckchen, eine kühl glänzende Skulptur, die ein Junge mit affektierter oder ironischer Geste vor uns schwenkte, im letzten Moment seitlich wegsprang und dem Wagen zwei Klapse mit der flachen Hand gab, als Fatima, ihn schneidend, rechts abbog auf den von gestutzten Hecken eingefriedeten Parkplatz eines Einkaufszentrums.

Gelbe Vorgewitterluft klebte an den Scheiben, den Bäumen und Gestalten am Straßenrand, sog sich in Kleiderstoffen fest, in Haut und Haar, zwei Minuten in dieser Luft, und man sah ungewaschen aus, mein Rock klebte an den Schenkeln, meine Schenkel aneinander, als ich Fatima hinterherlief über die weite, leicht ansteigende Fläche des Parkplatzes. Sie richtete ihre flatternde Stola, ließ mich wissen, dass ihre Mittagspause in einer Stunde vorbei sei, klagte über das Wetter, wie es verrücktspiele und dem Kreislauf schade, eine solche Hitze im September, normal sei das nicht, eine höfliche Lüge, die Schwüle, das war zu sehen, setzte ihr nicht zu. Ein Wachmann hielt uns die Tür auf zu einer Kaffeekettenfiliale, die hier vielleicht als elegant galt, vielleicht gerade nicht. Vor Halbliterbechern mit Eisgetränken pulten wir Thunfischsandwiches aus ihrer Klarsichtfolie, schauten auf den Parkplatz und die gegenüber aufgereihten Geschäfte, das Schild des Casinos *Sphinx* mit schräg geneigt über eine dunkle Fläche laufenden Leuchtbuchstaben, ein Schnellrestaurant in Form eines Huhns, das lachend auf seinen aufgesperrten Bauch und die in diesen Bauch hineinspazierenden Menschen zeigte. Ein etwas authentischerer Ort wäre Ihnen lieber gewesen, stellte Fatima mich von der Seite betrachtend fest, aber hier ist es sauber. Sie sagte mir, dass sie den Schmutz immer schlechter ertrug, sie schätzte diesen Ort, weil er sauber war, kühl und neutral, ein guter Ort, um in der Mittagspause zusammenzukommen und über den Tod zu sprechen, sagte sie und fragte mich ohne jede Überleitung, ob ich von dem Filmprojekt ihrer Stieftochter Alicia gehört hätte. Vor ein paar Tagen war sie zurückgekehrt von den Dreharbeiten im Norden, sechs Wochen hatte sie dort verbracht im Tal von Pantasma, mit ihrer Kamerafrau in einem kleinen unverputzten Zimmer bei einer Bauernfamilie gehaust und mehrere Hundert Stunden Filmmaterial gesammelt, lange ziellose Unterhaltungen mit Dorfbewohnerinnen, Aufnahmen der Wälder und des langgezogenen Tals, Frauen, die Wäsche in einen braunen Fluss tauchten, und so weiter, einiges davon hatte sie Fatima gezeigt, seit sie mit ihrem Rucksack in ihr Gästezimmer gezogen war, vorläufig, wie lange sie zu bleiben vorhatte, war nicht ganz klar. Sie wollte ihr Material sichten und schneiden, hatte sie verkündet, sie brauchte Zeit und offensichtlich auch Geld. Außerdem wollte sie mit Fatima über ihren Vater sprechen und sie dabei filmen, ich habe ihr gesagt, sprechen können wir über alles, um deine Finanzierung kümmere dich selbst, auch ich muss zusehen, wie ich über die Runden komme.

Ich weiß noch, dass ich während unseres ganzen Treffens kaum sprach und mein Kiefer am Ende ganz verspannt war von einem Lächeln, das ich nicht ausschalten konnte. Ich wüsste nichts über den Film, sagte ich, das Projekt klingt interessant, fügte ich hinzu in meinem mir selbst lästigen Bemühen, nach allen Richtungen höflich und einlenkend zu sein, wenn du mich fragst, ist es völlig uninteressant, erwiderte sie und stocherte mit dem Strohhalm in den braunen Eissplittern in ihrem Becher herum: Kann sein, ich verstehe nichts davon, aber wo sie mit diesem Film hinmöchte, begreife ich nicht. Aufnahmen des Waldes. Aufnahmen gottvergessener Dörfer, von Umsiedlung bedroht. Erfundene Sequenzen aus dem Leben der Verschollenen. Ein großer filmischer Essay, hatte das Mädchen erklärt, um gut klingende Begriffe nie verlegen, eine *Recherche*, ihr Wort, über Bewegung und Stillstand und Zerstörung, sie zitierte französische Philosophen und fernöstliche Weisheiten.

Was mich viel mehr interessieren würde, sagte Fatima, unversehens ganz weich und beinahe freundlich geworden: Was ich wissen will, ist, wie sie sich gefühlt hat. Im Inneren einer so kleinen Maschine. Ein kleiner frecher Drachen. Nicht für eine Million hätte ich mich in diesen Apparat gesetzt, mit mir an Bord, habe ich immer gesagt, hebt ihr sowieso nicht ab, kicherte sie.

Weiterhin überging sie meine Zwischenfragen, wurde aber versöhnlicher im Ton, fast elegisch in dem Versuch, sich hier, auf den Parkplatz schauend, die Szene im Cockpit vor Augen zu holen, ich frage mich wirklich, sagte sie, wie sie sich gefühlt haben mag da oben – ich verstehe nichts von Kunst, aber das ist der Film, den ich drehen würde. Wenn überhaupt. Aber ich drehe keine Filme. Ich kann es auch so vor mir sehen. Gerade als wäre ich dabei gewesen. Ich sehe Ihre Freundin, Nelly, mit ihrer spiegelnden Sonnenbrille, in einem dieser Kleider, wie sie sonst nur Schwangere tragen, ungefähr so geschnitten, jetzt sah sie mich zum ersten Mal aufmerksam an, wie Ihres. Nur dass es bei Ihrer Freundin anders fiel. Ich sehe den Himmel um sie, nichts als blaue Luft, ich sehe, wie sie sich mit der Hand ins Gesicht fasst, vielleicht ist es ihr einfach, obwohl sie diese Brille trägt, zu hell. In diesem Bild hänge ich fest, und immer sehe ich sie und nicht Tito, meinen Mann, ich hänge ganz an ihr und kriege diese Frage nicht aus dem Kopf, wie mag sie sich gefühlt haben, als sie die Kontrolle verlor, die Kontrolle über sich und dann über das Flugzeug, wie fühlt sich das an, einen Impuls zu spüren und ihm nachzugeben im nächsten Moment? Wie wenn man auf einem Turm steht und gepackt wird vom Drang, zu springen, mit aller Macht angezogen von der Erde? Ich stelle es mir vor, sagte Fatima, die waldbedeckten Hügel und die braunen Flüsse und in der Ferne vielleicht schon das Meer. Wie alles eine Pause machte in ihrem Kopf. Wie sie nicht nachdachte, sondern nur ihrem Impuls folgte, sich in den freien Fall zu begeben.

Ich hatte begonnen, aus der Frischhaltefolie eine Kugel zu formen, presste sie zusammen zu einer immer ebenmäßigeren Form, Fatima aus den Augenwinkeln beobachtend, kurz abgelenkt vom Staunen darüber, dass eine völlig transparente, nur mit etwas Fett beschmierte Folie, einmal zusammengeknüllt, weiß und undurchsichtig wurde. Fatima, jetzt auch abgelenkt, schaute zu, wie ich das Ding auf dem falschen Tropenholztisch vor und zurück wälzte, und fuhr fort mit einem etwas seltsamen Einschub:

Ich habe sie gern gehabt, Ihre Freundin, sie war ein Bündel aus Neugierde und Energie. Sofort mit allen befreundet, wenn ich sie in die Frauenhäuser auf den Dörfern mitnahm, sie hatte darauf bestanden, erst hatte ich meine Zweifel, doch in ein paar Wochen hat sie sich alles beigebracht, was sie wissen musste, um mir zu helfen, viel schneller als die Medizinstudentinnen, die mir sonst mitgeschickt wurden, und lustiger war es mit ihr auch, mit ihr konnte man sich wirklich unterhalten. Nur manchmal benahm sie sich komisch, hatte panische Angst vor Brücken, zum Beispiel, doch anstatt das einfach zu sagen, versuchte sie sich zusammenzureißen, fing an, laut Witze zu erzählen, noch schneller zu reden als sonst, wie ein Kind, das versucht, seine Furcht vor Gespenstern zu überspielen. Und in Wahrheit vielleicht genau darauf aufmerksam machen will. Ich habe das ziemlich schnell durchschaut, aber erst einmal nichts gesagt, und als ich es dann doch tat: tausend Erklärungen. Nur Brücken, keine Flugzeuge, auch mit Türmen würde sie fertig, die Höhe sei nicht das Problem, sondern die Bewegung auf einem schmalen Weg, der Abgrund links und rechts, mit Geländer oder ohne, das spiele keine große Rolle. Etwas in der Kindheit? Etwas musste schiefgelaufen sein, ein frühkindliches Trauma, darauf einigten sie sich schnell. Sie bat Fatima, beim nächsten Mal die Beifahrertür mit der Zentralverriegelung zu sichern, ich weiß sonst nicht, ob ich nicht als Nächstes rausspringe, rausspringe, das waren ihre Worte, sagte Fatima.

Sie wischte eine aufblinkende Nachricht vom Display ihres Telefons. Ich will Sie nicht aufhalten, sagte ich, sie zuckte die Schultern, bot aber schnell an, mich zum Busbahnhof zurückzubringen. Ich will nicht, sagte sie, dass Sie sich verlieren, und der Regen kann jeden Moment kommen.

Sie hatten nicht gestritten, Jakob und Nelly, Tito und Fatima, das weiß ich, Jakob hat mir bei einem unserer letzten Treffen von ihrer gemeinsamen Zeit erzählt, in aller Ausführlichkeit, was sonst nicht seine Art ist, ich weiß auch nicht, was mit ihm los war. An mehreren Stellen unterbrach er sich oder schweifte ab für irgendwelche ihm wichtigen Erklärungen, anderes ließ er aus, ganz sicher habe ich einiges, was ich jetzt aufschreibe, mit eigenen Erinnerungen und Bildern angereichert, nachträglich den Handlungen Motivationen zugeschrieben, ich kann es nicht mehr auseinanderhalten, aber das geht den Leuten auch so, wenn sie von sich selbst erzählen. Es waren schöne Ferien gewesen. Gleißende Tage, schnell einfallende Nächte, ein Licht, das keine undeutlichen Stimmungen zuließ, das merkte er gleich beim ersten Sonnenuntergang, ein Ausbluten und Verglosen der Luft über geeistem weißen Rum auf der Terrasse des Ingenieurs, vor seinem wie ein Baumhaus gebauten Bungalow auf den Höhen von Las Nubes über der Stadt, wo es nachts beinahe kühl war. Die Straßenlaternen weit weg, so weit, dass die Statuen im Garten scharfe Schlagschatten warfen im Mondlicht. Auf Tabletts gereichte Spießchen und die Gesprächigkeit Titos. Selbst Jakob spürte nicht die geringste Müdigkeit, nicht einmal an seinem ersten Abend nach der dreißigstündigen Reise, nur laue Luft und die Schärfe des Rums. Der Ingenieur rauchte nicht und trank schnell, sprach ein gedrechseltes Deutsch, das er vor dreißig Jahren gelernt hatte als Stipendiat an der Humboldt-Universität zu Berlin und seither in einem kleinen Herbarium mit Phonetikübungen und Lektüren kultiviert oder konserviert hatte. Er freute sich, es für sie hervorzuholen, sie freuten sich, ihm zuzuhören. Höchstens schämte man sich ein bisschen für die eigenen abgegrabbelten Sätze neben seinen *obschon, obgleich ich mich zu entsinnen meine* ... Ein großgewordener Student in knittrigen kurzen Hosen, mit geschorenem Kopf, traurigem Blick und einer Meinung zu fast allem auf der Welt, zur Theologie der Befreiung, dem Evangelikalismus und der Krise Europas, aus welchem Deutschland stammen Sie übrigens?, vergessen Sie nicht, vom Schwein zu probieren, frittierte Schweinehaut, jawohl, würden Sie übrigens der These zustimmen, dass das Dasein in einer Mangelwirtschaft die Menschen deutlicher und geradliniger werden lässt?

Jedenfalls immer fundiert, murmelte Nelly später in Jakobs Armbeuge, an ihn geschmiegt auf der Serpentinenfahrt hinunter in die wärmeren Schichten der Stadt. Stadt? Breit und leer lagen die Avenidas vor ihnen, gelb angestrahlte Flussbetten mit ausgetrockneten Böschungen, stellenweise untertunnelt, die begradigenden Mauern mit Parolen und Werbung besprüht. Auf einer grasigen Brache sah er ausrangierte Eisschränke stehen, im Halbkreis angeordnet wie zur Vorbereitung eines Ritus, daneben stieg eine dünne Rauchsäule auf. Zwei Frauen trugen prallgefüllte Plastiktüten an der Fahrbahn entlang. Er sah flache Häuschen und geschlossene Werkstätten, an einzelnen Stellen konzentrierte sich Aktivität. Männer in sandfarbenen Uniformen bewachten im Schatten liegende Gebäude. In regelmäßigen Abständen waren stilisierte Bäume aus Blech installiert, Bäume des Lebens, erklärte Tito, von der Präsidentengattin aufgestellt, um das Zentrum der Stadt zu erleuchten und mit positiven Energien zu beleben, unsere *primera dama* hat ein großes Interesse an der Spiritualität, sagte er in seinem zweideutigen Reiseführer-Ton, ebenso freudig oder ironisch wies er sie auf das im Zentrum mehrerer aufeinander zulaufender Straßen strahlende Mosaikporträt von Hugo Chávez hin, auf ein neu gebautes Hochhaus und ein zu seinen Füßen aufgestelltes Zirkuszelt. Alles, was Jakob im Vorbeifahren hinter den Fenstern erkennen konnte, wirkte vorläufig auf ihn, die Bauten eilig hingestellt in der festen Erwartung, dass sie jederzeit aufgrund von Planungsbeschlüssen niedergerissen werden, ansonsten bei einem Beben zusammenstürzen konnten, dass es sich einfach nicht lohnte, etwas Stabiles zu errichten.

Die Geräusche und Gerüche, die es da draußen mit Sicherheit gab, im Wind scheppernde Läden, aufjaulende Motoren, nie ausgeschaltete Fernseher, gemurmelte Flüche und ausgekühlte Holzfeuer, drangen nicht zu ihnen herein. Von Anfang an, erinnerte sich Jakob, hatte man sie, ihn vor allem, eingesponnen in einen Kokon aus künstlicher Laut- und Staublosigkeit. Glattgespülte Klavierläufe aus dem Autoradio und der Duschgelgeruch des Chauffeurs. Schwarz uniformiert, sein Headset richtend, trug er ihnen Jakobs Rucksack hinterher in die Lobby des Hotels, das Tito für sie ausgesucht hatte, weil es einem Freund von ihm beinahe gehörte, macht euch keine Gedanken, rief er, weil er sah, wie unschlüssig sie unter dem Kronleuchter standen: Zur Zeit der Revolution schliefen hier Genossen aus aller Welt, es war eine Menge sonderbarer Menschen unter ihnen, das sind sie hier gewöhnt, stellte er fest, als wäre das gestern gewesen, er mittendrin unter den gestiefelten Guerilleros und sandalentragenden Deutschen und Bulgaren und Schweizern an der Bar des Interconti Managua. Ein den Sonnentempeln der hochklassischen Zeit nachempfundener Bau, Pyramiden mit abgeflachtem Dach, nur verglast und elektrifiziert, aus dem Gewirr der Straßen und Stromdrähte und Schnellrestaurants gewachsen, mit Blick auf das Bankhochhaus mit der Befreierstatue auf dem Dach und den glitzernden Ufersaum des Sees. Und sollten wir nicht dafür bezahlen?, fragte Jakob im Hotelzimmer, zwischen einem Boxspringbett von gigantischen Ausmaßen und einem Flachbildschirm, auf dem ein Wasserfall in waldigem Gebirge niederstürzte, zum ersten Mal seit seiner Ankunft waren sie allein zu zweit. Die Säume der Vorhänge zitterten im Zug der Klimaanlage, ein Teppich schluckte allen Nachhall der Stimme, dicker Flor mit einem Muster aus ineinandergreifenden Kreisen, die sich, wenn man zu lange daraufstarrte, zu bewegen begannen. Was hat er davon, fragte Jakob, uns einzuladen? Er will es so. Nelly war auf das Bett geklettert, lehnte an der dick gepolsterten Wand über dem Kopfende, suchte vergeblich auf der Fernbedienung nach der richtigen Taste, um den Bildschirmschoner mit dem stumm und unaufhörlich stürzenden Wasserfall auszuknipsen, geriet stattdessen nur in andere Kanäle, eine ernste Sprecherin vor einer blauen Studiowand, Verfolgungsjagden durch die Straßen von Manhattan, alles ohne Ton, Kamerafahrten durch die Räumlichkeiten des Hotels, in dem sie sich gerade befanden, gezeigt wurde das Buffet mit den Etageren, das Strahlen der Rezeptionistinnen, der Pool. Er kann es sich leisten, meinte sie, ließ sich vom Bett gleiten, zog die Chipkarte aus dem Schlitz neben der Zimmertür und trennte sie mit einem kleinen Knackgeräusch vom Stromnetz des Hauses ab, nur die Klimaanlage, an einen anderen Schaltkreis angeschlossen, rauschte noch dezent, der Raum lag in Dunkelheit.

Mach dir keine Gedanken, er will es so, Nelly glaubte offenbar, Tito verteidigen zu müssen. Ein überdrehter Intellektueller, der aussah wie ein norditalienischer Boutiquenbesitzer, ein Superreicher, der ihr zugetan war. Aber Jakob sagte mir, und das gehört zu den Dingen, die ich ihm sofort glaubte und nie anzweifelte: Er mochte ihn von Anfang an, seine Beredsamkeit, das ansteckende Flirren, das von ihm ausging, er mochte, dass dieser Mensch einen nicht zur Ruhe kommen ließ.

Der Besuch war Jakobs Idee gewesen, eine für seine Verhältnisse schnell und unvernünftig gefasste Entscheidung. Du würdest dich hier langweilen, hatte sie zu ihm gesagt am Telefon, wenn er bedauerte, dass sie noch länger bleiben musste oder wollte, was würdest du hier anfangen, du würdest das Klima nicht ertragen, und sie erinnerte ihn daran, dass sie es so abgemacht hatten, dass die Zeit doch schnell herumging, schrecklich schnell, sagte Nelly. Ihr Verhältnis war nicht geklärt. Ich kann oft Trauriges von dir ertragen. Aber lüg mich nicht an.

Eine kleine glatte Hand hatte gegen seine Kehle gedrückt, als er die angefangenen Briefe löschte, alle auf einmal, ohne sie noch einmal zu lesen, sich von ihrem gemeinsamen Konto einen großen Geldbetrag überwies und einen Flug nach Managua buchte. An einem warmgenieselten Adventsnachmittag, in dem Büro, das er sich mit Freunden teilte, saß er an seinem Tapeziertisch und setzte Häkchen. Das Spiel einmal anders spielen. Sie bei den Schultern fassen und sagen, dass es so nicht weiterging, aber wie dann?, würde sie fragen in ihrer ruhigen logischen Art, bis zuletzt überlegte er, die Reise nicht anzutreten. Kaum im Flugzeug, begann er anders zu atmen, zwischen Himmel und Erdboden überließ er sich dem Rhythmus aus Schlafen und Gefüttertwerden, festgeschnallt in einer Sitzreihe zu nah an der Sonne. Er drückte sich tiefer in die Lehne, damit der Stewart über seinen Schoß hinweggreifen und die Blenden herunterziehen konnte, sah die Härchen auf dessen statisch aufgeladenen Jackettärmeln, dachte nicht länger nach, er war unterwegs, das musste reichen.

Aber warum hast du nicht nach San José gebucht?, war das Einzige, was sie entgegnet hatte auf seine trotzig und beiläufig vorgebrachte Erklärung, übrigens komme ich dich besuchen. Ein Flug nach Costa Rica wäre viel günstiger gewesen, aber natürlich freue ich mich, schreib mir, wann genau du ankommst, auf keinen Fall nimmst du ein Taxi, wir holen dich ab. Wir? Sie wurde ausgelassen und zählte auf, was sie alles unternehmen würden, sie redete sich in eine Begeisterung hinein, sie freute sich wirklich. Wie sie sich auch freute, winkend in die Luft sprang, als sie ihn am Internationalen Flughafen Augusto C. Sandino in Empfang nahm, verändert, ohne dass er genau hätte sagen können worin, schwerer um die Hüften, das Haar gewellt in der feuchten Luft, die Gesten noch etwas fahriger flatternd, als hätte sich etwas gelockert in ihr. Es konnte auch an der neuen Art, sich zu kleiden, liegen, der baumelnden roten Handtasche und dem unter der Brust gerafften Kleid, mit tausend kleinen Blumen bedruckt, ich habe es mir schneidern lassen. Gefalle ich dir?

Ihr Blick rutschte weg, selbst ihr Geruch hatte sich verändert, sie wirkte verlebter und jünger zugleich, aufgeregt, als sähen sie sich zum ersten Mal. Etwas Unverhältnismäßiges und etwas Ansteckendes hatte ihre Euphorie, ich war nicht dabei, aber ich kenne sie gut genug, um mir vorzustellen, wie sie nach ihm fasste, ihn zwischen den anderen Wartenden hindurch zur beschlagenen Schiebetür, nach draußen an die waschwarme Luft zog, ockerfarbener Himmel und sich im Wind biegende Palmen, wie sie ihn zwischen den Taxifahrern zum wartenden Wagen des Ingenieurs führte, die Tür für ihn zuzog, während er, sie fuhren schon, nach einem Anschnallgurt suchte.

Er wollte mich überraschen, sagte sie zu mir am Telefon, befremdet und stolz, überraschen, das sieht ihm ja gar nicht ähnlich, meinte ich, und freust du dich?, fragte ich, sie lachte, du hast auch immer Fragen, natürlich freue ich mich.

Noch oft saßen sie so, heimlich nacheinander fassend wie Teenager auf dem Rücksitz des schwarzen Geländewagens, bestaunten, was ihr Gastgeber ihnen zeigte. Den neuen Park an der Uferpromenade des Lago Xolotlán mit Rekonstruktionen der beim Beben von 1972 zerstörten Gebäude. Wächter, die achtgaben, dass niemand auf den geschnittenen Rasen trat. Kinder posierten mit tropfenden Eistüten vor den Bauten, auch Nelly und Jakob stellten sich nebeneinander, posierten zu zweit, zu dritt, zu viert mit Tito und Fatima, wie eine kleine Familie vor den knapp schulterhohen Modellen des Nationaltheaters, der Kathedrale, der Verkaufsfilialen von Volkswagen und Hitachi.

Auf einer geraden Asphaltpiste bergauf bis zum bröckelnden Kraterrand des Masaya. Der Mund der Hölle, sagte Tito, ernst geworden, auf dem dunkelroten Gipfelgeröll des Parkplatzes, wo Fatima sie zusammenwinkte, um sie wiederum in allen erdenklichen Konstellationen zu fotografieren vor aus dem Erdschlund heraufstreichenden weißen Dämpfen. Und mit einem Gesicht so feierlich, dass sie glaubten, diesmal mache er sich über sie lustig, zeigte Tito auf die zur Warnung angebrachten Schilder. Fotografien schrottreifer Autos, die Kotflügel zerdrückt von plötzlich vom Berg ausgespuckten Gesteinsbrocken. In roten Buchstaben der Hinweis, die aufsteigenden Gase reizten Schleimhäute und Atemwege, länger als eine halbe Minute sollte der menschliche Organismus ihnen nicht ausgesetzt sein. Der Weg zum höchsten Punkt des Kraterrands, eine angeblich von Franziskanermönchen ins borstige Gras gebaute Treppe, war gesperrt. Der Mund der Hölle, wiederholte Tito, schaut nicht zu lang hinein. Er wimmelte einen Jungen ab, der ihnen silberne Amulette und Broschen hinhielt, zog sie an den anderen melancholisch mit ihrer Ware klimpernden und raschelnden Verkäufern vorbei zu den rauchenden Öffnungen auf dem Hochplateau. An diesem Nachmittag schoss Jakob Hunderte von Bildern, solche, auf denen das Grün zwischen dem Lavaschotter wie künstlich ausgeleuchtet schien, andere wirkten bearbeitet, als hätte er nicht nur alle Menschen und alle Spuren menschlicher Tätigkeiten gelöscht, sondern auch die Farben herausgefiltert, aber er hatte nichts daran gemacht, sagte er mir später, so hat es ausgesehen, die Silhouetten der Papageien auf dem zum Himmel gereckten Totholz, schwarzweiß wie die alten Aufnahmen der letzten Aufstände, die er abfotografiert hatte in der Galerie der

Helden und Märtyrer der Revolution und im Geburtshaus des Aufständischen Carlos Fonseca, wo ein Wächter mit Zeigestock ihnen die Chronologie der Ereignisse darlegte, Bewusstseinsbildung, Mobilisierung, erster, zweiter, dritter Aufstand und endlich der Triumph, die rollenden Panzer in Managua, vorwärts zum Sieg. Sie hingen an seinen Lippen, die Deutschen, unter allen Touristen diejenigen, die sich am ernsthaftesten für die Geschichte interessierten, während der Ingenieur hinter ihnen schon unruhig wurde, Fatima sich längst an eine schattige Stelle gesetzt hatte, mit schnellem Daumen Nachrichten abhakte und sich mit einem Faltblatt Luft zufächelte.

Sie konnte Jakob nicht einschätzen und nicht mit ihr sprechen, schweigsam hielt sie sich am Rand ihrer Unterhaltungen, niemand machte sich die Mühe, für sie zu übersetzen, aber sie schien unverwandt zuzuhören. Die Arme ineinandergelegt, eine langschaftige Zigarette zwischen den Fingern, erhob sie nur die Stimme, um den Hausangestellten Anweisungen zu geben, den Kopf müde zurückgelehnt, mit einer Stimme, die ihren Weg bloß mit Mühe aus diesem Körper zu finden schien. Klein und kompakt und ältlich saß sie neben dem Ingenieur, eine ungnädige Verwandte, eine Schwester oder Cousine. Alles, nur nicht seine Frau. In welchem Verhältnis standen die beiden zueinander? Wieso die Frage, meinte Nelly leicht belästigt, sie ist seine Frau. Von Beruf Gynäkologin. Mit auffälligem Nachdruck in der Stimme erzählte sie Jakob von Fatimas Arbeit für die Hilfsorganisation ihres Mannes. Tagelang unterwegs über Land, mit dem Pick-up und, wenn es sein musste, zu Pferd reiste Fatima in die abgeschiedensten Bergdörfer, um Kleinbäuerinnen über ihre Körper aufzuklären und über ihre Rechte. Manchmal spürte Jakob, wie Fatimas Blick auf ihm ruhte, ruhig und nicht einmal mürrisch, sie schaute ihn einfach nur an, ohne zu blinzeln, wie es sonst höchstens Kinder in den Straßen taten, als wäre ein Fremder ein seltenes Tier, ein Wesen, das nicht spürte, wie man es anstarrte. Wenn er zurückschaute, lächelte sie, verschämt und zweideutig befriedigt, als wollte sie ihm bedeuten: Man muss nicht groß spionieren, was zwischen euch vorgeht, ist nicht so schwer zu verstehen.

Ein Mal sah er sie in Bewegung geraten, auf der Fahrt über den Lago Cocibolca. Ein See wie ein Meer. Am Archipel von Zapatera hatte Tito den Motor ausgeschaltet, träge schaukelten sie durch grüne Engen, die beiden Paare einander gegenüber. Es war dort, dass Nelly zum ersten Mal von der Idee sprach, ein Kind an sich zu nehmen, obwohl es sich schon eher um einen Plan zu handeln schien, es ist doch nur logisch, sagte sie, hier ist alles voller Kinder, dieses Land kann nicht für sie sorgen. Es gehört doch zum Leben dazu, sagte sie: wie wenn jetzt hier ein Stück Kuchen auf dem Tisch liegen würde. Dann würde ich den doch auch probieren. Er merkte, dass sie es sich schon lange zurechtgelegt hatte, inklusive der Vergleiche. Und was hältst du davon?, fragte sie, trocken, leichthin, beugte sich weit über die Reling, streckte die Arme zum Wasser hinunter, damit er die Flecken in ihrem Gesicht nicht sah, während sie auf seine Antwort wartete oder tat, als wartete sie schon nicht mehr. Er fuhr mit Daumen und Zeigefinger die Rinnen rechts und links ihrer Wirbelsäule entlang abwärts, als könnte er sie halten auf die Art, Fatima war es, die plötzlich neben ihm mit beiden Händen nach Nellys Armen griff und sie zurück ins Boot zerrte, ich kann ja schwimmen, lachte sie entsetzt, es ist doch gar nichts passiert. – Es ist gefährlich, sagte Fatima, leise beleidigt, Haifische, ergänzte Tito fast versöhnlich, vergesst nicht, das ist ein süßes Meer. Und er ließ den Motor wieder an, heiser trat das Geräusch auf der Stelle, Fatima raffte ihr fransengesäumtes Schultertuch, ehe das synkopische Stammeln des Motors sich auflöste in ein glattes Röhren, das jedes Gespräch unmöglich machte, es blieb nichts mehr, als zu lachen und dem Steuermann zuzuwinken durch die spritzende Gischt, indes der Bug sich schaukelnd in die Höhe drückte, die Inselchen hinter ihnen schnell weg- und zusammenliefen zu einer amphibischen Vorhut des Landes, der schon blaugebleichten Berge, der ins Wasser greifenden Hafenmole.

In einer erschreckenden Geschwindigkeit rasten sie über die eisenfarbene Fläche des Sees auf die Insel zu. Zwei an einem ausgeglühten Lavastrang zusammengewachsene Berge, der eine spitz und symmetrisch emporgereckt wie auf einer Kinderzeichnung, der andere stumpfkegelig in Nebelbäusche gepackt. Das Hafengewusel von Altagracia am Fuß des kleineren Bergs, Mensch und Gepäck und Vieh und Waldo, der schon am frühen Morgen auf die Fähre gestiegen war, um sie in Empfang zu nehmen mit dem dunklen Wagen, den Kofferraum bis unters Dach gefüllt mit geeisten Vorräten.

Zur Quinta des Ingenieurs am östlichen Bergschoß, auf einer in den Nebelwald geschlagenen Lichtung mit grasenden schwarzen Ziegen und Pferden und einem gewundenen Hohlpfad durch den Wald bis hinunter zum See, tatsächlich war es eine Küste wie am Meer, mit schäumend brechenden Wellen und nirgends am Horizont dem sichtbaren Umriss eines gegenüberliegenden Ufers.

Über ein Kind sprachen sie nicht mehr, tagelang nicht, keiner von ihnen erwähnte es mehr, und Jakob fragte auch nicht, wie er es sich vorgenommen hatte, was hast du eigentlich so gemacht im letzten halben Jahr, wer bist du geworden? Vielleicht eine billige Ausflucht, aber solche Sätze funktionierten hier nicht, gehörten nicht hierher: Ich habe mir Sorgen gemacht, sagte er nachts zu ihrem Nacken unter der Gaze des Moskitonetzes, wenn sie wachlagen und lauschten auf das Gezirpe und Gezwitscher, das grüne Gurren und Glucksen aus dem Wald und die mahlenden Kiefer des Pferdes gleich vor ihrem Fenster, sein Schnauben und das Zischen der Hufe im nassen Gras.

Ich wollte mit dir reden, sagen, dass es so nicht weitergeht. Ein schlichter Satz, ihn unterzubringen, kam nie der Moment. Am zweiten Abend, oder war es schon der dritte, wurde Weihnachten gefeiert, bei braungebeiztem Knochenfisch zwischen aufgeschlitzten Limonen und ziseliertem Weißkraut und aus einem unsichtbar im Tal gelegenen Dorf zu ihnen herübergewehten Böllerschüssen, auch Schreie waren zu hören, zornige oder doch Freudenschreie über die Ankunft des Kindes, und wieder die Gespräche bis tief in die Nacht, wieder die beiden Männer, die mit baumelnden Beinen auf der Balustrade des Balkons saßen und weitertranken, während Fatima sich längst zurückgezogen hatte und Nelly in einer Hängematte döste, weit weg am anderen Ende der Veranda, als ginge sie das alles nichts an.

Es kommt nicht oft vor, sagte Nelly auf seine Frage, schlicht und abgewandt, mit gekreuzten Beinen auf der Bettkante sitzend. Es kommt nicht oft vor, passiert aber, ich war bei zwei Ärztinnen, frag Fatima, es ist erblich. Sie blickte ihm ins Gesicht und drehte an ihren Armreifen. Sie wusste genau, dass er das nicht tun würde. Sich in mühsamem Englisch einen endokrinologischen Befund erklären lassen, eine Störung der Botenstoffe, nicht gefährlich, nicht heilbar. Er würde den Teufel tun. Es war auch ganz gleichgültig, ob sie gelogen hatte oder nicht, es ging hier nicht um etwas Medizinisches, es ging um etwas ganz anderes, dachte er, etwas, das sie sich nicht anschauen wollte und er nicht zu fassen bekam.

Draußen wurde ein Baum geschnitten. Seit dem Morgen waren Waldo und drei schnauzbärtige Männer mit einer Motorsäge und einem kranken oder schon gestorbenem Riesen an der Grundstücksgrenze beschäftigt, er musste in die richtige Richtung gefällt werden, damit er nicht beim Stürzen rings um sich Zerstörung anrichtete, hatte Waldo ihnen erklärt und sie mit mahnenden Gesten angehalten, sich keinesfalls auch nur in die Nähe zu begeben, um nicht erschlagen zu werden von dem fallenden Totholz. Längst lag der Stamm im Gras, jetzt zerkleinerten sie ihn, weideten ihn aus, ein Grüppchen Männer mit nackten kräftigen Oberkörpern, sie wirkten klein und schmächtig, wie sie auf dem mächtigen Rumpf herumkletterten, ohne Schutzbrillen und ohne Ohrenschützer, ihre Sägen ansetzten, in einer Wolke aus Staub.

Jakob erinnerte sich, auch davon erzählte er mir, wie Nelly bei einem Besuch das Kind seiner Schwester zu locken versucht hatte, mit Geräuschen und Bewegungen, wie beim Spiel mit einer Katze, mit der gleichen gespannten Miene und der auf dem Boden herumkrabbelnden, ein flüchtendes Tier imitierenden Hand. Wie die Kleine das Gesicht im Schoß der Mutter versteckt und Nelly sich schulterzuckend abgewandt, einen lauten Witz über Divenhaftigkeit gemacht und schnell ein anderes Gespräch anzufangen versucht hatte, einer von mehreren Anläufen an jenem Wochenende, mit seiner Schwester Jessica in Verbindung zu treten, sie machte ihr Komplimente für die Basteleien, die Jessica nach Anleitungen aus dem Internet in einer kleinen, nur dafür vorgesehenen Kammer herstellte, um passend zur Jahreszeit ihr noch nicht einmal ganz fertiggestelltes Haus zu schmücken, mit Wandtattoos und Weidenzweigen, aus Glitzerdrähten gedrillten Häschen, Mobiles mit schwebenden Blüten aus gelbem Krepp, um den Frühling zu begrüßen. Dinge, die Nelly normalerweise nicht einmal ausblendete oder nicht wertschätzte, sie nahm sie einfach nicht wahr, jetzt ließ sie sich alles genau erklären, daran erinnerte er sich nun auf der Insel, an die Ernsthaftigkeit, mit der sie sich begeistern oder wenigstens interessieren wollte für Cupcakerezepte, für die Falt- und Raff- und Stanz- und Schnitttechniken, mit denen seine Schwester in ihrer Bastelkammer aus etwas Draht und Buntpapier quellende, scheinbar schwerelose Gebilde schuf, mit denen sie das nach Lack und Leim riechende, in nassem Aufwurf stehende Haus überzog.

Gegen diese Reihenhaussiedlungsdepression hatte sie angeredet, behauptete Nelly später, hätte sie nicht so aufgedreht, wäre sie von der aus den Baugruben kriechenden verkehrsberuhigten Traurigkeit der Fertighaussiedlung in der Einflugschneise des Flughafens Leipzig-Halle übermannt worden. Deswegen, hatte sie im Auto zu ihm gesagt, bekommen Leute Kinder, damit es etwas zu reden gibt oder niemandem mehr auffällt, dass es nichts zu reden gibt, weil Sachen basteln nicht reicht, um gegen die Langeweile anzukommen, deswegen muss es erst eins sein, dann noch eines, weil nur eins spätestens nach drei oder vier Jahren auch wieder fade wird.

Daran musste er denken im Landhaus des Ingenieurs auf der Insel Ometepe, während er versuchte, sich zu konzentrieren auf das, was sie sagte, mit angezogenen Beinen auf dem Bett sitzend, nah an der Kante, sie sprach von ihm weg, leise, ein paarmal musste er nachfragen, um sie durch den Lärm der Motorsägen von draußen zu verstehen. Er hing fest in der Erinnerung an diese Besuche bei seiner Schwester, seine in der Küche herumsortierende Mutter, Nelly, wie sie nach dem Säugling griff, sie wollte ihn wiegen, weil sie gehört hatte, dass man Babys auf diese Art beruhigt, aber bei ihr war es eher ein Rütteln als ein Schaukeln und Wiegen, als wollte sie das Weinen ein für alle Mal aus ihm herausschütteln. Das verdutzte Schweigen des Kindes und der erschrocken triumphierende Zug um Nellys Mund. Deutlich stand ihm jetzt dieses Bild vor Augen, indes er immer noch versuchte, ihr so aufmerksam wie möglich zu folgen, dem, was sie ihm erklärte über die Vorgänge in ihrem Körper, womit sie ihn und sich bislang verschont hatte (was soll ich sagen, sie konnte ziemlich prüde sein): Ovarialinsuffizienz, englisch premature ovarian failure, ein vorzeitiges Scheitern des Regelkreislaufs zwischen Hypothalamus, Hirnanhangsdrüse und Eierstöcken, entschuldige den Wikipediaexkurs zur weiblichen Anatomie, aber wolltest du es nicht genauer wissen? Willst du mir nicht einfach glauben?, fragte sie, was sich tun lässt, habe ich getan, ich war bei Ärztinnen in Deutschland, bei mehreren Ärztinnen und Ärzten, um genau zu sein. So etwas kommt vor, hieß es, sie fragten, ob ich gestresst sei, sie boten an, Hormone zu verschreiben, und informierten mich über die Wirkungsweisen, sie rieten mir, mehr zu essen, nicht mehr zu rauchen, nicht hysterisch zu sein.

Die Motorengeräusche hatten aufgehört. Mit dem Rücken zu ihm saß sie auf dem Bett, das Kreuz durchgedrückt, die Füße unter den Rock gezogen, die Beine in einer Yogapose verknotet, mit beiden Händen den linken Vorderfuß knetend, einen Schmerzpunkt bearbeitend, war sie in etwas Dorniges getreten, beim Wandern falsch aufgekommen? Er wusste es nicht. Und, fragte sie zum zweiten Mal, ungeduldiger werdend, was hältst du also von der Idee, wie man fragt, wollen wir heute ausreiten oder doch lieber schwimmen gehen, und sie entknotete ihre Beine, stieß sich ab von der Bettkante und verließ das Zimmer, um ihm Zeit zu lassen oder weil sie die Antwort gar nicht hören wollte. Sie war in schnalzende Flipflops gestiegen, sonst hatte sie nichts an außer einem weißen weiten Herrenhemd, sollte sie nicht etwas anderes anziehen, woher hatte sie überhaupt dieses Hemd? Er sagte nichts, er folgte ihr. Es war fast sechs Uhr, die Hitze ließ nach, es war die Stunde, da man auf der Veranda zusammenkam, um ein Glas zu trinken und das weicher werdende Licht zu betrachten, ein paar Minuten unwahrscheinliches Gold, ehe der aus einer unsichtbaren Maschine quellende Nebel sich mit einem einzigen schweren Seufzen auf die Wipfel und die Lichtung setzte, die letzten Fetzen menschlicher Geräusche noch weiter von ihnen weg-rückte, Klappern und Fahrradklingeln, galoppierende Hufe auf dem Schotterpfad ins Tal, der schon kaum mehr auszumachen war.

Und die anderen, wo blieben eigentlich die anderen? Jakob merkte, wie er sich innerhalb von drei Tagen, oder waren es schon vier, gewöhnt hatte an das Hingleiten ihrer Gruppenunterhaltungen oder besser der Monologe Titos, sollten sie nicht längst zurück sein, fragte er, hatten sie nicht bloß für ein paar Erledigungen in die Stadt gewollt? – Schulterzuckend sah Nelly zu ihm auf und dann gleich wieder weg, wenn er das gesagt hat, dann wird es wohl so sein. Dann sollten wir uns vorerst keine Sorgen machen, murmelte er, sie nickte und nahm den Faden wieder auf. Sie hatte sich in einen der geflochtenen Schaukelstühle gesetzt, er wiegte sie vor und zurück, während sie, die Arme auf den Lehnen abgestützt, über Bürokratie, Rechtsprechung, Medizin sprach, kompetent klingende Brocken, dazwischen Pausen, in denen sie vielleicht auf Nachfragen oder Erwiderungen von ihm wartete, vielleicht aber auch nicht. Er jedenfalls hätte nicht gewusst, welche Äußerung sie jetzt nicht gereizt und wütend gemacht hätte. Je öfter er später dieses Gespräch, aber was heißt eigentlich Gespräch, im Kopf durchging, desto besser verstand er, dass sie nur jemanden brauchte, der sich anhörte, wie sie mit sich selbst sprach, die nächsten Schritte plante, einen angeblich wiederkehrenden Traum erzählte, in dem ein vielleicht drei Jahre altes Mädchen in ihrem Labor erschien, sie am Ärmel zupfte und ihr einen sanft boshaften Vortrag über ihre Verfehlungen hielt, es klang ihm wie ausgedacht, er sagte aber nichts. Ich habe das ja nicht argumentativ aufgelöst, verteidigte sie sich trotzdem, warum ich das jetzt will. Ich will es eben.

Er lief in die Küche und bat die auf eine Fernsehpredigt konzentrierte Marlene um zwei Gläser und eine Flasche Flor de Caña, den siebenjährigen, die Haushälterin reichte ihm die Gläser und wies mit geschürzten Lippen auf die Konsole mit den aufgereihten Schnäpsen, bedienen Sie sich beim Likör bitte selbst, auch Nelly schüttelte, als er mit der am Hals gepackten Flasche wieder auf die Veranda hinaustrat, nur stumm den Kopf. Damit sich die Geste noch etwas schaler anfühlte, die Dramatik des hinuntergestürzten Rums, der nichts an seinem Zustand änderte, an der Verwaschenheit seiner Antwort, es war ja gar keine: Ich muss es mir noch überlegen. Sie nickte konzentriert, registrierte jedes Wort, um ihn später daran zu erinnern, ein Kind, das ein Versprechen abnimmt, obwohl es auf sein Versprechen gar nicht mehr ankam, sie hatte sich alles schon in ihrer Vorstellung zurechtgelegt.

Jakob stellte sich näher an den jetzt nur noch sacht schlingernden Stuhl, legte ihr einen Finger auf den Halswirbel, streichelte den Flaum auf ihrem Nacken, die Haut über den verspannten Sehnen. Neben ihnen fiel Licht aus den Küchenfenstern, erhellte den vorderen Teil des Gartens, so dass alles dahinter im Dunkeln lag, auch in ihrem Winkel auf der eingelassenen Veranda war es jetzt so schummrig, dass er sie nicht mehr richtig sehen konnte, nur das noch schwach leuchtende Weiß ihres Hemdes, ihre fahrig nach ihm ausgestreckte Hand.

Ich kann sie vor mir sehen, er versetzt hinter ihr, ein verhalten ruckendes Standbild auf der Terrasse des Herrenhauses im Geschlinge der Insellandschaft, unentschieden hielten sie einander fest, unentschieden ließen sie einander los, erschrocken oder erleichtert, als sie ein Stampfen im Garten hörten, Waldo, der ein Pferd über die Wiese führte, einen wütenden Schimmel mit hektisch spielenden Ohren (wütend, später wunderte Jakob sich selbst über dieses Wort, soweit er wusste, wurden Pferde nicht wütend, aber was wusste er denn auch über Pferde?), und nicht antwortete auf ihr Winken und Grüßen, dabei blieb er so nah vor ihnen auf dem beleuchteten Teil der Wiese stehen, dass sie die Namen verstehen konnten, die Waldo dem Tier gab, zärtlich gemurmelte Beschimpfungen, sie hörten das Schnauben und sahen sein rollendes Auge, schauten zu, wie Waldo sich im Gehen rückwärts gegen die Schulter des nach vorn drängenden Pferds stemmte, eine Faust am Zügel, dicht am Gebiss, den anderen Arm ums Genick geschlungen, das Gewicht seiner Schritte gegen das Flattern der Hufe, Mensch und Tier in enger Umarmung. Jakob spürte, wie Nellys Nackenmuskeln sich noch stärker anspannten, als Waldo stehen blieb, sich aus der Umarmung heraus- und ohne Vorwarnung auf den Rücken des Pferdes wand, die Beine durchdrückte, sich am Sattel festsaugte, ein paarmal in geziertem Stechtrab um die Steinstatuen im nassen Garten zirkelte, endlich in gestrecktem Galopp die abschüssige Wiese bergab jagte, Pflanzenteile und Matschbrocken aus dem Boden wirbelnd, mehrmals rutschte das Pferd mit den Vorderhufen auf dem nassen Gras, strauchelte fast, fing sich wieder, Waldo saß es aus, die Zügel in der erhobenen Faust, er wusste, dass sie ihm nachsahen, Jakob mit der noch immer am Hals gepackten Rumflasche in der Hand, bis der weiße Fleck zwischen den Torpfosten des Grundstücks verschwand und Marlene in die Terrassentür trat, die Insektenlampen anzündete, die Leuchtstoffröhren anknipste und fragte, wann und was sie zu Abend essen wollten.

An die Tage allein auf der Insel hatte Jakob die deutlichsten Erinnerungen, an Temperaturen und Gerüche, an Stimmungen und die Reihenfolge der Ereignisse. Als hätte mit Titos und Fatimas Aufbruch am Morgen jemand die Zeit angehalten. Der Himmel war noch weißlich gewesen, Nelly und er müde von der dünnen feuchten Luft, als sie ihren Saft hingestellt bekamen und zusahen, wie die beiden ihr Gepäck zum Auto trugen, schon in Stadtkleidung, mehrmals liefen sie zwischen dem Haus und dem Wagen hin und her, ein paar dringende Erledigungen in Managua, erklärte der Ingenieur, Marlene und Waldo bleiben bei euch, wenn ihr etwas braucht. Er gab Nelly einen Wangenkuss und Jakob die Hand, Fatima hatte sich schon ans Steuer gesetzt, hob den Arm zu einem angedeuteten Winken, indem sie den Wagen talwärts lenkte, zwischen den Torpfosten der Quinta hindurch, über den schmalen Weg voller loser Steine. Schweigend sahen sie dem in die Kurve schwenkenden Wagen nach, bis sie den Motor nicht mehr hörten, zwei sich selbst überlassene Jugendliche, die sich noch nicht entschließen können, die Party zu beginnen. Es war alles viel zu schnell gegangen, wie in den Horrorfilmen, wenn die Protagonisten zuerst allein gelassen werden müssen am entrückten Ort, damit das Grauen seinen Lauf nehmen kann, damit kannte Nelly sich überraschend gut aus, mit vierzehn war sie von Horrorfilmen besessen gewesen, habe ich dir nie davon erzählt?, fragte sie belustigt, zählte die Gesetze des Genres auf, berichtete von billigen Produktionen, die sich um Psychologie nur so weit kümmern, wie nötig ist, um möglichst schnell zum Punkt zu kommen, er fragte: und zu welchem Punkt möglichst schnell?

Einen langen folgenlosen Nachmittag verbrachten sie im Schatten der blaugestrichenen Bretterbude am lavaschwarzen Strand, mit dem handgemalten Schild *Comedor Carta al Mundo* und der Dekoration aus bunten Glühbirnenketten, bei gezuckertem Instantkaffee, davon tranken sie, bis ihnen schwindlig wurde, sprachen noch einmal über die Affären, die sie jeweils gehabt hatten in den vergangenen Monaten, sie erzählte ihm, wahrscheinlich in ähnlichen Sätzen wie früher am Telefon mir, von dem russischen Vulkanologen auf dem Schiff, der ihr überhaupt nichts bedeutet hatte, wirklich nicht, ich war eben neugierig, ich wusste später selbst nicht mehr, warum ich da mitgegangen bin. Von dem hartnäckigen Chauffeur an Land, den sie nicht hartnäckig genug abgewimmelt hatte. Waldo. Er schaute mir auf die Beine und tat, als ob es für ihn ein großes Spiel wäre, und hatte dabei schreckliche Angst.

Nachts und schwer betrunken hatte er vor ihrer Tür gestanden, er könne jetzt nur zu ihr, wenn er in dem Zustand daheim ankäme, bräuchte er sich dort gar nicht mehr blicken zu lassen. Sie hatte versucht, mit ihm zu diskutieren, als begriffe sie nicht, dass das zu nichts führte, er wiederholte nur, was er wollte und dass er nicht mehr wusste, wohin. Aus Mitleid hatte sie ihn hereingelassen. Leichtgläubig und dumm? Kann sein. Sie zuckte mit den Schultern. Vielleicht war ich aber auch besonders vorsichtig. Alle paar Tage bringt ein Mann eine Frau um aus verletzten Gefühlen. Passiert ist passiert. Er weiß selbst, dass so was ihn den Job kosten kann.

Was sie erzählte, deckte sich nicht ganz mit dem, was manche in San Dionisio mir beschrieben hatten, dass auch Nelly auf der Suche nach Abenteuern gewesen war, andererseits passte es natürlich sehr gut zu dem, was sie mir schon beschrieben hatte und was die beiden miteinander am Telefon besprochen hatten, ruhig und vernünftig, Wochen zuvor. Jakob erzählte noch einmal von der Grafikerin aus dem Projektraum. Es war nicht, dass sie Fakten voreinander verbargen oder verbergen wollten, irgendwann war eben alles gesagt, nichts weiter hatte es zu bedeuten, wenn das Gespräch endete und sie sich ein neues Thema suchen mussten.

Wie es wäre, für immer dort zu bleiben, auf der Insel, wo es doch alles gab, was man brauchte, alles vergessen bis auf die warme Luft und die in den Raum geblähten Vorhänge, reiten lernen, die Telefone mit aufgebrauchtem Akku in der Ecke liegen lassen. Einen Nachmittag lang half Jakob den Männern dabei, das Holz zu zersägen, auch dieses Bild kam ihm nachträglich etwas abgeschmackt vor, aber es war ihm ein Bedürfnis, etwas tun, den Körper spüren, schwitzen im Licht, Seite an Seite mit Waldo, den man hier abgestellt hatte, auf sie aufzupassen, schweigend erteilte er Jakob Kommandos, mit überdeutlichen Gesten wie für einen Minderbemittelten oder eben einen Ausländer.

Einmal brachen Waldo und Nelly im Morgendämmern auf zu einem mehrstündigen Ausritt, kehrten nachmittags verschwitzt zurück, sie berichtete vom schwarzen Sand auf der anderen Seite der Insel, von Wettrennen und dem unbändigen weißen Pferd, einer Stute, in Wahrheit bloß empfindlich und, wenn man sie nur richtig anfasste, ganz zahm. Am nächsten Tag verbrachte sie Stunden bei

Marlene in der Küche, die Frauen unterhielten sich oder schauten gemeinsam in dem kleinen Röhrenfernseher auf der Anrichte Novelas und Nachrichten an, über die Ausläufer der Krise in Europa, Bilder einer Demonstration in Managua, es werde kein friedliches Jahr werden, kein schönes, sagte die Sprecherin einer Frauenorganisation, anschließend wurde ein langer Beitrag über Gesundheit gebracht, den sie mit Interesse verfolgten, ein Internist mit Stethoskop um den Hals sprach über sein Buch *Macht des Stoffwechsels*, er sprach über unerkannte Fehlfunktionen der Drüsen und die Gefahren der Maßlosigkeit.

Es war niemandem etwas zugestoßen. Trotzdem hatten sie kein gutes Gefühl mehr, nicht, als Waldo am übernächsten Tag an ihre Zimmertür klopfte, in seinem geschäftsmäßigsten Ton mitteilte, der Ingenieur hätte ihn benachrichtigt, er solle sie in die Stadt zurückbringen. Sie packten ihre Taschen, folgsam und erleichtert, sie waren jetzt lange genug hier gewesen, sagten sie einander, mit umgelegten Rettungswesten kletterten sie auf die schwankende Fähre.

Am Tag vor ihrem Abflug waren die ersten Erschütterungen zu spüren, ein Schwanken des Bodens oder der Schwindel eines von Hitze und Kater angeschlagenen Gehirns, es war schlecht unterscheidbar. Nelly stand mit nackten Füßen auf den nackten Fliesen im Bad und spürte die Unruhe, schwach, aber anhaltend, wahrscheinlich Oberflächenwellen, sie kamen aus großer Distanz. Ausläufer eines entfernten Herds oder Vorläufer eines großen Ereignisses. Sie hockte sich auf den Boden, bis es vorbei war, und weckte niemanden. Sie hatte keine Lust, einen Aufruhr zu veranstalten, keine Lust mehr, sich dauernd für alles Mögliche verantwortlich zu fühlen, und sie wollte nicht, dass Jakob sich überflüssige Sorgen machte, und als er ihr beim Frühstück von dem seltsamen Gefühl erzählte, mit dem er mitten in der Nacht aufgewacht war, schwindlig, obwohl er lag, fuhr sie fort, ihre verspannten Nackenmuskeln zu dehnen, du wirst etwas Falsches gegessen haben, sagte sie zu ihm.

Drei Monate. Es gibt Tricks, diese Frist zu verlängern. Angeblich ist es ganz einfach. Einmal über die Grenze und zurück, alle Fremden machen das so, wenn sie Lust haben, sich länger hier niederzulassen. Auch Nelly hat das gemacht, ihr hat es gefallen bei uns, sagte Milton zu mir, zwei Mal hat sie ihren Aufenthalt verlängert, sie wollte nicht zurück nach Deutschland, sie engagierte sich in mehreren Projekten. Ihr hat es gefallen bei uns, rief er nochmals, über seine Schulter nach hinten, das hat es wohl, rief ich zurück.

Am Morgen hatte ich noch in Nellys Heften geblättert, in ihren Vokabellisten gelesen, spanische und deutsche, russische und armenische aus der Zeit, als sie noch mit der Möglichkeit rechnete, als Nächstes in den Kaukasus geschickt zu werden. Schöne stachlige Zeichensysteme. Wenn es schon sonst zu nichts führte, waren sie jedenfalls gut fürs Gehirn. Keines dieser Hefte war bis zur letzten Seite beschrieben. Die letzten Seiten sind vollgekritzelt mit Namen, Telefonnummern, mit Verabredungen und Anfahrtsskizzen. In einer engen gedrängten Schrift. Sie musste sich beschäftigt halten, während sie hier festsaß und wartete. Auf das Ende des Regens, ein Ende der Proteste, darauf, dass man sie endlich ins Feld und ihre Arbeit tun ließ.

Sie musste angefangen haben, sich an das Stocken der Abläufe zu gewöhnen, selbst sie musste nachgelassen haben in der Ungeduld, mit der sie die Dinge voranzutreiben versuchte, nachgelassen an Spannkraft, nach einer Weile aufgehört haben, die Tage mit Dauerläufen zu beginnen oder leise fluchend vor dem Notebook, wartend, dass es eine Verbindung aufbaute. Ob da etwas in ihr erst mühsam hatte gelockert werden müssen, ob das Schulterzucken, mit dem sie die vielen Unterbrechungen hinnahm, nicht auch etwas Erleichtertes hatte, ob sie überhaupt noch wusste, was eigentlich ihr dringendes Anliegen gewesen war? Ob es mir schon genauso ging, ohne dass ich es merkte?

Wir fuhren auf der geteerten Piste über die Hügel Richtung Meer, Milton und ich. Er wollte in die Wälder, mir eine bestimmte Schlucht zeigen, am Ende eines Trampelpfads eine Stelle, wo der Fluss über dünne Kaskaden in eine Gumpe stürzte, wo man im Schatten auf den Felsen picknicken und in dem kalten Becken baden konnte. Wir haben hier nichts verloren, rief ich zurück, unsicher, ob er wusste, wen ich mit uns meinte, wen ich mit diesem Wir überhaupt hatte einschließen wollen, doch bei dem Fahrtwind und dem Lärm seines Motors konnte er sowieso nichts verstehen. Woher hatte er überhaupt dieses Motorrad? Halt dich besser fest, rief er, wo bist du mit deinen Gedanken, wenn du nicht aufpasst, fällst du. Er nahm eine Hand vom Steuer, griff nach meinem Arm und legte ihn fester um seine Taille.

Mit der freien Hand drückte ich die Plastiktüte mit unserem Picknick an mich, die gewellte Membran zitterte im Wind. Ich hatte ein Kleid an, das ich von Nellys Stange genommen hatte, ein lose fallendes, groß gepunktetes mit Knopfleiste, das nur am Bauch ein wenig spannte, wenn der Wind an den Rockschößen riss, kühlte es beinah. Wir fuhren über dürre Hügel, unter losen, schnell ziehenden

Wolken. Am Straßenrand lehnten Behausungen in waldigen Senken. Im Stacheldraht hatten sich Haarbüschel verfangen, Plastikfetzen, dazwischen trocknete Wäsche, Kinderhöschen und Stringtangas in schreienden Farben, befestigt abseits der scharfkantig abstehenden Enden, trotzdem, gingen sie davon nicht kaputt? Ein Mal überholten wir einen Pick-up mit flatternden schwarzroten Wimpeln an den Rückspiegeln, von der Ladefläche winkten mir Männer und riefen etwas, das ich nicht verstand, sie machten gemütliche Gesichter, doch Milton schrie, ich sollte sie bitte nicht beachten. Ein Mal hielt er an vor einer ausgedienten oder nie fertiggestellten Bushaltestelle aus rohem Beton, ließ sich von einer zwischen Körben wartenden Frau einen Beutel kleiner grüner Früchte geben. Ansonsten begegneten wir kaum Menschen, kaum Spuren menschlicher Bautätigkeit. Ein paarmal sah ich aus der staubbedeckten Vegetation ein mit Flaggensymbolen geschmücktes Schild ragen, das in dünn gedruckten Kolonnen Umfang und Kosten eines großen Vorhabens auflistete, gefördert mit Mitteln der Europäischen Union, der Vereinigten Staaten von Amerika, einer Investorengruppe aus Hongkong. *Hier wird wiederaufgeforstet. – Hier wird eine Brücke, hier werden Brunnen gebaut.* Arbeiten sah ich niemanden. Natürlich nicht: an einem Samstagmittag um elf.

Ich hatte mich gewöhnt an diese Ausflüge, samstags, sonntags, auf die man mich mitnahm, auf die ich mitgenommen wurde, wenn jemand selbst gerade nichts anderes zu tun hatte, aus Sorge, ich könne mich langweilen, vor allem an den Samstagen, wenn Esperanza lange schlief, lange duschte, das Haus zurechtmachte für Besuche, Gloria ihre Nägel bearbeitete, Nachrichten schrieb, ihren Abend plante, schon als Jugendliche habe ich solche Nachmittage nicht gut ertragen.

San Dionisio: benannt nach dem Heiligen Dionys, im Jahr 250 nach Christus in Paris von der römischen Kolonialmacht enthauptet für das Beharren auf seinem Glauben. Nach seiner Hinrichtung hob der Märtyrer seinen blutigen Kopf aus dem Staub, wusch ihn an einer nahegelegenen Quelle und trug ihn sechs Kilometer nach Norden bis zu dem Ort, an dem er begraben sein wollte. Noch immer wenden sich Menschen an den Heiligen Dionys um Linderung von Hundebissen, Kopfschmerzen und Syphilis. Diese Legende erzählte mir Milton, obwohl sie mit seinem protestantischen Glauben eigentlich unvereinbar ist, um mich abzulenken, mich zu unterhalten, während wir auf dem schmalen Pfad durch den glühenden Wald wanderten. An einem Kilometerstein hatte Milton gehalten, das Motorrad in einer seltenen Anwandlung von Leichtfertigkeit neben der Straße stehen lassen, mir die Plastiktüte aus der Hand genommen, er bestand darauf, sie den ganzen Weg über zu tragen. Er ging voran und klopfte mit einem Ast auf den Boden, um die Schlangen zu verjagen. Ich hörte es rascheln und zischen im Laub. Gelbe dornige Halme stachen in meine Schenkel, verhakten sich im Stoff meines Kleides. Ein Spaziergang, hatte er gesagt, ein kleines Picknick. Ich hatte Badesachen in meinen Beutel gepackt, Schuhe mit Bastsohlen angezogen und dieses Kleid, was war das überhaupt für ein Kleid, aus einem Großmutterschrank gezogen, geschneidert für Sonntagsausflüge, Schichttorten und Filterkaffee und vorsichtige Posen an der Reling vor grünen Schwemmwiesen im Hintergrund.

Der Stoff klebte an meinen Beinen. Ich raffte den Rock, hielt mich dicht hinter Milton, trat fest auf, wie er mich angewiesen hatte. Bestimmt eine Stunde wanderten wir durch das von starren Zweigen zerschnittene Licht.

Er zeigte mir die Stelle unter einem Felsvorsprung, wo ich mich umziehen sollte, im Schatten des Wasserfalls, ein Wasserfällchen eher, ein Rinnsal, das zwei oder höchstens drei Meter tief in das Gumpenbecken stürzte, eine dunkle Ansammlung stehenden Wassers, so kalt, dass es mir beim Eintauchen alle Luft zum Atmen nahm.

Milton nahm auf einer Felsnase Platz und schaute zu, wie ich im Kreis schwamm. Ich konnte ihn sehen von unten, in kräftigen Farben, langen gebügelten Hosen, weiß geschrubbten Turnschuhen. Später schälte er mit einem Klappmesser die Früchte, die er gekauft und die ich bezahlt hatte, wusch sie gründlich, hielt sie mir hin, er selbst aß nichts.

In seiner tastenden, deutlichen Artikulation erklärte er mir die Regeln seiner Fastenübung, noch immer wusste ich nicht, für wen er sich solche Mühe gab, für mich und meine ungeübten Ohren, für sich selbst, weil ihm an seiner Sache so gelegen war? Eine spirituelle Übung. Aus seinem Mund klang der Begriff seltsam, er passte nicht zu seinem Schnurrbart, den trainierten Armen, dem breitgestreiften Polohemd. Deine Kirche hat ziemlich viele Regeln, unterbrach ich ihn, auf der Suche nach einem Punkt, an dem ich ihn zu fassen bekäme, man musste ihn unterbrechen, so viel hatte ich schon gelernt, was sollen all die Vorschriften, fragte ich laut, kommen sie von Gott? Sie sind, was mir gefällt, antwortete er, das ist es, was der

Mensch braucht. Er schaute mir zu, wie ich mich an die Kante des Felsens stellte, meinen Badeanzug über dem Becken auswrang und zum Trocknen auf dem Stein ausbreitete, einen Einteiler mit angeschnittenem Bein und Wölbungen an Bauch und Brust, aus dickem gerippten Stoff in hellem Grün, noch so ein altmodisches Stück, unzüchtig, ausgebleicht.

Daheim war ich oft allein durch den Wald gelaufen. Auch nachts, in einer schwarzen Laufjacke mit Streifen aus reflektierendem Material, falls ich doch einmal eine Straße queren sollte, was ich meistens vermied. Wenn es um mich dunkel war, leuchteten auch sie nicht. Wenn ich in der Abenddämmerung um das Haus meiner Mutter am See lief, war nie jemand da außer dem Wild, das ich aufscheuchte und das in langen Sätzen in den Maisfeldern verschwand, den Fledermäusen, die knapp an meinem Gesicht vorbeistreiften, vor meinen Tritten weghuschenden Nagern. Dann war ich nur ein Schatten, eine Bewegung. Ich mochte das. In der Stadt hatte ich mich zuletzt nur noch in weite Staubmäntel geduckt, dass sie mir schmeichelten, kann man nicht sagen, solche Dinge hatten mir gleichgültig zu werden begonnen, ein Prozess, den ich beobachtete, *es schaut eh keiner mehr hin*, immerhin registrierte ich noch, wie ich diesen Satz dachte.

Milton schaute mir zu, wie ich nach Gneisen auf meinen Schenkeln schlug, in den wandernden Schatten rückte, er betrachtete die nassen Flecken auf meinem Kleid, das ich mir schnell angezogen hatte, um nicht nackt und tropfend neben ihm zu sitzen, auch wenn ich wusste, er würde nichts sagen, er würde zu keinem meiner Einfälle etwas sagen, es machte mich halb verrückt. Verbietet dir deine Kirche das Baden?, fragte ich, meine Kirche verbietet mir überhaupt nichts, sagte er, sah zu, wie ich in meinem Beutel nach Zigaretten suchte, half mir, eine anzuzünden. Ich kann nicht schwimmen, sagte er, erzählte, wie er beim Baden einmal fast ums Leben gekommen wäre, an genau dieser Stelle, nur dass das Wasser damals, es war zum Ende des Winters hin gewesen, noch höher stand, sicher vier, fünf Meter. Ich weiß auch nicht, sagte er, was sich mir damals in den Kopf gesetzt hat, ich muss nicht nur betrunken, ich muss völlig verrückt gewesen sein, ich habe Nelly zugeschaut, wie sie in diesem Becken auf und ab schwamm, so wie du jetzt, nur auf dem Rücken, lachend und auch schon etwas angeheitert trieb sie auf dem Wasser, wie man in der Hängematte liegt, so schwer, habe ich gedacht, kann das doch nicht sein.

Nelly hatte ihn retten müssen, so schnell, wie man gar nicht schauen konnte, hatte sie ihn mit einem Ringergriff unter dem Kinn gepackt, ihn, der schon nichts mehr sah als Wasser und Weiß und mit aller Kraft um sich schlug, mit ihren dünnen Armen ruhiggewürgt und ans Ufer gehievt. Er warf einen Stein in die Tiefe. Mit Nelly waren sie fast jedes Wochenende hierhergekommen und manchmal auch an den Wochentagen, Waldo, Gloria und er, sie hatten sich an den Rand der staubigen Straße gestellt und mitnehmen lassen, nichts bei sich als ein oder zwei halbe Liter selbstgebrannten Rums und mehrere Schachteln *Belmont*, das war unsere Art, uns zu amüsieren, sagte er, damals. Heute mit dir bin ich das erste Mal an diesen Ort zurückgekehrt.

Für ein Picknick. *Alles, was wir heute zwischen den kultivierten Flächen finden, wächst in einem Degenerations-*

oder Regenerationsstadium, als langsam sich ändernde Übergangsstadien gegen einen stabilen Endzustand. Dieser Endzustand, abhängig von Klima und Boden, ist in den meisten Fällen ein Wald. Ein nur noch in Rudimenten vorhandener in diesem gerodeten Ungunstraum, trockene Sträucher mit schmalen Blättern, ein Minimum an Fläche, das sie der Sonne entgegenstreckten.

Ein Spaziergang, doch wenn ich mich jetzt daran erinnere, denke ich an eine Flucht. Wie wir uns vorwärtsarbeiteten. Die vor seinem klopfenden Stock wegschnellenden Schlangen. Ab und an drehte Milton sich nach mir um, um sich zu vergewissern, ob ich ihm auch folgte. Es hatte etwas Verschwörerisches, finde ich, wenn ich die Bilder dieses Picknicks anschaue, Fotos, die er geschossen und mir sofort geschickt hat, obwohl ich ihm gesagt hatte, dass ich mir aus solchen Aufnahmen nichts mache, Bilder von mir selbst, wie ich steifhüftig auf einer Anhöhe in der Landschaft stehe.

Ich erinnere mich an unsere Rückkehr, die nachlassende Hitze, das Jucken an meinen Beinen und wie er, wahrscheinlich weil man einander beim Laufen im Gänsemarsch nicht ins Gesicht schauen muss, vielleicht weil das Licht und der Hunger ihn schon in Trance versetzten, unversehens und stockend noch einmal von Nelly und Waldo und der zusammen verbrachten Zeit zu reden anfing.

Es war dunkel, als wir heimkehrten, uns vor Esperanzas Tür verabschiedeten, er küsste mich auf die Wangen und stieg aufs Motorrad. Im Schritttempo, im Leerlauf, mit zu den Seiten weggestreckten Beinen fuhr er Slalom zwischen den vielen, die um diese Zeit zu Fuß unterwegs waren, die absteigende Straße in Richtung seines Viertels hinab. Ein paarmal hat er sich umgesehen nach mir, wie ich noch immer vor der Tür stand, ihm winkte, wenn sich unsere Blicke trafen, er winkte zurück. Er rechnete damit, ich könnte ihm hinterherlaufen, und wirklich hatte ich Lust, genau das zu tun.

Ich habe noch mehrmals versucht, ihn anzurufen, bin in sein Viertel gelaufen, das er mir ein einziges Mal gezeigt hat. Nur das Viertel, den Laden einer seiner Tanten mit dem selbstgemalten Schild und den Girlanden aus Rasierklingen und Nudelsuppentüten und einen wie ein Schiff in eine Weggabelung stoßenden unverputzten Bau: Das ist meine Kirche, sagte er zu mir, dorthin gehe ich jeden Tag. Ein unscheinbares Haus, nüchtern und lehmfarben, symmetrisch gebaut, mit rostenden Gittern vor Türen und Fenstern. Unauffälliger noch als die anderen Behausungen der Nachbarschaft.

Ich habe mich von der Pfingstgemeinde bis zu seinem Haus durchgefragt. Ein niedriges Gebäude mit Wellblechdach und meergrün getünchten Mauern. Jemand hatte aus Pflanzen in Milchpulver- und Öldosen eine Umfriedung gebaut, die Innenwände der Veranda mit Landschaftsgemälden geschmückt und die Tür mit einem Perlenvorhang verhängt. Zwei Mädchen in wadenlangen Röcken standen vor dem Eingang, stocherten in einem kokelnden Feuer herum und schauten einander auf meine Fragen nach ihrem Bruder hin kichernd an. Was will sie?, fragten sie einander, welcher Bruder?, wandte die Größere sich an mich, Milton: Nicht mein Bruder, sagte sie, schob Asche zusammen, stieß bedruckten Stoff in die Glut, gab sich ungerührt, sie hatte schon oft solchen Besuch wie mich bekommen. Ich hatte das Bedürfnis, sie zu schütteln: Wo ist er? – Und wer sind Sie? – Eine Freundin, wie sollte ich es auch sonst nennen. Ich wischte mir mit dem Handrücken über das Gesicht und setzte meine Sonnenbrille auf. Er ist weggegangen. – Wohin? – Arbeiten. Ich betrachtete das Top, den metallisch glänzenden Stoff, der über der Brust und dem gewölbten Kinderbauch Falten schlug, sie hatte den Saum hochgeschoben, um ihren Nabel zu zeigen. Was ist mit Ihnen?, fragte sie, zeigte mit dem Kinn auf mein tränendes Gesicht, Staub, sagte ich gereizt, bat, die Toilette benutzen zu dürfen, ich wollte nicht gehen.

Treten Sie ein, sagte sie ohne jede Regung, lief vor mir her und schob den Vorhang zur Seite, dann noch einen und zeigte auf einen schmalen Verschlag hinter einem von Plüschtieren besetzten Doppelbett. Weggegangen, mehr hatte sie nicht gesagt, wie wenn der Strom ausfällt oder das fließende Wasser, se fue el agua, se fue la luz, das Wasser ist gegangen und auch das Licht, das passiert täglich in dieser Jahreszeit, mit all den Gewittern und dem Regen, kein Grund, hysterisch zu werden, besser, man stellt sich darauf ein.

Ich war eine halbe Stunde gelaufen, aus dem Stadtzentrum das staubige Straßengewirr bergab, um mir dieses Zuhause anzuschauen. Den Wassereimer neben der Toilettenschüssel, die Tiere auf dem Bett, die aus Zeitschriften gerissenen Bilder an der unverputzten Wand. Den sauber gefegten Estrich, die auf einem Klapptisch wie auf einem Altar aufgestellten Hanteln. Minutenlang lehnte ich in diesem Zimmer an der Wand zwischen den auf mich zurückstarrenden Dingen. Es war eine ganz unverhältnismäßige, richtungslose Wut, die da in mir aufkam, auf die Dinge, die tapferen fehlgeschlagenen Versuche, die Trostlosigkeit zu dekorieren. Ohne herauskommen zu können aus dem unschlüssigen Lungern, in dem auch ich mich hier längst eingerichtet hatte. Halblaut miteinander redend sahen die Mädchen mir entgegen, einer Dahergelaufenen, von der man nicht so recht wusste, was sie hier suchte. Was schaut ihr, fragte ich, warum schaut ihr mich eigentlich alle so an? Sie hoben die Brauen und stießen die Glut hin und her.

Anfälle von Menschenscheu, zum ersten Mal hatte Nelly sie hier erlebt, heftig und scheinbar ohne Anlass, sie jedenfalls konnte keinen Grund finden, wusste nur, dass sie dann nichts mehr konnte und wollte, als sich stunden- oder tagelang einzuschließen, ihr Zimmer nur noch mit einer Tarnkappe zu verlassen, nicht gesehen werden, niemanden sehen.

Im Sturzregen rannte ich die Straßen hinauf, meinen Beutel an den Körper gedrückt, versuchte, mich im Regenschatten der Häuser zu halten, den aus den überfüllten Rinnen tretenden Schwällen auszuweichen und den Lachen am Boden. Ich wusste nicht, ob ich im Begriff war, mich zu verlaufen. Die Kurven und Häuser ähnelten einander, erst die Pfingstkirche erkannte ich wieder. Dorthin gehe ich jeden Tag, hatte er zu mir gesagt, als wir zusammen hier herumgelaufen waren, erst später wurde mir klar, er hatte damit gerechnet, dass ich mich reflexhaft über seinen Glauben ereifern und darüber vergessen würde, weshalb ich eigentlich mit ihm mitgegangen war, weil ich sein Haus sehen wollte.

Ich blieb vor der Kirche stehen, schaute in ihr beleuchtetes Inneres, das nichts Weihevolles an sich hatte, kein Kreuz und keine Kerzen, ein langgezogener Versammlungsraum mit blasslila Wänden und Leuchtstoffröhren an der Decke. An der Stirnseite stand ein laminierter Tisch mit einem Blumenstrauß, an der Wand das Bild einer in groben Pinselstrichen gemalten Landschaft, Seen und bewaldete Berge, weidendes Vieh.

Ich war gekommen, um zu gaffen. Aber der Mann an der Tür hatte sie nur noch etwas weiter geöffnet, mir zugenickt und einen Schritt zurück getan, damit ich eintreten konnte. Die Menschen im Raum saßen eng gereiht, die Blicke nach vorn gerichtet, sorgfältig gekleidet wie für einen formellen Anlass, für die Arbeit in einem der Repräsentation verpflichteten Unternehmen, niemand schien nass geworden zu sein, ihre Schuhe glänzten. Am liebsten wäre ich wieder hinausgelaufen, aber dazu war es jetzt zu spät. Der Mann in der Tür wies auf die letzten freien Stühle, eine Frau mit schwerem Zopf klopfte auf den Platz neben sich, winkte mich zu sich, ohne ihren Gesang zu unterbrechen.

Was sollen wir bei mir?, hatte Milton gefragt, wenn ich verlangte, sein Viertel und sein Haus zu sehen, morgen, versprach er, zeige ich dir etwas Besseres, und es hatte keinen Zweck, ihm zu sagen, dass ich auf Sehenswürdigkeiten keinen großen Wert legte. Wenn er etwas vorschlug, ging ich mit. Wahrscheinlich die meiste Zeit meines Lebens habe ich so zugebracht und die Dinge getan, die sich als Nächstes ergaben, an mich herangetragen wurden von anderen, mit denen ich es mir nicht verderben, die ich in meiner Nähe haben wollte. Warum sollte es hier anders sein, hier oder an irgendeinem Ort der Welt. Ich brauchte jemanden, der mich an die Hand nahm und mitzog. Einen Pfingstler mit ordentlichem Kurzhaarschnitt, mit geputzten Schuhen, der stark nach Duschgel roch, nach männlichem Deodorant, nach den Bleichseifen, mit denen seine Schwestern seine Kleidung wuschen. Und wenn schon. Er hatte recht gehabt. Es war nicht gut, allein unterwegs zu sein. Überhaupt nicht gut.

Undeutlich sah ich die pendelnden Gesten des Predigers, sein weinfarbenes Hemd, den Glanz auf seinem Gesicht. Wahrscheinlich ein Laie. Er hielt das Mikrofon dicht an den Mund und sprach mit geschlossenen Augen, inbrünstig und monoton zugleich schallte seine Stimme aus der kleinen schwarzen Box über meinem Kopf, er sprach mit Abschweifungen und Wiederholungen, regelmäßig unterbrochen oder übertönt von bestätigenden Rufen der Zuhörenden, erzählte er von einem, der die Welt verlassen hatte, er erzählte, verstand ich nach und nach, von sich selbst. Er sprach von einem Gewicht, einer schweren Kugel, die aus ihm, als er sich bekehrte, herausgefahren sei. Die Geisttaufe kann bedeuten, dass man weint, tanzt, schreit. Es kann aber auch ganz still vor sich gehen.

Sechs Mädchen standen in Dreiergruppen um ein Mikrofon versammelt und sangen. Iglesia Roca Inconmovible stand auf dem Landschaftsgemälde hinter der Kanzel, in roten Lettern über den Himmel geschrieben. Fels in der Brandung. Draußen rauschte der Regen, spritzten Stimmfetzen auf, selten wälzte sich ein Auto durch den Lehm. Die Kirche ist eine Maschine. Es ist nicht wichtig, welchen Platz du einnimmst, wichtig ist, dass du in den Raum eintrittst, hatte Milton mir erklärt, alle arbeiten, alle legen Zeugnis ab in ihren Taten, woher du kommst und wie du heißt, spielt keine Rolle, jeder ist ersetzbar, selbst der Pastor kann jederzeit ausgewechselt werden.

Das Knistern statisch aufgeladener Kleiderstoffe, der Geruch von Fruchtshampoo aus dem feuchten Haar der Frauen. *Darum wir auch, dieweil wir eine solche Wolke von Zeugen um uns haben, lasset uns ablegen die Sünde, so uns immer anklebet und träge macht, und lasset uns laufen durch Geduld in dem Kampf, der uns verordnet ist.* Zwei Mädchen mit langen harten Locken, Stiefeln unter den Bleistiftröcken schauten mich an und lachten, jemand fasste mich am Arm, damit ich aufstand, damit ich wie alle aufstand und im Rhythmus mit den Füßen aufstampfte, klatschte und sang. Ich kann nicht sagen, wie lange ich dort blieb. Der Ritus war noch nicht beendet, als ich mich, vorbei am Türhüter, nach draußen schlich. Er trat zurück und deutete eine Verbeugung an. Draußen war längst der Abend hereingebrochen, es war schwarze Nacht. Ich hetzte durch die Gassen, ein kraftloses Rennen, versuchte mir eine Lüge für Esperanza zurechtzulegen, ich hatte keine Lust, darüber zu sprechen, wo ich gewesen war, ich hatte keine Lust, mit ihr über die Kirche zu sprechen. Aber als ich an ihrem Haus ankam, war niemand da. Ich schlug mit dem Schloss gegen die Gitterstäbe, so fest ich konnte, ich klopfte und rief, bis das kleine Nachbarsmädchen kam, die Hunde in die Ecke schickte, mich über den Hinterhof in mein Zimmer ließ. Was ist mit deinen Augen?, fragte es. Vermisst du deine Eltern, denkst du an Deutschland, warum bist du so traurig? Ich sei müde, sagte ich ihm, traurig sei ich nicht.

Große und kleine Schiffe und Boote funkten Routinemeldungen und verschwanden anschließend. Der Frachter Anglo Australian *meldete »Alles in Ordnung«, bevor er verschwand. Der berühmte Regattasegler Harvey Conover sandte seinem Yachtclub von der* Revonoc *eine vergnügte letzte Nachricht aus den Keys, in der er mitteilte, daß er in 45 Minuten ankäme, und bat: »Haltet mir einen Platz an der Bar frei!« (…)*

Während einige dieser letzten Meldungen von Flugzeugen und Schiffen unterbrochen oder gestört werden, empfängt man andere so lange (…), daß sie gewöhnlich ignoriert oder für schlechte Witze gehalten werden.

Charles Berlitz, Spurlos

Unter all den für mich ziemlich unnützen Informationen, die ich an diesem Abend aus dem Internet abrief, um die Zeit zu vertreiben, während ich auf Gloria und Esperanza wartete, fand ich einen vor kurzem erst veröffentlichten Fachartikel. *Magnetotellurische Abbildung des Fluidkreislaufs in der Subduktionszone vor Nicaragua.* Fünf Autoren werden genannt, als Erstes Nellys Assistentin Rebecca Lee *(entwarf das Forschungsdesign, entwickelte marine magnetotellurische Instrumente, führte die Messungen durch, analysierte die Daten, interpretierte die Ergebnisse und schrieb diesen Aufsatz).* Nellys Name steht an zweiter Stelle: *(entwarf das Forschungsdesign, entwickelte marine magnetotellurische Instrumente, führte die Messungen durch).* Es folgten drei Namen, die ich nicht kannte, als Letzter Hector Ernesto Lacayo, der verschollene Ingenieur *(versorgte uns mit geologischen Hintergrundinformationen und logistischer Unterstützung, was unerlässlich war für das ganze Experiment).*

Ich habe mir den ganzen Artikel durchgelesen und im Kopf die Sätze aus der englischen Fachsprache zu übertragen versucht. *Flüssigkeiten spielen eine Schlüsselrolle im Subduktionsprozess. Sie verändern die Dynamik und die thermale Struktur des Prozesses, sie provozieren Erd- und Seebeben, wenn sie freigesetzt werden bei der Gesteinsmetamorphose der abtauchenden Platte und bei Biegungsbrüchen an der Plattengrenze. Dabei tritt mehr Wasser in die Kruste ein, als bei Vulkanausbrüchen freigesetzt wird oder in den tieferen Mantel absinkt, was auf in der Kruste verborgene Speicher hindeutet.*

Vergleichbare Anomalien sind beobachtet worden (...) in Südchile, British Columbia, in Südmexiko, an der hellenischen Subduktionszone in Griechenland, an der Lincoln-Linie in der Kaskadenkette in Oregon sowie in Japan, im südlichen Kyūshū-Distrikt und im Ryūkū-Graben.

Zusammenfassung der Methode: Magnetotellurik ist ein passives elektromagnetisches Verfahren, die elektrische Leitfähigkeit des Untergrunds abzubilden.

Sie hatten Anomalien in der Erdplatte identifiziert, kleine Höhlen, in denen scheinbar verlorenes Wasser gespeichert wurde. Geschwungene Pfeile zeigten im Querschnittsdiagramm die Sinkbewegung der abtauchenden Platte an, rote Herde die leitfähigen Stellen, die Kerbe des

Tiefseegrabens. Ein allwissendes Erzählerkollektiv berichtete über die Phänomene des Erduntergrunds.

Wenige Wochen nach dem Unglück hatte ich Rebecca in Nellys ehemaligem Labor auf dem neuen Campus am Stadtrand aufgesucht. Um vielleicht zurückgelassene persönliche Dinge abzuholen, zu erledigen, was eben getan werden musste, ich wusste, dass Jakob sich nicht kümmern konnte.

Das graue Rauschen auf den Bildschirmen ist mir im Gedächtnis geblieben, Rebeccas Gesicht im Licht der Monitore vor einem gekippten Fenster, beschattet von dahinter wucherndem Gebüsch. Der einzige Mensch in dem ganzen Gebäude, der noch etwas von Nelly wissen wollte. Wir kennen uns, sagte ich zu ihr, von Nellys Party, daran konnte sie sich nicht erinnern, tut mir leid, sagte sie und lächelte ehrlich betroffen, das muss dir nicht leidtun, sagte ich schnell.

Sie hatte sich abgewandt und streckte sich nach der Pappschachtel in einem der obersten Regalfächer. Darin die erwartbaren Gegenstände, eine zusammengefaltete Schreibtischunterlage, ineinander verknotete Kopfhörerkabel, eine ausgequetschte Tube medizinischer Salbe, ein Stoß aus Spiralblöcken herausgerissene Zettel, wahrscheinlich unkorrigierte Lernkontrollen.

Vielleicht hatte auch sie schon länger mit niemandem gesprochen. Anders kann ich mir nicht erklären, wie bereitwillig sie mir ihre Arbeit zu erklären anfing, als ich mit der Schachtel in der Hand im Labor stand und meine unbedarften Fragen stellte. Vorwärts- und Umkehrprobleme,

Datenerhebung, Inversion: Einpassung von Daten in ein zuvor berechnetes Modell. Sie gab sich Mühe, die Dinge so schlicht zu erläutern, wie es eben ging, machte Pausen, in denen sie meinen Blick suchte, mein verständiges Nicken, es war uns beiden klar, unter ihren kurzen Sätzen lagen Verästelungen, die ich nicht würde erfassen können.

Sowieso fiel mir das Zuhören nicht leicht, ich achtete zu sehr auf die Gesten und Floskeln, die Rebecca von ihrer ehemaligen Chefin übernommen haben musste – das Fingerschnipsen, selbst die Stimmlage erinnerte mich an Nelly, die Angewohnheit, auch Aussagesätze wie Fragen zu intonieren, Mimikry oder Parodie, ich konnte es nicht entscheiden, ihr selbst war es sicher nicht bewusst. Wir invertieren, wir verändern unsere Modelle, bis sie zu den im Feld gemessenen Werten passen, das ist jetzt sehr vereinfacht, ich nickte, davon hätte ich gelesen, sie steckte sich einen frischen Kaugummi in den Mund und schaute mich prüfend an.

Ich lasse mich zu leicht ablenken, das ist auch bei den Interviews für meine Arbeit immer ein Problem gewesen, ich verwandte zu viel Aufmerksamkeit auf Oberflächen, Gesten, Accessoires und vergaß darüber, zielführende Fragen zu stellen. Auch bei diesem Treffen drang ich nicht weiter vor als bis zu der Binse, dass es keine sicheren Methoden gibt, dass auch diese Leute in ihren Laboren sich auf Vorannahmen und Schätzungen verlassen mussten, auf ausgedachte Konzepte mit phantastisch anmutenden Namen, ein Gedanke, der mich normalerweise mit Genugtuung erfüllte. *In homogenen Halbräumen ist die Eindringtiefe des Wechselfelds eine grob geschätzte Größe.*

Halbraum: unterhalb einer vorgestellten unendlichen Ebene liegender Raum. Sechs Monate lang hatten ihre Messgeräte magnetische Fluktuationen am Grund der Tiefsee aufgezeichnet, sie waren Erschütterungen ausgesetzt gewesen, Wellengang und Gezeiten hatten ihre Position verändert, sie in Schieflage versetzt, die Batterien der Geräte hatten nur vier Monate gehalten statt sechs. Es konnte sein, dass es nie gelingen würde, die Störgrößen herauszurechnen, einen schönen Graphen in ihrem Koordinatensystem erscheinen zu lassen. Es gibt keine Genauigkeit. Das wissen längst alle. Aber dort in dem Labor, während der kurzen Unterhaltung mit Nellys Assistentin, vor den Bildschirmen, auf denen wegen der vielen Störgrößen nichts Deutliches zu erkennen war, habe ich zum ersten Mal einen Begriff von der Unschärfe bekommen und das unangenehme Schwanken gespürt. Es konnte so sein. Es konnte aber auch anders sein.

Anscheinend unentschlossen, ihre Pause zu beenden, lief Rebecca neben mir her über die von Schnellstraßen zerschnittenen Rieselfelder zur U-Bahn-Station, aß scharfe Gemüsechips aus einer Tüte und meinte, eine schlechter organisierte Forschungsfahrt habe ich noch nie erlebt. Auffordernd hielt sie mir die Tüte hin, fing an, die an einem Wasserrinnsal versammelten Saatkrähen zu füttern, weil ich nicht zugriff.

Als ich sie das erste Mal gesehen habe bei einem von Nelly veranstalteten Brunch, hielt ich sie für die Angestellte eines Cateringunternehmens, sie half Jakob beim Arrangieren und Rearrangieren des Buffets, kochte Kaffee und trug Tabletts mit beschlagenen Crémantgläsern durch den Raum. Sie kellnern sicher schon lang, sagte ich, als wir nebeneinander auf dem Balkon standen. Was meinen Sie damit? Ich bin hier eingeladen, ich helfe freiwillig, Nelly und ich arbeiten zusammen, sie ist meine Chefin, verkündete sie, wie man sagt, wir sind die dicksten Freundinnen, und was machen Sie so? Sie erzählte mir von den Vorbereitungen der Expedition. Ganze Nächte verbrachte sie in den Werkräumen der Technischen Universität und baute Anker aus Beton, um ihre Messgeräte in die Tiefsee absenken zu können, ohne dass die Anziehungskraft des Eisens das Magnetfeld durcheinanderbrachte.

Ich trödelte absichtlich am Fahrkartenautomaten, schaute zu, wie die Krähen angeberisch mit den Flügeln schlugen, und dachte, was ich jetzt schon öfter gedacht habe, dass es wahrscheinlich niemanden gab, den Nelly nicht gegen sich aufgebracht hatte, wenige, die nicht auch ein bisschen in sie verschossen waren.

Wir hatten eigentlich einen ganz guten Draht zueinander, sagte Rebecca, allerdings hätten sie sich nicht lange gekannt, nur die paar Monate, die Nelly am Institut verbracht hatte, vertretungsweise auf eine Stelle geholt von jemandem, der sich davon an anderer Stelle einen Vorteil versprach ... mitten im Aufsagen dieser Rochade brach sie stirnrunzelnd ab und fragte mich ziemlich nüchtern, und was denkst eigentlich du, was geschehen ist, glaubst du, sie hat sich umgebracht? – Warum hätte sie das tun sollen? – Was weiß ich. Ich habe sie kaum gekannt.

Sechs Wochen hatten sie zusammen im Feld verbracht und auf hoher See, von den Karibischen Inseln durch den Panamakanal und die grauen Wellentürme des Pazifiks. Was auf einem Schiff geschieht, bleibt auf dem Schiff. Schon kurz nach Nellys Aufbruch hatte ich mir

Bilder ihres Forschungsschiffes angesehen und technische Daten, Baujahr, Länge, Breite, Antrieb. Der Tiefgang betrug maximal sechs Meter, was mich wunderte, ich hätte mehr erwartet. Ausgerüstet war es mit immerhin einundzwanzig Laboren, einer Bordwetterwarte, mehreren Kränen und Winden. Die Besatzung: zweiunddreißig Seeleute, zwei Meteorologinnen. Achtundzwanzig Kabinenplätze stehen der Wissenschaft zur Verfügung, in Wirklichkeit neunundzwanzig, doch der letzte muss freigehalten werden für einen möglichen Beobachter, wie ihn einige Staaten mitschicken, wenn man in ihren Hoheitsgewässern forschen will. Ich erinnere mich an eine Künstlerin, von der Nelly mir nach einer anderen Expedition erzählt hatte, die es geschafft hatte, diesen Platz zu besetzen für die Arbeit an einem dokumentarischen Projekt, das heißt, niemand sah, wie oder was sie arbeitete, ich hatte also eine Vorstellung von der Stimmung, die dieser Frau entgegengeschlagen sein musste, trotzdem habe ich seitdem begonnen, diesen freigehaltenen Platz als Möglichkeit zu denken, mir ausgemalt, mitzufahren, wenigstens ein paar Tage. Dabei weiß ich nicht, ob ich etwas gesehen hätte, was ich mir nicht auch vorstellen konnte. Ich kannte Nelly gut genug, ich musste nicht auf Schritt und Tritt dabei sein, um sie vor mir zu sehen, wie sie sich am Bug sonnte, in einem Winkel hinter dem Container des Tauchroboters an der orangefarbenen Blechwand lehnte und die hohe Mittagssonne auf ihren unbedeckten Kopf scheinen ließ, anstatt mit den anderen in der Messe zu essen. Wie sie dem Physikstudenten über die Schulter schaute, lange im Maschinenraum stand und seine Handgriffe kontrollierte, sich über seinen Rücken und mit ihm über den Apparat beugte, den er bedienen sollte, oder ihn im Vorbeigehen nur leicht mit den Fingerspitzen berührte, die Haut an seinen braungebrannten Schultern.

Die Flecken an ihrem Hals und auf den Wangen, als sie sich in offener Windjacke, mit aufgelöster Frisur auf das Offiziersdeck stellte und versuchte, den Kapitän von einer Kursänderung zu überzeugen. Ihr zappliges Beharren vor dem Alten, wie der Kapitän angeblich immer noch genannt wird, obwohl er so alt nicht war, der Fotografie nach zu schließen, ein Mann, der im richtigen Moment die richtigen Entscheidungen treffen muss und deshalb den Befehl gegeben hatte, vorzeitig umzukehren. Weit unten am Bug überspülten sich kabbelnd einander kreuzende Wellen, kurzatmige Ausläufer eines irgendwo tobenden Hurrikans, zu weit entfernt jedenfalls, als dass Nelly ihn hätte ernst nehmen können.

Einen einzigen ihrer speziell für diese Fahrt von japanischen Raumfahrttechnologen entwickelten Ozeanboden-Magnetometer hätten sie noch absetzen müssen, um Rebeccas Messreihe zu vervollständigen. Es hätte keinen großen Umweg für das Schiff bedeutet. Es war niemandem ganz klar, weshalb der Kapitän nicht zu einem Kompromiss bereit war, ebenso wenig, warum Nelly sich derart einsetzte für das Projekt ihrer Assistentin. Sie selbst hätte nicht einmal auf dem Schiff mitfahren müssen. Die Leute haben ihre Gründe, hatte Rebecca zu mir gesagt, wer sich für Wochen und Monate auf so eine Reise begibt und seine Familie zurücklässt, will es nicht anders.

Private Telefonate führen sah man sie nie. Wenn sie keine Nachtwache halten musste, war Nelly die Erste, die auf der Suche nach Gesellschaft über die Gänge lief, an Kabinentüren klopfte, versuchte, eine Spielergruppe zusammenzubekommen für Scrabble, Doppelkopf, Junta, die Simulation eines Militärputsches am Spielbrett. Ratespiele: Wer bin ich? Wetten und Würfeln, Scharaden und am liebsten Trinkspiele wie auf einer Teenagerparty: *Ich habe noch nie* ... Reihum wurden Dinge genannt: Ich habe noch nie Sex gehabt, während sich ein Tier/ein oder mehrere andere Menschen im Raum befanden. Ich habe noch nie jemand Blutsverwandten begehrt. Etc. Jeder in der Runde, der zugab, es schon einmal getan zu haben, musste trinken.

Ich spiele, hat sie oft zu mir gesagt, mit einem Ausdruck von äußerstem Ernst in ihrem Gesicht. Immer spiele ich. Und ja, natürlich geht es ums Gewinnen, sonst könnte man es doch gleich sein lassen. Mitten im Gespräch auf einer Parkbank forderte sie mich zum Tischtennis heraus, noch lieber zu Wetten oder Mutproben. Wer von uns als Erste bei der Trinkhalle ist und einem der beiden Männer ins Haar fasst. Ich zähle bis drei. Nenne zehn Gründe, warum du mit mir befreundet sein willst. Zehn. Du hast Zeit. Aber sag mir die Wahrheit. Solche Dinge. Ich weiß, dass sie sich mit anderen zum Kräftemessen verabredete, zum Freistilringen und Wettrennen im Park, zu solchen Sachen forderte sie mich nie, sie meinte, ich würde mich weigern.

An Bord spielten sie mit großer Ausdauer. Nelly und Esperanza, die nicaraguanische Meeresbiologin aus ihrer Kabine mit der leisen strengen Stimme, in Colón, Panama, erst war sie zugestiegen und von Nelly sofort in den Kreis aufgenommen worden. Der russische Vulkanologe mit den schmalen bleichen Händen und dem schnellen Ostküstenenglisch, das niemand von ihnen richtig verstand. Der deutsche Physikstudent im Muskelshirt, Rebecca und ihre Kabinennachbarin aus der Türkei. Noch nie habe ich mich gefürchtet, behauptete der deutsche Student, vor einem Besuch beim Arzt, und alle außer Nelly hoben ihr Glas. Noch nie, sagte Rebecca, habe ich meine Tasche geöffnet und etwas Verschimmeltes darin gefunden. Noch nie, sagte der russische Vulkanologe, habe ich in einem Spiel wie diesem betrogen, um mir einen Vorteil zu verschaffen. Sie konnten nicht genug bekommen. Eine Klassenfahrt für Erwachsene, so hört sich das jetzt vielleicht an. Tatsächlich war es allen, mit denen ich sprach, auch den Autoren wissenschaftsjournalistischer Beiträge und Nelly und Rebecca selbst wichtig zu betonen, dass an Bord keine Zeit verplempert wurde. Ein Reisetag auf einem Schiff kostet etwa fünfunddreißigtausend Euro, es handelte sich nicht um einen driftenden Kutter, sondern um ein schwimmendes Labor, besetzt mit Hochleistungsrechnern, Tauchrobotern, kapriziösen Maschinen und Menschen mit ehrgeizigen Projekten, sie reisten nicht zum Zeitvertreib.

Der Hurrikan hatte sich abgeschwächt, war schlingernd und um sich selbst kreiselnd nach Südwesten abgedreht, zog ein paar müde kokette Schleifen nach all den Warnreden, deretwegen sie zwei Tage zu früh am Hafen von Corinto eingelaufen waren, in eine regenlose lauernde Mittagsstille. Gestapelte Container, Hebekräne und Vogelschreie, hinter zugewachsenen Schienensträngen hölzerne Lagerschuppen. Liegengelassenes lichtgrelles Spielzeug vor den blauen Schatten der Vulkankette.

Von den anderen verabschiedeten sie sich hastig, wenn überhaupt. Nelly und Rebecca betraten nur für ein paar Stunden den Boden, er schwankte weiter unter ihren Füßen, als Rebecca im schmalen Schattenstreifen des Zollgebäudes auf das Gepäck achtgeben sollte, zuschaute, wie ihre Chefin mit Dokumenten in den Händen, ein Telefon ans Ohr gedrückt, die Mole auf und ab lief, eine flatternde Gestalt auf der Suche nach einem Schiff, einem Fischkutter, einer Privatjacht, einem Marineboot, was auch immer sie beide noch einmal mit hinaus aufs Meer nehmen würde für eine Nacht.

Später habe ich mir Bilder des Messgeräts angesehen, das sie so dringend ins Meer versenken wollten, Ozeanboden-Magnetometer und Datenlogger eingepanzert in einen silbernen druckfesten Titanzylinder mit den Nervensträngen der Tiefsee-Elektroden. Zum Absinken musste die Konstruktion mit einem Anker aus Beton verbunden werden. Nicht das Handgepäck, mit dem man mal eben von einem Fischkutter auf eine nächtliche Ausfahrt mitgenommen wird. In Rebeccas Erzählung stellte es anscheinend kein Problem dar.

Vor dem Zollgebäude erwartete sie der Ingenieur, mit Sonnenbrille und gebügeltem Hemd, hätte er sich nicht vorgestellt, sie hätten ihn für einen verwirrten Touristen gehalten. Er versprach ihnen zu helfen, ließ sie unter der Klimaanlage fröstelnd warten, während er in den perforierten Kreis in der Mitte des Schalterglases sprach, die Hüfte eingeknickt, in der Haltung von einem, der immer gewinnt, sagte Rebecca zu mir.

Aus ein paar Schritten Abstand schaute sie zu, wie er den Mann von der Reling eines an der Mole wartenden Fischkutters herunterwinkte, ihn grüßte wie einen alten Kumpel. Später fiel ihnen auf, wie oft er die Linke im Rücken trug. Die Bewegungen eines Illusionskünstlers, der das Publikum auf eine Überraschung vorbereitet, mit großen Gesten ablenkt, während der Zauber in Wirklichkeit ganz woanders vorbereitet wird. Mit diesem traurig-spöttischen Ausdruck in seinem Gesicht wandte er den Kopf nach ihnen um, winkte sie zu sich, damit sie über die Laderampe an Bord stiegen, mit ihren Rucksäcken und der metallbeschlagenen Kiste mit den Apparaturen.

Sie hätten sich auch mit ihren Schlafsäcken an Deck hingelegt oder in der Messe wach gehalten. Aber hier wurde nicht diskutiert. Mit dem Kinn hatte der Mann in dem über dem Bauch geknoteten Basketballtrikot und den ausrasierten Schläfen, der Kapitän?, sie zum Ende des Flurs kommandiert. Eine helle Zelle mit Spind in der Ecke, einem Kruzifix über dem Kopfende der Liege. Ein Krankenzimmer, ein unwahrscheinlicher Luxus auf diesem von zehn Männern besetzten Motorschiff, an dessen Bordwand überall lange Streifen Rost entlangliefen.

Zum Zeitvertreib rüttelten sie an der Spindtür, um nachzusehen, ob sie innen mit Fotografien von Frauen behängt war, schauten durch das Bullauge auf einen kleinen Ausschnitt bleich zerfaserten Himmels, die glatte Kante des Horizonts und den hingebreiteten Stillen Ozean, flach und massiv, in der Farbe von Moos. Kein Gekräusel. Es war später Nachmittag, als sie ausliefen, bald so dunkel, dass sie die flackernde Leuchtstoffröhre anknipsten. Woher wissen wir, wann wir da sind?, fragte Rebecca und klebte sich ein Pflaster gegen Reiseübelkeit hinter das Ohr, sei vorsichtig, plötzlich ungeschickt mütterlich strich Nelly ihr das Haar aus der Klebefläche, bevor sie spottete, einen Sextanten würden diese Langustenfischer wohl bedienen können oder eben ein Smartphone, wie finden sie sich denn sonst zurecht, mit dem Jakobsstab? Sie griff nach der Pflasterschachtel. Scopolamin, gewonnen aus Stechapfel, Alraune, Bilsenkraut, kann zu Apathie und Willenlosigkeit führen. In den fünfziger Jahren des zwanzigsten Jahrhunderts benutzten Geheimdienste es als Wahrheitsserum, Kriminelle in Lateinamerika, sagte mir mein Arzt, benutzen es als K.o.-Tropfen, ich wäre also vorsichtig, meine Liebe, sagte Nelly zu Rebecca. Wenn dir schlecht ist, leg dich flach hin, mach die Augen zu und warte, dass es vorbeigeht. Aber was erzähle ich dir. Wenn dir alles zu viel wird, hast du immer ein Körperteil bei der Hand, ein Gebrechen, das du zwischen dich und deine Verantwortung schieben kannst. Schon dich, wenn es sein muss. Aber lieber wäre mir, du lerntest, allein zu gehen.

Nelly stand an die Tür zum Gang gelehnt, den Kopf ans Metall, dahinter hörten sie die Männer lachen und reden, kurze laute Sätze, sie verstanden kein Wort. Sie zupfte Nagelhaut von ihren Fingerkuppen und sprach von ein paar in Afrika verbrachten Monaten, wo man sie wahrscheinlich auch nicht ernster genommen hatte als hier, wo einem das Weißsein aber zusammen mit einem bestimmten Auftreten Autorität verschaffte, ein befremdliches Gefühl, doch, wenn man sich einmal daran gewöhnt hatte, auch sehr praktisch, bis zum Schluss konnte ich nicht entscheiden, ob in diesen Situationen die Peinlichkeit stärker war oder der Spaß, sagte Nelly, das ist jetzt sicher nicht korrekt, aber man kann sich daran gewöhnen zu wissen, du brauchst nur hinzugehen und sagen, so und so wird es gemacht, und alle springen oder tun zumindest so, als ob.

In der Nacht spielten sie nichts. Kopf an Fuß lagen sie rücklings auf der Liege, nah am Drehpunkt des in die Wellentäler stürzenden Kutters. Rebecca bemühte sich, die Augen geschlossen zu halten, in Gedanken eine gerade Linie zu fixieren, einen festen Punkt, nicht hinzuschauen, wenn das Kruzifix an der Wand hin und her schaukelte, der Längsstab des Kreuzes, parallel zum Boden, schwang, wenn sie über den nächsten Wellengrat geklommen waren und wieder abwärts rasten, in die andere Richtung, verharrte in den Kippmomenten kurz in der Senkrechte, sofern sich von senkrecht reden ließ, es gab ja auch kein waagrecht mehr, nur noch stürzende schiefe Ebenen. Sie hörte keine Schritte mehr vom Gang und vom Deck, nichts als das Dröhnen des Ozeans, an die Außenhaut des Schiffes schlagende Brecher.

Unwahrscheinlich, dass Nelly ihr, als sie in der winzigen Sanitärzelle kniete und schaumige Galle erbrach, die Hand auf den Rücken legte und versicherte, auch das wird vorübergehen, wie eine beste Freundin, wenn die andere zu viel getrunken hat. Rebecca fühlte, wie jemand sie an den Haaren zog, sie ordnen wollte, ungeschickt zupfte, später sah sie jemanden an ihrem Bett stehen. Ein Kind oder ein sehr kleiner Mann, für eine Halluzination zu deutlich lehnte er an der Tür. Es war so dunkel, dass sie sein Gesicht nicht erkennen konnte, aber sie wusste, dass er sie ansah. Sie schloss die Augen und versuchte erneut, in Gedanken einen ruhenden Punkt zu fixieren. Der Platz auf der Liege neben ihr war leer.

Als sie später aus etwas Schlafähnlichem aufwachte, stand wattig gedämpftes Licht im Raum. Mit dicker Zunge, beide Hände am Geländer, stieg sie die nasse Treppe zum Deck empor, drückte sich mit der Brust an die Wand, wenn jemand ihr entgegenkam, Männer mit an den Körper geklatschter Kleidung und um den Kopf geknoteten Tüchern, die ihre Blicke nicht erwiderten. Grüne Lachen standen auf den eingekerbten Blechstufen. Es roch nach verbranntem Öl. In einer geblähten Regenhaut winkte Nelly ihr von der Reling aus zu, neben ihr ein Junge mit rasierten Schläfen: Das ist Julio, das ist Rebecca, als wären sie zwei Rucksacktouristinnen und dies ein gebuchtes Abenteuer, zeigte sie nach vorn auf die roten Striemen am Himmel und die schon wieder als blasse Schattenrisse sichtbaren Vulkane, die Gipfel verschleiert von morgendlichem Nebel oder Dämpfen aus ihrem Innern.

Am Heck neben dem Steuerhaus stand die schwarze Box, in der sie den Apparat transportiert hatten, fast verdeckt von den übereinandergestapelten Kisten mit den nächtlichen Fängen. Wir haben ihn abgesetzt, sagte Nelly leichthin, legte dem Jungen neben sich eine Hand auf den Arm, um sich den übereinanderkriechenden Langusten zuzuwenden. Ein langsam bewegtes Gewühl aus Antennen, Schreitbeinen und gesägten Panzerrändern, die Glieder der gekrümmten Schwänze wie mit feinem Pinsel bemalt. Schelfbewohner, aus ihren Felshöhlen am Kontinentalsockel in Drahtfallen gelockt. In den Tiefen des Freiwassers kamen diese Tiere nicht vor. Wie weit waren sie hinausgefahren? Rebecca wollte Nelly fragen, ob sie wenigstens ungefähr wusste, wo sie gewesen waren in der letzten Nacht, im nächsten Moment dachte sie aber auch schon, dass sie lieber nicht fragen wollte, dass ihr jetzt ihre Messreihe und ihre Doktorarbeit völlig gleichgültig waren. Die Sonne schien, Nelly, die nichts aß, was ein Gesicht hatte, fotografierte und filmte die Tiere in ihren Plastikwannen, wie sie sich ineinander verhakten, übereinanderzuklettern versuchten, zu den Öffnungen nach oben.

Sie sprachen nicht mehr über diese Nacht. Eine sanfte Brise schob ihren Kiel voran, auf die Mangrovenreste an der Küste zu. Alles war Rebecca unwirklich erschienen, erzählte sie mir: das Licht, der Landgang, der angeblich feste Boden unter den Füßen, der lächelnde Ingenieur und sein Chauffeur, jünger, größer, knochiger, schweigend hielt er ihr die Wagentür auf.

Das Pflaster gegen die Reisekrankheit hatte sie sich längst von der Haut gerissen, der Zustand, leicht schwindlig, leicht paranoid, hielt noch tagelang an. Den ganzen letzten Abschnitt der Exkursion, den sie allein zu zweit mit Nelly beziehungsweise mit Nelly, dem Ingenieur und dem Fahrer zu viert verbrachte, hatte sie also nur getrübt wahrgenommen. Harte Momente, sagte sie zu mir, in denen man sich durchkämpfen muss, machen mir Spaß. Normalerweise.

Der Ingenieur hatte auf dem Rücksitz neben ihr Platz genommen, in einem kurzärmeligen hellrosa Hemd, immer trug er Kleidung wie ein frisch gebadetes Baby, sang leise mit, was im Radio gespielt wurde, musterte sie von der Seite wie etwas, das ihm bedauernswert vorkam und komisch zugleich. Wahrscheinlich war sie immer noch bleich und roch nach ausgespuckter Galle und Säure, dazu sagte er nichts. Er zählte die Namen der Orte auf, die sie vor sich hatten. In bestimmten Zonen könnten sie Schwierigkeiten bekommen, seit der Große Kanal projektiert ist, sind sie in den entsprechenden Gebieten nicht mehr gut auf Chinesen zu sprechen, sagte er, was sollte man darauf erwidern: Ich bin keine Chinesin, sagte sie, Tito hob die Hände, beschwichtigend, erklär du ihnen die Feinheiten. Er wandte sich ab von ihr und schaute zum Fenster hinaus. Ich weiß ein Spiel, sagte Nelly von vorn, und seine Miene erhellte sich.

Oft schlossen sich in diesen Tagen Rebeccas Ohren, klappten zu wie bei einer steilen Talfahrt, einem Hörsturz, einem Tauchgang, so dass sie die wirklichen Geräusche, das Geklapper von draußen nur noch wie durch eine Glasscheibe hörte oder gar nicht mehr, stattdessen ein dunkles Glucksen, ein hohles Rauschen, wie man sich eben so vorstellt, dass es klingt, wenn man in einer geschlossenen Kammer hockt, die von allen Seiten bedrängt wird von Tonnen von Wasser. In Wahrheit herrscht in so einer Kammer natürlich nichts als tiefes Schweigen.

Der Naturforscher Charles William Beebe (1877-1962), Autor unter anderem der Schriften *Wundersame Küsten-fahrt: Bei See-Elefanten, Tölpeln und anderen seltsamen Wesen*; *Tropical wild Life in British Guiana* und *The Bird – its form and function*, bereiste Nicaragua Anfang des 20. Jahrhunderts. Vom Pazifik her kommend sah er im Morgengrauen als Erstes den Vulkan San Cristóbal, damals: El Viejo sich erheben, bedeckt noch von seiner Nachtkappe aus Wolken, im Norden den schon wachen und paffenden Telica und im Vordergrund, im Herzen endloser Mangrovenwälder, die kleine Bucht von Corinto mit einem der traurigsten Häfen, die er in seinem Leben gesehen hatte: ein im Zuge einer von US-Marines angezettelten Goldhatz eilig errichteter Umschlagplatz mit prächtigen Hotels und Bars, die bei seiner Ankunft Anfang des 20. Jahrhunderts langsam verfielen, von den wenigen verbliebenen Einheimischen nicht genutzt, Reisende kamen schon überhaupt nicht mehr. Am Tag fand er die unbewohnten Straßen bedeckt von dichtem krautigen Bewuchs, nachts traurig und unzureichend beleuchtet. Aufgeschreckt aus der Trostlosigkeit wurde er nur vom Heulen einer Sirene, die weder einen Brand meldete noch eine Revolution, sondern den Beginn der abendlichen Kinovorstellung, die Charles Beebe ziemlich schnell angewidert verließ für einen Besuch in der nächstgelegenen Bar.

Im Osten der Stadt das einförmige Grün der Wälder, ein bis zur Hälfte des Horizonts gestreckter, in der Ferne blass werdender Streifen. Der Küste vorgelagert, die Erhebung der Isla Encantanda. Beim ersten Betreten versank er in schneehellem Schlamm, hingerissen schaute er nach oben: Leguane, die sich von den Bäumen ins Wasser fallen ließen, mit aufgeblähten Bäuchen, um den Fall zu mildern. Vorstufen des Vogelflugs. Am Himmel zählte er sechs kreischende Papageien, in noch größerer Höhe kreisten die Geier, die nicht aufhörten, ihn und seine Mitreisenden zu beobachten, *mit einer gewissen dunklen unseligen Hoffnung*, schrieb Beebe. Ein oder zwei Tage später beobachtete er von seinem Laborschiff aus einen dünnen Nebel aus Punkten, den er zunächst für einen Mückenschwarm in der Nähe hielt. Mit dem Fernglas erkannte er die kleinen Vögel. Tausende Sittiche, smaragdfarben im Licht der untergehenden Sonne. Noch nie hatte er so viele Federwesen auf einmal gesehen. Am nächsten Abend fand er sich am Strand der Isla Encantada ein, um ihr Erscheinen zu erwarten. Vier Kohorten, die beinahe zu einer einzigen Masse verschmolzen, sich trennten, verschmolzen, sich trennten, die Nachzügler folgten in kleinen Gruppen, zu zweit, zu viert, zu sechst, keiner blieb übrig. Beebe schaute durch sein Fernglas, bis ihm die Augen schmerzten, und hielt den Atem an, um sie besser zu hören. Ließ er das Fernglas sinken, wurden auch die Schreie leiser, schienen in die Ferne zu rücken, nur wenn er hindurchschaute, konnte er sie wieder hören.

Wie sollte man wissen, zu welcher Gattung sie gehörten. Wie ihnen näher kommen? Niemand im Ort fand sich bereit, ihn in die nächtlichen Mangroven zu begleiten, auch nicht gegen das Versprechen immer höherer Löhne. In der Bar *Christie* traf er endlich einen Bekannten aus New York, einen gutgelaunten dicken Tierhändler, der ihm im Hinterzimmer Hunderte von Affen und Vögeln zeigte. Ein kleiner Grünpapagei, wie Beebe ihn suchte, war nicht darunter, der Händler wusste aber von einem Jungen, der ein im Kampf mit Artgenossen verletztes Exemplar gefangen hatte und bereit war, es für fünfzig Centavos zu verkaufen, *ein angenehmes Tierchen von dreißig Zentimetern Länge, dessen Federkleid die mannigfaltigsten Grüntöne zur Schau stellte.* An Bord seines Schiffs wurde sein neues Haustier mit Begeisterung empfangen, nur er grämte sich innerlich bei dem Gedanken, ein Judas zu sein. Während seine Gehilfen und Kollegen Cocktails tranken, entfernte er sich mit einer gemurmelten Ausrede und brachte den Vogel ins Labor. *Was ich zu tun hatte, musste ich schnell vollziehen.* – Noch die ignorantesten Wilden betrachten das Leben eines Gastes als heilig, erklärte ihm nicht sehr freundlich der Assistent, der das Chloroform als Erster gerochen hatte. Beebe erwähnte jagende Katzen und behauptete in gewissem Widerspruch dazu, der Sittich sei ohne Schmerz von dieser in die nächste Welt übergegangen *mit einem Lächeln auf dem Schnabel,* überdies für eine höhere Bestimmung, dank seiner war nun gewiss, wer die Bewohner des Mangrovenwaldes waren: *Aratinga holochlora strenua, pericos verdes nicaragüenses,* Grünsittiche mit marmorfarbenem Schnabel. – Ja, antwortete eine mitleidlose Zoologin. Und?

Die deutschen Forscherinnen sahen bei ihrer Ankunft nicht viel vom Wald. Sie sahen: das weiterhin verfallende Gran Hotel von 1850 mit seinem bronzenen Namensschild hinter den überwachsenen Schienensträngen. In einem seifigen Ausfluss in der Bucht hinter dem Hafengelände plantschende und tauchende Jungen, die ihnen winkten, sie aufforderten, ihnen einen Dollar zu schenken, begeistert kichernd wie über eine gelungene Anmache. Sie sahen und fotografierten die an jeder Straßenecke befestigten Hinweisschilder mit der Aufschrift *Tsunami – Ruta de Evacuación*, bebildert mit einem um die Ecke ins Landesinnere weisenden Pfeil und dem Piktogramm einer rennenden menschlichen Gestalt, das geschlossene Kino mit den leeren Popcornautomaten im Inneren und außen dem noch immer von einer NÄCHSTEN VORSTELLUNG kündenden Schriftzug, die buschigen Wucherungen an den Rändern der langen Straße mit den in allen Spielzeug- und Bonbonfarben gestrichenen Wohnhäusern, die ich später zu Fuß entlangging, vergeblich auf der Suche nach einem Zugang zum Hafen.

Wenn du meinst, hatte Esperanza schulterzuckend zu meinem Plan gesagt, es gebe schönere Strände, entlegene Buchten, die keiner kannte, warum ich mir Container und Schiffe anschauen wollte, konnte sie nicht verstehen. Ich verstand es selbst nicht mehr gut. Ein pubertärer abgrenzungssüchtiger Trotz, der mich auf der Jagd nach ärmlichen und verstaubten Bauten und Menschen und Gegenständen durch die Gegend streifen ließ.

Nelly wird kaum Zeit gehabt haben für eine Suche nach Spuren von Vernachlässigung und Zerstörung. In den Tanzhallen das durch die Bretterritzen einfallende Licht und die offenen Verschläge mit zersprungenen Kloschüsseln und die bekritzelten Spiegelscheiben zu betrachten und die wundersame Statik zu bestaunen, die das Gebäude so halbwegs aufrecht hielt. Unter den Blicken des Wächters kletterte ich die Treppen hinauf. Um es darauf ankommen zu lassen. Den Blick verengt wie eine Surferin, die nur an Strände und Wellenhöhen und Gezeiten denkt, suchte ich nach Einschusslöchern in Mauern und vergifteten Plantagen.

Zum ersten Mal in ihrem Leben hatte Nelly in einer etwas schmuddeligeren Ecke wirklich hingeschaut und war davon in eine Krise gestürzt worden: So hatte ich mir das zurechtgelegt. Auf der Suche nach einer Erklärung wie alle anderen auch, hatte ich mir Gründe vorgestellt, die nächstliegenden, Dinge, die eben mir selbst passiert wären. Je tiefer ich mich einzufühlen versuchte, desto ausschließlicher beschäftigte ich mich mit mir selbst, undeutlich fing ich an, das zu begreifen, während ich in der Hotelruine herumkletterte, das nachgebende Treppengeländer befühlte, das Lächeln des Wächters erwiderte, Bilder machte von den Pflanzen, die den Innenhof längst in Besitz genommen hatten, ledrige Palmblätter, über Wellblechresten gestapelt, über Fliesen und Asphaltplatten greifendes Wurzelwerk, wo früher ein Wandelgang für die Gäste gewesen sein musste vor den Sprossenfenstern des Tanzsaals. Ich fragte den Wächter, was mit dem Bau geschehen sollte. Er konnte es mir nicht sagen, er hatte nur den Auftrag, aufzupassen. Woher ich käme, ob ich zum ersten Mal hier sei, und wie es mir in Corinto gefalle? Nicht besonders, log ich, leider wirklich nicht besonders, und um diese Unterhaltung zu beenden, suchte ich in meinem Beutel nach einem Geldschein, bedankte mich hastig und ging.

Nelly wird keine Zeit gehabt haben, so genau hinzuschauen. Die Wissenschaftlerinnen wussten, was ihre Frage an das Land war, seine Adern wollten sie untersuchen, heran an die pochenden Ströme unter der Erde. Für das Ergebnis ihrer Versuchsreihe war es sehr wichtig, die Messgeräte exakt entlang einer Linie zu setzen, in dichten Abständen. Die Punkte auf der in ihren Karten vorgezeichneten gestrichelten Linie lagen auf Grundstücken, auf Ackerland, in Flussbetten und Wohnräumen. Manchmal auch in der Wildnis. Aber auch die gehört schließlich jemandem.

Sie setzten ihr Spiel fort, beim Fahren, beim Aus-dem-Fenster-Schauen, beim Warten, wenn sie an einer Tankstelle hielten, an einer Verengung der Straße wegen einer Blockade, einer Polizeisperre, in den Mittagspausen, an den Abenden, wann immer einer von ihnen etwas einfiel. Wenn er in der Nähe war, spielte der Ingenieur mit. Sie sprechen gut Deutsch, sagte Rebecca zu ihm, ich habe in Berlin studiert, erwiderte er und gab das Kompliment zurück, fragte, wo sie denn *eigentlich* herkäme? Aus Kassel, sagte sie und schaffte es, nicht bockig zu klingen, ich bin in Kassel aufgewachsen.

Noch nie habe ich geglaubt, die Mehrheit der anderen Menschen sei dümmer als ich.

Noch nie habe ich etwas Teures gestohlen.

Noch nie habe ich jemand mir Teuren verloren.

Sie scherzten darüber, dass er besser Deutsch könne als sie beide, aber den Witz des Spiels verstand er nicht, vielleicht absichtlich, weil er sie gewinnen lassen wollte oder in Gedanken noch etwas anderes spielte, eine Wette am Laufen hatte, von der sie nichts wussten, mit jemand Drittem, mit sich selbst.

Immer ließ er einer von ihnen den Vortritt, im Wagen vorn zu sitzen, neben dem Fahrer mit der tief in die Stirn gezogenen Kappe. Waldo sprach nicht mit ihnen, auch wenn er beim Entladen der Apparate helfen sollte und Nelly ihm Anweisungen auf Spanisch gab, schaute er sie nur sinnend an, was will sie?, fragte er den Ingenieur und wartete ab, dass der erklärte, was zu tun war. Er schaut mir auf die Beine, sagte Nelly, wenn ich neben ihm sitze, schaut mir auf die Beine, schaut mir ins Gesicht, er will, dass ich weiß, dass er mich beobachtet, sagte sie zu Rebecca an dem einen Abend, den sie zu zweit in einem Straßencafé vertrödelten, wo der Ingenieur sie etwas hastig abgesetzt hatte, am Fuß einer Kathedrale im Zentrum von León. Sie sprachen darüber, ob sie die auf dem Platz unter den Bäumen bummelnden Menschen schön fanden oder nicht, über die Fingernägel des Mädchens am Nachbartisch und über das plötzliche Verschwinden des Ingenieurs, ob man eigentlich auf ihn wartete oder nicht, ich muss mich absentieren, hatte er gesagt, ihnen Stühle hingerückt, der Bedienung einen Geldschein zugesteckt und war zum wartenden Wagen gelaufen, eilig wie sonst nie. Normalerweise schien es, als hätte er jede Menge Zeit. Von früh bis spät mit ihnen über Land zu fahren, als hätte er keine dringenderen Projekte. Ihm scheint daran gelegen zu sein, sagte Nelly nur, trank zügig ihre Limonade aus und teilte Rebecca mit, sie käme noch nicht mit ins Hotel, sie wollte noch etwas spazieren gehen.

Jeden Abend dieses Bedürfnis, sich die Beine zu vertreten, auch wenn sie sich an viel entlegeneren Orten aufhielten, auch an Tagen, an denen sie erst um neun oder zehn aus dem Feld ins Hotel zurückkehrten, verschwand sie noch einmal für Stunden. Nachts oder schon im Morgengrauen hörte Rebecca das Geräusch der schwach rinnenden Dusche, Telefonate und Unterhaltungen, es klang, als träfe ihre Chefin sich mit gleich mehreren Männern, aber da konnte sie sich täuschen. Hätte sie spionieren wollen, es wäre nicht schwer gewesen bei den dünnen Zimmerwänden, den immer offenen Lamellenfenstern, aber damals interessierte sie sich nicht mehr besonders dafür, nach Tagen ohne echten Schlaf wollte sie nur noch ihre Ruhe.

Rebecca hatte genug. Genug von dem Ausschlag an den Händen, vom gechlorten Wasser oder von einem Gewächs, das sie nicht hätte anfassen dürfen, genug von den Menschen am Straßenrand, die einem immer irgendwas hinhalten oder hinterherrufen mussten. Sie wollte solche Sachen nicht denken, sagte sie zu mir, aber: so war es nun mal. Sie versuchte sich im Schatten zu halten. An Bewegungen zu sparen. Einen Rest Widerstand aufrechtzuerhalten gegen Hitze und fortschreitenden Spannungsverlust. Das Gewicht an den Füßen, wenn sie hinter Nelly und Tito her durch das borstige Gelände kletterte, beladen mit Schaufeln und Apparaten, ein lauer, schwerer Zug nach unten, sie spürte ihn in Knöcheln und Schenkeln, Sog der Erdanziehung, der aus dem schwarzen Boden nach den Füßen griff.

Nelly dagegen wurde unter der Hitze zusehends manischer, wer weiß, was sie trieb, die Unfähigkeit, stillzuhalten, der Wille, Anforderungen zu entsprechen, ein längst verselbstständigter Ehrgeiz, überschüssige Energie. In weit um den Leib geblähten Blusen stand sie unter der brüllenden Sonne, hieb die Schaufel in dorrendes Gras, erodierte Erde, hub Schächte für die Magnetometer aus, nicht unter drei Metern Tiefe, sie nahm keine Pausen, wie immer die Nacht verlaufen war, sie brauchte keinen Schlaf. Während die anderen sich im Schatten des Wagens hielten und an kalten Hühnerflügeln kauten, drehte sie ihre Runden, suchte im Wald nach einem Flusslauf, ihr Mütchen zu kühlen, wie Tito sagte, er hatte es schnell aufgegeben, sie zu warnen vor den Gefahren des Geländes.

Wenn er vor einem stacheldrahtumhegten Grundstück stehen blieb und über das sandige Gelände hinweg guten Tag rief, stand sie leicht abseits, den Blick nach vorn gerichtet auf ein Ziel, das sie vielleicht selbst längst aus den Augen verloren hatte, vielleicht ging es ihr auch nur noch ums Durchhalten um seiner selbst willen.

Der Ingenieur erklärte den Leuten, was die Forscherinnen auf ihrem Grundstück vorhatten. Er zeigte schematische Darstellungen der Subduktionszone und zeichnete mit dem Finger auf der Karte den Verlauf der Plattengrenzen nach. Nelly und Rebecca saßen auf in den Schatten gerückten Stühlen, tranken Nescafé aus Plastikbechern und ließen sich betrachten, während Tito sprach. Es gehe keine Strahlung von den Apparaten aus, sie verursachten nicht den kleinsten Schaden, es gehe um Prävention, nicht um Bauvorhaben: um Prävention, wiederholte er. Das waren die Momente, in denen Rebecca ein Abschlaffen an Nelly beobachtete, unter den Blicken der hinter den Fenstern wartenden Kinder. Gegenüber einer Frau mit streng gebundenem Haarknoten, die den Ingenieur fragte: Und haben diese Leute bei sich daheim keine Magnetströme, die sie ausmessen könnten? Sie schaute zu ihnen herüber, lächelte beinah entschuldigend, zu Tito sprach sie in einem Ton, der keine Antwort gelten lassen würde. Nelly starrte an der Frau vorbei, konzentriert, auf das grellgrüne Licht hinter den Lamellen, das Geraschel in den Zweigen, als sähe sie dort Nachbilder der schon wieder verschwundenen Kinder.

Die letzten Fahrten führten weit in den Norden, aber darüber konnte Rebecca mir nicht viel erzählen, sie war nicht dabei gewesen, als sie umkehren mussten an einer von einem Unfall oder Protesten blockierten Straße, sie wusste nicht, was da vorgefallen war, sie verbrachte diese letzten Tage im Bett, zu schwach und schwer, sich zu sorgen, dankbar für die Eindeutigkeit des gemessenen Fiebers, die herbstliche Trübnis, die draußen herrschte seit dem plötzlichen Einsetzen des Regens.

Später berichtete Nelly ihr von den Schwierigkeiten, sachlich und etwas widerwillig, sie hatte selbst nicht ganz begriffen, was vor sich ging, auch Tito konnte oder wollte es ihr nicht erklären, das eine Mal, als sie, von einem Sturzregen überrascht, mehrere Stunden in einer Wagenkolonne auf der Überlandstraße festsaßen, ein Unwetter, schon verstanden, aber dass sich dann gleich gar nichts mehr bewegte? Auf ebener asphaltierter Strecke? Das andere Mal hatte ein Mann sich in einem sandigen Hohlweg vor sie gestellt. Ein Bauer, wie Nelly zu verstehen glaubte, der Tito in einer freundlich klingenden Unterhaltung erklärte, dass sie hier nicht weiterkonnten. Die beiden Männer verabschiedeten sich mit Handschlag, Gott schütze Sie, passen Sie auf sich auf, mehr hatte Nelly nicht verstanden. Tito sprach wieder über das Misstrauen der Landbewohner, die Pläne der Regierung, einen Staudamm zu errichten, ein Megaprojekt, das ihr Land vorwärtsbringen sollte, drei Mal so viel Strom erzeugen würde, wie die Menschen im Moment verbrauchten, brauchen konnten.

Noch war überhaupt nichts geschehen, der Baubeginn immer wieder verschoben worden. Gerüchte sagten, es sei schweres Gerät in die Gegend bewegt worden, noch spielte sich wohl alles im Bereich der Fiktion ab. Nelly machte eine wegwerfende Handbewegung. Schwarz und hochgeschlossen gekleidet saß sie Rebecca gegenüber in der Saftbar am Parque Central, den Blick auf die defilierenden Pärchen und Cliquen gerichtet, geht es dir eigentlich besser?, fragte sie, bemüht, Interesse zu zeigen, bevor sie wieder über sich redete und erklärte, sie würde nicht zurückfliegen. Sie hätte hier noch etwas zu erledigen.

Jedenfalls ging es, wenn wir uns nach Wochen oder Jahren wieder trafen, nie darum, aufzuzählen, was sich in der Zwischenzeit alles ereignet hatte, nie fragte sie mich, wovon ich gerade lebte, und so wäre es auch mir blöd vorgekommen, die einfachen üblichen Fragen zu stellen, wie geht es dir, wie war es dort, wie läuft es mit xy, wie soll es weitergehen? Darum fehlt mir, was Nelly angeht, eine ordentliche Chronologie, ich habe nur diese Inselchen, was dazwischenliegt, muss ich mir zusammenreimen, die Gelenkstellen, die es braucht, damit man mir abnimmt, warum sie mir nicht längst gleichgültig geworden ist.

Erst kurz vor ihrer Abreise war Nelly wieder in meinem Leben aufgetaucht. Zufällig wollte sie mein Gesuch nach Interviewpartnern gesehen haben, in einer Publikation, die außerhalb unseres Feldes niemand liest. Ich hatte längst mein Material beisammen und brauchte keine Gespräche mehr, ich musste nur noch schreiben. Meine Stelle am Institut lief aus, den Büroplatz würde man mich noch nutzen lassen, vorläufig. Die meisten anderen Abteilungen und auch der größere Teil unseres Lehrstuhls war bereits umgezogen in ein frisch riechendes Gebäude auf einer bewachten Rasenfläche, ein Würfel mit holzvertäfelten Innenräumen, in denen ich gelegentlich Vorträge anhörte oder welche hielt über den Stand meiner eigenen Arbeit. Zwischenstand. In Wirklichkeit schob ich Fußnoten und Textbausteine hin und her wie bei einem Brettspiel, bei dem man nicht gewinnen konnte. Aber zumindest auch nicht verlieren. Noch ein paar Monate, dann würde das Hochhaus mit unserem Büro abgerissen. Schon jetzt waren fast alle Flure gesperrt. Jeden Morgen lief ich an den rot-weißen Warnbändern vorbei, an zusammengeschobenen, wie von einer nächtlichen Flut an die Korridorwände geschobenen Regalleitern aus Metall, Pressspanplatten und bekritzeltem Büromobiliar.

An den Markierungen der Sicherheitsfirma vorbeistreichen. Es hatten schon andere versucht, zeitweise erfolgreich. Mehrere Frauen und Männer in wollenen Mänteln, die früher in den Polstermöbeln der studentischen Cafés gesessen hatten, froren und rauchten und Kaffee tranken wie wir anderen. Wir rissen ängstliche Witze darüber, wie viel es brauchte, wie schnell es gehen würde, bis uns nichts mehr von ihnen unterschied. Höchstens noch ihr Gepäck, karierte Tragetaschen, Reisetaschen mit verknoteten Henkeln und verblichene Einkaufstüten, auch Überseekoffer waren darunter, dazwischen saßen sie wie Reisende, warteten ab, bis die selbstverwalteten Cafés geräumt wurden, lungerten noch eine Weile ohne Ehrgeiz auf schon verlassenen Fluren herum oder in der großen Cafeteria im Erdgeschoss, die meisten verschwanden in einem Tempo, das ich ihnen nicht zugetraut hätte. Einzelnen gelang es, sich einzurichten in ehemaligen Professorenbüros, warum eigentlich nicht?, dachte ich damals, es kam mir nicht absurd vor, dort überwintern zu wollen, noch während die Untergeschosse bereits entkernt wurden, wenn man stillhielt und nicht viel brauchte, wäre es möglich, dort eine ganze Weile zu überleben.

Dankbar für jede Ablenkung, antwortete ich Nelly sofort. Ich wollte wissen, was aus ihr geworden war. Auf der

Straße hätte ich sie wohl nicht erkannt. Abgemagert und abgewandt, mit feuchtem Haar und rotem Mund saß sie mir gegenüber, legte ihren Mantel nicht ab, rupfte von den Trauben auf dem Tisch einzelne Beeren und strich mit der freien Hand an der Tischkante entlang, sah zwischen den geräumten Schreibtischen hin und her, den Zeitungsausschnitten, die ich an die Wand neben dem Fenster geklebt hatte, auf das von meinen Kollegen an der Tür hinterlassene Plakat *Normative Ordnungen*. Und was macht ihr dann damit? Regen peitschte an die Fenster. Auf meine Aufforderung, von ihrem Leben, ihrer täglichen Arbeit und deren Bedingungen zu erzählen, lachte sie misstrauisch, antwortete brav, beobachtete mich, wie ich zuhörte, wann ich mir etwas aufschrieb, obwohl das Tonbandgerät zwischen uns alles aufzeichnete. Wie die meisten vermutete sie eine versteckte Agenda hinter meinen Fragen. Ich hatte ihr erklärt, worum es ging. An unserem Institut untersuchten wir soziale Ungleichheit, ich forschte zur Einnahme leistungssteigernder Medikamente. Ritalin, Provinzial, Appetitzügler und Amphetamine. Die Mehrheit der Interviewten hatte nichts davon je probiert, war aber überzeugt von der unaufhaltsamen Verbreitung des Dopings. Eine Welt, in der sich aufputschen muss, wer mithalten will. In meinen Gesprächen mit ihnen ging es also nur am Rand um gesteigerte Leistung, vor allem aber um die Furcht, überholt zu werden, auch meine Arbeit würde keine über die Verbesserung des Menschen und die Überwindung der Natur sein, sondern eine über die Müdigkeit und die Angst. Ein Modethema. Es würde schwer sein, damit noch Aufmerksamkeit zu erregen, das hatte man mir schon zu verstehen gegeben; er würde nicht viel tun können, hatte mein Betreuer mir in aller Deutlichkeit beim Mittagessen erklärt, ich erinnere mich, wie verständig ich nickte, mich verfluchend, weil ich ein Gericht mit Rucola gewählt hatte, auch so etwas Modisches, längst ordinär Gewordenes, faserige Blätter, die mir immerzu zwischen den Zähnen hängen bleiben. Versteh mich nicht falsch, sagte er, das wird sicher eine gute Arbeit.

Es ist mir immer zuwider gewesen, sagte ich abends zu meinen Freunden, von einem Hochsitz aus das Wuseln der Menschen zu observieren, als wären sie Ratten im Labor, observieren und Schlüsse ziehen, Grundannahme: Die Akteure wissen über ihre Motive selbst am wenigsten Bescheid. Wahrscheinlich hatte mir das wirklich eine Zeitlang ein Gefühl von Überlegenheit verschafft. Manchmal staunte ich, was Studienteilnehmer mir in den Interviews alles erzählten, ich erschrak, aber ich freute mich auch. Durchschauen, mit welchem Zutrauen die Menschen sich auf ihr Weltgebäude stützen, das Gerüst aus Phrasen, das manche um ihre Verwirrung herum errichten. Wahrscheinlich hatte ich gehofft, etwas darüber herauszufinden, *wie wir sind.* Inzwischen hatte ich nur noch einen großen Selbstekel, wenn ich mir dabei zuschaute, wie ich die Protokolle meiner Gespräche verarbeitete, sie als Futter benutzte für mein Steckskelett aus Vorannahmen und Behauptungen. Man müsste eine ganz andere Form finden, rief ich, eine ganz andere Form.

Aber so genau wollte Nelly das natürlich nicht wissen. Ich weiß nicht, was sie überhaupt wollte. Ein Therapiegespräch, eine Beratung, einen diskreten Hinweis darauf, wie man auch in Deutschland unkompliziert an Pillen herankäme. Ich bin keine Psychologin, sagte ich zu ihr, sie hob die Brauen, als ahnte sie, dass ich mit meiner Arbeit selbst nicht weiterkam. Sie fragte, ob ich die Enhancer, über die ich schrieb, denn wenigstens probiert hätte. Man muss nicht alles genommen haben, um darüber zu forschen, sagte ich, sie nickte, als hätte sie genau diese Antwort erwartet, von den homöopathischen Kapseln und Tees, die ich schluckte, sagte ich ihr nichts. Wozu überhaupt das Ganze? Das hat sich ihr nie vermitteln lassen, die Wichtigkeit meiner Menschenbeschreibungsversuche, während sie sich mit Übergeordnetem beschäftigte. *Das Weltall besteht aus Materie und strahlender Energie. Die Krustenplatten der Erde treiben auf geschmolzenen Gesteinsmassen dahin. Wie Waren auf einem Fließband, wie Schollen auf dem Eis.* Sätze aus den mir selbst inzwischen unverständlichen Notizen, die ich nach unserem ersten Treffen hingekritzelt habe.

Die siehst du nie wieder, dachte ich, als sie mich zum Abschied küsste, vage vorschlug, einmal einen Kaffee zu trinken, sie sei mit ihrer neuen Stelle sehr beschäftigt, jetzt aber wieder dauerhaft in der Stadt. Ich habe mich verlobt und eine Wohnung gekauft, sagte sie schief lächelnd auf meine Frage, was hast du sonst so gemacht in der letzten Zeit. Im flatternden Mantel lief sie die Feuertreppe hinab, wo wir zuletzt mehrere Zigaretten zusammen geraucht, auf einem Gitterrost in großer Höhe, weit übers Geländer gelehnt über die Liebe geredet hatten. Sie zeigte mir ihren Ring und verkündete, wenn ich aus Nicaragua zurück bin, heiraten wir.

Ein komisches Gespräch. Aber ich erinnere mich, wie gut ich danach gelaunt war, so gut gelaunt wie schon lange nicht mehr kehrte ich in mein kleines schmuddeliges

Büro zurück. Es roch noch nach ihr, nach Minze und frühlingsnassen Kleidern. Als hätte jemand das Fenster aufgerissen. Sogar auf das Schreiben hatte ich wieder Lust bekommen; sofort fing ich an zu transkribieren. Ich weiß nicht, ob ich diesem seltsamen Gespräch, diesem Nachmittag, an dem wir einander mehr beobachtet als miteinander gesprochen hatten, nachträglich zu viel Bedeutung beimesse. Im Nachhinein sieht man leicht überall Zeichen: der Gruß des Wachschutzmannes am Treppenabsatz vor einem der geleerten Flure, die leuchtenden Reflektorstreifen seiner Uniform. Die vor den Kneipen aufgestellten Tische und Bänke, Mitte März, der erste milde Abend im Jahr.

Schon am nächsten Tag schickte sie mir eine Einladung zum Abendessen, in ihrer Wohnung in dem angefangenen Viertel am Stadtrand, aus Aufwurf wachsende Glas- und Stahlkuben, Kameras an den Fassaden, ein Himmel voller Kräne. Ein Schleier aus Zementstaub auf den glänzenden Flächen im Hausflur, ein heller Reif, wie er sonst in phantastischen Filmen benutzt wird, um sichtbar zu machen, dass in Abwesenheit des Helden eine unvorstellbare Menge Zeit vergangen ist. Ich brachte einen Strauß Tulpen mit, eine Flasche nicht sehr teuren Wein, das ist aber lieb, sagte Nelly und stellte beides in eine Ecke, mischte Port und Tonic in einem Halbliterglas, fasste mich am Arm und zog mich auf ihre Terrasse, um mir die Sicht über den durchgrünten Wohnpark zu zeigen, den Blick nach Westen. Baukräne, Himmel, Gebirge. Rieselfelder bis zum Autobahnkreuz mit dem frei in der Landschaft stehenden Hotel, ein blauschimmernd geschuppter Bau, dessen Form uns an ein geblähtes Segel erinnerte. Wir lehnten an der Brüstung, steckten die Köpfe zusammen und stießen Asche ins Grün des Rollrasens. Hirsche hätten dort weiden müssen, während Jakob hinter den Dampfschwaden der Kochinsel stand und ein kompliziertes Gericht zubereitete. Nelly neigte sich zu mir, beschrieb, wie er am Nachmittag Stierherztomaten gehäutet, Wachteln entbeint hatte in stundenlanger Kleinarbeit, sie hatte fotografiert. Sie zeigte mir Nahaufnahmen seiner Hände, der splittrigen Knöchelchen der Vögel, ein glänzendes blutiges Ineinander aus Gliedern und Muskeln.

Du kannst gern jemanden mitbringen, sagte Nelly jedes Mal, wenn sie ihre Einladungen aussprach, aber ich wusste, meinem Freund würde es nicht gefallen bei ihr, er würde sich an den Rand stellen, sich entschlossen betrinken und mich später fragen, und du, wie gut hast du dich denn amüsiert, was willst du denn eigentlich mit dieser Nelly, was wollt ihr denn eigentlich voneinander? Wenn sie mich einlud, sagte ich alle anderen Pläne ab. Es würde mir vielleicht nützen, so rechtfertigte ich es vor mir selbst und anderen, ich würde vielleicht noch nützliche Beobachtungen für meine Arbeit machen. Das war Unsinn. Schon unsere Gespräche hatte ich nicht mehr in meine Arbeit hineinstopfen können, weitere Beobachtungen waren erst recht nicht verwendbar. Sie hatte mich ganz einfach zu interessieren begonnen. Es gab keinen vernünftigen Grund.

Ich wusste noch, wie es sie gestört hatte, vor Buffets mit unverständlichen Speisen zu stehen und sich dumm zu fühlen. Ich hatte die Provisorien im Kopf, in denen sie gelebt hatte; seit ich sie kannte, kampierte sie in Zimmern zur Untermiete, in Wohnheimen, in Schiffskajüten, Hotels in Nigeria und Nordnorwegen, Sammelunterkünfte für hochqualifizierte Wanderarbeiterinnen, mit Sportstudio im Souterrain und drahtlosem Internet. Wenn sie jetzt die Rittersporvase zurechtrückte, über Anschaffungen sprach und Lichteinfall, tat sie es mit Andacht und Abstand, ein Kind, das die Begriffe der Erwachsenen nachredet. Etwas rührte mich an diesem pferdchenhaften Eifer, etwas daran stieß mich ab, an der Vorstellung, wie die beiden sich hier einen schönen Abend machten, sich durch die von einer Kulturredaktion zusammengesuchte DVD-Sammlung arbeiteten, um sich zu bilden, und später ausgefallene Stellungen probierten und vielleicht auch mal einen Klaps, in dieser Landschaft aus Buchten und Fluchten, mit bodentiefen Fenstern und Passivstandard. Sie erzählte mir, wie sie Jakob kennengelernt hatte, am Rand eines Kulturempfangs in einer Industriestadt in Ostchina, wohin jemand ganz anders sie mitgenommen hatte. Wie sie ihn mit seinen roten Wangen und den neu quietschenden Lederschuhen in dem eben eingeweihten Kunstmuseum stehen sah. Kein schöner Mensch. Aus irgendeinem Grund schien es ihr wichtig, das zu betonen. Aber gesund, sagte sie, ich habe sofort gespürt, dass etwas Verlässliches von ihm ausgeht.

Ein Gravitationszentrum, ein Orientierungspunkt inmitten der Fremdheit. Sie lief auf ihn zu und machte eine gedankenlose Bemerkung über die kitschigen Gemälde an den Wänden, den Bau, in dem sie sich befanden, ein aufgerauter Trumm mit schießschartenschmalen Fenstern. Er hörte ihr zu, mit seinen hellen Augen, die sie immer an aufgeworfene Äcker und viel frische Luft denken ließen, und einer gehobenen Braue, belustigt, als er ihr verriet, diesen Trumm habe übrigens er mit seinen Kollegen gebaut, gebaut?, fragte sie zurück, Sie müssen wissen, ich bin Arbeiterkind, mit Schönheit kenne ich mich nicht aus, aber so viel kann ich sagen, *gebaut* haben Sie das hier sicher nicht.

Sie sprachen die ganze Nacht. Vom abrupten Ende der Feierlichkeit auf die Straße hinausgestoßen, gingen sie stundenlang die trockenen Platanenalleen entlang. Ich habe mich wohl gefühlt mit ihm, sagte sie zu mir, obwohl es mich von Anfang an irritierte, wie nett er zu mir war, selten habe ich mich so wohl gefühlt wie mit ihm.

Ein langer Abschnitt unseres Interviewprotokolls handelt von der Panik. Die sie nie dauerhaft befiel, nie nachts, immer bloß atemzugweise, immer in den Momenten, in denen scheinbar alles seinen Gang ging, sagte Nelly, wenn sie zum Beispiel sommers, abends spät heimkam, die Wohnung leer fand, den Schlüssel auf die Ablage warf und barfuß über das sonnenbeschienene Eichenparkett ging, ein Glas Eiswasser in der Hand, auf die Terrasse trat und zuschaute, wie die Katze auf dem Geländer balancierte. Immer dann, wenn sie vor der Leinwand stand, die Grafiken auf ihren Folien erläuterte, gerade, wenn es wie am Schnürchen lief, kam ihr alles wie ein Schwindel vor, wusste sie, jeden Moment konnte alles auffliegen. Wie als Kind, als ihr das Lesen solche Mühe machte, dass sie Texte und Antworten lieber gleich auswendig lernte, sie frei vortrug, ein wenig stockend, damit es nicht so auffiel. Es funktioniert ja, sie kam durch damit, aber eben weil es so gut funktionierte, bekam sie es mit der Angst zu tun.

Hochstaplersyndrom. Eine verbreitete Störung. Was sollte denn herauskommen?, fragte ich, sie schüttelte den

Kopf, schüttelte ihre Handgelenke, griff nach meinen Zigaretten. Luxusprobleme, sagte sie. Es wäre uns doch allen kein Haar gekrümmt worden, meinte sie und erwähnte wohl zum Beweis den brillantesten ihrer Studenten. Er kam aus der Mongolei und hatte nicht einmal einen Nachnamen, Nachnamen trage dort nur der Adel, erklärte Nelly mir damals, in Wirklichkeit ist es natürlich komplizierter, sie merkte sich, was sie brauchen konnte: In einem fort zeichnete er Eulen an den Rand seines Notizblocks. Und bestand doch alle Prüfungen mit den besten Noten; während alle anderen sich abmühten und strampelten, um immer gerade so durchzukommen, schien er sich zu langweilen. Schon zwei Mal hätte es Schwierigkeiten gegeben, erzählte sie mir, wäre er fast hinausgeworfen worden. Sie war es gewesen, die sich eingesetzt hatte für ihn. Er konnte nicht aus- und nicht einreisen, an keiner Feldforschung oder Exkursion ins Ausland teilnehmen, nicht nach Ungarn oder Island und schon gar nicht nach Zentralamerika, obwohl er unter den zwanzig Studenten des Masterprogramms, wie Nelly sagte, der Intelligenteste war. Er konnte nicht einmal ohne Probleme ein Zimmer mieten, bei jedem Formular, das er ausfüllen musste, gab es Schwierigkeiten wegen seines fehlenden Nachnamens. Sie trug sich mit dem Gedanken, ihn zu heiraten, einfach, um ihm zu helfen, wäre er nicht so versoffen gewesen, versoffen und dann diese Narben, sagte sie und wischte mit dem Zeigefinger über meinen Unterarm: Hier. Man könnte es doch sofort wieder auflösen, so eine Ehe, meinte sie, nur damit die Schereien ein Ende hätten, damit er eben nicht jetzt, kaum aus der Uni heraus, sofort abgeschoben würde, so einfach ist es nicht, sagte ich, worauf sie mich musterte, ein wenig belustigt, ehe sie äußerte, so einen wie ihn, einen, der kam und einem ständig alles herumdrehte, was man gerade noch gedacht hatte, so einen könne sie wirklich nicht gebrauchen.

Ich weiß nicht, was genau sie damals mit Jakob, wie sie es formulierte, abgemacht hatte. In meiner Vorstellung war er einer, der den Kopf senkte und keinen Streit suchte. Chinesische Tees aufbrühte gegen seine Schlafkrankheit, sich den Bart stutzen ließ, Ausdauersport trieb und Yoga in seiner Freizeit, die Kleider dunkel vom Schweiß. Eine bezahlte Arbeit hatte er damals nicht. Er lebte, auch wenn sie es beide nicht so beschrieben hätten, von dem Geld, das sie per Dauerauftrag auf ein gemeinsames Konto überwies, ein kompliziertes Arrangement aus Leihungen und Schenkungen. Sie wollten es als Überbrückung verstanden wissen. Gerade sei er eben nicht in der Lage, für sich selbst aufzukommen, prinzipiell aber schon. Nicht einmal das Futter für die Katze hätte er bezahlen können, geschweige denn das Wildbret aus der Region, den Wein, den die beiden kistenweise kommen ließen, Dinge, für die Nelly sich überhaupt nicht interessierte, höchstens dafür, wie andere sich darüber freuten. Sie hätte sich genauso gut von Fruchtjoghurts und Scheibenkäse und aufgegossenem Pulverkaffee ernährt wie bisher, ihre schwarzen Jeans aufgetragen, bis sie nicht mehr hielten. Sie war froh, jemanden kennengelernt zu haben mit einer Vorliebe für teure und überflüssige Dinge.

Manchmal kam ich vorbei an dem Büro, das er angemietet hatte mit ein paar Freunden, in einer ehemaligen Arbeitersiedlung, in den Räumen eines ehemaligen Damenfrisiersalons. Sie hatten die geschwungenen Leuchtbuchstaben über den Fenstern belassen, die Spiegel und Waschbecken im Inneren und das Ladenschild mit dem Logo eines eingegangenen Haarsprayherstellers. Zwei ineinandergreifende Wellen, eine orange, die andere braun. An den Freitagen der ungeraden Wochen räumten sie die aufgebockten Tapeziertische und die Standbildschirme beiseite und eröffneten eine Bar. Mit schief in die Stirn gezogenem Rennradkäppi stand er hinter der Theke, vertieft in die Unterhaltung mit einer Frau in einem Kleid, das wie ein Morgenmantel geschnitten und wahrscheinlich teuer gewesen war. Er zwinkerte mir über ihre Schulter hinweg zu und wandte ansonsten den Blick nicht von ihren Gesten. Was möchtest du trinken?, fragte er mich später und zählte Namen von Ginsorten auf, die ich nicht kannte. Ich fragte ihn nach Nelly, sie ist in Nicaragua, informierte er mich, vielleicht dachte er wirklich, dass ich das nicht wüsste, in einem ziemlich sachlichen Ton berichtete er mir von den technischen Schwierigkeiten, dem Internet, das in Nicaragua ständig zusammenbrach, wenn Nelly sich nicht gerade in Dörfern aufhielt, wo gar keine Kabel mehr hinreichten.

Er hielt den Kopf keineswegs gesenkt. Eher kam es mir vor, als ob er sich gestreckt hätte, in die Höhe, in die Breite, umgeben von Menschen, sehr gut angezogenen Menschen, die mit Nachdruck aufeinander einsprachen. Ich versuchte mir Nelly in dieser Gesellschaft vorzustellen, wie sie sich einen Dutt machte, die Beine übereinanderschlug und sich Mühe gab, an den richtigen Stellen zu lachen, ich konnte es vor mir sehen, ihre zerzupften Fingerkuppen, die auf und ab wippenden Füße, ich dachte daran, wie er zu ihr gesagt hatte, er sähe es lieber, sie wäre wieder etwas dünner, so dünn, wie sie gewesen war, als sie sich kennengelernt hatten.

Was meine Arbeit angeht, machst Du Dir vielleicht die falschen Vorstellungen. Ich habe auch immer geglaubt, dass es nichts Wichtigeres gibt als Graphen und exakte Modelle und Zeitschriftenartikel und Peer Reviews. Als Kind sah ich mich auf einem Forschungsschiff, in einer Taucherglocke, ich wollte in Tiefen vorstoßen, wo menschliches Blut zu kochen anfängt. Ich wollte sein wie die Forscher in den Fernsehdokumentationen, an Bord eines Schiffs, auf einem Jeep in der Salzwüste. In die Ferne blicken zu der besorgten Stimme eines Sprechers, der erklärt, dass der Mensch sofort aufhören muss, das Paradies zu zerstören. Noch als Erwachsene habe ich mir eingebildet, einen Beitrag leisten zu können, einen kleinen, indirekt. Ich habe auch gedacht, dass das etwas ist, was zu mir gehört, dass ich gar nicht anders kann, etc., aber das ist Unsinn.

Im Übrigen hätte ich mir sowieso demnächst etwas Neues suchen müssen. Meine Stelle hatte ich nur vertretungsweise. Ich weiß nicht, warum Du etwas anderes dachtest. Ein Missverständnis. Eine Zeitlang haben sie mir Hoffnung auf eine Verlängerung gemacht, aber unser Projektantrag wurde abgelehnt. Jetzt bin ich, ehrlich gesagt, ganz froh darüber. Ich weiß, wie schlampig der Antrag war, voller Flüchtigkeitsfehler, ich weiß jetzt, dass ich das wahrscheinlich mit Absicht gemacht habe.

Sie hatte, wenn sie am späten Nachmittag aus der Taubstummenschule kam, nichts mehr zu tun. Seit sie in San Dionisio zu bleiben beschlossen hatte, zumindest für ein paar Monate, hatte sie für ihre neuen Freunde etwas an Attraktivität verloren oder, freundlicher gesagt, sie alle wandten sich wieder ihrem jeweiligen Alltag zu, so etwas entbehrte sie hier eben, einen Alltag. Gloria begleitete und übersetzte für einen Touristen aus Norwegen, sie fuhr manchmal tagelang mit ihm über Land. Milton hatte sie schon länger nicht mehr regelmäßig zu Gesicht bekommen, er ist jetzt fromm geworden, sagte Esperanza, wenn die beiden abends vor dem Fernseher saßen. Schweigend und nickend hörte Nelly sich Esperanzas Schimpfen über die krakenartig sich ausbreitende Sekte an und fragte, so leichthin sie konnte, nach Waldo, *anda de vago*, war die Antwort, er wird durch die Gegend vagabundieren, warum, wart ihr verabredet?

Und sie schüttelte heftig den Kopf. Auch weil sie wusste, dass sie damit wahrscheinlich nicht ihn meinte, mit diesem kleinen Zucken, wenn jemand mit dem Vorhängeschloss an die Gitterstäbe klopfte und rief, immer jemand anders, ein Kind, das etwas verkaufen wollte, ein Nachbar oder Freund, der nach Gloria fragte oder Esperanza abholte, auch das kam vor, dass Nelly abendelang allein auf ihrem Zimmer saß. Mit Esperanza vor dem Fernseher zu sitzen war besser, als gar keine Gesellschaft zu haben. Aber es blieb auch immer ein wenig wie allein sein. Manchmal denke ich, sagte sie zu mir, oft denke ich, es gibt sowieso keine Nähe zwischen den Menschen, im Allgemeinen nicht und besonders nicht zwischen Frauen, ich weiß, das gefällt dir nicht, wenn ich das sage, aber.

An diesem Punkt habe ich mich immer bemüht, schnell das Thema zu wechseln. Ich erzählte ihr von der Räumung unseres Turms, wie er jetzt nach und nach entkernt wurde, in einem von Ingenieuren und Sprengmeistern und Statikern begleiteten und berechneten Rückbauprozess. Wie sorgsam man das Gerümpel aus den Fluren geräumt hatte, erzählte ich ihr, wie gründlich er bewacht wurde, bewacht und gereinigt, damit man ihn am Ende möglichst sauber niederreißen konnte. Ich erzählte ihr von den letzten Protestaktionen studentischer Gruppen, Besetzungen und Brandsätzen, ich übertrieb ein bisschen, mehrmals sei die Polizei gekommen.

Ich erzählte ihr auch von dem letzten Polizeieinsatz, den ich beobachtet hatte, gerichtet gegen eine Einzelne. Mehrere Wochen hatte die Frau in einem der sonnenbeschienenen ehemaligen Professorenbüros an der Südwestfront verbracht, vom Wachschutz anscheinend unbemerkt. Mit ihrem ganzen Hausstand war sie plötzlich da gewesen. Nicht bloß ein paar Plastiktüten, mehrere Kisten mit Büchern und Schallplatten hatte ich im Vorbeigehen gesehen, ordentlich auf dem Flur gereiht, blaue Tragetaschen, aus denen Kochgeschirr ragte, große gusseiserne Töpfe und Kellen, Tomatenpflanzen mit Rankhilfen. All das musste sie allein hergeschafft haben, in einem Einkaufswagen, in mehreren Fuhren, über Nacht, mit einer Kraft, die ich ihr sofort zutraute, als ich sie später im Vorbeigehen durch die offene Toilettentür beobachtete, wie sie ihre Füße schrubbte, ans Waschbecken gestemmt, den letzten Schaum aus den Seifenspendern presste. Neben der Tür standen ordentlich nebeneinander ihre Turnschuhe, die gleiche Marke, wie ich und ziemlich viele andere sie tragen. Verwahrlost trifft es nicht, sagte ich zu Nelly. Eher schien sie mir ziemlich penibel, wie sie ihren Haushalt führte. Wenn ich ihr auf den Gängen über den Weg lief, schaute sie an mir vorbei, immer unterwegs zu dringenderen Erledigungen, in eidechsengrünen Sneakern, langen Mänteln, sie besaß mehrere, oft ließ sie den Gürtel am Boden schleifen. Ansonsten ging sie wie auf einem Laufsteg, ihr Gesicht war gebräunt, nicht einmal grob hätte ich schätzen können, wie alt sie war.

Ich erzählte Nelly, wie ich mit den Polizisten zu diskutieren versucht hatte, den Krisendienst angerufen hatte, immer diese müßigen Bemühungen, sich einzumischen, wie ich mich nicht aufhören konnte zu schämen, seit ich zugeschaut hatte, wie sie auf der Feuertreppe stand, das Haar klebrig vom Schweiß, von zwei Polizistinnen links und rechts an den Schultern gepackt, wie sie mich angesehen hatte, ihr hoheitsvolles Grinsen.

Und warum erzählst du mir das alles? – Weil ich es nicht loswerde, weil ich mich frage, was aus dieser Frau geworden ist, weil es Momente gibt, in denen ich mich frage, ob ich dabei bin, zu einer solchen Frau zu werden, und wie kommst du jetzt darauf?, sie lachte. Es gibt Beratungsstellen in Deutschland, sagte sie, ziemlich böse geworden. Das waren die wenigen Gelegenheiten, bei denen sie offen ungehalten wurde, regelrecht verächtlich, wenn sie sagte, ich kann es nicht mehr hören, das Reden über die Schwermut und die Mutlosigkeit, es gibt Medikamente und Therapien, man kann so etwas behandeln lassen, sich zusammennehmen, es gibt größere Probleme in der Welt. Phrasen, die sie anbrachte, wann immer wir auf die düsteren und schwierigen Dinge zu sprechen kamen. Es ist eine Sünde, sagte sie einmal über den Selbstmord, es gehört zu den egoistischsten Taten, die man begehen kann. Aber lass uns jetzt das Thema wechseln, lass uns da einen Haken drunter machen. Du meinst doch nicht ernsthaft, dass du. Wenn es dir so komisch geht, wie du sagst, woran liegt es, warum gehst du nicht zu einer Therapie, und wenn es so schlimm nicht ist, worüber reden wir dann überhaupt?

Sie erzählte mir von den Todesfällen in Esperanzas Nachbarschaft, von einer Totenwache, an der sie vor ein paar Tagen vorbeigelaufen war, von dem Sarg, der einen Tag und eine Nacht zwischen zwei Standventilatoren in einem ansonsten leergeräumten Zimmer gestanden hatte, die Menschen hatten sich auf der Straße versammelt, ein paar saßen auf vor das Haus gerückten Plastikstühlen, der dreiundzwanzig Jahre alte Witwer und die drei Kinder der Toten, die in ebendiesem Haus verblutet sein sollte nach mehreren Stichen in die Kehle und in den Bauch, im Innenhof hinter dem Zimmer mit den blankgewischten Fliesen, Gerüchte, die Nelly von ihren Vermieterinnen oder, wie sie lieber sagte, Mitbewohnerinnen hinterbracht bekam. Im Vorbeigehen schaute sie die Gesichter der Männer an, den in die Hände gesenkten Kopf des Witwers am Rand der Trauergesellschaft.

Das waren die letzten Geschichten, die wir einander erzählten, um eine Bestürzung loszuwerden, um uns selbst oder einander zu beschwichtigen und gleichzeitig Punkte zu machen in dem etwas fragwürdigen Wettstreit, in den wir geraten waren: wer von uns die drastischeren Dinge erlebte, obwohl wir sie ja nicht einmal erlebten, wir liefen beide nur daran vorbei.

Es ist inzwischen fast zwei Jahre her, dass Nelly sich verabschiedet hat, am späten Vormittag neben Marta an den Waschtisch trat, sie an der Schulter fasste, so leicht, wie sie einen immer berührte, als wäre sie selbst unsicher, ob sie das eigentlich wollte. Sie würde mit dem Bus nach Managua fahren, ein paar Erledigungen machen, abends wäre sie wieder zurück. Sie hatte ihre große Korbtasche über der Schulter, eine dieser aus bunten Plastikschnüren geflochtenen Taschen für den Transport größerer Mengen Lebensmittel, Nelly schien sie aus irgendeinem Grund schrecklich elegant zu finden. Lassen Sie es sich gut gehen, sagte Marta, die Arme in Chlorlauge getaucht, und ließ sich die Wangen küssen.

Am Abend schrieb Nelly eine Nachricht an Esperanza, es sei spät geworden, sie würde in der Stadt übernachten bei Freunden. Niemand machte sich großes Kopfzerbrechen, Marta nicht und Esperanza schon überhaupt nicht. Wenn Nelly die Lust packte, unternahm sie solche Ausflüge, wenn sie eine Luftveränderung brauchte oder eine Pause, wenn ihr Telefon brummte und jemand sie einlud auf eine Spritztour, mit dem Boot, mit dem Flugzeug, mit dem Wagen, zu einem schönen Ort, raus aus der Stadt. Jedes Mal fragte Nelly, ob Esperanza mitwollte, auf Titos Finca, auf Titos Boot, jedes Mal war Esperanza froh, wenn ihr eine Ausrede einfiel. In eine Rettungsweste geschnürt auf einem Schnellboot sitzen, mit einem Motor, dessen Röhren alle anderen Geräusche übertönte, die Hand um ein eisiges Dosengetränk geschlossen, war nicht ihre Vorstellung von Abenteuer und Erholung. Meine Tante liegt im Krankenhaus, ich habe versprochen, sie zu besuchen, sonst liebend gern, grüß mir Tito, wie du meinst, nickte Nelly ohne großes Bedauern.

Erst als Marta ihr am nächsten Morgen Nellys Zimmer zeigte, wunderte sie sich kurz, das heißt, sie wunderte sich nicht mehr, sie wusste im Grunde schon Bescheid, sagte Esperanza. Sie sah die Kleider auf der Stange, die auf dem Tisch an den Rand geschobenen Unterlagen, die Ränder der Papiere parallel zur Tischkante ausgerichtet; den Koffer unter dem Bett und die glattgezogenen Decken in diesem nicht sehr großen Raum, wo Nelly sonst alles untereinandergewälzt liegen ließ, Karten und Aufzeichnungen, Stapel von Zeitungen, das unter dem Papier halbherzig versteckte oder nachlässig vergrabene Notebook, daneben ihre Salben und Tinkturen, die Schlafmaske am Boden, Stifte im Bett – der Raum eines Kindes oder Tieres, das immer nur die Dinge festhält, die es im Moment braucht, und sie ansonsten fallen lässt und vergisst. Wie nach einem Erdbeben hatte der Raum normalerweise ausgesehen, jetzt, so aufgeräumt, ging nur noch Beklemmung von ihm aus, sagte Esperanza. Sie fing an, sich die Schläfen zu massieren: Eine körperlich spürbare Leere, beschrieb sie, auch wenn sie registrierte, dass nichts fehlte, spürte sie die Abwesenheit jeglicher Energie. Wie eine nach innen gestülpte Kraft fühlte sich das an, die auch aus ihr alle Kraft und alles Vergnügen herauszog, und sie spürte, dass etwas Fürchterliches geschehen war. Sie sah den gesäuberten Aschenbecher auf dem Schreibtisch, die feucht von der Stange hängenden Kleider und den Stoß Schulhefte auf dem Tisch, und ohne nachzudenken wusste sie, dass Nelly nicht zurückkehren musste, um diese Dinge zu holen, dass nichts von diesen Dingen irgendeinen Wert für sie besaß. Danke für die Nachricht, schrieb sie an Nelly, viel Spaß, bis bald. Zu Marta sagte sie, sie solle das Bad putzen und ansonsten alles lassen, wie es war. Sie hatte ihre Intuitionen. Aber sie wollte nicht hysterisch sein. Erst vor kurzem hatte sie völlig falschgelegen mit so einer Intuition, sie wusste noch gut, wie bis zum späten Nachmittag kein Laut aus Nellys Zimmer zu hören gewesen war und sie mit dem Schlimmsten gerechnet hatte. Dem Allerschlimmsten. Sie hatte es nicht gewagt, das Zimmer zu betreten, sieh du nach, hatte sie zu Gloria gesagt, sieh nach, ob sie da liegt, ob alles in Ordnung ist. Sie ist eine Suizidkandidatin, Nelly. Ihr war bewusst, dass es sich wie ein Witz anhören musste, Gloria jedenfalls sah sie etwas seltsam an, sagte aber nichts, schleppte sich mit ihrem dicken Bauch die schmale Treppe hoch und fand das Zimmer leer. Es ist alles in Ordnung, sagte sie. Sie würde irgendwo anders übernachtet haben. Bei Tito und Fatima in Managua, bei Waldo und seinem Onkel im Barrio San Francisco, wahrscheinlich war es spät geworden und sie wollte nicht mehr im Dunkeln und im Regen nach Hause laufen. – Genauso war es, sagte Nelly später, bleich und unausgeschlafen, es ist spät geworden. Sie versprach aber, beim nächsten Mal eine Nachricht zu schreiben, wo sie sich befand.

Es waren die Nerven, sagte Esperanza. Ihre Nerven, die sie immerzu mit etwas Dunklem rechnen ließen. Sie hatte Nelly sofort gemocht, damals auf dem Schiff, auch wenn sie sich zuerst gewundert hatte, die Kabine zu teilen mit einer Frau, die so viel jünger war, eine Praktikantin oder Studentin, hatte sie damals gedacht, als Nelly ihr die Hand hinstreckte und mit viel Nachdruck, Mimik, Gestik erklärte, wie sie sich freute. Sie war entschlossen, Spanisch zu üben, entschlossen, sich mit Esperanza anzufreunden. Erst später fand Esperanza heraus, dass sie schon über dreißig war, mit mehreren Assistentinnen reiste, ihnen Anweisungen erteilte, entschieden, aber immer auch etwas verwundert wirkte sie dabei, immer etwas hektisch, es machte den Eindruck, dass ihre Studenten, fast alle größer und kräftiger als sie, sie mochten, zu ihr aufschauten.

Nach ein paar Tagen grüßte sie in der Straße jeden. Sie gab dem Nachbarsmädchen Nachhilfe, regte an, den Innenhof neu zu streichen, versprach, Esperanza mit ihren Bewerbungen zu helfen, sie würde sie übersetzen ins Englische, ins Deutsche, sie konnte ihre Beziehungen spielen lassen. Sofort war sie bereit, Gloria zu vertreten im Museum, als die sich bewarb bei einer Agentur in Managua, gesucht wurden junge Frauen mit gepflegten Umgangsformen, ansonsten war alles so vage gehalten, dass man sich schon wieder ausrechnen konnte, worum es ging, meinte Esperanza, es hat aber doch keinen Sinn, dass sie in diesem Museum sitzt, wenn es ihr überhaupt keinen Spaß macht, meinte Nelly, auch sie selbst hätte übrigens schon für solche Agenturen gearbeitet, auf Empfängen serviert, Geschäftsleute zu Empfängen begleitet, vergriffen hatte sich niemand an ihr. Jetzt hatte sie Lust, sich einzubringen, Ideen, wie sie mit Kindern und Kleinbäuerinnen über die Natur sprechen wollte, die Veränderung des Klimas durch den Menschen, die Zukunft der Arten. Ihr Wissen mitteilen, so dass es wirklich in die Welt gelangte. Sie entwarf Skizzen für Ausstellungsstücke, bunte, dreidimensionale Modelle, Veranschaulichungen der Plattentektonik, der

Theorie vom Auseinanderbrechen und -driften der Kontinente. Es konnte einem auf die Nerven gehen, ihre ständige Unruhe, aber wenn sie fehlte, breitete sich Traurigkeit aus, eine Ruhe und eine Leere, wie sie vor ihrem Besuch nicht geherrscht hatte oder vielleicht doch geherrscht hatte, aber es war nicht mehr möglich, sich das vorzustellen, sich daran zu erinnern.

An einem Freitag stand Waldo vor der Tür, wahrscheinlich betrunken, nachts, als Esperanza schon im Bett lag, aufgeweckt von seinem Klopfen und Rufen. Sie dachte nicht daran, aufzustehen. Auch nicht, als sie hörte, wie Nelly ihm öffnete und auf der Türschwelle eine längere Unterhaltung mit ihm führte, von der sie kaum ein Wort verstand. Sie war zu müde, aufzustehen, musste eingeschlafen sein, bevor das Gespräch zu Ende war, Nelly würde ihn schon abwimmeln, sagte sie sich in ihrem Dämmerzustand, obwohl es sich nicht danach anhörte. Am nächsten Morgen stand er im Durchbruch zur Küche und schaute Nancy zu, damals war sie hier die Haushälterin, sagte Esperanza zu mir, es ist schade, dass ihr euch nicht mehr kennengelernt habt, sie war keine zwanzig, aber fürchtete sich vor nichts, stand am Herd und rührte in der Milch und kümmerte sich nicht darum, wie Waldo sie anstarrte. Und wo hast du Nelly gelassen?, fragte sie ihn nur, schläft, sagte er und ließ seinen Blick auf ihr ruhen, sie ist sehr erschöpft, erklärte er, ich habe ihn nicht wegschicken können, sagte Nelly später.

Eine Zeitlang überlegte Esperanza, ihr eine Psychologin zu empfehlen, eine Therapie nahezulegen, sie hatte mehrere Adressen in Managua und in Jinotepe, aber sie wollte sich nicht in ihr Leben einmischen, sie wusste, Nelly würde nichts davon hören wollen.

Was ist eigentlich, fragte Esperanza, mit deinem Verlobten? Wir telefonieren täglich, sagte Nelly ganz ruhig und fing an, von seiner Arbeit zu sprechen, den Einbauten, die er in ihrer Wohnung angebracht hatte und noch anbrachte, sie sprach über sein Gefühl für Räumlichkeit und sein Gefühl für Holz, von den Skulpturen, die er außerdem fertigte, filigrane Gebilde aus Streben und Strängen, und sie zeigte ihr das Bild einer von der Decke baumelnden Wiege. Und will er dich nicht besuchen?, fragte Esperanza, wenn er dich besuchen will, hier ist Platz. Er reist nicht gern, gab Nelly zur Antwort, und ihm gefällt die Hitze nicht.

Mehrmals wurde Esperanza Zeugin stundenlanger Telefongespräche, von denen sie kein Wort verstand, doch auch ohne zu verstehen oder zu lauschen, konnte sie hören, dass etwas nicht stimmte. Sachlich und freundlich, ganz ähnlich, wie sie über diesen Verlobten sprach, schien Nelly auch mit ihm zu sprechen, als bestünde zwischen ihnen gar keine Distanz, als ginge es nur darum, sich für den Nachmittag zu verabreden. Das Telefon in den Rockbund gesteckt, das Headset am Ohr ging Nelly im Hof auf und ab, streichelte den Hund im Vorbeigehen oder beschäftigte sich mit ihren Nägeln. Es sieht aus, als führte sie Selbstgespräche, sagte Nancy, jeden Morgen läuft sie im Hof hin und her wie eine, die nicht mehr ganz richtig ist, einmal muss ihr das doch jemand sagen, und warum, fragte Esperanza, wo liegt das Problem?

Später fing sie an, neu und anders über diese Szene nachzudenken, als sie sich fragte, was mit Nellys Hinterlassenschaften anzufangen wäre, ob es in Deutschland jemanden gab, der sich dafür interessieren könnte, Wert auf eine Erinnerung legte. Es musste jemanden geben.

Sie konnte sich niemanden vorstellen. Sie dachte an diese Telefongespräche, die aneinanderreibenden Finger, das gereizte Schulterzucken Nellys, wenn sie nach ihrer Familie gefragt wurde: Zwei Schwestern, die Mutter auf einem Dorf in Hessen, ungefähr in der Mitte von Deutschland, doch was spielt das für eine Rolle?

Was ist eigentlich, fragte sie nach drei Monaten ungefähr, mit deiner Arbeit?, worauf Nelly ihr ausführlich ihre Versagensängste und Sinnkrisen schilderte. Ihnen fehlt der Ernst, hatte ein Professor im ersten Semester zu ihr gesagt, bei der ersten Feldforschung in Schlesien, als sie auf dem Rücksitz eines Geländewagens in den Armen ihrer liebsten Kommilitonin hing und beide vor Übelkeit und Übermüdung nicht mehr zu lachen aufhören konnten, Ihnen fehlt der Ernst für dieses Studium. Solange ich mir solche Sprüche anhören, solange ich kämpfen musste, war alles in Ordnung, sagte Nelly zu Esperanza. Den Erfolg habe sie nicht verdient, erklärte sie, nie sei sie dieses Gefühl losgeworden. Sie begann, von ihrer Mutter zu sprechen. Aber was quatsche ich dich eigentlich voll, unterbrach sie sich, mit meinen Luxuswehwehchen. Es sind keine Luxuswehwehchen, entgegnete Esperanza. Es hätte ihr gereicht zu erfahren, wovon Nelly lebte, während sie hier ausharrte bis auf Weiteres, um eine Auszeit zu nehmen wie andere vor ihr auch, um sich Gedanken zu machen, vielleicht zum ersten Mal in ihrem Leben. Ich habe genug gearbeitet, erklärte Nelly, ich habe gespart, anscheinend unbesorgt, wie es weitergehen sollte, offenbar war sie wirklich, auch wenn sie in ihren blumenbedruckten Baumwollkleidern nicht so aussah, reich. Es war leicht, sich vorzustellen, wie sie in diesem gelassenen Ton zu ihrem Verlobten die ungeheuerlichsten Dinge sagte. Esperanza wartete auf den großen Knall, aber nichts geschah. Nelly still und tränenüberströmt im Innenhof, ein oder zwei Mal, das war alles. Was los sei? Heimweh?

Es ging immer ziemlich schnell vorbei. Sie wischte sich mit dem Handrücken über das Gesicht und sagte, lass uns doch bitte über etwas anderes sprechen, sag, wie geht es dir? Und um die Wahrheit zu sagen, ging es Esperanza damals selbst nicht besonders; sie war diejenige, die wirklich nicht so genau wusste, wie es weitergehen sollte. Nelly hatte ihr nahegelegt, sich bei dem Ingenieur zu erkundigen, ob er nicht etwas für sie tun könnte, eine Förderung organisieren, damit sie ihre Forschung zu Ende bringen konnte, ihr eine Stelle vermitteln, etwas in der Art. Esperanza hatte es, auch wenn ihr solche Arrangements unangenehm waren, versucht, sie hatte ihm geschrieben, seine Mobilfunknummern angerufen, war schließlich sogar, weil Nelly meinte, manchmal müsse man eben hartnäckig sein, zum Büro der NGO gefahren, dort allerdings immer nur seiner Mitarbeiterin begegnet, einer zerbrechlichen Person, die behauptete, ihr Anliegen weiterzuleiten, und ihren Namen auf einen kleinen Notizblock schrieb.

Aus der Zeitung wusste sie, dass der Ingenieur selbst in Schwierigkeiten steckte, seine NGO vor der Insolvenz stand, über seine privaten Vermögensverhältnisse herrschte Unklarheit. Solange er noch das Boot besaß, das Flugzeug, den angefangenen Hotelbau auf der Insel Ometepe, konnte es so ganz schlecht nicht stehen. Aber Freunde beim Ministerium für Umwelt hatte er keine mehr. Ein abtrünniges Parteimitglied, las ich in den Berichten und Forumsdiskussionen und Blogeinträgen.

Spekulationen und Gerüchte, ich bin sie durchgegangen bis zum untersten Ende der Kommentarspalten. Sein Geld, von dem niemand so recht wusste, woher es stammte, angelegt in einem nie fertiggestellten, trotzdem längst in Betrieb genommenen Vergnügungspark. Wegweiser dirigierten einen zu Attraktionen, die es nicht mehr oder noch nicht gab, Pfade endeten an Schluchten und die Rampe einer angefangenen Achterbahn im Nichts. Zuletzt hatte er Aufmerksamkeit erregt mit Protesten gegen die Pläne der Regierung, einen Kanal durch das Land zu bauen. Das Vaterland verkauft man nicht, sagte er in einer Rede, deren Aufzeichnung seine Tochter mir gezeigt hatte. Ein aufrechter Oppositioneller, ein selbst in krumme Geschäfte verwickelter Irrwisch? Ein Getriebener, so viel war in dem kurzen Film zu sehen, ein unruhiger Geist, das war es, was Nelly anzog, er bewegte sich in Kreisen, die sie nicht kannte, beschäftigte sich mit Fragen, die ihr wichtig vorkamen.

Jeden Morgen fuhr Esperanza mit dem Motorrad in ihr Labor, um ihren Artikel über die Wanderungen der Meeresschildkröten zu Ende zu schreiben, Mengen von Eiern zu protokollieren, die Wege der mit Bewegungssensoren markierten Tiere zu verfolgen. Einmal in der Woche stand sie vor einer Gruppe Studenten und las ihnen ein Skript zur Einführung in Marine Geochemie vor. Es gelang ihr nicht, sich zu konzentrieren, sie war mürrisch, rastlos, schlecht gelaunt, sie trat ihre eigenen Hunde und träumte nächtens vom Meer und dem schaukelnden Schiff, von der schattigen Kabine, Nellys Kleiderhaufen auf dem Bett, den Narben auf ihrem Rücken und den Schultern von den entfernten Tätowierungen, von sprühenden Bugwellen und Sicherheitsübungen auf Rettungsinseln, von angespülten Ungeheuern.

Landkrankheit: Störung des Gleichgewichtssinns nach Reisen auf hoher See; Körper und Seele kommen mit der so genannten festen Erde nicht mehr zurecht, dem aufgeweichten Teer und den darauf herumwuselnden Menschen, den verbrannten Gerüchen, der stehenden Luft. Es war Esperanza zu viel, es machte sie krank. Sie hatte Migräne, Anfälle ohne Schmerz, aber mit flimmernder Aura, von rechts kommend wuchs sie übers Sichtfeld, bis Esperanza fast nichts mehr sah. Sie meldete sich krank. Ihr Arbeitsvertrag wäre ohnehin bald ausgelaufen. Wenn sie halbwegs gut aufgelegt war, sagte sie zu ihren Freundinnen, ich bewerbe mich, als Stewardess oder Zimmermädchen auf einem Kreuzfahrtschiff, wirst du nicht, lachten die anderen sie aus, eine Forscherin werden sie nicht haben wollen, und sie erinnerten sie daran, dass man als Stewardess oder Zimmermädchen vor allem Schnelligkeit mitbringen musste und die Fähigkeit, sich im richtigen Augenblick unsichtbar zu machen. – In schlechten und selbstmitleidigen Phasen verglich Esperanza sich mit einem gestrandeten Wal. Vor kurzem erst war sie angerufen und hinzugeholt worden, um eine bei Casares auf Grund gelaufene Kuh ins Meer zurückzustoßen. Freiwillige, Polizisten, Feuerwehrmänner, Fischer, Kinder, Touristen. Über hundert Personen, erzählte sie mir, hatten sich abwechselnd mehrere Tage lang abgemüht, aneinandergedrängt entlang den Rippenbogen auf der dem Land zugewandten Flanke des fast zwanzig Meter langen Tiers, scheckig und leicht gekrümmt aus dem Ufergeschäum erhoben, von weitem nicht von einer nass glänzenden

Felsformation unterscheidbar, vom Wasser überspült, ein mattes Aufzucken der Fluke zeigte, dass es lebte.

Früher hätten die Küstenbewohner angeschwemmte Wale ausgeweidet und aufgegessen, jetzt trauten sie sich das nicht mehr, selbst die einfachsten Menschen, sagte Esperanza, hätten jetzt einen anderen Begriff vom Wert eines Lebewesens, Respekt und Mitleid mit der glitschigen grauen Masse vor ihnen, einer alten Kuh, mit Augen, Nasenlöchern, in die kein Wasser gelangen durfte, mit Organen zwischen den Rippen, mit Schrammen und Beulen, Spuren von Zusammenstößen mit Schiffen. In manchen Küstendörfern hatten die Fischer ihr Handwerk aufgegeben und sich zusammengeschlossen, um auf ihren Booten Whale-Watching-Touren anzubieten, manche verdienten damit das Zehnfache ihres bisherigen Einkommens. Die Menschen nahmen Anlauf, feuerten einander an, warfen sich mit ihren kleinen lächerlichen Gewichten gegen den Rumpf des Tiers. Am Rand Stehende nahmen wacklige Filmchen auf. Als Esperanza ihr Motorrad am Ende der Schotterpiste in den Dünen abstellte und zum Strand hinunter lief, war die Kuh getauft, aber nicht mehr zu retten gewesen, auch nicht in der jetzt schon wieder beinah am Höchststand angelangten Flut. In den Dünen stand schon ein Jeep des Gesundheitsministeriums, zwei Männer mit Telefonen an den Ohren. Die freiwilligen Helfer feuerten sich selbst an mit rhythmischen Rufen, rutschten ab an den nassen glitschigen Wölbungen des Leibs. Der Wal kam nicht vom Land.

Wenn nämlich ein Tier größer wird, so wächst sein Gewicht mit der dritten Potenz. Das Tragvermögen von Knochen und

Muskeln aber, die das Gewicht vom Boden heben müssen, wächst nur mit der zweiten Potenz, weil es nur von ihrer Breite und Dicke bestimmt wird, nicht aber von ihrer Länge. Mit anderen Worten: Ein Tier von doppelter Länge hat das achtfache Gewicht, seine Knochen und Muskeln können jedoch nur das Vierfache tragen – solange der Bauplan sich nicht ändert. Der Größenzunahme der Landtiere ist damit eine unüberschreitbare Grenze gesetzt. Im Wasser gibt es diese Beschränkung nicht, weil hier das Gewicht durch den Auftrieb voll ausgeglichen wird. Knochen und Muskeln eines Wales brauchen den Körper nicht zu tragen.

Kleinere Exemplare verenden nach der Strandung an der Hitze in der isolierenden Hülle ihrer eigenen Haut, sie verkochen innerlich; größere werden erdrückt von ihrem eigenen Gewicht. Man hatte die angeschwemmte Kuh an Ort und Stelle vergraben, erzählte Esperanza mir, mit Heckschaufelbaggern, an einem Strand wie diesem, einige Kilometer entfernt von hier, tief genug, damit der Verwesungsgeruch nicht an die Luft drang.

Als Nelly vor ihrer Tür gestanden hatte, mit ihrem zerzausten Haar, dem verbrannten Gesicht und dem Geruch nach Minze und Tabak, alles wie in der Kabine, war eine kurze gute Unruhe entstanden. Nelly riss die Fenster auf, sorgte für Ablenkung, nach ein paar Tagen war sie mit der ganzen Nachbarschaft befreundet, mit Nancy und Marvely, mit Gloria und Milton und Waldo, Freundschaften, die sich erst auf nicht viel zu gründen schienen, vermutlich war es für sie nichts weiter als ein bisschen Herumflirten, mit den Männern und den Frauen, sie schien da wenig Unterschiede zu machen, nicht über den Tag hinaus zu denken, so wenig wie bei den größeren Geldsummen, die sie ohne langes Überlegen verschenkte oder verlieh. Aber davon hatte Esperanza nur durch Gerüchte und über Umwege erfahren.

Niemand verstand jedenfalls den Ärger wegen eines aus einem Zigarrenkästchen in ihrem Zimmer verschwundenen Geldscheins. Mit einiger unterdrückter Strenge hatte sie erst Gloria, dann Esperanza beiseitegenommen und ihre Verdächtigungen ausgesprochen. Ich will kein großes Drama machen. Wegen so eines lächerlichen Betrags. Aber ganz so lächerlich war der Betrag, zwanzig Dollar, dann auch wieder nicht, und ein Drama war längst im Gange, voller Tränen und Verstocktheiten, das nach ein paar Tagen damit endete, dass Nancy ihre Sachen packte, eine etwas pathetische Nachricht an Esperanza hinterließ, sie sei immer ein guter Mensch gewesen und hätte ihr viel ermöglicht etc. – Sie würde zu einer Tante nach Granada ziehen und versuchen, ihren Schulabschluss nachzuholen. Man hörte nichts mehr von ihr. Nelly bot sich an, wenigstens das Waschen zu übernehmen, so kompliziert könnte das doch nicht sein. Darum mach dir keine Sorgen, sagte Esperanza. Kompliziert ist es wirklich nicht. Nur ziemlich viel Arbeit, nichts, was man mal eben nebenher erledigte. Auch wenn es für Nelly wahrscheinlich und für mich ganz bestimmt so ausgesehen hat: Wäscheaufhängen als träumerischste aller Tätigkeiten, in den Himmel blickend, einen Hinterhof verwandeln in ein Labyrinth mit Kehren und Gängen, Wänden aus nassem Gewebe, aus dem die Feuchtigkeit nach und nach verdunstet. Oder, wenn Nelly gewaschen hatte, in schweren seifigen Rinnsalen zu Boden troff. Esperanza zeigte lachend auf Nellys Ärmchen, mit denen konnte man nicht ordentlich auswringen, abgesehen davon, dass sie nie gelernt hatte, wie man es richtig machte. Ein Ersatz für Nancy würde sich schon finden, sie hatte mit Marta gesprochen, gefragt, ob sie es trotz ihres Rückens schaffen würde. Das war nicht das Problem.

Zwei oder drei Tage nachdem die Nachricht vom Flugzeugabsturz im Fernsehen gezeigt worden war, ging Esperanza Nellys Sachen durch, blätterte in sämtlichen Heften, zog ihren Koffer unter dem Bett hervor, öffnete schließlich auch das Zigarrenkästchen, fand es leer bis auf ein paar wertlose Schätze, wie Kinder sie sammeln, Krebspanzer und Steine und ein unbenutztes Hotelnähset. Ein größerer Betrag Bargeld steckte zwischen den Seiten eines dicken Schauerromans und unter den Armen eines Plüschbären, so schlecht versteckt, dass es gefunden werden musste. Esperanza erschrak und stopfte alles wieder an seinen Platz. Sonst war da nichts, keine Schlaf-, nicht einmal Schmerztabletten, nichts, was sie hätte nennen können, sollte demnächst die Polizei vor der Tür stehen und fragen, ob ihr etwas aufgefallen sei. Jeden Tag rechnete Esperanza mit ihrem Kommen, und wenn sie nachts wach lag, fiel ihr eine Menge Auffallendes ein, angefangen mit den Nächten, wenn Nelly in der Schlafzimmertür erschien, barfuß, mit um die Schultern geschlungenen Armen: Kann ich bei dir schlafen? Danach lag Esperanza selbst wach, mit einem fremden Körper neben sich, seinem flachen unregelmäßigen Atem. Sobald sie neben ihr lag, schlief Nelly auf der Stelle ein, bäuchlings, den Kopf zur Seite gedreht, erschöpft wie ein Kind nach langem Weinen und von Monstern und Mördern bevölkerten Träumen. Wie hatte sie es geschafft, über den Hof zu schleichen, ohne dass die Hunde wenigstens aufwachten, mit den Ketten rasselten, wie hatte sie es damals sogar geschafft, Waldo in ihr Zimmer zu lassen, an ihnen vorbei? Was hatte sie erledigt bei ihren scheinbar planlosen Fahrten in die Stadt und ans Meer? Wenn die Polizei angeklopft und ihr mitgeteilt hätte, Ihre Untermieterin war in ein schweres Verbrechen verwickelt, als Opfer, Täterin, beides, Esperanza wäre nicht überrascht gewesen. Sie hatte Nelly kein bisschen gekannt.

Die Zeitungen schrieben von der Wahrscheinlichkeit eines Unfalls, von Suchtrupps in Küstengebieten und über dem Meer und von der Möglichkeit, das Kleinflugzeug könnte in den Luftraum von Honduras eingedrungen und von der Luftwaffe abgeschossen worden sein, erst kürzlich war dort ein Gesetz verabschiedet worden, das dies erlaubte, zumindest nachts. Die Maßnahme werde den Drogenkartellen, die Tod und Gewalt und Schmerz ins Land bringen, eine Abschreckung sein, gab ein Mitglied des Parlaments in Tegucigalpa bekannt. Anfragen der nicaraguanischen Regierung wurden knapp beantwortet. Das Gesetz galt nur von sechs Uhr abends bis sechs Uhr morgens, nur im Dunkeln, das Flugzeug war um die Mittagszeit verschwunden, es war auf keinem Radar erschienen, niemand hatte ein Interesse, die Beziehungen und das Vertrauen – so ungefähr stand es in der Zeitung, Esperanza glaubte kein Wort. Und die Bilder, wer wusste, aus welchem Archiv man sie hervorgeholt hatte, Polizisten und Hunde angeblich in den Wäldern der Autonomen Region Südatlantik, das Flugzeug vor dem Hangar, im Asphaltgeflimmer der Piste, eine uralte Archivaufnahme. Den letzten Bericht las Esperanza am dreiundzwanzigsten Januar. Abgeschossen oder im Himmel zerschellt, stand darin, möglicherweise von Unbekannten manipuliert. Noch einmal erschienen Porträts der Verunglückten. Das helle Gesicht der Ausländerin, ihr unter der Schirmmütze hervorquellendes Haar, der Ingenieur im Kreis seiner Familie, an Bord seiner Yacht.

Ein oder zwei Wochen nach Nellys Abreise aus San Dionisio wurde eine Leiche gefunden in einem Kanaltunnel bei Ticuantepe. Dorfjungen sahen beim Krebsfangen in der Schleusenkammer die am Grund des Tunnels liegende Gestalt, von Kopf bis Fuß in Plastiksäcke gewickelt, so dass sie wie eine Mumie aussah. Die Kinder rochen die Verwesung und informierten die Polizei. Feuerwehrleute bargen den mit Steinen beschwerten, schon von Fliegen umschwirrten Körper. Niemand aus dem Dorf bekam das Gesicht zu sehen. Tage später wurde die Gestalt identifiziert von ihrem Ehemann. Er erkannte die Tätowierungen seiner Frau, der vierunddreißig Jahre alten Familienrechtlerin und Mutter dreier Kinder Guadalupe Martínez.

Die letzte Zeugin, die sie lebend gesehen hatte, war die Betreiberin der Bar El Oasis im Zentrum des Dorfes. Am frühen Nachmittag hatte sie Guadalupe die Bar betreten sehen, in ihrem Hosenanzug, mit gefüllter Aktentasche, eine dicke Frau mit langem Pferdeschwanz und rosa Bluse, ohne Begleitung, die sich an einen Tisch setzte, einen Pitcher Bier bestellte und ihn allein austrank. Danach wurde sie nicht mehr gesehen. Sie war eine gute Bekannte von Esperanza gewesen, voller Energie und großer Pläne, sie kam aus ärmlichen Verhältnissen, doch sie hatte diesen starken Willen, sagte mir Esperanza. – Noch eine Woche bevor sie die Bilder auf der ersten Seite der *Prensa* sah, hatte sie Guadalupe gegenübergesessen in der Mittagspause auf einem vom Zentrum für Menschenrechte organisierten Kongress, hatte gestaunt über die Mengen, die sie vertilgen konnte, ihr raues Lachen, das sie selbst anzustrengen schien, die Schweißperlen auf ihrer Oberlippe und der Stirn, den großen friedlichen Körper, der von sechs Männern in Schutzanzügen aus dem stinkenden Kanal gezerrt worden war.

Tochter eines Guatemalteken?, fragte eine Zwischenüberschrift in der Zeitung unter dem Bild der Frau und ließ damit zumindest die Möglichkeit offen, die grausame Tat könnte zu tun haben mit einer Drogenbande aus dem Norden, eine Erpressung, eine Entführung, sie oder ihre Familie könnten sich eingelassen haben mit Kriminellen, denen ein Menschenleben überhaupt nichts wert war. Das Bild zeigte sie in einem Kleid oder Nachthemd, die weichen runden Arme liefen im Schoß zusammen, sie saß auf einem Schemel neben einem Bett, von hinten angestrahlt von einem funzligen Nachttischlämpchen. – Zuletzt hatte sie im Barrio Jaime Úbeda in der Stadt Estelí gelebt mit ihrem Mann und drei Kindern im Alter von neun, sechs und fünf Jahren. Doch niemand der Nachbarn kannte ihren Namen.

Zehn Tage nach der Bergung des Leichnams wurde ein Verdächtiger vor Gericht gestellt, der siebenundzwanzig Jahre alte Jaime Edwin Díaz Villoro, Arbeiter in einem Steinbruch und über ein Jahr lang ihr Geliebter. Am Abend vor ihrem Tod hatten sie sich getroffen und nachts einen Spaziergang zum Kanal gemacht, damit sie im Schleusenbecken baden konnte. Als sie die Böschung hinabkletterten, musste er ihr mit einem Stein einen Schlag auf den Hinterkopf versetzt haben. Untersuchungen hatten ergeben, dass sie an einem Schädeltrauma infolge stumpfer Gewalteinwirkung gestorben war. Die Richterin plädierte auf Mord, die Staatsanwältin auf Femizid, ein Verbrechen aus Hass, Verachtung und Begehren, wie Esperanza mir erklärte und sich in einen solchen Eifer redete, dass ich den Faden verlor: Wie gut sie diese Frau gekannt hatte, was sie gewusst hatte von ihrer Affäre, ob irgendjemand etwas gewusst hatte von dieser Geschichte zwischen der Juristin und dem Jungen aus dem Steinbruch. Die Arme mit den Handschellen übereinandergelegt, das kurze Haar mit Gel aufgestellt, saß er im Gerichtssaal, zwei Polizisten passten auf ihn auf, den Blick hatte er zur Seite gewandt, wach, als hielte er Ausschau nach jemandem. Die Anklage, stand in der Zeitung, präzisierte: Die Anwältin und er hatten sich kennengelernt, als sie einen Gebrauchtwagen zum Verkauf anbot, seitdem hatten sie sich ein- oder zweimal in der Woche getroffen und miteinander geschlafen, meist am frühen Abend, wenn sonst niemand mehr im Steinbruch war. Sie war die Freundin einer Freundin von Esperanza, die Nichte und Ziehtochter dieser Freundin, sagte mir Esperanza, als sie von der Totenwache zurückkehrte, früh am Morgen, durchscheinend und unzugänglich zugleich, die ganze Nacht hatten sie vor dem Haus der Familie gesessen und gewacht.

Es kommt ziemlich oft vor, dass wir über solche und ähnliche und grausamere Vorfälle sprechen, Geschichten aus der Nachbarschaft oder aus entfernteren Gegenden, aus Guatemala, Honduras, El Salvador und Mexiko oder abgelegenen Landesteilen im Norden, Vorfälle also, von denen wir aus dem Fernsehen oder dem Internet erfahren. Auch bei uns, habe ich einmal zu ihr gesagt, wendet die Polizei seltsame Methoden an, vorsichtig ausgedrückt. Und sie hörte sich eine Weile lang an, was ich zu erzählen hatte, betrachtete schweigend die Filmschnipsel, die ich ihr zeigte, von vorrückenden Polizeiketten, in weiche

Körpermengen preschenden Pferden. Vom harten, nass glänzenden Oberkörper eines in einem Brunnen stehenden, mit einem armlangen Fleischermesser herumfuchtelnden und Unverständliches deklamierenden Mannes im Mittagslicht auf dem Platz vor dem Roten Rathaus in Berlin. Eine Handykamera schlingerte an unschlüssigen Touristengruppen und Baustellenabsperrungen vorbei, versuchte zu fokussieren auf die große Geste des Mannes, wie er mit dem Messer ausholte und sich selbst mehrere Schnitte versetzte in Oberarm, Schulter und Brust, Blut, das ihm über den Torso lief, in den trockenen Brunnen tropfte, während er mit dem in den Brunnen kletternden Polizisten sprach, der sich ihm näherte, mit ausgebreiteten Armen auf ihn zuging, ihn überzeugen wollte, das Messer sinken zu lassen, im nächsten Moment schoss. Sie haben ihn getötet, sagte ich zu Esperanza und war auch schon bereit, noch mehr zu erzählen, noch viel ungeheuerlichere Geschichten über eine jahrelang ungesühnte und nicht weiter oder in ganz falsche Richtungen verfolgte Mordserie an Männern nichtdeutscher Herkunft. – Ich merkte, dass ich ihre Aufmerksamkeit längst verloren hatte. Warum hatte ich auch ausgerechnet mit dieser Geschichte eines Verrückten begonnen. Sie schob sich die Brille ins Haar und schaute an mir vorbei. Hier ist es schlimmer, sagte sie.

Schon bevor wir uns überhaupt zum ersten Mal begegneten, in ihren allerersten Briefen erzählte sie in diesem referierenden Ton von den Verhältnissen. Von sich selbst spricht sie nie, auch von mir will sie nicht viel Persönliches wissen. Lehrerin, antwortete ich, als sie nach drei oder vier Wochen fragte, und bist du auch Wissenschaftlerin, was machst du denn im Leben? Ich gebe geflüchteten Kindern Sprachunterricht, sagte ich, weil das, großzügig ausgelegt, auch stimmt, weil ich schon wusste, dass ihr so etwas gefiel. All die anderen üblichen Fragen scheinen sie nicht zu interessieren, bist du verheiratet, hast du Kinder, hast du einen Freund, und warum nicht? Lass sie in Ruhe, sagt Esperanza, wenn sie bei solchen Konversationen zufällig danebensitzt, wie vor ein paar Tagen mit ihrer Familie am Strand unter dem Bastschirm, das erste Mal, dass ich sie angetrunken erlebte, träge an die Schulter eines Mannes gelehnt, aber ich sah ihre Blicke unter den schweren Lidern, schnell, lebendig, immer noch schaut sie wachsam auf mich, wie auf eine Person, die geschont werden muss, die Gefahren nicht richtig einschätzen kann.

Anfangs war ich ganz froh, nicht über mich sprechen zu müssen, inzwischen kommt ihr Desinteresse mir etwas komisch vor. Dann wieder denke ich, dass sie auch darin wie eine Mutter ist, nur einen kurzen Blick braucht und schon Bescheid weiß, sich denken kann, dass ich wenig Interessantes zu berichten hätte, ich bin ja nicht die Erste, die hier versucht, über eine Orientierungslosigkeit hinwegzukommen.

Auch Milton geht keiner geregelten Beschäftigung nach. Er war Arbeiter in der Tischlerwerkstatt seines Onkels, Hilfslehrer in einer Grundschule, Goldschürfer in den Minen von Bonanza, zuletzt unter Vertrag bei einer in ganz Zentralamerika operierenden Zeitarbeitsfirma, die ihn als Wachmann an Banken, Unternehmen und Supermärkte verlieh, diese Arbeit hat ihm von allen am besten gefallen, behauptete er, warum ausgerechnet diese?, fragte ich, dachte an den Nachtwächter im Hotel in Managua, ein auf einer nackten Matratze vor der Eingangstür zusammengerolltes menschliches Bündel, das schlief. – Man kommt herum, sagte er geduldig, es ist keine schwere Arbeit, sie brachte ihn nach Panama und Guatemala City, nach San Pedro Sula, Tegucigalpa, San Salvador. Und du, fragte er, hast du wirklich nur Soziologie gelernt? Ich habe darauf verzichtet, meine Nebenfächer aufzuzählen.

Tegucigalpa, San Pedro Sula, San Salvador. Darunter die gefährlichsten Städte der Welt. Alle vierundsiebzig Minuten wird in Tegucigalpa ein Mensch umgebracht. Ich solle mir nicht solche Gedanken machen, hat Gloria zu mir gesagt, als ich sie von ihrer Arbeit im Naturkundemuseum abholte, wo sie mit spitzen Fingern und bewegten Lippen die Einnahmen des Tages zählte, braune Scheine glattstrich, das Geld, das hier immer porös und welk ist und nach Leder und dem Schweiß alter Männer riecht. Ihre Nägel trugen ein neues Muster, helle Punkte auf dunkelrotem Grund, stichfein, mit einer winzigen Pipette aufgetragen, in obsessiver Arbeit am Detail. Ich sah sie im Labor stehen und Versuche anstellen, dabei weiß ich, sie interessiert sich nicht für Naturkunde und, wenn es nicht um Schönheit geht, auch nicht für Kleinteiliges. Sie sagte mir, dass Milton als Wächter in einem Supermarkt angefangen hatte, bei La Colonia in Masaya, von Tegucigalpa erzählt er dir, um sich wichtig zu machen, ich würde mir keine Sorgen machen. – Ich mache mir keine Sorgen. – So siehst du mir nicht aus.

Sie spitzte ihre Brauen und zählte weiter das Geld. Ich wusste, was sie über Milton und mich dachte, aber ganz so einfach ist es dann doch nicht. Anfangs war ich erleichtert, ihn nicht mehr regelmäßig vor der Tür stehen zu sehen, doch bald hat es angefangen, mich zu beunruhigen, natürlich macht es mich nervös, nicht zu wissen, wo er sich befindet. Ob in San Pedro Sula, in den Goldminen von Bonanza, auf dem Dach eines Güterzugs in der mexikanischen Wüste zwischen Tamaulipas und Veracruz oder in seinem Barrio in der Unterstadt von San Dionisio, nicht weit weg von hier, wo die rechtwinklige Geometrie des Zentrums sich auflöst in ein Gewirr aus unbefestigten Straßen, wo ich ihn nicht finden kann und wohl auch nicht soll.

Immer hat er noch andere Dinge zu erledigen gehabt, so gut wie jeden Abend, oft auch schon nachmittags war er in Anspruch genommen von den Aktivitäten seiner Pfingstgemeinde, Fasten und Nachtwachen, Versammlungen und Gesprächskreise. Bisher ist er nach ein paar Tagen noch jedes Mal wieder aufgetaucht, und es ist auch schon vorgekommen, dass ich auf seine Gesellschaft gar keine große Lust hatte, ein paarmal hätte ich ihn am liebsten weggeschickt. Aber ich wollte ihm auch nicht weh tun. Stattdessen habe ich mich, wenn ich vom Werkstatthof her sein Pfeifen hörte, ins Bett gelegt und schlafend gestellt, gehorcht, wie er sich mit Marta unterhielt, nach mir fragte, selbst wenn sie klopften und riefen, rührte ich mich nicht, wartete ab, bis sie sich verständigten, ich fühlte mich wohl nicht gut. Nimm es nicht persönlich, sagte ich zu ihm beim nächsten Treffen. Auch daheim konnte das geschehen, dass ich, schon auf dem Weg zu einer Verabredung, gerade noch eine Nachricht über Kopfschmerzen und Bedauern zuwege brachte. Ich nehme es nicht persönlich, sagte er jedes Mal, und ich hörte, dass es ihn wirklich nicht sehr kümmerte. Was mich wiederum ein bisschen erschreckte. Aber für solche Details interessiert Gloria sich nicht besonders. Ich will dir die Wahrheit sagen, sagte sie, die Leute reden schon, sie haben dich gesehen, wie du in seinem Viertel herumgelaufen bist, ich sage dir, ich schere mich nicht um solchen Tratsch, ich sage dir nur, was ich höre, sie reden alles Mögliche, und im Übrigen mach dir keine Hoffnungen, er ist religiös, etwas anderes als eine Evangelikale wird er nicht heiraten.

Ich schwieg und ließ sie bei der Kasse sitzen, um mir die Exponate anzuschauen. Sechs beleuchtete Höhlen hinter geputzten Scheiben und Absperrseilen. Es sind Guckkästchen, kaum ein paar Quadratmeter groß, dicht gereiht. Aber die Rückwände reichen dank optischer Tricks ins Unendliche. Tropische und subtropische Zone, warm- und kaltgemäßigte, ewiges Eis. In den Polargebieten drängen Pinguine sich auf einem Felsen, steht ein Eisbär auf einer treibenden Scholle, das Fell vergilbt und an den Enden so verfilzt wie bei Zootieren, dämmernd in ihren künstlichen Schluchten. Ich konnte alle Zähne sehen, die Zunge, den glänzenden Zapfen und in seinen Schlund hinein.

Gleich nebenan die Darstellung der temperierten Zone, mit dem Schalenwild und falschem Laub, in Nusssträuchern versteckten Nagern und am Horizont verschwimmenden Obstwiesen, Landschaftsmalerei von irritierender Harmlosigkeit, im Vordergrund die in allmählichem Verfall begriffenen Präparate, die gläsernen Blicke der ausgestorbenen Arten. Am Anfang bekam Gloria Alpträume davon, inzwischen schaut sie einfach nicht mehr hin. Ich konnte stundenlang vor diesen Guckkästen stehen. Bis sie das Licht ausknipste, sich an den Eingang stellte und ihren Schlüsselbund klirren ließ. Und, fragte sie, hast du dich gut amüsiert?

Es hatte vor und nach Nelly andere Freiwillige gegeben, die durch die Ausstellung führten, die meisten junge Mädchen, jünger als Nelly, aus Deutschland oder Kanada, mit roten Wangen und den besten Absichten, auch jetzt wieder war eine deutsche Studentin der Angewandten Ökologie da, einmal hörte ich zu, wie sie vor einer Gruppe Grundschullehrer einen Workshop über Abfall hielt. Sie verteilte bunte Karteikarten und veranstaltete Lernspiele, um zu veranschaulichen, wie lange es dauert, ehe die Stoffe zerfallen, dass manche Gifte nie ganz verschwinden; warum also der Müll getrennt gehört. Sie bekam die besten Evaluationen, sagte mir Gloria, sie beherrschte zeitgemäße didaktische Methoden.

Was sich von Nelly nicht behaupten ließ. Ihre Vorträge waren wirr und assoziativ. Doch zumindest die Kinder hörten ihr gern zu, und Nelly mochte die Kinder, sagte mir Gloria, sie sei ganz verrückt gewesen nach ihnen, nach diesen Besuchen immer ganz beseelt nach Hause gegangen, während Gloria den Steinboden fegte und mit Lauge wischte, während der Regenzeit zwei- oder sogar dreimal am Tag, wenn eine Gruppe Dorfkinder mit Schlammbrocken an den Halbschuhen durch die Räume gegangen war. Das war die normale Arbeitsteilung. Man kann schlimmere Jobs haben, sagte Gloria, wenn ich sie fragte, verlierst du hier nicht vor Langeweile den Verstand? Wenn sie nicht putzte oder abkassierte, hatte sie gar nichts zu tun. Die meisten Stunden des Tages verbrachte sie in dem Winkel hinter der Kasse beim Ventilator und belegte Moodle-Kurse in Unternehmensführung, Makroökonomie, in Wirtschaftsenglisch und Mandarin, sie zeigte mir ihre Punkte und Zertifikate, sie plante, sich selbstständig zu machen, sobald sie konnte, wollte sie wieder in die Stadt ziehen, sie hatte schon dort gearbeitet und würde wieder etwas finden, sie würde nicht warten wie Milton mit seinem Abschluss vom Lehrerseminar, Waldo mit seinen Bewerbungen, sie wollte vorankommen.

Das waren die Dinge, die sie mir erzählte, wenn wir nach ihrem Feierabend im Park mit den schreienden Vögeln saßen und auf die Nacht warteten. Ich hörte ihr zu und winkte das Kind mit dem Bauchladen heran, kaufte ihm zwei Delta-Zigaretten ab, rauchte sie schnell nacheinander und wartete, dass der Schwindel einsetzte, dass die Dämmerung kam und der fliegende Spielzeughändler sich auf den Stufen des Betonsockels vor der Basilika aufbaute mit seinen springenden Hundchen, aufgeblasenen Comic-Helden und Flugobjekten. Raketen aus Draht und bunte Leuchtdioden, sie lassen sich wie Zwillen aufziehen und in den Himmel schießen, einen Kometenschweif hinter sich herziehend, er machte es vor, unermüdlich, um Kundschaft anzulocken, schoss er seine Ware in die Luft.

Seit Milton nicht mehr da war, hatte Gloria sich meiner angenommen. Bald jeden Abend saßen wir auf der frisch gestrichenen Bank vor dem Park mit den Befreierstatuen, sprachen über Berufe und Fernsehserien, warteten darauf, dass Bekannte von Gloria vorbeikamen, um uns zu begrüßen. Ist das eine Freundin, fragten sie, taxierten mich, probierten ihr Englisch an mir aus, bis Gloria ihre Hand an meinen Arm legte, verkündete, ich sei müde, wir hätten noch etwas zu erledigen, eine Runde drehen, es schien ihr daran gelegen zu sein, zu zweit mit mir Gespräche zu führen, um etwas über Europa zu erfahren oder ihr Englisch zu trainieren, Sprechübungen mit einer großen geduldigen Puppe. Fügsam und etwas schwerfällig folgte ich ihr auf ihren Runden um den Block, ihren plötzlichen Einfällen, jemanden im Nachbarort zu besuchen, (einen Freund, wie sie ihn nannte, ein Horacio, der sie jetzt schon öfter eingeladen hatte auf seine Finca, jetzt wollte sie endlich dieser Einladung folgen), am Samstag mit dem frühen Bus nach Granada zu fahren, um eine Pferdeparade anzusehen, der Routine entkommen, ein Ausdruck, den sie oft gebrauchte, auch dir, sagte sie, wird das guttun.

In dem Gewühl aus Menschen und Pferden und Schüssen griff ich nach ihrer Hand. Das verächtlich Gehetzte der Jungen im Sattel, glatte Gesichter, geschorene Nacken unter den Hüten, sie streiften mich mit ihren Stiefeln und zogen mürrisch erschrockene Mienen. Der Schaum an den Flanken und am Gebiss der Tiere, das kieksende Schreien der Männer, hysterisch vom Schnaps im Blut oder auch bloß von der Luft, den über unseren Köpfen zappelnden Spruchbändern und Wimpeln, dem Geruch, verschossenes Pulver, warmes Pferdefell. Geschmückte Wagen zogen vorbei, auf den Veranden der Kolonialvillen wiegten sich die Bewohner mit statuenhaften Gesichtern, an Limonade nippend in ihren Schaukelstühlen. Geblendet vom Zuckerbunt der Häuserfassaden ließ ich mich vorwärtsschieben, schaute zu, wie ein Schimmel mit schwarzen Bandagen das Gedränge zum Stocken brachte, aus dem gezierten Pfötchenheben der Piaffen auszubrechen drohte, den Kopf schwer pendelnd, sich unter angetäuschtem Straucheln herumwarf, eine Schneise in die entsetzt jubelnde Menge brach. Jemand zog mich in einen Hauseingang, wie das Tier davonpreschte mit dem im Sattel klebenden Reiter, ein kentaurenhaftes trunkenes Ungeheuer, konnte ich in dem plötzlichen Regen nicht mehr erkennen.

Ich sah zwei Frauen mit Bierdosen in den Händen, die einander und mir ihre Bäuche zeigten und sich kaputtlachten dabei. Einen Mann ganz in Schwarz, der einen schlecht genährten Schecken vor einen mit Tänzerinnen beladenen Planwagen gespannt hatte, dem vor einer braunen Wasserlache stehen gebliebenen Tier erst mit der flachen Hand ins Gesicht schlug, dann mehrmals mit der geballten Faust gegen das Buggelenk boxte. Die Frauen auf der Ladefläche hielten sich halbwegs ungerührt an ihre hauptsächlich aus Lächeln und Winken und Schraubbewegungen des Oberkörpers zusammengesetzte Choreografie, einzelne Reiter und Reiterinnen drängten sich rechts an ihnen vorbei durch den schmalen Gang zwischen dem stehenden Gefährt und dem tänzelnden Pferd auf der einen, den wartenden Zuschauern auf der anderen Seite, während die Wagenkolonne dahinter sich staute und ich zum wiederholten Mal versuchte, Gloria anzurufen, in dem Lärm hätten wir sowieso nicht sprechen können, ich hörte kaum das Freizeichen und die Maschinenstimme, ich konnte nicht verstehen, was sie sagte, die Teilnehmerin sei nicht zu erreichen oder mein Guthaben an Minuten schon wieder erschöpft.

Meine Manie, mich ablenken zu lassen, von Rufen aus Durchgängen, von einem blonden Pferdeschwanz in der Menge, der Drehung eines Kopfes, Bewegungsabläufen, die ich noch kannte; eine Pilotensonnenbrille mit hellbraunen Gläsern, das Gesicht abgewandt. Sie hörte nicht, wie ich rief. Minutenlang starrte ich auf den Flaum in ihrem Nacken, den zurückgeworfenen Kopf, den um ihre Taille geschlungenen Arm.

Du musst sie sehr gern gehabt haben, sagte Gloria. Mit den Ausläufern der Parade an die Uferpromenade gespült, saßen wir auf dem trocknenden Mäuerchen, tranken Bier aus beschlagenen Dosen und warfen Steinchen in die kabbelnden Wellen, versuchten die schnell in sich zusammenfallenden Gischtkrönchen zu treffen, meistens warfen wir nicht weiter als bis zu den Bläschen am Ufersaum, wo das Wasser veralgt war und trüb wie an Mittelmeerstränden, wo man mich als Kind nicht hatte baden lassen. Ich zuckte mit den Schultern. Wie man es nimmt. Sie schaute forschend meine Hände an. Was ist eigentlich, fragte sie, aus dem Blonden geworden, mit dem du zuerst hier aufgetaucht bist, war das dein Freund oder ihrer, was habt ihr eigentlich für ein Verhältnis? Gefallen dir überhaupt die Männer? Oder vielmehr die Frauen? Und brach in ihr begeistertes Lachen aus, komm schon, warum wärst du sonst hier.

Ich lachte mit ihr wie über eine gelungene Anspielung,

in Wirklichkeit verfluchte ich sie, wie ich sie auch später verfluchte, als wir an einem schlecht beleuchteten Gabelung standen und vergeblich auf den Anschlussbus nach San Dionisio warteten. Kurz vor Mitternacht bremste ein Auto aus voller Fahrt, als Gloria sich in den Kegel des Fernlichts stellte. Ein Mann saß allein am Steuer, öffnete ohne ein Wort die Tür, mir fiel die glatte Haut an seinem Nacken auf, das gebügelte Hemd, das Understatement seines schmalen goldenen Eherings, mir fiel auf, wie selbstverständlich Gloria neben ihm Platz nahm und ihm sagte, wo wir hinwollten, als spräche sie mit einem bestellten Chauffeur. Sie schlug die Tür hinter sich zu und fing ein Gespräch mit ihm an, über den Sonntag, das Fest, die Pferde und die durch den Regenguss entstandenen Schäden, Mühseligkeiten des Alltags, die sie in einem leisen und vertraulichem Ton besprachen, während ich auf dem Rücksitz mit dem Schlaf kämpfte.

Esperanza war nicht begeistert von unseren Ausflügen, von der Art, wie Gloria es übernommen hatte, mir Gesellschaft zu leisten, seit Milton das nicht mehr konnte, schon gar nicht von Glorias Idee, mich mitzunehmen in das Dorf ihrer Familie. Es ist nicht ohne da oben, hatte sie gesagt, hingewiesen auf Zeitungsmeldungen von erschossenen Männern im Norden, hingerichtet von bewaffneten Gruppen, von denen nicht ganz klar war, woher sie kamen, sie tauchten auf mit Motorrädern, in Uniformen, von der regierenden Partei geschickt, wie es hieß, für Racheakte an Bauern, die sich vor dreißig Jahren und länger von der Miliz der Contra hatten rekrutieren lassen. Eine komplizierte Zone, wollt ihr wirklich allein dorthin, fragte sie, wir sind nicht allein, antwortete Gloria, wir sind zu zweit.

Vorige Woche sind in La Fonseca, Nueva Guinea, zwölf Mitglieder der *Karawane für das Gute Leben* aus Mexiko, Spanien, Costa Rica und Argentinien festgenommen worden. Sie hatten sich mit Aktivisten aus der Gegend getroffen, die gegen das Projekt des Kanalbaus protestierten. Verhaftet wurden sie von einem Uniformierten und einem Mann in Zivil, man sagte ihnen nicht, warum. Achtundvierzig Stunden wurden sie in unterkühlten Zellen festgehalten und befragt. Wer bezahlte sie? Welche Organisation stand in Wahrheit hinter ihnen? Dass sie sich selbst finanzierten, glaubte man ihnen nicht. Ihr werdet schon sehen, wo wir euch hinbringen, hieß es zum Schluss. Eilig wurden sie zur Grenze gefahren.

Was das Kanalprojekt angeht, weiß keiner, ob es überhaupt begonnen werden kann oder wird. Der verantwortliche Investor soll sein gesamtes Vermögen an der Börse verloren haben, an anderer Stelle las ich, dass es diesen Menschen, der schon für mehrere Fotografien mit verschiedenen Staatsmännern posiert hat, gar nicht gibt. Selbst Esperanza hat noch vor kurzem zugegeben, dass sie und ihre Freunde und Kolleginnen schon lange nicht mehr jeden Tag darüber sprechen, sondern nur noch höchstens jeden zweiten. Wir bleiben stur, sagt sie, wie man eine Beschwörungsformel spricht. Den Aktivisten jedenfalls wurde zu verstehen gegeben, man könne sie verschwinden lassen wie früher in Argentinien üblich, oder wie kürzlich erst die Lehramtsstudierenden von Ayotzinapa. Und auch wenn hier in dieser Gegend niemand vor der Tür steht, um dich abzuholen, oder deine Fenster mit Farbbeuteln bewirft, sagt Esperanza, fühlt sie sich trotzdem permanent bedroht, es reicht, zu wissen, dass es passieren kann, damit du dich nicht sicher in deiner Haut fühlst.

Als ich Gloria im Morgendämmern folgte, kam ich mir vor wie eine Vierzehnjährige, die sich aus dem Schullandheim wegstiehlt. Schweigend saßen wir hintereinander in der kalten nebligen Zugluft, Gloria vor mir in der offenen Tür, dicht neben dem Jungen, der sich an jeder Kurve stehend hinauslehnte, um noch weitere Fahrgäste hereinzuwinken. Sie machte sich noch dünner, als sie ohnehin schon war, das schmale Gepäck auf dem Schoß, eine grellbunte Sporttasche, die sie an den Henkeln festhielt. Ich dachte an Nelly, abgereist nach einem Streit, einer vielleicht über nichts Wichtiges geführten Auseinandersetzung, nach einem Schwall von Verdächtigungen und Vorwürfen, aber immerhin. Ich hatte mich einfach aus dem Staub gemacht.

Es geht nicht um dich, sagte Gloria, als wir am Busbahnhof in Managua um Fahrkarten nach Norden anstanden. Sie kann meine Cousine nicht besonders leiden, das ist alles. Ich nahm den Becher Kaffee, den sie mir gekauft hatte bei einer die Wartenden abgehenden Alten, verlor mich in dem Blick auf das Blusenträgergewirr des Mädchens in der Schlange vor uns, ein engmaschiges Geflecht aus schräg über die Schulterblätter geführten Bändern, das Kind auf ihrem Arm schlug katzenhaft seine Fäuste ins filigrane Netz. Sie hielt ihm den Kopf und wiegte es ruckelnd auf ihrer Hüfte, vertieft in eine Unterhaltung mit einer Frau in Esperanzas Alter, die sich daranmachte, die Finger des Kindes aus den Maschen zu klauben, ihm sein Häkelmützchen gerade zu rücken, es ließ es stumm geschehen, schaute über die Schulter seiner Mutter oder Schwester in mein Gesicht, auch der an die Hüfte der Älteren geschmiegte Junge starrte, ein Spiel, wer als Erstes die Augen niederschlug. Könnt ihr euren Kindern nicht früher beibringen, was sich gehört? Amüsiert schaute Gloria von der Seite aus zu, fing an zu schäkern mit dem Jungen, einem vielleicht Sechsjährigen mit spröde gewaschenem Spiderman-T-Shirt, der sein Gesicht schnell in die Lenden der Großmutter grub. Gefallen dir die Kinder?, fragte Gloria mich, wie sie kürzlich gefragt hatte, gefallen dir die Frauen, wieder zuckte ich mit den Schultern, sie blinzelte durchschauerisch. Beim Einsteigen legte sie mir ihre Hand auf den Rücken, schob mich hinein, als bräuchte ich eine Stütze.

Wenn man nicht schnell trank, löste der Saum des Styroporbechers sich auf in pappige Fasern, die um den Mund und am Gaumen klebten. Ich trank, leckte mir die Lippen, wusste nicht, wohin mit dem Becher, faltete und zerdrückte ihn und legte ihn von einer Hand in die andere, bis Gloria sich über meinen Schoß streckte und ihn aus dem Fenster in den Straßengraben warf, guck nicht so entsetzt, ich weiß, Esperanza würde einen Anfall bekommen, aber schau dir doch an, wie es da draußen aussieht.

Natürlich ging es nicht um mich. Ich hatte gehört, wie Esperanza und Gloria diskutiert hatten, nachts war ich aufgewacht von ihren Stimmen unter meinem Fenster, ich hörte oft, wie sie stritten, meist verstand ich nicht alles, oft war ich mir nicht einmal sicher, ob sie sich tatsächlich stritten oder gemeinsam über etwas anderes aufregten, fast immer hatte ich den Eindruck, dass es um Lappalien ging, kurz darauf schienen sie sich wieder zu vertragen, alte Geschichten, sagte Gloria.

Wir verbrachten mehrere Tage im Dorf im Haus ihrer Cousine. Sie schienen nicht das Bedürfnis zu haben, auszugehen, höchstens, dass eine von ihnen mit ein paar Scheinen in der Hand verschwand, um in der *pulpería* wenige Schritte entfernt eine Packung Kaugummi zu kaufen, Rasierklingen, eine Rolle Toilettenpapier, drei einzelne Zigaretten, die wir nach Anbruch der Dunkelheit auf der Terrasse rauchten, verschwörerisch, zu dritt, Gloria, die Cousine Maura und ich, vor dem unverputzten Haus mit dem Blick ins Tal, den in einer Ecke wartenden Zementsäcken. Maura sparte auf einen himmelblauen Anstrich. Mit Gloria sprach sie darüber, wie sie das Geld möglichst bald zusammenbekommen könnte. Eine halblaut und schläfrig geführte Unterhaltung über Farbschattierungen und Unterhaltszahlungen, einen Anwalt, eine Männergeschichte, eine üble vermutlich, die sie hinter Gesprächen über Dekoration verschwinden ließen. Ich saß neben ihnen, trank Wasser und schaute in den sich verdichtenden Nebel, die aus den Schwaden ragenden Dächer und Satellitenschüsseln. In ihren Briefen hatte Nelly die Unfertigkeit beschworen, ein Leben von Licht und Wasser und von den Bäumen gefallenen Früchten. Ihre Träumereien hatten mich wütend gemacht. Die Zementsäcke und Heimwerkeleien der Cousine, hier in dieser angeblich so wilden Gegend, machten mich noch wütender. Ich wollte ein paar Bilder aufnehmen für Ulrich, ihm schreiben, was er ohnehin schon gewusst hatte, auch hier sind Menschen dabei, Eigenheime in schönen Farben zu streichen. Ulrich. Wochenlang hatte ich nicht an ihn gedacht, jetzt sehnte ich mich mit einem Mal nach ihm, nach seiner Wohnung mit den vergilbten Wänden und Büchern über die Möglichkeit einer Revolution, selbst nach seinen Lagerfeuergeschichten sehnte ich mich, Erzählungen von Männern, die vielleicht Mauras Vater oder schon Großväter sein konnten, die in den belagerten Dörfern vor ihre von Milizen der Contra umstellten Lehmhütten traten und brüllten, soll deine Mutter sich ergeben, bevor sie im Kugelhagel starben. Wie die Träger der in Vitrinen aufbewahrten, mit handgeschriebenen Namensschildern versehenen Hemden und Halstücher, die ich mir angesehen hatte in den Museen der Helden und Märtyrer des Aufstandes, eingerichtet und bewacht von deren Müttern und von Veteranen in Matagalpa und Estelí.

Ich habe sie gewarnt, sagte Gloria mit einem leisen Lächeln, wenn ich zurückkam von solchen Ausflügen, beharrlichen und erfolglosen Versuchen, die Hast zu bekämpfen und die Lethargie, diese komische Mischung, die mich vom ersten Tag an im Dorf befallen hatte.

Ich schaute den Cousinen zu, wie sie mit dem Kind spielten, sein Haar kämmten, mit rosa Gummiringen zu vielen kleinen Pinselschwänzchen banden und es aufforderten zu tanzen im Mittelpunkt des Sitzkreises, von allen Seiten schauten sie es an, zufrieden mit der Frisur, die sie ihm gemacht hatten, und klatschten in die Hände, tanz, tanz, sie spielten ihm Videos vor, mehrere gleichzeitig, bis es Gloria als Erster langweilig wurde, sie griff nach dem taumelnden Kind, umfasste mit einem Arm seine Brust und zog es auf ihren Schoß, noch bevor es das Gesicht verziehen konnte, steckte sie ihm eine Flasche in den Mund. Ich saß am Rand und bewunderte mit allen anderen die winzigen, nach der Flasche greifenden Hände, die abgespreizten kleinen Finger, ich war froh wie immer, wenn die allgemeine Aufmerksamkeit sich auf ein Kind konzentriert. Schwer und leicht schwankend saß das sicher schon Zweijährige auf Glorias schmalem Schoß, es sah wacklig aus, doch sie lachte mir breit und aufmunternd zu über die Schultern der anderen hinweg, was ist los mit dir, langweilst du dich? Ich schaue das Kind an, erwiderte ich, ein schönes Kind, sagte ich artig, nicht wahr, nickte sie, es ist ja auch meins, und sie ließ das Mädchen ihren Daumen mit der Faust packen und beobachtete, wie ich zwischen ihr und ihren Cousinen hin und her sah. Du glaubst mir nicht, lachte sie, weil ich so dünn bin, aber du kannst mir ruhig glauben, ich habe einen Bauch gehabt, ich habe auf mich geachtet seither, das ist alles, ich trinke kein Bier und keine Cola, ich mache morgens meine Übungen und esse nicht mehr als zwei Mahlzeiten am Tag.

Sie zog die Schwänzchen auf dem Kinderkopf noch etwas strammer. Dreizehn Monate, sagte Gloria auf meine Frage. Es sprach kein Wort. Eifersüchtig griff es nach der Flasche, als Gloria sie ihm wegnahm und schüttelte, damit die Milchpulverklumpen am Boden sich auflösten. Der Blick des Kindes ruhte auf mir, fragend, ganz leicht schielend, während die anderen sprachen. Ich setze mich hin, und es ist, als ob ich nicht da wäre, es spielt jedenfalls keine große Rolle. Klingt vielleicht komisch, aber es ist ein schönes Gefühl, schrieb Nelly mir in einer ihrer letzten Nachrichten, ich fand nichts daran komisch, höchstens, dass es von ihr kam.

Gloria und die Cousinen unterhielten sich über die wachsenden Zähne des Kindes, über Parasiten und Allergien und ihre Pläne für die Zukunft, über die Pläne und Krankheiten anderer Menschen, über das Wetter und den Tod. Im Fernsehen wurde Lucha Libre gegeben. Die Ringer trugen Masken, ihre Körper waren enthaart, nackt bis auf glitzernde Hotpants und wadenhohe Schnürstiefel. Der Kampf schien keinen Regeln zu folgen, erst später ließ ich mir erklären, dass es sehr wohl welche gab, eine genau gesetzte Choreografie. Die Gegner warfen einander, wenn sie es schafften, aus dem Ring, mehrmals wurde gezeigt, wie einer auf dem Rücken aufschlug und nicht mehr aufstehen konnte. Frauen rangen unmaskiert, in bauchfreien Tops und kurzen Röcken, mit über den Boden peitschenden und wischenden offenen Mähnen, nachdem sie gefilmt worden waren, wie sie, schön geschminkt und mit Diademen geschmückt, einander mit wüsten Worten angifteten. Gefällt Ihnen das Ringen?, fragte amüsiert die kleinste der Cousinen und reichte mir einen Becher Drachenfruchtsaft, rot und süß verklebte er mir die Mundwinkel. Eine ihrer Schwestern stellte sich vor den Apparat und suchte nach einem anderen Programm, die zweite stellte sich in die Küche und fing an, einen Kopf Weißkohl in feine Streifen zu schneiden, ich rechnete still nach: Als Nelly und Gloria sich miteinander anfreundeten, musste sie schon einen dicken Bauch gehabt haben.

Selbst Gloria verlor im Dorf ihren unruhigen wachen Blick, der immer etwas zu suchen schien, war es zufrieden, in der feuchten weichen Luft auf der Terrasse zu sitzen mit ihren Cousinen, ihrem Kind oder auch allein, während ich meine Runden drehte, mindestens einmal am Tag in den Laden gegenüber der Parteizentrale der Liberalen ging, neben der Haltestelle mit dem den ganzen Tag wartenden Bus und den hinter dem Bus im Schatten angebundenen Pferden. Ich hatte mir angewöhnt, aufzuspringen und mich anzubieten, wenn ich mitbekam, dass etwas gebraucht wurde, zwei Zwiebeln, eine Zitrone, eine Rolle Klopapier, und wenn einmal nichts gebraucht wurde, ging ich trotzdem, lächelte die Verkäuferin mit den goldenen Haarspangen und den goldenen Zähnen an, stand immer zu lange in dem Laden mit dem grünlichen Oberlicht. Säcke von Zucker und Reis und Zement. Stöße von Strumpf- und Unterhöschen, die einen giftigen Geruch verströmten. Rasierklingen und Nescafé in winzigen Briefchen, grüne verstaubte Orangen, Sporen und Schulhefte, Kerzen und Plastikgeschirr und Schmerztabletten, vor den Türen der Vitrinen baumelnde Halfter und Stricke und Sträuße künstlicher Blumen. Ich habe sie gewarnt, sagte Gloria zu Maura, wenn ich heimkehrte mit Zigaretten oder einer Dose Thunfisch oder drei Portionen Tütensuppe, ein Badehöschen, in das ich sicher nicht hineinpassen würde, und so weiter, Sachen, die ich nur gekauft hatte, um diese Ausflüge zu rechtfertigen. Ein Paar Gummistiefel, einen aus Fasern in allen Farben gewundenen Strick.

Ich habe ihr gesagt, dass hier nicht viel los ist. Ich mischte mich ein und behauptete, das sei mir ganz recht, sie übergingen es nachsichtig lächelnd, als wüsste ich gar nicht richtig, was ich sagte, auch Silvia schaute mich so an, die älteste von Mauras Töchtern, dünn, groß, die mich manchmal, wenn sonst niemand in der Nähe war, auf den Stufen vor ihrem Haus in lange ernste Gespräche verwickelte, mir anbot, mich mitzunehmen an die Ränder des Dorfes, zu einem Haus, in dem es spukte, neben der Bar bei der Flussmündung. Sie zeigte mir, wo man sich verstecken konnte, unter den Bohlen der Terrasse auf einer erdigen Böschung, umspült von den beiden Wasserläufen, in denen man im Sommer baden und Kleider waschen konnte, jetzt im Winter nicht, im Winter sind die Flüsse hässlich, sagte Silvia und machte eine abfällige Handbewegung in Richtung des unter dem aufgerissenen Himmel glitzernden Wassers, eine vorwärtsdrängende Masse mit Schnellen an den flachen Stellen, Gekräusel um die sich aus der Gabelung wölbende Kiesbank, ein schmaler trockener Streifen, auf dem ein paar Pferde und Menschen darauf warteten, dass das Wasser sich in absehbarer Zeit beruhigte, eine Furt sich auftat, dabei stand die Zeit der schwersten Regen noch bevor.

Die Verkäuferin des Ladens hatte angefangen, mich zu grüßen, wenn ich vor ihren Waren stand, mit ihr auf Kundschaft wartete, auf über den Ladentisch hinweg ausgetauschte Geschichten. Sie sprach mit den Kundinnen über die steigenden Bohnenpreise, über einen Bauern in der Nachbargemeinde, der von vier Bewaffneten überfallen und getötet worden war, ohne dass man wusste, ob sie nach Geld gesucht oder welches gefunden hatten. Das Kind mit dem strohig gebleichten Haar, das eben den

Laden verlassen hatte mit einem mehrfach zugeknoteten, prall mit transparenter Flüssigkeit gefüllten Plastikbeutel, es war kein Zierfisch darin, sondern ein halber Liter im Vorratsraum abgefüllter Schnaps, täglich, sagte die Verkäuferin zur Kundin, kam dieses Kind und kaufte Schnaps. Sie sprachen über faulende Ernten und über verunglückte Goldsucher, Verlassene, die es nicht anders verdient hätten, ein fleißiges und kluges Mädchen, das Krankenschwester werden wollte, ein anderes, das sich einbildete, eine Schauspielerin zu sein, die Barbareien und Alltäglichkeiten eben, auf die ich lauerte, wie ich es auch in dem Dorf von Nellys Mutter schon gemacht hatte in der nach rohem Schinken riechenden Edeka-Filiale mit den händisch auf sämtliche Waren geklebten Preisschildern, wo ich zwischen Oktavheften und Kurzwaren und Blockschokoladentafeln mit seit Jahren verstrichenem Haltbarkeitsdatum nach etwas ganz Bestimmtem zu suchen vorgegeben hatte, in der Hoffnung vor allem auf Geschichten von Flutschäden, von Wahnsinn und Tod und den Vorstufen der beiden.

Fetzen zusammensuchen. Ich hatte gehofft, mir einen Reim zu machen auf das Leben, das Nelly geführt hatte, die Person, die sie gewesen war. Alles, was ich tat, war, Stückelchen zusammenzutragen, Landschaften zu betrachten und eine Stadtarchitektur, die diese Unfähigkeit widerspiegelte, die Übersicht zu behalten, größere Zusammenhänge zu planen. Wie man eben baut, wenn man alles, was zur Hand ist, aber eben auch nur das, sofort einbastelt in immer neue Provisorien, weil es gar nichts gibt, was man darüber hinaus ansparen könnte, so dass einem nicht viel anderes übrigbleibt, als *den Tag zu leben*.

Den Armen das Himmelreich. In solchen Ländern gibt es keine Neurosen und Nackenverspannungen. Melancholische Verstimmungen gedeihen in Dunkelheit und Feuchtigkeit. So etwas hatte ich wirklich gedacht oder denken wollen.

Wenn ich Mauras Blick erwiderte, wandte sie sich kichernd ab. Nie richtete sie das Wort an mich, sie fragte Gloria, während ich diese Gedanken wälzte, über mich aus. Aus welchem Deutschland ich käme, wie lange ich schon hier sei etc., Gloria gab die üblichen Antworten, bis auf die letzte Frage, und was hat sie hier vor, die Zeit vertreiben? Ich glaube nicht, sagte sie, ich glaube, sie sucht jemand zum Heiraten, da könnte ich mir allerdings bessere Orte denken, sie warf den Kopf zurück und brach in Gelächter aus. Wir alle fielen ein. Silvia, die am Rand saß und etwas aufschrieb, Gloria mit dem gutgenährten Kind auf dem Schoß.

Du hättest eher kommen müssen, sagte Silvia zu mir, als sie mich wieder vor dem Laden aufgegabelt hatte und meinte, wir sollten eine Runde drehen, schnell zum Fluss, bevor der Regen einsetzte und sie zu ihrer Theaterprobe musste ins Frauenzentrum.

Ich war zur falschen Jahreszeit gekommen, und ich hatte die Leute vom Film verpasst. Bis vor zwei oder drei Wochen waren sie hier gewesen und hatten gedreht. Zwei dünne Mädchen und ein Blonder. Er sah dir ähnlich. Sie kniff die Augen zusammen, wie man ein Modell betrachtet, um die Proportionen besser zu erfassen, bemerkte, dass in ihren Augen alle Deutschen einander ähnlich sahen, er und ich aber besonders. Ob wir Geschwister seien? Oder verheiratet? Deshalb würden wir uns doch nicht ähnlich sehen, entgegnete ich, sie lächelte: Doch, dann auch. Sie hatte sich allerdings ein paar Mal mit ihm unterhalten und wusste, dass er nicht verheiratet war. Eine Freundin ja. Eine Freundin hatte er. Maura behauptete, das erzähle er nur, um sich die Frauen vom Leib zu halten, Albina meinte, in Wirklichkeit sei Maura selbst hinter ihm her. Zusammen saßen sie auf ihrem Balkon und beobachteten von weitem, wie er das Haus verließ, mit seinem Sonnenhut auf dem Kopf, und wie er mit vollen Einkaufstüten zurückkehrte. Sie diskutierten, ob das völlig lächerlich war oder ob so ein Mann auch ganz nützlich sein konnte. Wenn Silvia dazu kam, kicherten sie und schlugen die Augen nieder, als hätten sie gerade die vulgärsten Dinge besprochen. Das ganze Dorf benahm sich so, sagte Silvia. Noch nach der Abreise der Filmleute wurde eine Weile darüber gesprochen, in welchem Verhältnis die drei zueinander standen, was das überhaupt für Menschen gewesen waren. Zwei ziemlich junge Mädchen aus Managua mit abgeschnittenen Jeans und ausrasierten Schläfen und Schnürschuhen, in Begleitung eines ähnlich verwahrlost wirkenden Deutschen. Sie waren in einem staubigen Pick-up gekommen, kampierten in dem leerstehenden Haus am Fluss und liefen herum wie Bauern, mit den Frisuren von Banditen, vor allem die Mädchen, wer sagte, dass das keine Kriminellen waren, der Deutsche ihr Opfer oder Komplize, jemand, mit dem sie im Wald Pornos drehen wollten oder umgekehrt – so ist es eben auf dem Dorf, seufzte Silvia, etwas altklug, wie mir vorkam, aber was wusste ich schon vom Dorf? Die beiden Mädchen jedenfalls hätten es schnell geschafft, sich mit den richtigen Leuten anzufreunden, nach ein paar Tagen grüßte sie jeder, und wenn sie sich ein Pferd leihen mussten oder Werkzeug für ihr Auto oder jemanden, der ihnen den Wald freischnitt, gab es keine Schwierigkeiten mehr, natürlich tratschten die Leute noch eine Weile, aber ohne richtige Kraft, sie merkten, dass es sich nicht lohnte, sagte Silvia. Sie zuckte mit den Schultern, wie sie es wenig später wieder tat, als ein paar auf der Ladefläche eines stehengelassenen Lasters versammelte Jungen mir ins Haar griffen und an den Hintern, sie haben Angst, sagte sie nur, sie haben Angst und wissen sich nicht zu benehmen, das bin ich gewöhnt, behauptete ich, sie nickte ungeduldig, hakte sich bei mir unter und zog mich weiter, komm, ich zeige dir etwas Besseres.

Ich versuchte so zu tun, als hörte ich ihr zu, ihren Erzählungen von dem Theaterstück, das sie im Frauenhaus gerade probten, von den Tratschereien, wie sie aufkamen, abebbten, auch in dem Theaterstück ging es darum, wie das Leben eines Menschen von Gerüchten zerstört wird ... Ich tat interessiert. Wir gingen vorbei an dem angeblichen Spukhaus, wie immer wurden wir langsamer und spähten durch die von Luftwurzeln verhangenen Fenster ins Innere. Das Haus war auf Pfählen gebaut, mit einem Boden aus Bohlen, die wohl nicht mehr viel trugen. An Geister kann ich nicht glauben, aber ich fragte mich, wie gut es sich dort schlief.

Das Treffen mit Waldo verlief kurz, eine schroffe und schüchterne Unterhaltung wie mit den meisten im Dorf. Er erwartete mich, als ich vom Einkaufen kam, vor Mauras Verandatür hatte er sich aufgebaut, einen Daumen in der Gürtelschlaufe, mit der anderen Hand seinen Nacken massierend, versperrte er mir den Weg. Er trug einen Verband um den Kopf, an den Schläfen ragten Kratzer darunter hervor. Kann ich Ihnen helfen?, fragte er, versuchte zu klingen wie einer, dem das Haus gehört, und fing dabei an, mit dem Fußgelenk zu zappeln. Sie sind die Freundin von Gloria, er betrachtete mich, ich drückte die Stange meines Sonnenschirms an meine Schulter. Er stellte die Füße wieder fest nebeneinander und behauptete, es ist sowieso niemand zu Hause. Ich versuchte an ihm vorbeizuschauen, durch die Lamellen ins Küchenfenster. Gloria, Maura und ihre Töchter, irgendjemand war immer zu Hause, aber ich hörte nur den Hund anschlagen, er wiederholte, es ist keiner da, wir beide sollten eine Runde drehen, vielleicht wäre die Bar geöffnet, Sie trinken doch bestimmt gern ein Bier.

Zwei oder drei Tage zuvor war ich mit dem Bus bis nach Bonanza im Minendreieck gefahren. Maura hatte mir gesagt, dass er dort arbeitete, alles andere, sein Untertauchen und die Versuche, über die Grenze zu gelangen, seien Gerüchte. Sie hatte mir eine Adresse aufgeschrieben, eine Freundin von ihr arbeitete dort im Krankenhaus, sie könnte mir vielleicht helfen.

Probleme, sagte er, als ich nach seinen Schrammen fragte, und lief voran, zügiger, als ich es von hier gewohnt war. Ich dachte an eingestürzte Schächte, jede Woche gingen Männer in den Minen verloren, ich dachte an den Brandgeruch in Bonanza, schon auf der Fahrt war der kautschukartige Gestank in den Kleinbus gedrungen. Probleme, sagte auch die Krankenschwester, die auf der Fahrt schweigend und anscheinend gelangweilt neben mir gesessen hatte. Beim Aussteigen an einer Tankstelle am Ortsrand straffte sie ihre Schultern, blickte sichernd die abschüssige Straße hinauf und hinab, schaute auf ihr Handy und dann auf mich, vielleicht fährst du besser zurück, hier gibt es Probleme, wiederholte sie, laut und deutlich wie für eine Sprachanfängerin oder ein Kind, deutete vor uns auf verkohlte LKW-Reifen, Kabelrollen, quer über das Pflaster gekippte Regale mit splitternd gebrochenen Seitenleisten. Ich fragte, ob es zum Sitz der kanadischen Bergbaugesellschaft, für die Waldo arbeitete, weit sei, zur Not würde ich allein gehen, sie machte eine schnelle, ungeduldige Bewegung mit dem Kopf und zog mich hinter sich her über den Trampelpfad, seitlich vorbei an den Resten der Straßenblockade.

Der Aufstand schien vorüber. Vor dem hölzernen Gebäude der Bergbaugesellschaft stand noch ein Soldat mit geschultertem Gewehr und schaute zu, wie Kinder in blau-weißen Uniformen über die verstreuten Trümmer stiegen, Büromöbel, über Nacht aufgeweichte Aktenordner, Kabelstücke mit zerfaserten Enden, Splitter eingeschlagener Fensterscheiben und aus dem Straßenpflaster gebrochene Steine; von einer Plünderung, einem Arbeitskampf zurückgelassene Reste. Ein Mann mit verkehrt herum aufgesetzter Schirmmütze hatte seinen hölzernen

Handwagen am Straßenrand abgestellt und suchte wie die Kinder zwischen den kaputten Dingen und unleserlich gewordenen Dokumenten nach Brauchbarem. Was für eine Barbarei, sagte Mauras Freundin leise, in ihrer Stimme lag Anerkennung, glaubte ich. Beide blieben wir kurz stehen und schauten einem Kind nach, das auf einen Schreibtischstuhl geklettert war und sich den Abhang hinunterrollen ließ, jubelnd vor Angst die Arme zu den Seiten ausstreckte. – Es war die Krankenschwester, die mit der Zunge schnalzte, wie man ein Pferd antreibt, mich mitnahm zu ihrer Arbeit in der Klinik, sie bestand darauf, dass ich den Tag dort verbrachte, bis zu ihrem Feierabend auf einem Stuhl in einer Ecke hinter dem Tisch der für die Patientenaufnahme zuständigen Schwester saß und wartete. Ein paarmal stand ich auf und lief im Innenhof zwischen den U-förmig angeordneten Trakten herum, hielt Ausschau, kehrte aber bald wieder in den nach Desinfektionsmitteln riechenden Raum mit dem Ventilator zurück. Sie hätte nach Waldo gefragt, seinen Namen in der Kartei gesucht, sagte die Schwester am Abend: nichts.

Im Dorf saßen Waldo und ich auf der Terrasse der Bar an der Flussmündung, es war halb fünf am Nachmittag, wir waren die einzigen Gäste, unter uns rauschte das trübe Wasser. Er wischte beide Bierflaschenhälse mit einer Serviette ab und trank schnell. Von Nelly wusste er noch, dass sie verlangt hatte, von ihm gezeichnet zu werden. Ein Porträt, es war ihre Idee gewesen, gleich nachdem sie bei ihrem ersten Besuch in seinem Zimmer in der Schreinerwerkstatt seines Onkels in San Dionisio die Zeichnungen an der Wand gesehen hatte, hatte sie gefragt, und, wirst du mich zeichnen? Er hatte sich zuerst zu weigern versucht.

Er war Autodidakt, er zeichnete alles Mögliche, seine Motive entsprangen seiner Vorstellung, Gesichter gehörten nicht dazu. Ein paar Nachmittage hatte sie ihm Modell gesessen, unter dem Oberlicht in der Schreinerwerkstatt. Mehrere Male hatte sie gefragt, ob der Onkel, der sich im vorderen Teil der Werkstatt aufhielt, nicht sein Radio etwas leiser stellen könnte. Konnte er nicht. Er fürchtete sich, vor Überfällen, Alpträumen, man wusste es nicht, Waldo lächelte kurz und selbstvergessen und wischte mit der flachen Hand vor der Stirn hin und her. Nelly hatte ein Gesicht gemacht, als ob sie ihn nicht verstünde oder ihm nicht glaubte, auch auf all seinen Zeichnungen machte sie dieses strenge Gesicht – Oder vielleicht, setzte er nach kurzem Überlegen hinzu, vielleicht war sie auch nur sehr konzentriert, es war ja auch für sie das erste Mal, wahrscheinlich machte ihr das Mühe. Ein Geschenk, hatte sie gesagt, für ihren Freund zu Hause?, fragte er, eine Erinnerung, erwiderte sie, ohne seine Frage zu beantworten. Ich wollte wissen, ob er seine Versuche und Vorübungen behalten hatte, er behauptete, sie vernichtet zu haben. Er zeigte mir, wie sie die Blätter betrachtet hatte, mit zusammengekniffenen Augen, wie jemand, der schlecht sieht. Ob sie ihr nicht gefielen? Sie nickte. Doch, sie gefielen ihr ausgezeichnet. Sie hatte sie zusammengefaltet und in ihre Strohtasche gestopft und sich bedankt. Ein paar Tage später rief sie ihn an, aus Managua, zuerst erkannte er ihre Stimme gar nicht, sie klang eigentümlich, distanziert, schlecht gelaunt. Sie erklärte, einen Job für ihn zu haben. Sie hatte mit Tito gesprochen und mit anderen Bekannten, hier drückte sie sich vage aus, wegen eines Stipendiums, der Möglichkeit eines Studiums etc., es war alles ziemlich kompliziert. Aber Tito brauchte wieder einen Fahrer. Es wäre besser bezahlt als bei *Horizontes*. Keine komplizierten Abrechnungen. Ein freier Tag in der Woche. Er könnte sofort anfangen. Ich bin eigentlich ein zurückhaltender Mensch, sagte er zu mir. Aber an diesem Tag hatte er sie verwünscht am Telefon, und wäre sie vor ihm gestanden, hätte er noch ganz andere Dinge mit ihr gemacht. Stipendium. Er spuckte in den Fluss. Er hatte nie darum gebeten, von ihr groß herausgebracht zu werden, sie war es gewesen, die ihm das versprochen hatte. Als Künstler. Zu dem Wort spreizte er die Finger ab und ahmte ein Schmetterlingsflattern nach. Ich glaubte zu verstehen, was ihn so aufbrachte an dem für ihn veranstalteten Wirbel, wahrscheinlich hätte sie früher oder später eine Galerie für ihn aufgetrieben in Europa, Outsiderkunst kam schließlich gerade schwer in Mode, Jakob hätte sicher einen Kontakt vermitteln können, es war nicht schwierig, nachzuvollziehen, was Waldo daran nicht gefiel, ich bildete mir sogar ein, zu begreifen, dass sich unter dieser kleinen Eifersucht noch eine viel dumpfere und umfassendere Kränkung auftürmte, aber darüber sprachen wir nicht. Wir sprachen überhaupt nicht mehr viel.

Ich war zu betrunken, sagte ich später zu Gloria, als wir schon wieder im Bus in Richtung Río Blanco saßen. Sie mit ihrem Gepäck zwischen den Füßen und dem Kind auf dem Schoß am Fenster, ich neben ihr, ein Puffer gegen die am Gang stehenden Menschen. Die Busse würden sonntags alle überfüllt sein. Maura hatte uns gewarnt, doch Gloria nicht einen Tag warten wollen, als wäre sie nach dem tagelangen Trödeln wieder von ihrer alten Unruhe heimgesucht worden. Betrunken, sie schaute mich an, wollte wissen, ob wir von dem Schnaps probiert hätten, den sie dort brannten. Aber es waren bloß ein paar Bier gewesen. Ich vertrug nicht viel, und Waldo machte ohnehin einen traurigen und nervösen Eindruck. Dabei war es ein harmloser Nachmittag gewesen, lau in den Abend übergehend zum gleichmäßigen Lärmen der Flussmündung. Aus dem Wald am gegenüberliegenden Ufer stieg Rauch auf, die Reiter auf der Kiesbank bestiegen ihre Pferde und trieben sie schräg gegen die Strömung durch das bauchhohe Wasser. Waldos müdes Lächeln, als er mich fragte, ob Milton noch immer bei den Evangelikalen sei. Ein kurzes einmütiges Lachen. Er sagte, in manchen Momenten sei Nelly ihm seltsam vorgekommen, sie hätte Migräne, behauptete sie dann stets, sonst nichts.

Gloria streckte die Finger aus, damit das Kind seine Fäuste darumwickeln konnte. Du bist doch selbst traurig und nervös. Die ganze Zeit hier, man weiß nicht warum, ob du dich langweilst oder was dir nicht passt, aber etwas passt nicht. – Ich wollte gerade nichts Aufregendes, sagte ich ihr, ich vermisse das Dorf schon jetzt. Sie drückte mir ihr Kind in die Hand, ängstlich balancierte ich den warmen schweren Körper, das Mädchen schaute von mir weg, seiner Mutter zu, wie sie ein dünnes Handtuch in das Fenster klemmte, ein poröser Schutz gegen das schon wieder sehr kräftige Licht.

Vor meiner Abreise hatte ich Nellys Mutter besucht, auch sie wohnte am Ende eines langgezogenen Tals, kaum mehr als hundert Kilometer von Frankfurt entfernt, aber meine Anreise dauerte knapp drei Stunden. Die letzten vierzig Minuten verdöste ich in einem fast menschenleeren Bus mit abgetönten Scheiben und Puffergelenk in der Mitte, der nur auf Verlangen die Bundesstraße verließ, um einzelne Schulkinder aussteigen zu lassen, auf neue Fahrgäste zu warten oder auch nur auf die Abfahrtszeit laut Fahrplan. Bei jedem Anfahren ächzte der Auspuff. Ich war die Letzte, die ausstieg, hinter einem Mädchen mit Kopfhörern und Brille und vom Sitzen geröteten Schenkeln. Mit schnappenden Flipflops lief sie vor mir her, an einem ungemähten Sportplatz entlang über den aufgeweichten Asphalt. Im Dorfladen kaufte ich bei einer Frau im Kittel eine Flasche Wasser, als hätte ich eine Wanderung vor mir, und eine Flasche teuren, wahrscheinlich nicht besonders guten spanischen Rotwein, um nicht mit leeren Händen zu kommen. Die Verkäuferin schaute mir zu, wie ich die Flasche in meinen Rucksack stopfte. Im Radio wurde von den Zuständen an der österreichischen Grenze berichtet. Ein dünner bärtiger Junge hielt mir die Tür auf, er trug einen Kittel wie die Frau, beide grüßten mich freundlich, ich spürte ihre Blicke auf mir, während ich auf den glühenden Kirchplatz hinaustrat, ich spürte aus jedem Fenster Blicke, als wäre die leere kochende Straße eine Falle, als hätte ich eine Ausgangssperre missachtet, eine Katastrophenmeldung verpasst, und die letzten Bewohner des

Dorfes beobachteten hinter ihren Gardinen, was ich als Nächstes tun würde.

Ich sollte den Beschilderungen zum Wochenendgebiet folgen, hatte Nellys Mutter mir am Telefon gesagt. Am Ende des Zauns der Vicuñaweide hinter der ehemaligen Grundschule angelangt, würde ich ihr Haus, das letzte in der Siedlung, einen Bungalow mit flachem Grasdach, schon sehen. Sie musste gespürt haben, wie schlecht ich ihren umständlichen Erklärungen zuhörte, sie wurde herrisch und kurz angebunden. Falls ich Schwierigkeiten bekäme, sollte ich mich melden, und feste Schuhe tragen, wegen der Ottern, ich hätte hoffentlich keine Angst vor Zecken und Schlangen und Hunden. Das ist kein Problem, sagte ich, vor Tieren habe ich keine Angst.

Ich war schon ein Mal hier gewesen, vorsichtig hatte ich versucht, sie daran zu erinnern, zusammen mit Nelly, vor über zehn Jahren, eine Freundin, sagte ich und nannte meinen Namen; Nelly und ihre Schwestern hätten damals eine Menge Freunde mitgebracht, meinte sie nur. Ich dagegen erinnerte mich ziemlich gut. Die Fahrt in Nellys billigem kleinen Auto, der Plan, mehrere Wochen dort am Waldrand zu verbringen, das Haus und den Hund zu hüten, schwimmen zu gehen. Wir wären komplett uns selbst überlassen, hatte Nelly gesagt, ich würde lesen, eine Seminararbeit schreiben können, sie für ihre Nachprüfungen lernen. Damals wohnte ihre Mutter noch in der Kreisstadt, am Wochenende kam sie zu Besuch, einen Abend lang hatten wir mit ihr in der Laube Wein getrunken und Zigaretten geraucht und über die Einsamkeit im Wald und die Einsamkeit in der Stadt gesprochen und über meine Arbeit zu Max Weber; als ich nach ein paar Tagen merkte, dass Nelly und ich es nicht miteinander aushielten und abreiste, war sie schon nicht mehr da. – An dem Abend hatte ich ziemlich viel geredet, ich erzählte von Max Weber in Rom, wie er sich von einem Nervenzusammenbruch zu erholen versuchte. Auf den Petersdom blickend, dachte er über die Arbeitsethik der Protestanten nach, schrieb delirierend in der Hitze, im Summen der südlichen Stadt, süchtig nach Schlafmitteln und Betablockern, über Emsigkeit und Reinheit und Askese. Mein Vortrag geriet unscharf und wirr, Renate fragte freundlich nach, ich redete also weiter. Es war vielleicht besser, dass sie sich an all das nicht erinnerte, dachte ich, als ich an dem knisternden elektrischen Zaun entlanglief, Stechgras an den Waden, ich hoffte, sie war wirklich geworden, was Nelly mir in unseren letzten Gesprächen angedeutet hatte, eine alte oder ältliche Frau, die sich in einem langsam verkommenden Wochenendhaus eingerichtet hatte, um allein am Waldrand zu leben, mit ihrer halt- und wahllosen Sehnsucht nach Gesellschaft, aus dieser Bedürftigkeit heraus soll sie zuletzt sogar einen Straßenmusiker zu sich mitgenommen und als Mitbewohner oder Geliebten aufgenommen haben, nachdem sie ihm eine Weile zugehört hatte, wie er in einer Fußgängerzone *Die Kunst der Fuge* auf der akustischen Gitarre vortrug, ein Geflüchteter aus Moldawien, kaum älter als wir. Um jemanden zu retten. Um nicht allein zu sein. Nelly sagte es mit einer Boshaftigkeit, die ich nicht kannte von ihr.

In den Auwiesen hinter der Vicuñaweide verlief ich mich tatsächlich fast sofort, ich konnte das Haus von weitem sehen, rostfarben hob es sich vom dunklen Streifen der

Fichtenschonung ab, doch die schmale geschotterte Schneise, über die ich gekommen war, brach ab, ging über in ein gluckerndes Rinnsal. Zu trotzig, umzukehren, lief ich weiter, querbeet über die vielleicht geschützte, vielleicht von jemandem gepachtete Wiese, schmatzender Boden, der unter meinen Füßen nachgab, weicher wurde, je näher ich dem Wald kam.

In hochgerollten Jeans und Holzschuhen stand Renate in ihrem Garten, warf fauliges Obst auf den Kompost und wendete ihn, unterbrach ihre Arbeit erst, nachdem ich eine Weile am Tor gestanden und gerufen hatte. Sie streifte die Arbeitshandschuhe ab, streckte mir die Hand hin über den Zaun. Sie war noch magerer und flinker geworden, selbst oder gerade in den breiten Jeans, an denen sie ihre Hände abwischte, damals und jetzt sah sie nicht aus wie in Nellys Erzählungen, eine Sozialarbeiterin in Frührente, die ihren Körper und ihr Haus verkommen ließ, rauchend und ein Glas Weißwein nach dem anderen trinkend auf dem Balkon ihrer gekündigten Mietwohnung saß, während Nelly und Jakob und ihre Schwestern und deren Männer einmal richtig durchputzten, ein Wochenende lang, den Kühlschrank leerten und immer noch etwas Ekelhaftes fanden.

Stolz und etwas verächtlich zeigte sie auf den Tisch in der von Knöterich und Dornengestrüpp eingewucherten Laube, die über dem eingerissenen Konditorpapier kreisenden Wespen und Schwebfliegen, erklärte stolz, nichts gebacken zu haben, eine Landfrau bin ich in all der Zeit nicht geworden. Sie riss das Papier auf, forderte mich auf, mich zu setzen und zuzugreifen, lief ins Haus nach einer Thermoskanne mit schwarzem Kaffee, der Hund folgte ihr. So dicht er konnte, windschief mit eingeknickter Hüfte, den Kopf mit einem hängenden und einem aufgestellten Ohr zur anderen Seite hin verdreht, schleppte er sich vorwärts, kennst du ihn auch noch?, fragte sie, der Hund meiner Tochter. Ich solle mir keine Sorgen machen, er bekomme Medikamente. Meine Tochter. Später nannte sie sie beim Vornamen, sprach, wie man vielleicht über eine alte Freundin reden würde, mit der man sich auseinandergelebt hat oder seit einem nicht zu klärenden Missverständnis nicht mehr trifft.

Nelly hatte ihrer Mutter nie verzeihen können, dass man mit ihr nicht einfach ein ganz normales Leben haben konnte. Normal?, fragte ich zurück, versucht, ihr zu erzählen von dem ledernen Schulranzen, den meine Mutter mich zu tragen gezwungen hatte, den gesunden Halbschuhen, wie die ganze Klasse mich schräg angeschaut hatte, nachdem ein Mädchen bei mir zu Besuch gewesen war und meinem Vater im Bademantel begegnet war, er laufe halbnackt durch die Gegend, hieß es, und in unserem winzigen Bad flitzten Silberfischchen durch die Fugen. Nelly zuckte die Schultern, das ist etwas anderes, meinte sie.

Mit den Kindern hatte Renate nicht im Wald gelebt. Sie zeigte mir Bilder von damals, Mädchen mit Zahnlücken und verschmierten Mündern, die einander ziemlich ähnlich sahen, auf einem Parkplatz Rollschuh liefen, Schultüten im Arm hielten vor einer kantig geschorenen Hecke, als Indianer verkleidet Fasching feierten, Tomahawks aus Gummi schwangen. Ich dachte, dass sie vor ihrem Umzug ins Wochenendgebiet wohl genau das gehabt hatten, ein ziemlich normales Leben in einer kleinen, aber praktisch geschnittenen Wohnung in einer kleinen Stadt. Nicht richtig reich, nicht richtig arm, der Vater fehlte, abgesehen davon nichts Dramatisches, dachte ich und dass darin die Kränkung bestand, die Nelly nicht ausgehalten hatte.

Schmeckt es Ihnen nicht?, fragte Renate, schaute zu, wie ich mit der Gabel den Hefeteig zu zerteilen versuchte. Mehrmals fiel sie ins Siezen zurück, entschuldigte sich, etwas erstaunt, aber auch amüsiert: Es gibt so Leute, sagte sie, Personen, die man immer siezen will, sie schaute lächelnd an meinen Oberarmen auf und ab, wie um mir nicht ins Gesicht schauen zu müssen, fragte, ob ich auch etwas gegen Gluten hätte und erzählte, wie Nelly und Jakob, vor allem aber Nelly bei ihrem letzten Besuch kaum etwas gegessen, aber pausenlos Vorträge über das richtige Essen gehalten hatte, von Weizen bekäme sie ihre Migräne, von Kuhmilchprodukten einen Blähbauch und alle möglichen anderen Probleme, aber das größte Übel sei Gluten. Es verklebe den Körper von innen. Selbst Jakobs Narkolepsie führten sie darauf zurück, auf einen verklebten Organismus. Warum sonst war es ihm in Asien so viel besser gegangen? Überhaupt: Asien. Stundenlang konnten sie über komplizierte Gerichte sprechen und wie fein die Zutaten geschnitten waren, Bilder von überbordenden Tafeln erschaffen, während sie ihre Reiswaffeln knabberten und an lauwarmem Grüntee nippten. Warum seid ihr dann nicht dort geblieben?, hätte man am liebsten gefragt. Das war der letzte Besuch ihrer Tochter gewesen. Das muss ein seltsamer Besuch gewesen sein, sagte ich vorsichtig, sie schaute mich prüfend an, seltsam, ja, das ist vielleicht ein gutes Wort.

Wir saßen den ganzen Nachmittag. Ich aß den krümeligen Bienenstich auf, trank ihren schwarzen Kaffee und später einen Sud aus Melisse, die sie in großen Büschen züchtete und die eine beruhigende Wirkung ausüben sollte, und ab dem späteren Nachmittag auch Wein, nach Einbruch der Dämmerung ist das erlaubt, sagte sie in einem wacklig scherzenden Ton und wies in Richtung des Bergrückens, hinter dem die Sonne verschwunden war. – In Georgien tränken sie Wodka zur Stärkung des Kreislaufs zu allen Tageszeiten. Warst du schon mal dort, in Osteuropa? Wir stießen an. Ich mag dein Haus, sagte ich ihr und sah, wie sie sich freute. Ich mochte das kleine hölzerne Gebäude, den Geruch nach Dachboden und Schlafsäcken, die Fenster zum Wald und den nesselbewachsenen Weg, selbst dass man nicht recht wusste, ob die anderen Häuser bewohnt, an Wochenenden besucht oder längst aufgegeben waren und als Nächstes dem Erdboden gleichgemacht würden.

Sie hatte offensichtlich das Bedürfnis zu reden, die geistesabwesende Mitteilsamkeit von jemandem, der nicht oft Gesellschaft hat und ein bisschen das Gespür für Angemessenheiten verloren hat. Verloren oder bewusst verworfen, ich konnte es nicht sagen, jedenfalls schien es ihr vor allem ums Erzählen zu gehen, ohne Punkt und Komma, weniger, um etwas aufzudecken, als einfach zu erzählen, weil sie Lust hatte, damit es nicht still war.

Ich wusste oft nicht, wo sie sich befindet, sagte sie zu mir, zuletzt jahrelang nicht. Schon als Jugendliche war sie manchmal tagelang verschwunden. Es klang nicht traurig, wenn sie so etwas sagte. Eher, als wäre ihr mit diesem Kind etwas ganz Besonderes geglückt. Ich habe meinen Töchtern immer alle Freiheiten usw. Ich habe versucht, ihnen die großen Tugenden zu vermitteln statt der kleinen: Gleichgültigkeit gegenüber dem Geld, Tapferkeit vor dem Freund. Wie klumpige Fremdkörper trieben solche Sentenzen durch ihren Assoziationsstrom, nachdrücklich gesetzt wie die Titel ihrer an den Wänden aufgehängten und in Bananenkisten archivierten Tuschezeichnungen, die sie mir später zeigte, spillerige Figuren in fahriger Bewegung, gezeichnet mit tief ins Papier gegrabener Feder.

Sie erzählte mir, dass Nelly, bis sie vierzehn Jahre alt wurde, ein fröhliches großes Kind gewesen war, kräftig und etwas geistesabwesend, gar nicht richtig zu merken schien, wie ihr Körper in die Höhe, in die Breite ging, seinen Geruch veränderte, die Proportionen, noch viel weniger begriff sie, was um sie herum passierte, warum die anderen in ihrer Schulklasse, zwei oder drei Jahre älter als sie, sich mit allem Möglichen einzusprühen begannen, Duftmarkierungen setzten, Gerüchte verbreiteten, in ein paar Tagen ein verästeltes System aus Regeln entworfen hatten, das Nelly nicht interessierte und das sie nicht verstand. Es schien aber nichts auszumachen. Renate konnte sich nicht erinnern, dass sie jemals gequält worden war, zu ihren Geburtstagen lud sie einen Haufen Freunde ein, immer hatte sie nachmittags etwas vor.

Es hatte sie dann doch erleichtert, sagte Renate zu mir, als sie von einem auf den anderen Tag begann, zerrissene Kleidung und eine mürrische Miene zur Schau zu tragen. Als hätte ihr endlich jemand eine verpasste Information zugesteckt, und sie beeilte sich, den Anschluss zu finden. Wobei nicht ganz klar war, woran. Weiter verbrachte sie die Nachmittage in Gesellschaft ihrer Hunde, mit Übungen auf dem Hundeplatz, Wettkämpfen, in denen die Tiere ihren Spürsinn und ihren so genannten Grundgehorsam unter Beweis stellen sollten, Fähigkeiten, die theoretisch dazu dienten, Menschenleben zu retten, verwirrte Vermisste aufzuspüren, im Katastrophenfall Überlebende zu bergen, aber ganz wichtig war diesen Leuten, erinnerte sie sich, das bedingungslose Befolgen von Befehlen. Ein paar Mal hatte sie den Übungen zugesehen, gebrüllte Kommandos und künstliche Hürden und künstliche Fährten und Trainings gegen die Angst. Vor einer Reihe zum flachen Liegen abkommandierter Hunde stand einer und schoss mit einer Schreckschusspistole in die Luft. Sie hielten still, manchen troff Speichel von den Lefzen. Hütehunde, Pitbulls, Deutsche Schäferhunde. Männer und Frauen in groben Stiefeln, einige mit millimeterkurz geschorenen Haaren. Eine komische Gesellschaft, fand Renate. Eine Zeitlang versuchte sie ohne Erfolg, herauszufinden, ob ihre Tochter dabei war, in die rechte Szene abzurutschen. Eine seltsame Erfahrung. Da arbeitet man soundso lange in einer sonderpädagogischen Einrichtung und weiß, es gibt Kinder, es gibt Jugendliche, an die nicht heranzukommen ist, täglich erlebst du das, wüsstest auch, wo anzusetzen wäre, und dann stehst du da und kannst mit einem Mal nichts mehr anfangen mit deiner Erfahrung. Entspann dich, Mutter.

Nelly hatte die Angewohnheit, von der Schule heimzukommen, ein Fertiggericht hinunterzuschlingen, mit dem Hund in den Wiesen zu verschwinden, während oder erst nach der Dämmerung heimzukehren, in den immer gleichen Kleidern, eine Kapuze über den Kopf gezogen, Schnürstiefel auch im Hochsommer. Noch an dieser Plumpheit fielen Renate Veränderungen auf, eine Verlangsamung, eine Gangunsicherheit, als sie einmal schon am späten Nachmittag heimkehrte, den Hund vor sich her treibend, schweigend und appetitlos auf ihrem Zimmer blieb und nachts, es war leicht zu hören durch die dünnen Wände, den Tablettenschrank im Bad nach Schmerzmitteln durchwühlte, am nächsten Morgen nicht aufstand und am übernächsten auch nicht. In Embryohaltung lag sie im Bett, der Hund winselte an der Wohnungstür. Renate schüttelte ihre Tochter. Was hast du genommen. So dick wie Nelly damals war, fiel es nicht gleich auf, wenn ihr Gesicht anschwoll. Sie war allerdings nicht nur ziemlich dick, sondern auch ziemlich tapfer. Ohne zu wimmern, ließ sie sich im Krankenhaus in den Mund schauen, feststellen, dass jeder einzelne Zahn locker saß.

Sie war nicht zum Sprechen zu bewegen, nicht im Krankenhaus, auf der Heimfahrt, nicht zu einer Anzeige, es konnte zur Klärung beitragen, versuchte man ihr zu sagen, nicht zwingend ging es darum, ihn zu bestrafen, man könnte es auch mit einem Täter-Opfer-Ausgleich versuchen. Ich bin kein Opfer, sagte sie dazu nur und streichelte den Kopf des Hundes auf ihren Knien, und es war kein er. Einwirkung stumpfer Gewalt. Ein Sportunfall konnte ausgeschlossen werden. Sie war damals sehr träge. Ein anderer Mensch.

Ich drehte mir Zigaretten mit Renates dunklem Tabak und rauchte fast so schnell wie sie, wie ein Teenager, der mithalten will, sich einbildet, etwas Verwerfliches zu tun, lächerlich, aber ich genoss es auch. Grigorij reichte mir das Feuerzeug, wenn ich es brauchte, und schenkte nach, während Renate konzentriert auf einen unbestimmten Punkt vor sich schaute, auf den Hund achtete. Er schob den kräftigeren der beiden Hinterläufe unter den Leib, stieß sich ab, setzte die Vorderläufe stolpernd vorwärts, kam schwankend auf, fing sich wieder, begann die Bewegung von vorn. In der Mitte des Gartens blieb er stehen. Als Nelly ihn damals nicht hatte mitnehmen können ins Studentenwohnheim, war er noch jung gewesen, ausgebildet, aber ungestüm, nach ihrem Weggehen jedoch völlig verwandelt. Apathisch lag er in der Ecke, nur bei den Gängen am Waldrand kam Spannung in ihn, Wurfspielzeug ignorierte er, mögliche Beutetiere ebenfalls, er legte die Ohren an und nahm Witterung auf, er suchte nach ihr, wenn jemand trauerte, dann er, sagte Renate. Der jüngsten Schwester wäre er beinahe auf die Autobahn gelaufen und nicht mehr zurückgekommen.

Jedes Wochenende hatte Nelly ihn anfangs besucht und davon gesprochen, ihn zu sich zu nehmen, sobald es passte, aber sie schob es immer wieder hinaus, es passte natürlich nie zu ihrem Leben, Eliteuniversitäten in Amerika, Praktikas bei irgendwelchen Rohstoffriesen, Traineeprogramme. Renate sagte: Praktikas, ich weiß noch, wie ich innerlich zuckte. Elite, Amerika, sie sprach die Worte überdeutlich aus, Begriffe, die in ihren Augen verachtenswert und gefährlich waren, noch verderblicher als der Umgang mit rasierten und tätowierten Polizistensöhnen. Nach ein oder zwei Jahren jedenfalls hatte er mit dem Trauern aufgehört, inzwischen wich er nicht mehr von ihrer, Renates, Seite, suchte nicht mehr Nellys Nähe bei ihren immer seltener werdenden Besuchen.

Unser Hausfreund, sagte Grigorij, den Blick auf den sich durch den Garten schleppenden Schatten gerichtet, eines der wenigen Male, die er sich überhaupt einmischte, immer unvermittelt, nachdem er die meiste Zeit ganz abwesend gewirkt hatte. Im Dunkeln war er heimgekehrt, mit seinem Gitarrenetui und einem prall gefüllten Rucksack, von draußen war zu hören, wie er Einkäufe in den Kühlschrank räumte. Dunkles seitengescheiteltes Haar und ein praktischer dunkler Rucksack. Er sah wie die braveren unter meinen Kollegen aus. Ich versuchte, schlau zu werden aus der Art, wie die beiden miteinander umgingen, Renate nannte ihn Süßer, mich stellte sie als eine Freundin von Nelly vor, er gab mir ernst die Hand und erkundigte sich, ob ich nicht fröre in diesem dünnen Kleid, bei dem aus den Wiesen steigenden Nebel.

Er war es gewesen, der zuerst von dem Unfall gelesen und Renate das Foto gezeigt hatte, eine briefmarkengroße Aufnahme auf dem Bildschirm seines Telefons, auch mit Brille konnte sie nicht gut erkennen, was da stand, und sie konnte es nicht ernst nehmen, das *mysteriöse Verschwinden*, eine von Hunderten Nachrichten, die er täglich auf seinem kleinen Gerät empfing. In der flachen Hand hielt er es ihr unter die Nase. Ein Bild, auf dem man das Gesicht nicht richtig sah, die Stirn im scharfen Schatten eines breitkrempigen Huts, man konnte sehen, wie sie lächelte, fröhlich und furchtlos. Schau. Ist das nicht deine Tochter? Wie wahrscheinlich die meisten habe sie zuerst gelacht.

Hatte sie mit Jakob gesprochen? Jakob, sie stieß ein Schnauben aus, Jakob hat sich dann schon bald gemeldet, vorerst, wiederholte sie, habe ich gelacht und an meiner Zeichnung weitergearbeitet. Sie lief ins Haus, mir die Zeichnung zu zeigen. Eine wahrscheinlich weibliche

Gestalt, in Schwarz gehüllt, lief durch eine enge gepflasterte Gasse auf eine weiße Kirche zu. Ein dunkles Rechteck mit drei Ausbuchtungen, Füße und Kopf. Sie warf einen langen Schatten, im Hintergrund ein grob schraffiertes Gebirgsmassiv. Als Vorlage diente Renate ein Foto, das sie auf einer Reise aufgenommen hatte, vor Nellys Geburt, *Unschuldsengel* hatte sie unter die Zeichnung geschrieben. Noch eine Reihe von Bildern holte sie aus ihrer Bananenkiste, auf denen die immer gleiche Gestalt durch verschiedene, nicht mehr so südliche Landschaften stapfte, manchmal inmitten anderer, meistens allein, durch abstrahierte Neubausiedlungen, graue Gegenden, schwarze Schluchten, immer ging in der Mitte die verhüllte Frau, oder vielleicht war es auch gar keine, sollte es keine mehr sein, sondern ein buckliges Männchen, ein Kind, eine Licht schluckende Fläche. Sie zeichnete wie eine Wilde. Das heißt, wenn sie die Gelegenheit dazu fand. Sie hatte zu der Zeit auch noch anderes um die Ohren, handfeste, konkrete Dinge, Grigorijs Schwierigkeiten mit den Ämtern, der Zustand des Hundes. Zusätzlich zu allem anderen begann er, inkontinent zu werden. Sie legte die Böden mit kostenlosen Wurfsendungen und Zeitungspapier aus, bat Grigorij, wenn er zum Spielen in die Stadt fuhr, nach solchen Gratiszeitungen Ausschau zu halten, was er schweigend erledigte, obwohl er natürlich, das wusste sie selbst, überhaupt kein Verständnis dafür hatte, warum so ein Tier die Räume mit Menschen teilen, sein Siechtum mit homöopathischen Kapseln gelindert werden musste, warum man es nicht einfach erschoss. Über seine Verhandlungen mit den Ämtern sagte er wenig, sie vermutete aber, dass es nicht gut darum stand. Transnistrien. Ein Land, das es nicht einmal richtig gab, gerade sicher genug existierte, um dorthin abgeschoben zu werden. Wir könnten heiraten, sie hatte es ihm in scherzhaftestem Ton vorgeschlagen, man würde ein Fest feiern müssen und zusammenleben, für die Glaubwürdigkeit, aber das taten sie ja schon. Der Aufwand würde sich in Grenzen halten, sie redete, als ob es nur ein Witz wäre, das war es natürlich nicht, nichts an dieser Geschichte war witzig und auch ihr Vorschlag ernst gemeint. Stolz. Demut. Bescheidenheit. Ehre. Was auch immer es war: Er wollte über ihren Vorschlag nicht einmal nachdenken. Wenn er in der Stadt übernachtete, bei Bekannten oder Verwandten, wenn er tagelang fortblieb, nie ohne ihr Bescheid zu sagen, sah sie ihn immer schon im Flugzeug sitzen oder zumindest im Abschiebegefängnis des Flughafens, neben dem Sheraton-Hotel. Es konnte dann sehr schnell gehen, das wusste sie. Er schrieb ihr Kurzmitteilungen, wenn er nicht heimkam, sie empfing sie zu spät, er sei bei Bekannten oder Verwandten, in Mannheim, Gießen, Frankfurt, er blieb dort mitunter tagelang. Ich ertappte mich, sagte sie zu mir, selbst bei dem Gedanken, dass es dann wohl so schlimm nicht sein konnte. Dass also das Angebot einer Scheinehe, so ziemlich das Wertvollste, was sie zu verschenken hatte, bei jemand anderem besser aufgehoben wäre, einem, bei dem eine wirkliche Dringlichkeit bestand. Über diese Dinge dachte sie nach, während sie im Haus auf und ab lief und die feuchten Zeitungen aufräumte und Würste aus zusammengerollten Wolldecken vor die Fenster stopfte. Nur wenn sie sich hinsetzte, um zu zeichnen oder zu schreiben, kamen die ganzen Gefühle hoch, die man sich nicht erlaubt, wenn man umherrennt und das Leben im Griff zu behalten versucht, sagte sie, mit einer wegwerfenden Handbewegung auf die vor uns verstreuten Blätter deutend: Sie sehen entsetzlich aus, stellte sie fest, lachte wie über einen weit zurückliegenden Irrtum.

Sie fing mich auf, als ich über die Schwelle stolperte, ein kräftiger und ziemlich reaktionsschneller Griff an meinen Oberarm, während sie zu reden fortfuhr, als wäre nichts gewesen, über die Klageweiber, die sie damals vielleicht darzustellen versucht hatte, mehr oder weniger bewusst. – Warum es funktionieren konnte oder eben nicht, dieses Konzept zu importieren, warum der Versuch, einem Schmerz Ausdruck zu verleihen, fragte ich, so schnell peinlich wurde. Sie sah auf, unterbrach das Gelächter, in dem wir uns eben noch so einig gewesen waren. Peinlich. Was soll daran peinlich sein?

Sie erzählte von ihren Träumen, wiederkehrende Träume, es waren die Enkel, die Kinder von Nellys Schwester, denen Schreckliches widerfuhr, sie bekamen unausdenkliche Diagnosen, verschluckten Zigarettenstummel, glitten in dunkle Tümpel, wenn die Traumhandlung einsetzte, Renate dazu stieß, war immer schon alles geschehen. Nelly kam nicht vor in diesen Träumen. Nicht mal die Geschichte mit den Zähnen. Wo die sich doch so gut eignete. Renate schlang die Arme um den Leib, ihre Stimme hörte sich weiter fast normal an, ein wenig belegt, nur ihre Schultern zuckten leicht.

Traurige Dinge, die anderen zustoßen, machen mich schüchtern, ich habe es schon gesagt. Traurig, schüchtern. Ziemlich klägliche Ausdrücke für das, was hier passiert war. Versuch nicht, etwas Schlaues darüber zu sagen. Versuch es gar nicht erst. Etwas Tröstendes. *Das kann ich mir vorstellen.* Kannst du nicht.

Kurz hielten wir zusammen still und hörten auf die Geräusche, die Bundesstraße, Grigorijs Stimme, wie er durch den Wald lief und nach dem Hund rief, das Rascheln und Knacken von Ästen unter seinen Füßen. Kann er überhaupt so weit weglaufen?, fragte ich, versuchte mich zu erinnern, wo ich gehört oder gelesen hatte, dass Tiere, wenn sie irgend können, zum Sterben ein Versteck suchen, vom Rudel entfernt. Sie zuckte mit den Schultern, etwas belästigt, vom Thema abgebracht worden zu sein. In letzter Zeit, meinte sie nur, ist er unruhiger geworden. Aber er ist noch jedes Mal wieder zurückgekommen.

Tage, Wochen nach der Nachricht von ihrem Verschwinden waren die Briefe eingetroffen, hellblaue Luftpostumschläge, weil Nelly glaubte, ihre Mutter könnte nach wie vor mit Technik nicht umgehen, weil sie selbst sich auf einer Insel aufhielt, wo die Netze nicht hinreichten, weil sie es für die feierlichere Form hielt. *Liebe Mutter.* Die gleiche Schrift wie auf den Geburtstagskarten, eilige, nach rechts geneigte Buchstaben, Sätze, die ihr redend nie über die Lippen gekommen wären. Briefe eines Kindes, das mit der Zunge zwischen den Zähnen aus dem Ferienlager nach Hause schreibt, vom Wetter berichtet, Erlebnisse aneinanderreiht, bemüht zu zeigen, dass sie es schön hatten, Nelly und Jakob, *auch wenn Du ihn nicht leiden kannst, ich weiß, dass Du ihn nicht leiden kannst. Obwohl Du ihn gar nicht kennst. Du hast Dich nie bemüht, ihn kennenzulernen. Drei Tage warst Du bei uns zu Besuch und hast nicht mit ihm gesprochen. Du hast ihn angeschaut, seine Frisur, sein Hemd, seine Schuhe. Uns hast du immer beizubringen versucht, Menschen nicht vorschnell zu beurteilen, vor allem nicht nach ihrer Kleidung. Selbst hältst Du Dich nicht daran. Wenn jemand ein gebügeltes Hemd trägt, steht er auf der falschen Seite. In Deinen Poncho gewickelt, hast Du auf Deinem Balkon gesessen, während wir versuchten, Dir beim Aufräumen und Packen zu helfen. Panik und Vorwurf in Deinem Gesicht. So habe ich Dich in Erinnerung. Es tut mir leid, aber so ist es. Damals im Auto hatte ich starke Gefühle, Hilflosigkeit und Zorn, ich habe zu Jakob gesagt, das war der letzte Versuch, was bringt es, an etwas festzuhalten, etwas zu wollen, das offensichtlich nicht funktioniert. Nie funktioniert hat. Wir haben einfach nie eine Nähe gehabt. Er hat versucht, einzulenken. Niemand hat ihn dazu gezwungen, aber er hat es versucht. Er ist wie vielleicht alle in unserer Familie außer Dir und mir, er erträgt keinen Streit.*

Wir werden ein Kind adoptieren. Du bist die Erste, der ich davon schreibe. Ich habe schon lange an diese Möglichkeit gedacht, so lange, dass es mir jetzt ganz unwirklich vorkommt. Je konkreter unsere Schritte, desto unwirklicher. Es geht hier ziemlich bürokratisch zu, man muss Formulare ausfüllen und Geduld haben und wahrscheinlich noch ein paarmal hin- und herfliegen und noch einmal mehrere Wochen hier verbringen, das ist Pflicht, es wird also alles noch dauern. Ich möchte aber, dass Du das jetzt schon weißt, dass Du Dich auf einen neuen Enkel freuen kannst, einen Enkel aus Nicaragua.

Nicaragua. Ich habe Dich nie nach Deinen Reisen gefragt. Wahrscheinlich hast Du genug von allein erzählt, einige Geschichten immer wieder. Damals hatte ich undeutliche

Vorstellungen im Kopf, grüne Berge, Kinder ohne Schuhe, mit aufgeblähten Bäuchen, Du bist durch die Berge geritten, um sie in ihren Dörfern aufzusuchen und ihnen Impfstoffe zu bringen. Du hast uns erzählt, wie Du eines auf dem Pferd mitgenommen hast und wie es in Deinen Armen fast gestorben wäre. Der kleine fiebernde Körper in Deinem Arm. Ich habe nie gewusst, warum Du uns immer gerade diese Geschichten erzähltest. Damit wir wissen, dass es anderen viel schlechter geht? Dass wir deshalb Wasser sparen müssen? Damit wir wissen, was Du für Abenteuer erlebt hast, bevor ich auf die Welt gekommen bin?

Ich erinnere mich an die trockenen Kuchen, die Du auf den Schulfesten verkauft hast, für die Solidarität. Ein Mal hast Du Toni und mich in Folklorekleider gesteckt, wir mussten Blumen im Haar tragen und zur Marimba tanzen. Auch Du hast eine Blume im Haar getragen und zur Marimba getanzt. Die Musik kam von einer Kassette, die Du in Managua gekauft hattest, das Band war schon ziemlich ausgeleiert, es klang nicht gut. Ich konnte nicht tanzen, und in meinem Haar hält nichts. Ich bin vor Scham gestorben und vor Wut, wenn Du versucht hast, mir zu zeigen, wie man den Rock richtig zwischen den Fingern hält und die Hüfte schwingen muss. Du konntest es ja selbst nicht besonders, dachte ich damals. Ich hasste die Musik, ich hasste die Kleider, die Blume, die mir aus dem Haar fiel, auf der Bühne auf dem Schulhof, in der knallenden Sonne, vor allen anderen, für eine Dorfschule in Nicaragua.

Heute würde mich interessieren, wo war dieses Dorf, wurde diese Schule je gebaut? Komischer Zufall, dass ich nun ausgerechnet hier gelandet bin. Oder vielleicht ist es auch keiner. Du solltest kommen. Du könntest kommen und Dir anschauen, wie es jetzt hier aussieht. Ich würde Dir den Flug bezahlen. Ich weiß, dass Du damit ein Problem hättest. Aber ich würde es machen. Ich hätte kein Problem damit.

Liebe Grüße, Nelly

Das war der letzte Brief gewesen. Auch die anderen beiden, verfasst wenige Wochen zuvor, kürzer, ruppiger, zeigte Renate mir und schaute mir zu, wie ich las, hielt sie mir vor das Gesicht, wie sie es zuvor mit den Bildern getan hatte, und beobachtete meine Reaktion. Grigorij stand unterdessen am Rand der Veranda, am Rand des verschwommenen Lichthofs, klaubte Kletten aus dem Bauchfell des Hundes, bevor er ihn unter leisem Gemurmel ins Innere des Hauses begleitete. Ich hatte den Eindruck, dass er das jeden Abend tat. Den Kühlschrank füllen. Das verlorene Tier aus dem Wald holen. Renate mit dem Auto in die Kreisstadt fahren, wenn sie zur Arbeit musste, in die Stadtbücherei, wo sie sich neue Russischbücher auslieh und an einem der stundenweise vergebenen Internetarbeitsplätze ihre Post erledigte, Fotografien ihrer Enkel ansah und eine kurze Zeit lang auch Bilder und Berichte über das Flugzeug, mit dem ihre älteste Tochter verschwunden sein sollte. Auf dem Weg zu einer Insel in der Karibik. Sie betrachtete den blauen Himmel, die himmelblauen Uniformhemden der nicaraguanischen Polizisten, das traurige Leinwandheldengesicht des angeblichen Piloten, ein schwaches grelles Geflimmer, gewichtslos gegen die Briefe in ihrer Tasche, die Schrift, die sie kannte. Am PC der Stadtbibliothek, vor dem Regal mit den Koch- und Bastelbüchern tippte sie ihre Antwort. *Liebes Kind. Danke für Deine Zeilen, Deine Ein-*

drücke, Deine Offenheit, Deine Vorwürfe, für die Anregung, Mützchen zu häkeln für mein nicaraguanisches Enkelkind.

Kurz und knapp hatte ihre Antwort werden sollen. Sie geriet ihr viel länger. Sie schrieb ihr von den Erfahrungen, die sie in ihrer eigenen Arbeit mit adoptierten und Pflegekindern machte. Von einem Mädchen, das, wenn es wütend wurde, seinen Kopf gegen die Wand schlug, mit der Stirn zuerst, so fest es konnte. *Es bleibt dann nichts, als zu warten. Bis der Anfall vorüber ist. Danach kann man ihr wieder jede Frage stellen und eine völlig klare Antwort bekommen. Das Mädchen ist normal intelligent, vierzehn Jahre alt. Ich schreibe Dir das nicht, um Dich aufzuklären. Du weißt ja immer schon alles. Seit Du vierzehn Jahre alt warst, hast Du ein müdes Gesicht gemacht und die Hand gehoben, wenn man Dir etwas sagen wollte; Du hast immer schon alles gewusst.*

Es freut mich, zu lesen, dass Du Deinen Elfenbeinturm endgültig verlassen hast. Es freut mich, dass Du ein Kind an Dich nehmen willst. Einen kleinen Menschen, von dem Du noch gar nichts weißt.

Sie bedankte sich für die Einladung, schrieb, sie käme gern, würde aber wahrscheinlich nicht können. Sie tippte, bis die Zeit abgelaufen war, und schickte alles ab, ohne es nochmals durchzulesen. Sie war zufrieden, auch mit den Stellen, über die es Streit geben konnte. Besser als das wässrige Schweigen, das sich in der Vergangenheit zwischen ihnen verdichtet hatte, in ihren höflich ausgetauschten Nachrichten und Bildern und Unterhaltungen. Auf ihre letzten Mails kam nie eine Antwort. Auch damit hatte sie gerechnet. Auch sie war eine, die immer schon alles wusste, dachte ich.

Bis heute habe ich mir keinen vernünftigen Grund denken können, warum sie mir all das anvertraute. Es ging mich schließlich überhaupt nichts an. Eine alte Freundin ihrer verschwundenen Tochter. Eine dahergelaufene Person, die behauptete, eine alte Freundin zu sein. Sie sah, sagte Renate mir, keinen Sinn darin, Gedanken oder Gefühle aufzusparen, für sich zu behalten, wenn schon einmal eine vorbeikam, der sie sich mitteilen konnte. Wahrscheinlich war es ihr gar nicht so wichtig, wer ich war. Was ich in dieser ganzen Sache wollte. Sie verlangte jedenfalls keine Erklärung.

Noch später beugten wir uns zu zweit über ein altes Klappsofa und zerrten ein Spannbetttuch über die Ecken der durchgelegenen Polster. Sie behauptete, sich jetzt doch an mich erinnern zu können, wie wir damals zu Besuch gekommen waren, Nelly und ich. – Du hast dich nur sehr verändert. – Man wird nicht jünger. – Eine völlig idiotische Phrase, aber ich hatte sie nun mal gesagt. Ich hatte zugenommen, das war alles. Sie lächelte etwas schief. Natürlich erinnere ich mich, stellte sie fest, du warst die Mitbewohnerin.

Sie umarmte mich zur guten Nacht, ich hielt still, sie drückte ihre Handflächen an meine Schulterblätter, ich spürte ihr Herz klopfen, ist dir kalt?, fragte sie, als sie sich löste, mich mit ausgestreckten Armen vor sich hielt: wie du die Schultern hochziehst. Ich versuchte einen scherzhaften Ton anzuschlagen. Ich könne es nicht ändern. Sie zeigte auf den Spiegel über dem Küchenwaschbecken, mit einem buntlackierten Rahmen, dort sollte ich mir die Zähne putzen, sie hoffte, ich hätte keine Probleme mit den Waldgeräuschen und mit dem herumgeisternden Hund, wenn er zu unruhig wird, klopf an, sagte sie und schloss die Tür hinter sich. Durch die dünnen Wände hörte ich die beiden noch lange miteinander reden, ihre Russischlehrbuchsätze mit dem starken Akzent, seine geduldigen Antworten. Von draußen die mahlenden Geräusche einzelner Autos, die sich über die Bundesstraße näherten und entfernten, das Schnaufen des Hundes, das Scheppern einer aus rostigen Elementen gebastelten Installation.

Am nächsten Tag bestanden sie darauf, mich zum Bahnhof zu bringen, der Bus hielte sich, wenn er überhaupt fuhr, nicht an einen zuverlässigen Fahrplan, und sie müssten sowieso in die Stadt. Ich protestierte schwach, dass ich die Abfahrtszeiten recherchiert hätte, sie erzählten von Unwettern, die es in der Nacht und in den vergangenen Tagen gegeben hatte, in weiten Teilen Bayerns war der Zugverkehr ganz zum Erliegen gekommen.

Und als ich hinter ihnen auf dem Rücksitz saß und auf die nassen Wiesen und wieder die schütteren Sportplatzränder schaute, die Kirchtürme und Zigarettenautomaten und die herabgelassenen Rollläden, die in der Hitze bleichen Fachwerkfassaden und die grünspanigen Balkone der Nachkriegsbauten und die Blumenkohlköpfe in den Plastikkörben vor dem Dorfladen, dachte ich, dass sie damit wahrscheinlich recht hatten, dass man hier wirklich ganz abgeschnitten vom Rest der Welt lebte, still, abgetrennt hinter einer gläsernen Wand. In einer Puppenkistenkulisse, mit kleinen Zweimotorflugzeugen, die in geringer Höhe Kunststücke am Himmel übten, mit buntbemalten Stromkästen am Straßenrand und vor uns, auf einer milden Anhöhe gelegen, die Sandsteinbauten des Barockstädtchens, an dessen Rand Nelly aufgewachsen war. Es kam mir nur logisch vor, dass man sich in dieser Gegend mit Katastrophen zu beschäftigen begann, mit Theorien über ihre Entstehung, Szenarien einer Welt, in der das alles nicht mehr da war, ineinandergekracht, Spielzeug, das ein Kind über Stunden und Tage zu einem perfekten Idyll angeordnet hat auf einer dünnen Decke, die es am Schluss wegzieht mit einem einzigen Ruck. Kippmomente: Wenn eine über lange Zeit allmählich, kaum merkbar voranschreitende Entwicklung einen kritischen Punkt erreicht hat und etwas Plötzliches, Unumkehrbares geschieht, etwas Extremes, so dass alles, was vorher wichtig war, seine Gültigkeit und seine Funktion beziehungsweise Funktionsfähigkeit verliert, Preisschildchen, Pausenblinklichter. Das Bild einer Flut, binnen Minuten niedergehende Tonnen von Wasser, die alles mit sich fortrissen, die Denkmäler, die Geländewagen und Kiesgärten, die mit Betonpfannen gedeckten Dächer der Einfamilienhäuser und die Einfamilienhäuser selbst.

Ich hätte gern mehr darüber erfahren, unter welchen Umständen und wie freiwillig Renate aus ihrem vorherigen Leben ausgeschieden war, in Nellys Erzählung hatte sie stumm zwischen Papieren und Briefen in ihrer Stadtwohnung gesessen, aus der Kur zurück, die Räumungsklage auf dem Tisch. Aber vielleicht hatte Nelly auch wieder übertrieben. Panisch und vorwurfsvoll, hatte sie ihre Mutter genannt, wenn sie besserer Laune war, das Wort tapfer benutzt, wie man ein Kind lobt. Ich wusste aber auch, wie Renate die Sache mit Nellys Wohnung geregelt hatte, mit

Anwälten und zwei oder höchstens drei Treffen mit Jakob, es hatte sich nicht überfordert angehört. Kauft ihr nie im Dorfladen?, fragte ich, nur um etwas zu sagen, Grigorij lachte und meinte, das würde er nicht riskieren, die Produkte stammten alle noch aus dem vorigen Jahrhundert. Renate schob eine mit zügiger Filzstiftschrift bekritzelte CD in den Player, Neil Young sang; sie kauften sowieso nicht viel, erklärte sie mir, das meiste wuchs in ihrem Garten oder in dem von Freunden, die in der Nähe wohnten, sie versorgten sich mehr und mehr selbst, Unsinn, fiel er ihr ins Wort, ein paar Kräuter, ein paar Tomaten, die Eier von Wowa, wenn seine Hühner in Stimmung sind, wenn wir wirklich autark sein wollten. – An mir, Süßer, liegt es nicht.

Ob sie das sich glücklich kabbelnde Paar für mich gaben oder sich immer so unterhielten, war mir in dem Moment ganz gleichgültig, jedenfalls kam auch ich in eine aufgekratzte Stimmung, erzählte von dem Lächeln des Jungen im Dorfladen und davon, wie er mir die Tür aufgehalten hatte, so freundlich, dass etwas nicht stimmen konnte.

Schon ziemlich bald, nachdem wir uns kennengelernt hatten, hatte Nelly mir von dem vergessenen Dorf erzählt, in dem sie großgeworden war, von der schäbigen Pension ihrer Eltern, von tortenessenden Ausflüglern an einem undurchsichtigen grünen Teich, denen sie hinterhergelaufen war wie ein Hündchen, für die Dauer einer Sommerfrische, eines Kuraufenthalts adoptiert, bis sie selbst ganz verwirrt war und nicht mehr wusste, wohin sie gehörte. Frühe Thekengäste verströmten tröstliche Großvatergerüche, Bier und Rasierwasser, wenn sie ihr zu erklären versuchten, wie man richtig schrieb, den Arm um sie legten, ihr den Stift führten; die Mutter in diesen Geschichten trug kurzes bleiches Stachelhaar, verteilte Backpfeifen, wenn sie von Nellys Lehrern zum Gespräch bestellt worden war.

Ich wollte sehen, ob du mir glaubst, meinte Nelly nur, als ich sie später fragte, warum sie mir diese Geschichten aufgetischt hatte. Backpfeifen. Weil sie mich ein bisschen beeindrucken wollte, weil sie etwas klarmachen wollte, das sie anders nicht sagen konnte, weil sie etwas anderes leugnen wollte, weil die Dinge, wie sie gewesen waren, ihr einfach irrsinnig fad waren.

Als ich Renate im Auto davon erzählte, lächelte sie nur. Eine blühende Phantasie, sagte sie, mit der Stimme von einer, die jede Angst in sich zur Ruhe gebracht hat, kurbelte das Fenster hinunter und trommelte mit den Fingern auf der Armatur herum. Der Fahrtwind wirbelte ihr das Haar ins Gesicht, glücklich schaute sie auf die Auwiesen, rauchte zum Fenster hinaus, drehte sich nach mir um, wie man nach den Kindern sieht, ein heiteres Mitleid in ihrem Blick, das nicht Nelly galt, sondern mir.

Als sie Nelly kennenlernten, waren Gloria und Milton ein Paar, seit Jahren schon. Das überrascht dich jetzt vielleicht ein bisschen, sagte sie zu mir, aber du hast richtig gehört, damals war er ein anderer Mensch, Milton, er ging mit uns trinken und tanzen, darüber hat er mit dir sicherlich nicht gesprochen, aber damals, das kannst du mir glauben, war er der Wildeste von uns allen, er wusste, wie man lebt. Er hat nie ein Geheimnis aus seiner Vergangenheit gemacht, jedenfalls nicht mir gegenüber, sagte ich ihr. – Seine Vergangenheit!, sie lachte wie über ein besonders albernes Wort.

Schon bevor Nelly auftauchte, hatten die Dinge begonnen kompliziert zu werden, zwischen Gloria und Milton als Paar, aber auch in dem Dreieck, das sie mit Waldo bildeten. Es gab eine Reihe von Gründen dafür, die wenigsten hatten mit Nelly zu tun. Wie ich es aus Glorias Erzählung verstanden habe, trat sie höchstens als eine Art Katalysator auf. Es hatte gereicht, in Erscheinung zu treten, eine Stelle zu besetzen, mit jeder beliebigen anderen Person wäre Vergleichbares geschehen.

Damals hatte Waldo noch gelächelt und über scheinbar unerschöpfliche Vorräte an Energie verfügt. Wenn er nicht für *Horizontes* Fahrdienste erledigte, half er in der Schreinerwerkstatt des Onkels in Masaya aus, wobei aushelfen es nicht ganz traf, wenn wir ehrlich sind, sagte Gloria, war er es, der den Laden schmiss, so gut er das eben mit seinen anderen Tätigkeiten vereinbaren konnte, er war es, der die Werkstatt in Ordnung hielt, die Aufträge zu Ende brachte, Betten und Bilderrahmen und vor allem die äußerst beliebten Schaukelstühle. Das Modell, das sein Onkel in den Jahren der Kooperative entwickelt hatte, ein Stuhl wie eine Welle, gemacht aus einem einzigen Stück Holz. Im hinteren Teil, wo der Onkel sich schon gar nicht mehr hinbewegte, zeichnete er, Bilder, die er vielleicht auf Touristenmärkten oder auf dem Platz vor der Kathedrale von Granada zu verkaufen hoffte. Dicht gehängt klebten die Blätter, aus einem Spiralblock ausgerissenes Rechenpapier, an den Wänden über dem Bett, neben der Tür. Mit Filzstiften und Buntstift gezeichnete menschliche und tierische Gestalten, Zeichnungen nach der Natur, nach in Zeitschriften oder im Fernsehen gesehenen Bildern. Blumen und Vögel, Schlangen und Rotwild. Auf seinen Bildern war nichts zu sehen, was es nicht gab, und was es zu sehen gab, war klar zu erkennen. Torso und Beine eines Pferdes, Ausschnitte von verschlungenen Hochwäldern, ins Meer stürzenden Felsen. Immer nur Ausschnitte. Mit manischer Präzision, in winzigen Strichelchen gefertigte Details, gezeichnet mit dem Gesicht ganz nah am Blatt. Gestalten ohne Hintergrund und angefangene Landschaften, sie schienen zu schweben vor weiß gelassenen Flächen, als hätte er das Fertigmalen vergessen, dachte Gloria, niemand würde ihm das abkaufen, es sei denn, er hätte einmal unwahrscheinliches Glück.

Wenn jemand etwas davon kaufen würde, wäre es jemand mit Geld, jemand, der in hallenhaften Räumen lebte, zwischen all dem Weiß und den geraden Kanten etwas krummes Buntes brauchte. Waldo sagte, er interessiere sich gar nicht dafür, ein Vermögen zu machen, wenn man ihn fragte, konnte alles genauso bleiben, wie es war. Tatsächlich wirkte er damals ziemlich zufrieden, fand

Gloria, zufriedener als wir anderen. Waldo war der einzige von ihnen dreien, der sich nicht an einen ganz anderen Ort in der Welt wünschte. Wenn er konnte und nichts anderes vorhatte, blieb er über Nacht in der Werkstatt und zeichnete, bis es hell wurde. Wie ein Besessener, sagte Gloria, aber das wussten die wenigsten. Was alle wussten: dass er die Nächte dort verbrachte, auf einer staubigen Pritsche im Winkel hinter der Drechselbank, wenn es ihm daheim zu viel wurde, wenn er zu lange getrunken hatte und nicht mehr heimzukommen brauchte. Wenn er eine Frau kennengelernt hatte, und er lernte oft Frauen kennen, er war eine Verführungsmaschine, Waldo, das glaubte man sofort, wenn man ihn am späten Vormittag neben dem immer tatteriger werdenden Onkel im Werkstatthof auf dem Bänkchen im Schatten des Mandelbaums sitzen, Kaffee trinken und rauchen sah, mit diesem leicht umflorten Blick, den trägen Bewegungen von einem, der wenig, sehr wenig schläft und auch sonst überhaupt nichts nötig hat. Du kommst hin und er hebt eine Frucht vom Boden auf, so, wischt sie an seiner Jeans ab und schlitzt sie auf mit dem kleinen Schnitzmesser, das er immer in seiner Hosentasche hat. Er steckt das Messer wieder ein und hält dir das Obst hin, ohne etwas zu sagen, nur mit diesem Blick, mit diesen müden melancholischen Augen, ein Blick wie durch einen Schleier, sagte Gloria, und trotzdem geht er dir durch und durch. Ich war nicht dabei, sagte sie zu mir, ich war damals noch gar nicht auf der Welt, aber schon als Junge soll er so geschaut und allen den Kopf verdreht haben und immer damit durchgekommen sein.

Und du, fragte ich sie, zugegeben ein bisschen plump, hat er dir denn gefallen? – Natürlich hat er mir gefallen, sagte sie und lachte wieder, ich sage dir doch, er ist überall gut angekommen. Nur dass ich ihn ein bisschen zu gut kannte. Sie streifte mich mit ihrem Blick und schaute an mir vorbei zum Fenster hinaus, schüttelte das Fläschchen mit dem Desinfektionsmittel und rieb sich die Hände damit ein, mit gründlichen, flinken Bewegungen. Offensichtlich hatte sie keine Lust, das Thema zu vertiefen. Sie rollte ihre Schultern nach hinten und schnipste mit den Fingern nach dem Kind, das den Mittelgang abging und mit leiernder Stimme Süßigkeiten anbot, ein Mädchen mit gerüschter weißer Schürze und durchstochenen Ohrläppchen und strengen Gesten. Gloria hielt mir ein Tütchen schreiender Buntheiten hin, ich biss in einen Klumpen pink eingefärbter Kokosraspeln, ein Geschmack aus Rauch und Klebrigkeit, Süße, die an nichts erinnerte, nur ein zuckriger Rausch. Ich hörte auf, ihr Fragen zu stellen.

Ein Mal nahm Gloria den Norweger mit in die Werkstatt. Obwohl sie nicht ganz einschätzen konnte, ob er sich überhaupt für Kunst interessierte oder dieses Interesse nur gelegentlich erwähnte, wie er auch über das Lesen sprach, ohne dass sie ihn je mit einem Buch in der Hand gesehen hätte, einen belesenen Eindruck machte er jedenfalls nicht auf sie, mit seinen hochgerollten Hemdsärmeln, dem Hut und den breitgelaufenen Turnschuhen und dem vernarbten Gesicht. Sie haben Talent, deine Brüder, sagte er am Abend zu ihr. – Das sind nicht meine Brüder, sagte sie nur etwas rau, er fragte nicht weiter.

Und wer war das?, fragte Milton später. Nichts weiter, nur das, leise und ein bisschen giftig: Wer war dieser alte Mann, mit dem sie dich gesehen haben, im Auto zu zweit, im Restaurant und abends in Victorias Bar? – Wer soll das schon gewesen sein. Mein neuer Arbeitgeber. Ich habe dir von ihm erzählt.

Für Lügen und Geheimnisse hatte Gloria nichts übrig. Wenn sie nicht viel von ihm sprach, vor allem mit Waldo und Milton nicht, dann nicht, weil es einen Skandal zu verbergen gab. Es gab überhaupt nicht viel Aufsehenerregendes zu berichten, nichts von dem, was die anderen sich vorstellten, ihre Beziehung war ziemlich professionell.

In einem der Foren für Expats hatte er nach einer Person gesucht, die für ihn übersetzte und ihn herumführte, abseits der ausgetretenen Wege, die ihm möglichst behilflich sein konnte bei seiner Suche nach Zuchtpferden und einem Stück unberührtem Land, in das er investieren konnte. Er hatte vor, Norwegen und Europa für den Rest seines Lebens hinter sich zu lassen. *Ich habe gebucht,* schrieb er ihr. *Ich habe meine Wohnung verkauft und mein Unternehmen. Es tut mir leid, dass ich alles zurücklasse. Aber ich konnte nicht mehr atmen in Kristiansand. Als ich den Beschluss gefasst hatte, alles abzustoßen und auszuwandern, konnte ich wieder atmen.*

All das schrieb er ihr, bevor sie sich überhaupt begegneten; kaum hatten sie Kontakt aufgenommen, schrieb er ihr von den großen Dingen, solchen, die die meisten Menschen selbst im Gespräch ein Lebtag nicht herausbringen. Es imponierte ihr, es kam ihr seltsam vor, es schüchterte sie aber auch ein. Stärker als alles andere war die Neugierde. Sie sah sich Bilder von Kristiansand an. *Man muss das Spiel spielen,* schrieb sie ihm, *manchmal muss man das Spiel spielen.* Sie umriss mit ein paar Übertreibungen, was sie bieten konnte. Zertifikate in Wirtschaftsenglisch und ein Touristikstudium. (Später wurde ihr das Aufschneiden peinlich, spätestens als er ihr erklärte, er habe in seinem Leben keine Universität von innen gesehen, er misstraue allen staatlichen Institutionen.) *Ich bin sehr flexibel,* schrieb sie, nannte eine Tagespauschale, die ihr maßlos und wahnwitzig vorkam, aber er meldete sich sofort zurück.

Ivan. Als sie ihn zum ersten Mal auf sie warten sah, in einer Filiale von *La Casa del Café* im Metrocentro in Managua, war sie drauf und dran, ihn sitzenzulassen. Er würde sie hinter der Glasscheibe vorbeigehen sehen und sich nichts dabei denken, eine junge, dünne Frau in Röhrenjeans, solche liefen dort im Einkaufszentrum zuhauf herum. Sie beide würden die Sache vergessen können, wie gekränkt kann man schon sein, versetzt von einem Menschen, dem man nie begegnet ist, wozu hatten sie sich denn verpflichtet?

Was im Himmel werde ich mit diesem Menschen reden, den ganzen Tag? – Sie hatte jemand Hageren erwartet, wenn es sein musste, jemand Älteren, aber kantig und großzügig zugleich, mit hellen Wimpern und langen Armen, aber der einzige Tourist, den sie in dem Café sehen konnte, kauerte schmal, klein, spitzbäuchig in einem der runden Lederschalensessel vor der Vitrine mit den Schichttorten und Bagels. In eine enge Stelle gedrängt saß er da, als wollte er sich verstecken neben einer Clique Mädchen und deren über die Sitze und auf dem Boden verteilten Einkaufstüten. Ihr fiel die dunkelrosa Haut an seinen Fingerknochen auf, wie fest er die Hände um den Becher geschlossen hatte. Es ist kalt hier drin, sagte er zur Begrüßung. Wahrscheinlich waren die Frauen ein schwieriges Kapitel in seinem Leben, dachte Gloria, und dass das nicht die schlechteste Basis war für eine Geschäftsbeziehung wie diese.

Geschäftsbeziehung. Manchmal stieß mir auf, wie großspurig sie mit Begriffen umging, ohne jede Ironie, oft dachte ich, trägt sie nicht ein bisschen dick auf. Dass eine Frau, die über zehn Jahre jünger war als ich, so genau zu wissen behauptete, wo sie hinwollte im Leben, sich ihrer Sache so sicher war, so überzeugt von sich selbst. Es irritierte mich. Und ich fragte mich, was sie von mir wollte, warum sie sich für mich zu interessieren schien.

Er würde sie nicht durcheinanderbringen. Es war gar nicht schlecht, dass er nicht groß, bärtig und athletisch war, versuchte sie sich zu sagen, im Bus auf dem Weg nach Hause. Er hatte sich im ganzen Gespräch sehr höflich und zurückhaltend benommen, er hatte überhaupt nichts von ihr wissen wollen, er hatte so wenig Interesse gezeigt, dass sie schon wieder beinahe gekränkt war. Vielleicht hatte auch er sich etwas anderes vorgestellt, jemanden im Kleid, eine südliche Schönheit, eine kurvigere Figur, darüber würde sie sich sicher nicht den Kopf zerbrechen. Eine professionelle Beziehung. Das war es, was sie miteinander haben würden. Wenn sie lange genug dabeiblieb und sich nicht allzu blöd anstellte, würde sie an weitere Aufträge kommen, sie würde Geld verdienen, am Tag mehr als im Museum in einem ganzen Monat. Sie würde sparen und sich ein Zimmer mieten. Das war, was sie damals am dringendsten wollte. Sie brauchte nicht viel, keine Wohnung, ein Zimmer, zur Untermiete bei Fremden, die es nicht kümmerte, wann sie heimkam und was sie trieb. Ein Zimmer für sich, ein Bett, in dem sie sich allein ausstrecken konnte und Besuch bekommen, von wem sie wollte. Wer weiß, warum es hieß, allein sein sei schlimm.

Tagelang fuhr sie mit Ivan in einem von ihm gemieteten Auto über Land. Sie zeigte ihm die Dinge, die man als Erstes abklappert, den Vulkan von Masaya und den Kunsthandwerksmarkt, die weißen Dörfer und die Gärten von Nindirí und den steilen Schleichweg hinunter zum Ostufer der Laguna von Catarina, eine geheime Stelle mit einem schmalen grasigen Uferstreifen. Der Anblick des kalten blauen Wassers war das Erste, was ihn zu verzücken schien. Im Stehen knöpfte er sich das Hemd auf, stieg aus der Hose, den Blick unverwandt auf das Wasser gerichtet, er zog seine Turnschuhe aus und seine Boxershorts. Kurz blieb er so stehen, es war das erste Mal, dass sie ihn ohne Kleider sah, den schmalen Brustkorb, die weiche Haut an den langen knochigen Pharaonenfüßen, die Härchen an Rücken und Bauch. Er stand, als hätte er vergessen, dass sie auch noch da war. – Willst du gar nicht ins Wasser, fragte er, sah ohne Brille in ihre Richtung, sie wusste nicht, ob er sah, wie sie den Kopf schüttelte. Er kletterte die Böschung hinab, ohne sich nach ihr umzusehen. Eine Spannung in seinem kleinen weichen Körper, die sie ihm nicht zugetraut hätte. Er schwamm hinaus, bis sie ihn nur noch als dunklen Punkt sah und in ihrem Kopf die unbändigsten Phantasien losrauschten, unterdessen der Himmel sich über ihnen zuzog. In der Mitte der Lagune hörte er auf, sich zu bewegen. Aber er ging auch nicht unter. Sie versuchte, nicht mehr hinzuschauen, rückte näher ans Ufer, zog ihre Schuhe aus und streckte die Füße ins Wasser, es war noch kälter, als sie geglaubt hatte. Seine Kleider neben ihr, ins Kraut geworfen. Die gebleichte Jeans – hatte sie ihn überhaupt schon in einer anderen gesehen? Die Metallbrille mit den in der Mitte zerteilten Gläsern stak in den angegrauten Laufschuhen. Der Tabakbeutel in der Brusttasche seines Hemdes und die Ledergeldbörse mit den weiß abgestoßenen Rändern, halb aus der Gesäßtasche der Jeans gerutscht. Es wäre das Einfachste auf der Welt gewesen. So viele Scheine herausnehmen, dass es ihm nicht weh tat, bis er zurückgeschwommen war, über alle Berge sein, für immer aus seinem Leben verschwinden, bevor einer von ihnen beiden anfangen würde, sich falsche Vorstellungen zu machen, denn früher oder später würde einer von ihnen beiden damit anfangen, eher früher als später, das wurde ihr, während sie dort in der windlosen grünen Kratertiefe saß und ihn zurück zum Ufer, auf sich zu kraulen sah, plötzlich und deutlich bewusst.

In seiner durchscheinend nassen Unterhose setzte er sich direkt neben sie auf einen Stein. Du wirst dich verbrennen, warnte sie ihn, er blinzelte sie etwas amüsiert an, zeigte auf den bedeckten Himmel über ihnen, ich würde mich gern an der Luft trocknen lassen, sagte er, falls es dir nichts ausmacht.

Ich glaube nicht, dass ich hier neue Freundschaften schließen werde, sagte er zu ihr an einem dieser Abende, als er sie spätnachts in seinem Mietwagen am Uhrturm von San Dionisio absetzte, nach der üblichen Diskussion, soll ich dich nicht bis zu deinem Haus, was, wenn dir jemand auflauert, etc., bis sie ihm eine Hand auf den Arm legte und streng wurde: Du würdest den Weg nie zurückfinden. Ich kann auf mich aufpassen. Er betrachtete sie. Da sind wir uns wahrscheinlich ähnlich, meinte er. Ich für mein Teil bin mit den Jahren recht einzelgängerisch geworden. Und was ist mit denen daheim in Kristiansand?, fragte sie. Fehlen dir nicht die Berge, die Fjorde und das Essen, die waldigen Gebiete? Gewiss fehlten sie ihm. Unter irgendetwas muss man auch leiden, sagte sie, ohne genau zu wissen, warum. Er sah sie von der Seite an, das Gesicht noch unebener in dem kränklich gelben Straßenlaternenlicht, sie schaute zurück, bis er nickte, ihr einen abgezählten Betrag zusteckte, damit sie ausstieg und die Tür hinter sich zuschlug.

Ein einziges Mal hatte er sie mitgenommen in sein Hotel im Viertel Altamira, das kleine nach Seife riechende Zimmer, keine ganz schlimme Absteige, aber auch kein gutes Hotel. Die ganze Nacht hörte sie Stimmen hinter den dünnen Wänden auf dem Gang, schlagende Türen, es schienen keine Touristen dort zu sein außer ihm, nur Handelsreisende.

Sie zog ihren selbstgebastelten Vorhang zur Seite, um ihrer Tochter und mir die Landschaft zu zeigen, die schmale Brücke gleich hinter den letzten Marktbuden von Matagalpa, auf deren Mitte wir zum Stehen gekommen waren, schau, flüsterte sie dem Kind ins gesunde Ohr, der Fluss. Schillernde Rinnsale zwischen Buschwerk und Gestrüpp. Río Grande, deklamierte sie, plötzlich mit der respektvollen Indifferenz eines Schulmädchens, das sein Heimatkundewissen aufsagt, das ist der Río Grande von Matagalpa, einst trug er den Beinamen Río del Desastre, wegen seiner Größe und Zerstörungskraft, sagte sie, hielt ihr Kind dicht an die Scheibe, um ihm die Vögel zu zeigen, die hoch über dem Tal kreisten. Es blinzelte in die Ferne. Wahrscheinlich hatte es gute Augen.

Es ging in die Knie, richtete sich wieder auf, beharrlich, konzentriert stand es auf Glorias Schenkeln, glich die schlingernden Bewegungen des Busses aus, ohne einen Laut von sich zu geben, die ganze stundenlange Fahrt über nicht, obwohl es ihm viel zu heiß sein musste unter dem wollenen Mützchen, das die Mutter ihm nicht absetzen wollte, sie zupfte nur daran herum und band die Schleife unter dem Kinn neu. Rechts fehlte dem Mädchen ein Ohr. Ich hatte eine Weile gebraucht, das zu sehen, die verwachsene Stelle unter den unter dem Mützensaum hervorschauenden Locken, ich fragte mich, ob man eigentlich sein Gehör ordentlich untersucht hatte, ob es bloß deswegen so duldsam still war, weil es taub war.

An beinahe jeder Biegung hielt der Bus an, nahm eine Ladung entgegen, ließ ein Kind einsteigen, damit es die Reihen abging und in winzige Plastiktütchen abgepackten Naschkram verkaufte. Hinter den Fenstern die Erosionsränder des Vulkanplateaus. Lachen und Lagunen, erstarrte Lockermassen. *Die Oberfläche unseres Planeten war anfangs öde und von keiner Erosion angegriffen. Die Uratmosphäre bildete sich aus interstellarem Gas, das hauptsächlich aus Wasserstoff und Helium bestand. Da die Gravitation der Erde die leichten Gase nicht zu halten vermochte, entwichen diese zu einem wesentlichen Teil in den interplanetaren Raum, von wo sie dann aus dem Sonnensystem überhaupt hinausgefegt wurden.* Die Erde würde nicht verschwinden. Ich hörte es Nelly noch sagen. Ein sicheres Beschäftigungsverhältnis. Materie ändert ihre Zusammensetzung, aber sie löst sich nicht einfach auf. In den Monaten nach ihrem Flugzeugabsturz hatte ich alles gelesen, was ich in die Hände bekommen konnte. Ich wollte wissen, womit sie sich beschäftigt hatte, und anders als früher fing ich schnell an zu verstehen, wie es sie beruhigt haben musste, Berechnungen über vorhandene Stoffmassen anzustellen, Materie, die nach eigenen Regeln funktionierte. Hitze und Gravitation. Untersuchungen zum Schalenaufbau der Erde und physikalische Zustände im tiefen Erdinnern, unzugängliche Schichten, nicht greif-, aber berechenbar. Wahrscheinlich war sie froh gewesen über jede Gelegenheit, sich in etwas zu vertiefen, das nichts mit Menschen zu tun hatte.

Die Kosmogonie von Laplace, nach der die Erde und das Sonnensystem aus einem rotierenden Nebel von geringer

Dichte, jedoch zunächst gewaltigem Ausmaß entstanden waren. Eine Wolke aus Gas und Staub. Sie drehte sich, erst langsam, dann stetig schneller, zog sich zusammen und verdichtete sich zur Kugelform, beschleunigte, bis die Fliehkraft die Anziehungskraft überstieg und Materie sich aus der Äquatorialgegend des Zentralkörpers löste. Die Fetzen formierten sich zu Ringen, ballten sich zu Planeten zusammen, glühenden jungen Himmelskörpern auf einer Kreisbahn um die Sonne. *Auch unsere Erde war nach Pierre Laplace ursprünglich solch ein heißer Gasball und leuchtete wie ein echter Stern.*

Katastrophen-Hypothesen des zwanzigsten Jahrhunderts beschrieben die Entstehung der Erde als zufälliges Nebenprodukt eines Zusammenpralls, als *Einwirkung eines in Sonnennähe vorübergehenden Sterns*, der einen Teil der Sonnenmaterie mit sich riss und zerstreute. Die zerstobenen Materiesplitter erkalteten schnell, schlossen sich zu festen Teilchen zusammen und bildeten die Kerne der späteren Planeten.

Bis in die sechziger Jahre betrachtete man die Entwicklung der Erde als einen einzigen gleichförmigen Prozess der Abkühlung. Später, etwa mit Beginn des Kalten Krieges, kam die Vorstellung von einer Reihe gegenläufiger Prozesse auf. Aktivitäten im Erdinneren kompensierten den Wärmeverlust.

Wir hatten das Plateau hinter uns gelassen und kreuzten die trockene Ebene der Senke. Im Innern unseres Gefährts wurde es trotz der in die Fenster geklemmten Tücher immer wärmer, die Menschen sparten mit Bewegungen. Während ich mit Gloria ein zerstreutes Gespräch über die Liebe führte, gingen mir die verworfenen Hypothesen nicht aus dem Kopf, ich hing fest in diesem Bild einer glühenden, sich um sich selbst drehenden Kugel, die allmählich immer kälter und fester und glatter wurde.

Gloria saß neben mir, massierte ihr Handgelenk, verfolgte das Geschehen auf dem Bildschirm über uns, die vorbeiziehende Gegend, ich wusste, wie ihr die Langsamkeit zusetzte und die Landschaft sie langweilte, ich hatte schon ein paarmal gehört, wie sie sich lustig machte über Esperanzas Naturschutzaktionen, die Strandreinigungen, die Protestmärsche, die Sorge mancher Menschen um den Erhalt des Waldes. Wir ertrinken in Tieren und Bäumen, sagte sie zu mir.

Vor ein paar Tagen wäre ich fast ertrunken. Jedenfalls glaubten das alle, die vom Strand aus zugesehen haben, zwischen Kühltaschen am Picknicktisch unterm Bastschirm, am Kopfende die Mutter von Esperanza, das Geburtstagskind, auf dem Tisch das Kleinste, das an der Hand seines Vaters von einem Bein aufs andere torkelte, während ringsum alles Fotos schoss, in die Hände klatschte, tanz, tanz, ein kleines Mädchen, man erkannte es an den durchschossenen Ohrläppchen. Niemandem fiel auf, als ich mich vom Tisch entfernte, aus meinem Kleid stieg, geradeaus ins Wasser lief. Geh nie mit vollem Magen schwimmen, spring nicht kopfüber in Gewässer, die du nicht kennst. Baderegeln, zehn Gebote, aufzusagen an einem gefliesten Beckenrand, zwischen Hagebuttenrabatten, Desinfektionsschleusen, dem Wachhäuschen des Bademeisters. Kühle dich ab, bevor du ins Wasser gehst. Überschätze nicht deine Kräfte. Rufe nur um Hilfe, wenn du wirklich in Gefahr bist.

Grau und lau schwappte der Pazifik gegen die Uferböschung, sie stürzte steil ins Meer. Nach ein paar Schritten hatte ich keinen Boden mehr unter den Füßen. Im Kopf die Bilder, die ich auf den Seiten von Nellys Sonderforschungsbereich angesehen hatte, dreidimensionale Modelle der unterseeischen Gebirge, Reliefs der Tiefseegräben, Bodennarben, Klüfte und Schrannen am Kontinentalhang. Seamounts: ausgebrannte Vulkane, stumme und stumpfgeschliffene, von tektonischen Verschiebungen nach Norden gedrückte Überreste des

Galàpagos-Archipels. In ihren Darstellungen des Tiefseebodens hatte Nelly sich für die übliche karge Ästhetik entschieden, hier ging es schließlich um Struktur: Der Meeresgrund erschien nackt, sand- und pflanzenlos, in unwahrscheinlichen Schattierungen von Schwimmbadkacheltürkis, Badezimmermint und dem Fayence ägyptischer Grabbeigaben, scharf abgestochen vom schwarzen Hintergrund des Wassers, kühle Ödnis wie auf einem erfundenen Planeten. Weiter draußen sah ich zwei Surfer an der Oberfläche paddeln, zwischen Gischtkrönchen auf den großen Brecher warten, der sie mit sich fortrisse. Eine kalte Unterströmung strich an meinem Bauch entlang, das Einzige in diesem lauen Gewässer, das mich erinnerte, dass ich es mit einem Ozean zu tun hatte. Der Sog der Strömung war kaum zu spüren, ich konnte nur sehen, wie die im Gekräusel der Uferwellen plantschenden Menschen zu kleinen bunten Punkten ineinanderflossen und wie die nassen schwarzen Felsen und in der Nähe unser Picknickplatz nach rechts rutschten. Es hat keinen Sinn, gegen einen solchen Sog anzustrampeln. *Nadar a muertito*, nennen sie es hier, schwimmen wie ein kleiner Toter. Ein Tötchen. Eine Spielfigur.

Einer der wenigen Toten, die ich in meinem Leben zu Gesicht bekommen hatte, war ein Familienvater um die dreißig gewesen, am felsigen Rand einer seichten Bucht am Mittelmeer. Mit Plastiksandalen an den Füßen und triefendem Haar hatte ich in der Menge gestanden, die unter der Rettungsdecke hervorragenden Unterschenkel betrachtet, lange braungebrannte Füße, die Beine wirkten muskulös. Mein Freund zog mich aus der sich schon auflösenden Menge heraus. Am Abend sagte er zu mir, ich weiß nicht, woher er das hatte, dass der Mann seine weit aus der Bucht hinausgetriebene Familie gerettet habe und danach an Erschöpfung gestorben sei, ein Wadenkrampf, das Meer plätscherte harmlos wie immer, aber er konnte nicht mehr schwimmen. Ich goss Nudelwasser in den Sand neben unser Zelt und erzählte etwas, von dem ich bis heute nicht weiß, ob es stimmt. Die Flut spüle zuletzt alles an Land, man muss sich nur lange genug oben halten, sagte ich, man braucht einen langen Atem, was du nicht alles weißt, meinte er.

Am Ufer stand Esperanza im Sand, breitbeinig in den hochgerollten Jeans, und fragte mich, warum ich so plötzlich davongeschlichen war. Warum so weit hinausgeschwommen, bis mich niemand mehr sah. Kein Tag verging, ohne dass an diesen Stränden jemand ertrank. Ich wrang mein Haar aus, sie schaute an mir vorbei aufs gleißende Wasser und reichte mir ein T-Shirt, damit ich mich auf dem Rückweg nicht verbrannte.

Schweigend liefen wir hintereinander her auf dem schmalen Grenzsaum zwischen Wasser und Land, vorbei an den Badenden, die in losen Grüppchen in den seichten Wellen standen, einander nassspritzend oder kauernd im Ufersand zwischen Sog und Schwall wie die beiden Mädchen mit den im Nacken geknoteten Bikiniträgern, die zusahen, wie das Meer ihnen den Boden unter den Füßen wegzog, Ausschau hielten, was von draußen Neues käme. Es ertranken Menschen, die nie schwimmen gelernt hatten, die ihre Kräfte nicht einzuschätzen wussten. Betrunkene. Du bist auch nicht mehr nüchtern, sagte Esperanza.

Es wird zitiert aus:

Uwe George: Regenwald. *Vorstoß in das tropische Universum*, Reihe GEO, Gruner+Jahr, Hamburg 1985; *Verschollenheitsgesetz*, Abschnitt I, §6 auf dem Portal Gesetze im Internet (https://www.gesetze-im-internet.de/verschg/BJNR011860939.html, zuletzt abgerufen am 9.1.2017); Eintrag *Inversion* auf GeoDZ.com – Das Lexikon der Erde (http://www.geodz.com/deu/d/Inversion, zuletzt abgerufen am 9.1.2017); Hans Berckhemer: *Grundlagen der Geophysik*, Bd. 1, WBG, Darmstadt 1990; Eintrag *Indium* im Online-Lexikon chemie.de (http://www.chemie.de/lexikon/Indium.html, zuletzt abgerufen am 9.1.2017); Charles Berlitz: *Spurlos. Neues aus dem Bermuda-Dreieck*. Aus dem Englischen von Karin S. Krausskopf, Paul Zsolnay Verlag, Wien 1877; Tamara Worzewski u.a.: *Magnetotelluric image of the fluid cycle in the Costa Rican subduction zone*, in: Nature Geoscience, Nature Publishing Group, 2010 (http://www.nature.com/search?journal=ngeo&q=worzewski, zuletzt abgerufen am 9.1.2017); Zdeněk V. Špinar/Zdeněk Burian: *Leben in der Urzeit*. Aus dem Tschechischen von Ema Echsnerová, Urania-Verlag, Leipzig u.a. 1973; Bernhard Grzimek (Hg.): *Grzimeks Tierleben*. Enzyklopädie des Tierreichs, Band 11, Säugetiere 2, Kindler Verlag, Zürich 1969

Die Abbildung auf S. 7 stammt aus:

Heinrich Brasse u.a.: *Structural electrical anisotropy in the crust at the South-Central Chilean continental margin as inferred from geomagnetic transfer functions*, Abb. 9, in: Physics of The Earth and Planetary Interiors, Elsevier B.V., 2008